DES HOMMES SANS LOI

MATT BONDURANT

DES HOMMES SANS LOI

traduit de l'anglais (États-Unis)
par Pierre Brévignon

ARCHIPOCHE

Ce livre a été publié sous le titre
The Wettest County in the World
par HarperCollins, New York, 2009.

Une première version de ce roman
a été publiée sous le titre
Pour quelques gouttes d'alcool
par les Éditions de l'Archipel,
Paris, 2010.

www.archipoche.com

Si vous désirez recevoir notre catalogue
et être tenu au courant de nos publications,
envoyez vos nom et adresse, en citant
ce livre, aux Éditions Archipoche,
34, rue des Bourdonnais 75001 Paris.
Et, pour le Canada, à Édipresse Inc.,
945, avenue Beaumont,
Montréal, Québec H3N 1W3.

ISBN 978-2-35287-349-5

PREMIÈRE PARTIE

« Dans un comté (Franklin), on prétend que 99 % des habitants fabriquent de l'alcool illégal ou sont liés au trafic d'alcool. »

Official Records of the National Commission on Law Observance and Enforcement, 1935, vol. 4, p. 1075.

« Quelle est la région la plus alcoolisée des États-Unis, l'endroit où, pendant et après la Prohibition, la plus grande quantité d'alcool illégal a été produite ? Cet endroit où la proportion par habitant atteint un chiffre record n'est ni New York ni Chicago [...]. La région où l'alcool illégal coulait à flot pendant et après la Prohibition [...] est le comté de Franklin, en Virginie. »

Sherwood Anderson,
Liberty Magazine, 1935

« Comme l'arbre à pain et l'ananas,
la cruauté est un produit du Sud. »

Sherwood Anderson,
Un conteur se raconte, 1928

Prélude

1918

La truie tachetée s'était rencognée au fond de l'enclos et fixait le garçon d'un regard sombre. Jack Bondurant souleva son fusil calibre .22 à canon octogonal bleu roi dont le fût était usé et rayé à force d'avoir été traîné dans les broussailles et les galets. Il engagea une cartouche dans la chambre, s'approcha de la truie, pointa la gueule du canon à trente centimètres de l'œil rose et pressa la détente. À l'autre bout de la cour, son père et son frère remplissaient de terre humide la fosse à tabac.

Il y eut une détonation, une gerbe de sang oblique, et un frémissement secoua l'énorme masse de la bête. Laissant tomber le fusil dans la fange, Jack sauta pardessus la clôture au moment où la truie chargeait – sur le front souillé de sang luisait l'éclat d'un os. L'animal continua sa course un moment autour de l'enclos avant de se replier dans son coin. Jack récupéra son fusil à travers les planches et le frotta du revers de la manche pour enlever la boue. Il cracha, actionna la culasse puis pénétra à nouveau dans l'enclos. Accroupi devant la truie, il ajusta le canon à hauteur de son groin, pressa la détente. *Bang !* La truie bascula sur ses courtes pattes arrière. Sur son front, un autre morceau d'os ébréché. Une nappe de sang sombre couvrait son œil rose. Dans l'enclos voisin, les nourrains se mirent à pousser des braillements aigus, groin fourré entre les planches, oreilles rabattues. Jack chargea une autre cartouche, pressa le canon contre la tête de la truie et tira de nouveau. Tel un rongeur, la balle fora un tunnel sous la peau, arrachant au passage des plis de chair qui retombèrent, sanglants, sur l'œil de l'animal. Toujours à genoux, Jack observa la vieille truie se redresser et tituber. Il agrippa le fût rayé du fusil posé sur ses cuisses et se balança lentement sur les talons. Ses pieds chauffaient dans ses bottes. Puis, plissant les paupières, il étouffa le sanglot qui montait de son estomac.

Quand Jack leva les yeux, son frère aîné Forrest l'avait rejoint dans l'enclos. C'était un adolescent mince, toujours souriant. De la terre rouge provenant de la fosse à tabac saupoudrait ses cheveux blonds. Il enjamba la truie, passa le bras sous son cou et s'assit à califourchon sur son dos. De l'avant-bras, il lui releva le groin. La truie se cabra. Les plis charnus et blancs de son cou se tendirent soudain et Forrest y enfonça un long couteau à désosser. Le métal trancha brusquement la chair. Un geyser de sang chaud jaillit de la gorge, arrosant la paille boueuse, arrachant à la truie un geignement qui se mua en gargouillis tandis que ses poumons se vidaient et que l'air s'échappait de son cou béant. Le corps de la bête se raidit dans un spasme puis s'avachit entre les mains de Forrest. Les minuscules pattes avant pendaient, inertes. La truie était aussi flasque qu'un poisson mort.

L'instant d'après, leur père apparut, muni d'une lourde chaîne. S'aidant d'un palan, ils soulevèrent tous les trois la carcasse qui finit de se vider en oscillant doucement au-dessus d'un seau en métal. Le sang chaud fumait dans l'air calcifié de l'hiver. Jack s'accroupit tel un crapaud, enlaçant son fusil tout en contemplant le torrent écarlate, semblable à un feu liquide. Il avait huit ans.

L'été suivant, l'épidémie de grippe espagnole fit rage dans les États du Sud-Est, atteignant les coins les plus reculés et les crêtes les plus montagneuses du comté de Franklin. Les autorités durent imposer une période de quarantaine. Plusieurs générations d'habitants avaient connu les ravages de maladies aussi dévastatrices que la diphtérie, la grippe ou la variole. La certitude de l'imminence du châtiment mortel interrompit du jour au lendemain leurs activités, et toutes les familles de Franklin se retranchèrent dans leurs foyers. Le père de Jack, Granville Bondurant, dut fermer son bazar que seuls désormais visitaient quelques clients occasionnels, vagabonds ou cantonniers fourbus. Les familles vivaient uniquement sur les réserves entassées dans leur grenier ou dans leur garde-manger. Les Brodie, qui habitaient de l'autre côté de la colline, cessèrent de descendre au village par la route en terre battue, tout comme les Deshazo, une famille de Noirs vivant recluse à l'autre bout de la route. Désormais, les bancs de l'église baptiste de Snow Creek restaient étrangement vides et le vieux lutrin servait de perchoir aux corneilles mantelées.

La famille Bondurant elle aussi était prête à faire face, avec toutes les provisions rapportées du bazar. La mère de Jack avait assez de légumes et de viande en conserve pour tenir tout l'automne et tout l'hiver. De fait, la famille ne s'éloignait plus jamais de la ferme. Pour Jack, c'était une période bénie car ses sœurs aînées, les inséparables Belva May et Era, quatorze et quinze ans, ainsi que son frère Forrest, restaient toujours avec lui, passant leurs matinées dans la maison, leurs longs après-midi et leurs soirées dans le salon familial, devant le poêle. En ces temps-là, le père de Jack était ce que les hommes appellent un *drôle*, à l'esprit vif et sarcastique. Sa barbe épaisse s'ouvrait sur un large sourire lorsque, le soir, il faisait sauter en cadence ses enfants sur ses genoux comme sur un cheval de rodéo, ou bien quand il se tenait devant les clients de son bazar, poings dans les poches de son tablier blanc amidonné, toujours prêt à raconter une bonne blague. Il ne buvait pas d'alcool, allait à l'église tous les dimanches et cela ne l'empêchait pas de rire une dizaine de fois par jour.

Forrest possédait une bicyclette d'occasion et Jack aimait lui courir après dans le vaste champ qui s'étendait devant la maison, le long des berges instables du ruisseau. Les rires des deux frères résonnaient dans le ciel doré de l'après-midi, avant que la prairie couverte de trèfles violets dans le crépuscule pose sa brume veloutée sur les collines ondoyantes. Après dîner, ses sœurs allaient s'asseoir sur le tapis élimé devant le poêle pour tricoter ou bavarder. Belva May et Era s'amusaient aussi à attacher les mains et les pieds de Jack avec du fil à tricoter et le regardaient se débattre en riant, lui jetant des regards de conspiratrices tout en se parlant dans une langue mystérieuse. Emmy, sa sœur la plus jeune et la plus proche de lui en âge, restait dans les jupes de sa mère. Elle la suivait comme son ombre dans la cuisine, grimpait sur ses genoux quand elle s'asseyait sur le rocking-chair près de la fenêtre. Elle avait un air naïf et innocent mais semblait toujours sur le point de crier. Le plus souvent, Jack se retrouvait seul pour s'amuser dans la grange, les prés étroits, les longs terrains boisés ou la portion vaseuse de Snow Creek qui traversait le terrain familial. Le soir, Granville, souriant à travers sa barbe, posait les pieds sur le poêle pendant que leur mère se balançait sur son fauteuil devant la fenêtre en fumant à la chaîne des cigarettes roulées à la main. Elle soufflait dans l'air de longues volutes de fumée sans cesser d'observer la route, guettant le passage de rares voyageurs ou le retour de son fils aîné, Howard, qui devait rentrer d'Europe où il avait fait la guerre.

Howard avait passé l'essentiel de l'année 1919 sur un bateau de transport de troupes, d'abord pour traverser l'Atlantique afin de rejoindre l'Angleterre, puis lorsque le navire était resté en quarantaine au port de Norfolk. Une épidémie de grippe espagnole sévissait à bord, et une bonne moitié des passagers avait été touchée pendant le voyage. Le pont était jonché de civières où des hommes décharnés gémissaient et toussaient à travers les haillons couvrant leur visage. La nuit, Howard grimpait en haut d'une pile de caisses remplies d'oignons pour essayer de dormir à l'air libre dans ce bateau surpeuplé, loin des malheureux aux toux rauques et aux yeux rougis, loin des officiers fatigués qui se frayaient un chemin parmi les malades à coups de badine, loin des ombres titubantes accrochées au bastingage. Pour essayer de trouver le sommeil dans la puanteur étouffante des oignons, Howard pensait aux collines et aux vallées de son pays, à l'odeur profonde de l'argile, au terreau humide du champ fraîchement labouré, aux roses trémières et au chèvrefeuille qui poussaient sur les berges de Snow Creek. Mais, dans ses rêves, le mal noir envahissait son corps, traversait l'océan et les collines pour s'emparer de tous ceux qu'il connaissait et lorsque, au matin, Howard ouvrait les yeux, il n'y avait plus que le spectacle épouvantable d'hommes agonisant dans leur crasse.

Pendant six semaines, le bateau resta bloqué au port, au côté de dizaines d'autres navires. Un tiers des soldats de la compagnie d'Howard moururent. La nuit venue, les quais s'illuminaient à la lueur fantomatique des brasiers consumant les vêtements et les biens des défunts.

Quand, enfin, la quarantaine fut levée, Howard partit errer dans la ville comme un aveugle. Quelques litres de mauvais whisky le laissèrent ivre mort. Au matin, il se rendit dans un terrain vague derrière une pension de famille et brûla son uniforme ainsi que ses papiers militaires parmi les détritus.

Quelques jours plus tard, c'est un spectre qui descendit du train en gare de Roanoke. Sa chair formait des creux entre ses os. Avec sa corpulence robuste et sa taille dépassant le mètre quatre-vingt-quinze, Howard était un colosse. Mais ainsi, il n'était plus qu'une lugubre créature nocturne. Lorsque Granville vint le chercher, novembre venait de commencer et les plantes au bord de la route étaient flétries par les premières gelées. Howard ne parla jamais de ce qu'il avait vécu en France ou à bord du navire et personne ne lui posa de question. Jack considérait son frère aîné comme un étranger, un garçon plus âgé que lui auquel il se trouvait être lié par le sang. Des souvenirs de sa petite enfance remontait la vision matinale d'une forme massive ; désormais, c'était un homme arpentant la maison d'un pas lourd, une silhouette anguleuse qui, à table, se courbait pour ingurgiter sa nourriture. La plupart du temps, Howard ne restait pas à la maison. Il passait ses nuits dehors et, à son retour, s'effondrait sur son lit, empestant le whisky de maïs, raide comme un cadavre.

En décembre, alors que l'épidémie touchait à sa fin, George Brodie vint marteler à la porte de la maison au beau milieu de la nuit. Enfoui sous une épaisse couverture en patchwork, Jack se balançait doucement sur le lit à sommier de cordes qu'il partageait avec Forrest. Quand les coups se firent entendre, Forrest bondit hors du lit et sortit de la chambre avant que Jack ait eu le temps d'entrouvrir les yeux. Brodie continuait de frapper à la porte et quand Granville l'ouvrit brusquement, Jack entendit son père s'écrier : « Bon sang, Brodie ! » Il se faufila hors du lit bien chaud, l'air froid le saisit et, dans l'entrée, il vit George Brodie à genoux, les épaules tremblotantes éclairées par un rayon de lune, le visage enfoui dans les mains.

Jack n'avait encore jamais vu un homme pleurer. Un instant, une pensée traversa son esprit engourdi de sommeil : *Brodie est somnambule, comme Forrest.* Les Brodie habitaient à presque deux kilomètres en prenant le chemin à travers les bois, mais à plus de quatre en suivant la route. *Est-ce que Brodie est devenu fou ?* L'homme leva la tête et dit quelques mots que Jack n'entendit pas, mais il remarqua les sillons de larmes sur le visage crasseux ; et l'enfant reconnut la fêlure dans la voix de l'homme. Granville se tourna, parla à Forrest, puis Jack vit son frère se tourner et avancer vers lui. Cernée d'un halo de lumière, sa peau avait une clarté laiteuse. Forrest poussa Jack dans la chambre et lui ordonna de se remettre au lit et de fermer la porte.

Pendant quelques minutes, il y eut une conversation agitée dans la pièce principale. Jack entendit sa mère dans la cuisine, bientôt l'odeur âcre de la chicorée parvint à ses narines. Étendu dans l'obscurité, il guettait le moindre bruit. Forrest parla et sa mère leva la voix, avec un ton heurté : « Hors de question, Gran, c'est hors de question ! » Puis les pleurs de sa sœur Era. Suivis d'autres gémissements qui firent frissonner Jack dans son lit chancelant. La porte de la maison claqua, le rai de lumière qui filtrait dans la chambre s'éteignit, des pas résonnèrent dans l'entrée. Puis ce fut le silence.

Jack resta allongé pendant près d'une heure avant de comprendre que Forrest n'allait pas revenir, que Brodie l'avait emmené avec lui dans la nuit et que ses parents l'avaient laissé partir. Ses mains se crispèrent sur la couverture et il lutta jusqu'au matin pour refouler ses larmes.

Granville et Forrest ne revinrent que le lendemain, en fin d'après-midi. Jack courut à la porte dès qu'il les vit gravir la côte mais sa mère le repoussa d'un geste du bras. Dehors, sur une table basse installée près de la remise à outils, elle avait préparé un repas à base de poulet, de légumes et de biscuits. Une serviette en tissu protégeait chaque assiette. À côté d'un pichet se trouvaient des seaux remplis d'eau, des serviettes et du savon. Par la fenêtre, Jack observa son frère et son père manger dans le froid – à chacune de leurs respirations, un petit nuage de vapeur se formait dans l'air. Une fois leur repas terminé, ils allumèrent un grand feu et remplirent d'eau l'auge qui servait à ébouillanter le cochon. Puis ils se déshabillèrent. La mère de Jack envoya ses filles dans leur chambre mais laissa son jeune fils regarder les deux hommes se laver à l'eau chaude, renversant les seaux sur leur tête et sur leur peau écarlate. Jack fut surpris de voir le corps poilu de son père. D'épaisses touffes couvraient son torse, sa taille était épaisse, ses jambes étroites et ses genoux arqués. Il marchait en vacillant. Quand il jeta leurs vêtements au feu, son visage semblait taillé dans le granit. À côté de lui, Forrest paraissait menu et frêle, tout recroquevillé, mais quand il se retourna et aperçut Jack, il lui lança un sourire qui embrasa le cœur du garçon.

Père et fils s'essuyèrent ensuite dans leurs serviettes puis, emmitouflés dans des couvertures, s'assirent autour du feu. De temps à autre, Forrest jetait un coup d'œil en direction de la fenêtre où se tenaient toujours

Jack et sa mère. L'après-midi se fondit dans la soirée, le vent soulevait du feu des étincelles tourbillonnantes. La mère devenait nerveuse. Ses épaules tressautaient et elle pianotait bruyamment contre le carreau avec ses phalanges. Elle échangea un long regard avec Granville à travers la cour et Jack sentit qu'un échange crucial se déroulait en cet instant. Sur un hochement de tête imperceptible de sa femme, Granville se leva et approcha de la maison, suivi de Forrest. La mère de Jack déverrouilla maladroitement la serrure, ouvrit la porte et se précipita sur le porche pour se jeter dans les bras de Granville. Ses deux mains se refermèrent sur son dos, faisant glisser la couverture des épaules de son époux. Granville entoura son épouse de ses bras et posa la joue contre sa tête. Sa respiration avait couvert sa barbe de givre.

Forrest avança vers ses parents enlacés et, montant sur le porche, sourit à Jack en lui assenant une bourrade sur la poitrine puis retourna dans sa chambre. La couverture tombée de ses épaules laissait voir une peau rose et luisante.

Cette nuit-là, dans leur lit, Jack demanda à son frère ce qui s'était passé mais Forrest lui répondit qu'il était trop jeune et qu'il lui raconterait un jour, quand il serait plus grand. Jack insista et Forrest lui expliqua alors que George Brodie avait paniqué en voyant la plus jeune de ses filles prise de convulsions dans son lit, et son oreiller souillé de vomi sanglant. Sa femme était déjà dans un état comateux, proche de la mort. Granville lui avait répondu qu'il venait et que sa fille aînée, Belva May, l'accompagnerait pour l'aider. La mère de Jack avait protesté. Inconsolable, Era s'était jetée au cou de sa sœur. Granville persistait à emmener Belva May quand Forrest avait pris la parole pour annoncer qu'il venait à sa place. Une lanterne fumante à la main, les deux hommes et le jeune garçon s'étaient mis en route, traversant les bois et dépassant la crête de la colline pour arriver à la ferme où la famille de Brodie agonisait.

Jack demanda alors à Forrest s'il avait la grippe espagnole et Forrest émit un petit gloussement, sans répondre.

— On va tomber malades, nous aussi ? demanda Jack. On va mourir ?

Forrest resta silencieux un instant avant de se tourner vers son frère. Des courtepointes punaisées aux fenêtres pour empêcher le froid d'entrer plongeaient la chambre dans la pénombre mais Jack savait que Forrest le regardait.

— Tu penses que notre vieux peut mourir ?

Bien sûr que non, pensa Jack, mais il ne répondit rien. Leur père ? La Terre cesserait de tourner avant qu'il lui arrive quoi que ce soit. Il cligna des yeux dans l'obscurité. Les yeux de Forrest luisaient comme des charbons sur le point de s'éteindre.

— Tout juste, reprit Forrest comme s'il avait lu dans ses pensées. *Rien* ne peut nous tuer. Nous ne mourrons *jamais.*

Le lendemain matin, Howard rentra à la maison, maussade et dépenaillé. Il avait passé la nuit vautré sous un tas de sacs en toile derrière une station-service du côté de Boone's Mill, éclusant tant bien que mal un demi-litre de mule blanche. Il avala un petit déjeuner froid – biscuits et jambon – sur le porche en s'essuyant les mains sur son tablier graisseux. Assis en silence à côté de lui, Jack humait l'odeur aigre de son frère. Quand il eut terminé, Howard se leva et envoya un coup de poing dans le cou de Jack avant de partir vers l'étable d'un pas lourd pour aider Granville à nourrir les bêtes.

Quelques jours plus tard, la mère de Jack, Forrest, Belva May et Era étaient alités, frappés par la grippe espagnole. Les jours suivants passèrent très vite. Jack avait l'impression de se trouver en permanence dans cette zone crépusculaire entre le sommeil et la veille. Accroupie devant la pompe à eau, Emmy essorait le linge de ses doigts rougis en se balançant d'avant en arrière. Tel un fantôme, Granville restait des heures entières dans l'obscurité de l'entrée, sans faire de bruit. Howard était assis sur les marches devant l'auvent, mal à l'aise, étendant ses longues jambes arquées, tenant à deux mains son chapeau, son visage de marbre impénétrable.

Le matin où sa mère mourut, Jack se tenait devant la chaise de son père et Granville posa la main sur l'épaule de son fils en regardant par la fenêtre, vers la longue route. Howard était appuyé contre le poêle, bras croisés sur son torse imposant, et regardait le plancher en fronçant les sourcils.

— Ben voilà, lâcha Granville. Elle est partie.

Howard leva la tête et fixa son père.

— Et avec elle toute la bonté du monde.

Des larmes roulaient sur ses joues. Le cœur de Jack se serra comme un poing. Malgré tous ses efforts, il s'effondra en sanglots sur l'épaule de son père.

Après la mère de Jack, ce fut Belva May qui mourut le lendemain, puis Era le jour suivant. Forrest resta au lit, immobile comme une pierre, pendant toute la semaine, refusant de s'alimenter. Son visage impassible prit la couleur grisâtre du plomb. En quelques jours, sa peau se plissa, vira du gris au bleu – un invraisemblable camaïeu de nuances –, aussi tendre et friable qu'un œuf de rouge-gorge. Enfin, un matin, Forrest se leva. Mais l'apparence noueuse de la maladie ne le quitterait plus et, éclairée d'une certaine façon, sa peau garderait cette coloration bleutée. Quand il émergea au bout de cette semaine, le corps décharné et ravagé, les yeux caves, il alla s'asseoir à la table du petit déjeuner aux côtés de Granville, Emmy, Howard et Jack. On aurait dit que toute sa force l'avait quitté pour se replier sur elle-même, à la manière d'une sangle de cuir enroulée. Jack se souviendrait longtemps de sa main tremblante soulevant un biscuit sur une assiette.

Sa mère et ses sœurs étaient étendues sur le plancher, recouvertes d'une courtepointe.

Personne ne parlait.

1

1934

Sherwood Anderson franchit la frontière du comté de Franklin en engageant sa voiture sur le pont à une voie qui enjambait un petit col. Quelques centaines de mètres après le pont, il passa devant une station-service – un simple cube de planches au toit fortement incliné dont l'étage en surplomb protégeait une aire de stationnement devant l'auvent étroit. Deux pompes avec manivelles et globes de verre remplis d'essence complétaient l'ensemble. Le regard d'Anderson fut attiré par plusieurs détails : contrairement à la plupart des stations-service de campagne, celle-ci n'avait ni chaises sous l'auvent, ni enseigne ou publicité d'aucune sorte en façade. Quatre voitures – des berlines flambant neuves – étaient alignées l'une derrière l'autre, moteur en marche, comme pour faire le plein, mais personne ne semblait s'activer aux pompes. Groupés devant la porte d'entrée, des hommes à chapeau et long manteau se retournèrent pour regarder passer Anderson. Une remise aux murs de parpaings se dressait sur une petite butte derrière la station et Anderson aperçut un homme qui en sortait, un grand échalas en bras de chemise portant une caisse en bois. Ses yeux semblèrent se vriller instantanément sur Anderson. Puis le paysage ne fut plus qu'une masse confuse d'arbres vert et or. Les pneus chuintaient doucement sur la route et Anderson se pencha sur son volant, fredonnant tandis que la voiture attaquait la côte de Grassy Hill pour entrer dans Rocky Mount, le cœur du comté de Franklin. *Ne pas oublier cet endroit*, se dit Anderson. *Il faudra que j'y repasse quand je retournerai à Roanoke, histoire de découvrir ce qui s'y trame.* Mais l'expression sur le visage des hommes devant la station et le regard du grand échalas sortant de la remise lui laissaient déjà pressentir que ce serait difficile. Anderson avait vécu suffisamment longtemps dans la Virginie rurale pour savoir ce que ce regard, cette expression simple et insolente, signifiait : *Occupe-toi de tes oignons.*

La route était déserte. Il accéléra, soulevant des tourbillons de feuilles. La Route 33 découpait de son tracé dentelé le comté de Franklin, du nord vers le sud, serpentant à travers les monts abrupts et les vallées profondes. C'était la plus longue voie de circulation pavée du pays. La plupart des autres routes étaient couvertes de gravillons compacts, d'un mélange de terre, de sable et d'argile, ou bien de mauvaises herbes quand elles s'engouffraient dans les champs ou les forêts. Rouler à travers les collines du sud de la Virginie réveillait chez Anderson des sensations agréables. Le souvenir d'une agitation ancienne. C'était bon de se sentir à nouveau en mouvement.

Les deux hommes auxquels Sherwood Anderson venait rendre visite se trouvaient dans la salle commune surpeuplée du Rocky Mount Hospital. C'était une longue pièce sans fenêtre où s'entassaient des dizaines de lits. Malades d'âge moyen, indéterminé, au visage marqué, couvert d'une barbe de plusieurs jours. Le premier des deux hommes était immobile, glissé sous son drap comme une aiguille plantée dans un tissu. Ses yeux enflés fixaient le plafond, sa peau avait la blancheur de la viande bouillie. Le drap, au niveau de son aine, était taché d'un suintement jaunâtre. Son voisin se distinguait par une profonde cicatrice rougeâtre qui passait entre ses yeux pour s'arrêter sur son front, comme si on l'avait marqué au fer rouge. Un goitre boursouflé pendait sous son cou, semblable à une sacoche en cuir patiné. L'homme ruisselait de sueur, gémissait et tournait son buste en tous sens, en proie à la fièvre et au délire. La partie inférieure de son corps était entièrement prise dans un plâtre épais. Un docteur avait expliqué à Anderson qu'il lui manquait aussi une bonne partie de la langue, sans doute une blessure plus ancienne. Anderson se présenta aux deux malades et approcha une chaise entre leurs lits. L'homme à l'aine suintante scruta un moment le visage d'Anderson avant de retourner à sa contemplation du plafond. Sa peau était aussi tendue que celle d'une saucisse et il sentait la pourriture.

Le docteur avait annoncé à Anderson qu'aucun des deux malades ne voulait dire ce qui lui était arrivé, mais il était clair que les jambes de l'un avaient été méticuleusement démolies, de la cheville à la hanche, et que l'autre avait été mutilé dans la région du bas-ventre. Les policiers n'avaient rien pu tirer d'eux : ils étaient restés silencieux, et n'avaient reçu aucune visite. «On n'en sait pas plus que ça», avait conclu un docteur en haussant les épaules. La vie de l'homme mutilé ne tenait plus qu'à un fil, l'infection ne tarderait pas à être fatale. C'était déjà un miracle qu'il ait survécu aussi longtemps. «Ils ont perdu une quantité très importante de sang, avait précisé le docteur. De toute évidence, on les a laissés crever. C'est un appel anonyme qui nous les a signalés. Sans cela, ils seraient morts à l'heure qu'il est.» L'homme aux jambes brisées avait peut-être une chance de s'en sortir, mais une chose était sûre : il ne pourrait plus jamais marcher ni même se tenir debout.

*

À l'origine, Sherwood Anderson était venu à Rocky Mount afin d'écrire un article pour le journal *Liberty* sur une femme nommée Willie Carter Sharpe. *Moonshine*[1], lui avaient dit ses patrons. Les habitants des collines vivaient encore en produisant du whisky de contrebande, et c'était toujours le pactole. Le Volstead Act de 1919, qui renforçait le pouvoir du XVIIIe Amendement, avait donné naissance à une hydre aux nombreuses têtes qui se livrait en toute illégalité à la production et au trafic d'alcool dans la région. L'abrogation de la Prohibition en 1933 n'y avait rien changé : les gens continuaient de fabriquer leur alcool pour échapper aux lourds impôts sur la distillation légale, ou bien le faisaient livrer par bateau sur la côte. Mais, avec la fin de la Prohibition, le public voulait en savoir plus sur cette période. Ces gens-là, prétendait-on, sevraient leurs enfants en les mettant à la boisson. Ils faisaient cuire leurs œufs dans l'alcool, arrosaient de gnôle leur café du matin. Tout le monde voulait que l'histoire se prolonge, pensait Anderson : les nantis qui s'en mettaient plein les poches et les consommateurs qui savouraient leur gorgée rance de gin frelaté dans quelque bouge de l'Upper West

1. Nom générique donné à l'alcool de contrebande pendant la Prohibition. Littéralement, «clarté de la lune», car les distilleurs clandestins (*moonshiners* ou *bootleggers*) avaient pour habitude de fabriquer leur alcool en pleine nuit. (Toutes les notes sont du traducteur.)

Side, à Manhattan. Ce supplément de saveur apporté par l'illégalité, ce mythe du danger, ces effluves violents du désespoir et des règlements de comptes à coups de revolver, tous en redemandaient. « Mélange-toi à eux, avaient insisté les gars du journal. Approche-toi des gens, des personnes… Parle-nous de leurs désirs, de leur vie intérieure, de leurs passions : après tout, c'est ton domaine de prédilection, non ? »

Le comté de Franklin s'apprêtait à accueillir un grand procès. Un procès qui allait balayer les derniers restes d'une longue et sanglante bataille entre des groupes de bootleggers, au cours duquel le procureur du comté serait, à en croire la rumeur, accusé de racket et de complot. Les *bootleggers* les plus importants du comté – dont Willie Carter Sharpe, si la police parvenait à mettre la main sur elle – seraient appelés à témoigner devant un grand jury. Sharpe avait épousé un des principaux *bootleggers* et n'avait pas tardé à devenir sa conductrice attitrée. C'est elle qui ouvrait le convoi des camions chargés d'alcool à travers les collines et les bourgades de la région pour les acheminer jusque dans les grandes villes. Au fil des livraisons, elle était devenue une sorte de célébrité. On disait de Sharpe qu'elle avait l'allure d'une star de cinéma et des dents incrustées de diamants. Les femmes de la haute société new-yorkaise lui adressaient des lettres d'amour passionnées, brûlaient d'être à ses côtés. *Liberty* voulait qu'Anderson donne à cette histoire une audience nationale.

En 1934, cela faisait presque neuf ans que Sherwood Anderson vivait dans le sud de la Virginie. Il s'était fait construire une maison à Marion, la capitale du comté de Smyth, à l'ouest de Franklin, plus haut dans les montagnes. Il avait acquis deux journaux locaux et avait débuté sa vie de petit rédacteur de province. Il savait bien que des plaisantins ne manqueraient pas de suggérer qu'il avait renoué avec ses origines en essayant de retourner dans quelque contrée lointaine de son enfance. Mais il savait aussi qu'il n'avait pas essayé de jouer les George Willard à Winesburg[1]. C'était même précisément avec cela qu'il avait espéré prendre ses distances.

Pendant la construction de sa maison, Anderson s'était installé dans un cabanon sommaire sur la colline, en surplomb du chantier. Il avait passé ses journées à observer les innombrables montagnards en équilibre sur la charpente de la bâtisse, travaillant d'une façon méthodique et efficace. Il avait obtenu de son éditeur, Liverwright, qu'il lui envoie chaque semaine cent dollars ainsi qu'un pourcentage sur ses ventes, y compris celles des rééditions pour la Modern Library de *Pauvre Blanc* et de *Winesburg, Ohio*. En échange de quoi Anderson s'engageait à envoyer à Liverwright tout ce qu'il jugerait publiable. Mais, à cette époque, la table de travail d'Anderson restait désespérément déserte et il avait fini par monter à New York pour supplier Liverwright de mettre un terme à leur marché.

Il baptisa sa nouvelle maison Ripshin.

*

Anderson était arrivé de Ripshin la veille et avait passé la nuit dans un hôtel de Roanoke, avant son rendez-vous du matin avec le rédacteur en chef du *Roanoke Times*. Il était encore tôt quand il avait quitté la ville : le ciel passait du pourpre au lavande et les arbres

1. Willard est le jeune journaliste au centre de *Winesburg, Ohio* (1919), le recueil de nouvelles qui a fait la renommée de Sherwood Anderson.

bordant la route perdaient leurs feuilles. Par un matin pareil, Anderson était heureux d'être dehors, loin de sa maison. Il serra les dents et ses mains se crispèrent sur le volant quand il songea au rêve naïf qu'il avait eu en s'installant à Ripshin : faire de cette maison une sorte de salon littéraire rural. Un paradis bucolique où se réuniraient tous les membres de l'intelligentsia. Et même, pourquoi pas, son amie Gertrude Stein. Il la voyait déjà arpentant son salon en sa compagnie, discutant peinture et sémantique…

Finalement, il était devenu l'otage de ses deux journaux. Il travaillait dans leurs locaux presque chaque semaine, les écrivait pour ainsi dire à lui tout seul et passait le reste du temps à régler des détails avec les imprimeurs. En guise de soupape, Anderson avait inventé un journaliste nommé Buck Fever dont la chronique offrait un condensé d'humour et de sagesse populaire – une sorte de croisement entre Will Rogers[1] et Mark Twain.

En 1934, Ripshin était remplie de gens bruyants et ennuyeux, des gens qui abusaient de l'hospitalité d'Anderson, des gens qu'Anderson avait jadis considérés comme de vrais confrères et de vrais camarades mais qui ressemblaient désormais à des mondains bavards en goguette à la campagne, lui laissant jouer le rôle d'aubergiste. Son unique source de réconfort, il la trouvait auprès d'Eleanor, la jeune femme qu'il avait rencontrée à Marion durant les dernières années de son premier mariage. Il l'avait épousée en 1933 et, pendant ses déplacements, Anderson lui écrivait de longues lettres passionnées qui le choquaient lui-même et semblaient

1. Célèbre comédien et humoriste des années 1930. L'une des vedettes des Ziegfeld Follies.

traduire toute la vitalité qu'il n'avait jusqu'alors exprimée qu'à travers ses fictions. Ces lettres, ces mots et ces phrases, ces sentiments et ces idées semblaient en fait provenir de quelque personnage tapi dans l'ombre, au fond de lui, et pas encore totalement achevé.

Le rédacteur en chef du *Roanoke Times* lui expliqua qu'il s'agissait sans doute d'une sorte de vengeance. Assis dans son bureau ce matin-là, juste avant d'aller à l'hôpital, Anderson se sentait somnolent et découragé. La pièce encombrée d'un fatras de papiers empestait le cigare bon marché.

— Liée au trafic, à tous les coups, reprit le rédacteur en chef.

Ses yeux étaient comme deux trous dans un pâté en croûte et il parlait du coin de la bouche, d'un ton hargneux très déplaisant.

— Ces types ont fait quelque chose à quelqu'un. Et quand personne ne parle, il y a fort à parier que c'est une histoire de gnôle.

Le rédacteur en chef poursuivit en confirmant les rumeurs à propos du procès à venir. Grand jury et huis clos.

— Bah, vous risquez de revenir bredouille de votre petite excursion dans le comté de Franklin. Sauf si vous arrivez à ouvrir de force les mâchoires d'un cadavre.

Fais le malin, songea Anderson. *Quel plouc.*

— Monsieur, dit Anderson, je ne débute pas dans le métier. Je connais bien ces gens et leurs problèmes. Je sais deux ou trois choses sur l'alcool de contrebande.

Face-de-tourte hocha la tête avec un petit rire qui secoua toute sa carcasse.

— Si vous restez trop longtemps dans le comté, vous allez commencer à trébucher.

Il secoua son cigare dans l'air enfumé. L'estomac d'Anderson lâcha un couinement de douleur. Si seulement il avait eu le temps de prendre son petit déjeuner…

— Vous trouverez un gars à la prison de Rocky Mount. Un gars nommé Tom C. Cundiff. Mais il ne vous lâchera rien. Il est complètement cinglé. Il y a deux autres types avec lui, des *moonshiners.* Je ne prendrais pas le risque de leur parler s'ils n'étaient pas derrière des barreaux, et pour longtemps encore. En fait, je ferais mieux de vous indiquer à qui vous ne *devriez pas* parler.

— Pourquoi pas, répondit Anderson.

Le rédacteur en chef alla fouiller dans un classeur à tiroirs à côté du bureau. Il en tira une épaisse liasse de documents. Après avoir humecté son index, il en préleva quelques pages qu'il jeta sur les genoux d'Anderson.

— Vous avez peut-être déjà lu ça ? Ça remonte à quelques années…

«20 DÉCEMBRE 1930. TROIS BLESSÉS LORS D'UNE FUSILLADE À MAGGODEE CREEK
Les frères Bondurant ont été blessés par des shérifs adjoints en essayant de forcer un barrage près de Burnt Chimney.»

— Si j'étais vous, je ne chercherais pas à entrer en contact avec *ces types-là.*

— Je n'ai pas l'intention de créer des problèmes, l'assura Anderson.

Le rédacteur en chef posa les deux mains sur son bureau et tendit le visage vers celui d'Anderson, qui ne put réprimer un mouvement de recul.

— Je vais vous dire, mon vieux : ceux qui partent fouiner dans les collines du comté de Franklin risquent fort de ne trouver que deux choses – du whisky frelaté et une pluie de coups de poing.

Avant d'aller à l'hôpital, Anderson s'arrêta dans une station-service à la sortie de Rocky Mount pour s'acheter à manger. La façade en planches était couverte d'enseignes publicitaires métalliques : Granger Rough Cut Tobacco, Mineralton Hogs, Harrod's Medicinal Powders. Sur le porche, trois hommes et un jeune garçon assis sur des chaises le dévisagèrent d'un air de défi. Leur visage inexpressif laissait filtrer un seul sentiment : un léger mépris. Anderson leur dit bonjour, reçut un signe de tête pour toute réponse, même de la part du garçon. Ce dernier, remarqua Anderson, chiquait du tabac qu'il mâchonnait dans sa joue cuivrée. À l'intérieur, une femme en robe au tissu imprimé trônait derrière le comptoir. Un poêle ventru occupait le centre du magasin, entouré d'un cercle de copeaux de bois. Anderson avança parmi les présentoirs occupés par de rares marchandises. Deux fillettes au visage sale accroupies près de cartons et occupées à jouer avec des poupées en toile de jute levèrent les yeux sur lui. Il acheta deux paquets de biscuits – des *nabs,* comme on dit dans cette partie de l'État – et une bouteille de bière de bouleau. En ramassant sa monnaie au comptoir, Anderson perçut le frêle fredonnement du vent sur le toit en métal, le grincement des chaises sur le porche.

Il reprit la route, une simple voie boueuse qui se déroulait devant lui entre les arbres sombres. Tout en conduisant, il essuya de la main la buée sur le pare-brise et tapa ses bottes pour réchauffer ses pieds engourdis. *C'est vrai*, pensa-t-il, *l'alcool est partout : il coule dans les flots épais des ruisseaux, des trombes de whisky se déversent du ciel...* Et il martela le volant de ses poings en criant.

*

Au Rocky Mount Hospital, Anderson sortit de son manteau une bouteille de whisky et en proposa à l'homme au bas-ventre mutilé. Geste stupide, sans doute, mais il ne savait pas quoi faire d'autre. L'homme cligna des paupières en apercevant la bouteille et ses lèvres se retroussèrent en un sourire méprisant.

— C'est à cause de l'argent ? demanda Anderson. Et si vous me racontiez simplement ce qui s'est passé ?

Il resta assis au chevet des deux malades pendant presque une heure. L'homme aux jambes brisées finit par cesser de gémir pour sombrer dans l'inconscience et dormir par intermittence en remuant les mains sous son drap. Des infirmières entrèrent dans la salle pour s'occuper d'autres malades et Anderson observa leurs allées et venues entre les lits, dans les chuintements de leurs chaussures et le crissement sec comme du papier de leur uniforme immaculé. Au bout d'un moment, il ouvrit la bouteille de whisky et en avala une rasade. La chaleur de l'alcool le prit par surprise et il toussa violemment, s'attirant les regards des autres occupants de la salle.

Plus tard, il sortit dans le couloir pour aller poser aux infirmières et aux docteurs quelques questions sur les dernières nouvelles évoquées dans les journaux. Il dut se contenter de sourires nerveux et de haussements d'épaules. Personne dans cet hôpital n'était prêt à lui parler. Il retourna s'asseoir auprès des deux hommes pendant encore une heure, qu'il occupa à lire le *Roanoke Times* tout en sirotant du whisky dans un gobelet en carton. Quand il eut terminé sa lecture, il alla fumer une cigarette à l'extérieur de la salle sans quitter des yeux les deux hommes. Ils étaient tous les deux inconscients à présent, leurs draps étaient trempés de sueur. La veste d'Anderson commençait aussi à être humide. Sa bouche était sèche comme de la cendre. Il avait beau avoir vidé presque un tiers de la bouteille, il se sentait parfaitement lucide. Les revers de son pantalon étaient rougis par la terre, et les grains de poussière crissaient dans ses paumes.

*

Quand, les mois précédents, Sherwood Anderson partait pour de longues promenades au hasard dans le comté de Franklin, il aimait à s'arrêter dans des fermes, à rouler sur des chemins creusés d'ornières pour aller voir les hommes travailler dans les champs. En plein mois de juillet, il arpentait les plantations de tabac en compagnie de garçons de ferme efflanqués. Les feuilles d'un vert tranchant montaient jusqu'à la taille et se déployaient au soleil. Les hommes et les garçons parlaient peu. Ils s'asseyaient à l'ombre d'ormes rabougris, déballaient leur casse-croûte et avalaient leurs sandwichs au jambon et leurs biscuits. Leur regard se posait parfois brièvement sur Anderson mais, en général, ils semblaient fixer un point au loin, très loin. Leur visage, leur cou et leurs bras étaient noircis par le soleil. La terre se craquelait comme les fragments d'un puzzle, la fine poussière d'argile se déposait partout et, à la fin de la journée, dans la chambre au plancher incliné qu'il louait à Rocky Mount ou de retour chez lui, à Ripshin, Anderson trouvait toujours des grains de terre rouge dans ses chaussures, ses chaussettes, ses poches, à la commissure de ses paupières. De grandes bandes argileuses ouvraient sur les routes des blessures béantes. Quand les membres d'une même famille s'asseyaient autour d'un repas, la poussière rougissait les fines rides de leurs yeux et de leurs poignets, s'accrochait encore aux légumes fraîchement nettoyés, cuisait dans les galettes de farine de maïs, s'infiltrait dans la peau croustillante du poulet, dans le sang du cochon…

Anderson s'émerveillait de l'endurance stoïque de ces gens, de leur silence impérieux et de leur volonté de privilégier l'utilité des choses. De vieux débris – panneaux routiers, bois de mauvaise qualité –, ils faisaient des granges ; ils rafistolaient des poignées de hache fendues avec des arceaux métalliques ; ils redressaient à coups de marteau des socs de charrue rongés par la rouille puis, quand ils se brisaient, les fondaient et les martelaient à nouveau ; ils remplaçaient la manivelle de la pompe à eau par un tube en cuivre ; ils désossaient et reconstruisaient des véhicules, chaque nouvel ajout modifiant un peu plus leur fonction et leur apparence initiales. Les déchets de leurs bricolages pourrissaient dans une fosse derrière leur maison, un ravin rempli de saletés rouillées. Ce qui n'empêchait pas le vieux fermier de venir, certains soirs, fouiller dans sa décharge personnelle en se demandant s'il n'était pas possible de fixer cette barre d'accouplement hors d'usage sur sa batteuse. C'était une bataille sans fin pour recycler ce qu'on avait déjà et, quand les choses finissaient par lâcher définitivement, elles se désintégraient dans un nuage de poussière rouge.

*

Anderson allait quitter l'hôpital quand un aide-soignant dans le hall lui fit signe de le suivre. *Quoi encore ?* se demanda Anderson. Il était fatigué et le pressentiment amer d'une gueule de bois en pleine journée aggravait son cas. L'aide-soignant le conduisit dans un couloir et s'arrêta devant une porte. Là, le visage huileux et inexpressif, le regard vide, il tendit la main à Anderson. Après que ce dernier lui eut donné la bouteille de whisky, il la fit tourner devant ses yeux pour jauger la quantité restante puis, avec un haussement d'épaules, la fourra dans la poche arrière de sa blouse. Et tendit à nouveau la main. Anderson posa un billet d'un dollar sur sa paume calleuse, et l'aide-soignant le laissa entrer dans une réserve plongée dans la pénombre. Du sol au plafond, elle était remplie de rayonnages où s'alignaient des bocaux luisants de tailles diverses. L'aide-soignant tira sur un cordon pour allumer.

— Celui-là a été livré à vos deux types le lendemain de leur arrivée, expliqua-t-il en retirant le tissu qui recouvrait un bocal de deux litres. Dans un sac en papier, sans message, sans rien.

Anderson s'approcha et tenta de comprendre ce qu'il voyait.

— C'est ce qu'on appelle la foudre blanche ! reprit-il. De l'alcool maison…

Le bocal était rempli d'un liquide clair où flottaient deux masses grisâtres en forme de bulbe, terminées par des filaments. Elles avaient une coloration marbrée, vaguement sanglante, fantomatique. Deux sphères irrégulières semblables à une paire d'yeux morts.

— Les bijoux de famille de votre gars, commenta l'aide-soignant. Ses *gonades*, comme qui dirait…

Anderson blêmit, la gorge envahie par les relents âpres du whisky.

2

1928

Jack et Howard Bondurant se tenaient au coin du grand bazar Whitehead de Rocky Mount. Il était presque 18 heures et les rues se clairsemaient, chacun se pressant de rentrer chez soi pour le dîner. Appuyant ses bottes crottées contre le trottoir, Howard tenait d'une main une besace avec son repas et, de l'autre, un sac de jute renfermant une tranche de bacon salé. Le vent de mars soufflait de la montagne des rafales glacées qui rougissaient son visage. Après la guerre, Howard avait rapidement pris du poids et, à vingt-huit ans, sa charpente robuste s'enrobait d'une bonne couche de muscles et de graisse. Son large torse et ses bras avaient l'épaisseur de jambons entiers.

Un pick-up Ford rouillé jusqu'au trognon déboula sur la chaussée et s'approcha du trottoir dans un staccato de pot d'échappement semblable à une mitrailleuse. La tête de Danny Mitchell jaillit par la portière.

— Tu te magnes ? lança Danny.

— Qu'est-ce que tu fichais ?

Danny sourit, révélant une dentition d'une blancheur miraculeuse harmonieusement plantée dans le rose luisant des gencives.

Howard posa le sac de bacon et sa besace à l'arrière et grimpa dans la cabine.

— Et le County Line ? lui demanda Jack. Tu y vas, ce soir ?

— Ouais, répondit Howard. Mais pas toi.

Jack cracha sur le trottoir. Il portait une casquette de chauffeur en laine et son pantalon était rentré dans des bottes au laçage serré montant jusqu'aux genoux.

Howard donna un petit coup sec sur le tableau de bord et Danny appuya sur l'accélérateur. La Ford A reprit sa course cahoteuse le long d'East Court Street. Mains dans les poches, Jack regarda le pick-up descendre la colline en brinquebalant. Quand il le perdit de vue, il enfonça sa casquette sur ses yeux et repartit en petites foulées en direction du centre-ville.

Danny Mitchell passa le moteur au point mort et laissa la Ford descendre d'elle-même la pente. Il avait glissé entre ses jambes une bonbonne fermée par un couvercle métallique. Il coinça le volant avec ses genoux et avala une gorgée sans cesser de surveiller la route. Une minute plus tard ils sortaient de Rocky Mount et prenaient la Route 33 en direction du sud.

— Goûte-moi ça, dit Danny.

Danny tendit la bonbonne à Howard qui la souleva de sa large paume pour l'observer à la lumière. Le liquide était clair dans la partie supérieure, plus visqueux et brunâtre au fond. Howard secoua la bonbonne et des bulles grosses comme de la chevrotine s'élevèrent en vacillant et en tanguant, tel un épais champignon opaque et ondulant. L'éruption houleuse avait délogé de petits fragments de brindilles, d'écorce et de terre qui dérivaient comme des filets brumeux.

— On dirait des têtards dans un marécage, commenta Howard.

Danny aboya comme un chien face au pare-brise.

— C'est du maïs d'East Lake ! cria-t-il. Le meilleur ! De la gnôle de Caroline !

Howard renifla le liquide vaseux qui se mit à clapoter contre sa paume lorsque la Ford quitta la route et que les pneus s'enfoncèrent dans les ornières du chemin fangeux qui serpentait dans les collines jusqu'à Snow Creek. Il en prit une gorgée, la fit couler sur sa langue. Sa gorge se resserra et quelque chose de presque solide roula dans sa poitrine, quelque chose qu'on aurait dit vivant. Ses yeux s'emplirent d'eau salée et, tandis qu'il avalait, tous les solides dans sa cavité crânienne se liquéfièrent pour se transformer en morve qui coula brusquement de ses narines.

C'était le pire de tous les whiskies qui aient jamais franchi ses lèvres.

— Bordel, Danny, fais gaffe ! Ça va te rendre accro et, un beau matin, tu vas te réveiller avec ton foie dans les chaussettes.

Howard s'enfonça sur son siège et cala ses pieds dans l'espace étroit sous le tableau de bord. Il avait dans sa poche toute sa fortune : quatre dollars et trente-cinq *cents*. Le reste de son argent était passé dans le maïs, le malt, le seigle et la mélasse stockés dans la réserve de Turkeycock Mountain. D'ici à trois jours, quand les dix cuves de brassage auraient fait leur office, ils récupéreraient pas loin de quatre cent soixante litres d'alcool buvable. À au moins deux dollars le litre, il pourrait compter – une fois payé le réapprovisionnement et partagé le reste de la somme avec Danny et Cundiff – sur une centaine de dollars qu'il rapporterait à la maison pour Lucie et le bébé. Il y avait aussi ses dettes : soixante dollars pour Forrest et, au minimum, quarante pour effacer l'ardoise au bazar de son père. Le whisky fondait lentement dans l'estomac d'Howard et il le sentit envelopper la base de sa colonne vertébrale.

Le soleil frappait le pare-brise en diagonale et les arbres flottaient au-dessus d'eux comme de grandes voûtes couvertes d'épines noires, ambrées et jaunes. À côté d'Howard, Danny grommelait en se débattant avec le volant qu'il bloquait des mains et des coudes. La cabine du pick-up était remplie d'odeurs nauséabondes, dominées par la puanteur du conducteur, un mélange d'entrejambe moite, de pieds crasseux, de tabac, de merde de cochon et de salive amère.

Complètement stupide de travailler en plein hiver, pensa Howard. Il leur faudrait surveiller les cuves toute la nuit et tout le jour suivant, une opération sacrément délicate avec des fours à sciure de bois et leurs doigts pour seul outil de mesure de la température. Puis Howard devrait emprunter la Ford de Danny pour aller retrouver Forrest au County Line Restaurant. C'était la condition posée par Forrest pour lui prêter de l'argent : il avait besoin d'un coup de main pour boucler une grosse vente avec des types de Shootin' Creek aux alentours de minuit. Comme Howard mettrait au moins une heure pour rallier le restaurant dans la nuit, il avait prévu de faire chauffer l'alambic et de préparer les cuves de brassage avant de partir, laissant Cundiff et Danny surveiller l'opération pendant son absence.

Danny tourna le visage vers lui et lui sourit. *Bah, après tout, ce n'est pas un mauvais bougre*, se dit Howard. Il avala une nouvelle rasade d'alcool et rendit la bonbonne à Danny – avant de lâcher trois éternuements en rafale.

— Tu sais quoi, mon Danny-Boy ? Va falloir qu'on s'arrête quelque part pour se rincer le gosier à autre chose… Des porcs ne voudraient pas de cette merde dans leur auge…

Jack courait dans East Court Street, se faufilant entre les rares passants qui arpentaient les trottoirs avec leurs achats de fin de journée. Il évitait de descendre sur la chaussée striée d'ornières boueuses et maculée de crottin d'âne. Le centre de Rocky Mount était occupé par quelques pâtés de maisons où voisinaient boutiques, maisons individuelles, immeubles de rapport et deux hôtels, ainsi que par une rue bordée d'entrepôts remplis de matériel agricole. La chaussée était jonchée d'excréments d'animaux et de détritus. En approchant du Little Hub Restaurant, Jack ralentit et, tout en marchant, retira sa casquette, l'épousseta puis la renfonça sur ses cheveux blonds en ajustant soigneusement son inclinaison. Il inspecta à nouveau ses bottes aux reflets fauves, gratta quelques traces de boue, frotta son pantalon et son manteau. Il aperçut avec fierté son reflet dans la glace du salon de coiffure tenu par un Noir et se sentit indomptable, gonflé d'orgueil. Puis il s'arrêta devant le grand bazar Slone's et admira la paire de bottes en vachette bordeaux à œillets de cuivre exposée en vitrine. Il frotta sa semelle droite sur la pointe de sa botte gauche. *Dès que je touche mes deux premiers dollars*, se promit-il. La doublure jaune crème des bottes paraissait confortable – il l'imaginait douce comme du beurre. À l'intérieur du magasin, un homme portant un long manteau bordé de fourrure réglait ses achats au comptoir. Jack aperçut la Duesenberg Dual Cowl Phaeton garée à l'angle du trottoir. Dans la lumière de l'après-midi, sa carrosserie bicolore prenait des nuances d'un bleu-noir profond.

Une fine poussière argileuse couvrait les marchepieds et les pneus à flanc blanc. Il n'en avait jamais vu de pareille dans le comté de Franklin. *Cette voiture coûte plus cher que dix foutues Ford*, pensa Jack. *Plus, peut-être…*

Il entra dans le restaurant et vit son ami Cricket Pate installé au comptoir, devant un café et un beignet.

— Salut Cricket ! Tu as fini de t'empiffrer ?

— Ouais. Allons-y…

Cricket enfourna le restant du beignet dans sa bouche et les deux adolescents sortirent dans la rue où les attendait le misérable coupé de Cricket, un Pierce-Arrow Series 80.

— Tu me laisses conduire, déclara Jack.

Jack lança la guimbarde cliquetante à pleine vitesse. Agrippé au toit élimé, Cricket secouait la tête.

— Du calme, Jack ! Ne va pas nous flanquer dans le décor !

Cricket Pate était un vieux copain de classe de Jack, du temps de l'école de Snow Creek. Il avait trois ans de plus que lui mais n'avait jamais dépassé le stade du cours élémentaire. C'était un gamin vif, aux genoux tordus à cause d'une malnutrition infantile, rachitisme dont les conséquences l'obligeaient à marcher comme s'il était assis à califourchon sur une clôture. Depuis la mort de sa mère lorsqu'il avait quatorze ans, il vivait à Smith Mountain. Il n'avait jamais connu son père. Il occupait son temps à tirer l'écureuil et à pêcher le poisson-chat dans le lac au pied de la montagne, et vivait de petits boulots pendant la saison des moissons. À dix-sept ans, il avait épousé une traînée rousse originaire de Sontag dont il avait divorcé l'année suivante. Il s'était fait une réputation dans tout le comté pour son ingéniosité dans la réparation de n'importe quelle machine agricole ; on disait qu'un peu de salive et de ficelle lui suffisait pour remettre en état de marche un tracteur ou une batteuse. Il fabriquait de l'alcool depuis ses quatorze ans, des petites quantités de tord-boyaux et de gnôle trafiquée, avec tout ce qui pouvait lui tomber sous la main.

— Respire, répondit Jack. Je sais tout conduire…

En sortant de la ville, il prit la direction du sud. Ses pieds le démangeaient. Il retira ses bottes en veillant bien à les poser sur le siège et non dans la mixture à base de feuilles et de boue qui tapissait le sol, et conduisit les pieds nus le reste du trajet. À Smith Mountain, les deux jeunes hommes possédaient les vestiges d'un vieil alambic fissuré rafistolé avec de l'enduit mais il leur manquait encore un serpentin et un chapiteau, sans même parler de l'argent nécessaire pour s'acheter des ingrédients. Jack avait espéré que Howard les accepterait, lui et Cricket, dans son équipe, mais son frère aîné refusait ne serait-ce que simplement d'évoquer cette possibilité. Jack songea un instant à mettre le cap à l'ouest pour voir si Forrest avait besoin d'aide au County Line Restaurant – peut-être serait-ce l'occasion de lui soutirer un peu d'argent. Mais il savait que, comme toujours, son frère n'apprécierait pas de le voir. Du reste, Cricket devait être de retour à Smith Mountain dans le courant de la nuit et Jack lui avait promis que, si son ami le déposait en ville, il convaincrait Howard de les prendre comme partenaires, au moins pour une fois. Il savait que Cricket avait dépensé ses derniers *cents* pour se payer un café et un beignet pendant que Jack discutait avec son frère. Ils continuaient de rouler sans dire un mot sur la route gagnée par l'obscurité. Jack ralentit pour aborder un virage, tournant le volant avec aisance du plat de la main. Cricket ne lui avait pas demandé comment s'était passée l'entrevue avec Forrest et Jack pensait qu'il n'était pas nécessaire de le lui dire.

La nuit tombait. Danny se frayait péniblement un chemin vers Turkeycock Mountain à travers les fourrés et les buissons de datura, maudissant les affleurements de grès, les racines protubérantes et le froid. La bonbonne qu'il tenait à la main était presque vide désormais. Howard suivait derrière lui, décalé de plusieurs mètres sur le côté afin de ne pas laisser d'empreintes formant une piste rectiligne. Il portait toujours son repas et le bacon. Les arbres se découpaient nettement sur le ciel bleu foncé, comme des silhouettes en négatif noir charbon, formes fuselées dépouillées de feuilles. Howard se surprit à regretter la chaleur et l'abri offert par les feuillages.

Après avoir traversé une brève étendue plane, les deux hommes s'engouffrèrent dans un taillis de bouleaux puis obliquèrent à nouveau sur le versant est de la montagne pour pénétrer dans une épaisse futaie de pins et de gommiers. Elle occupait une partie rocheuse de la montagne perchée à près de cent vingt mètres et, remarquant le scintillement des feux de ce côté-ci du versant, Howard grimaça en songeant au spectacle qu'ils devaient offrir depuis la vallée : une paroi rocheuse abrupte illuminée comme une planète surgie du flanc de la montagne. Mais personne ne prendrait le risque de monter jusqu'ici, même s'ils savaient. *Surtout* s'ils savaient. Le meilleur moyen de finir sa vie avec un visage criblé de grenaille, c'était de se faufiler nuitamment jusqu'à un camp de *moonshiners* en pleine activité. Danny se tourna vers les feux et s'annonça par une série de glapissements aigus.

Tom C. Cundiff était assis sur une bûche, fusil posé sur les genoux, regard perdu dans les flammes. Il portait un chapeau melon éraflé enfoncé sur le front et une écharpe en laine serrée autour du cou. C'était un homme maigre aux traits du visage proéminents, aux yeux très écartés et aux membres bizarrement agencés. Derrière lui, dans l'obscurité, l'alambic dressait son énorme masse de métal sombre. Le campement était jonché de petit bois, planches fendillées, pots de mélasse, boîtes de corned-beef vides et emballages de biscuits. Howard avança vers les cuves de brassage qu'ils avaient martelées la semaine précédente. Elles faisaient un mètre de diamètre et plus d'un mètre de profondeur et ils s'étaient servis de boue argileuse pour colmater leurs joints. Le sang cognait dans ses tempes et il sentait l'alcool bourdonner dans tout son corps. Son nez coulait – il l'essuya dans la manche de son manteau.

Ils allaient avoir besoin de bois supplémentaire pour alimenter les fours, très lents à chauffer, et maintenir toute la nuit le brassin à bonne température. Cundiff n'avait pas procédé correctement à l'opération – signe que son esprit sombre et tordu devait être préoccupé – mais Howard sentait qu'une lueur d'intelligence et une certaine souplesse se cachaient au fond de ces yeux bleus possédés par la folie. À bien des égards, Cundiff était l'associé idéal : il savait préparer un bon brassin, évaluer la pression en faisant « sauter le chapiteau » du bout des doigts, estimer le titrage d'un alcool d'un simple coup d'œil aux bulles. Il était installé au campement depuis quatre jours et donnait l'impression de n'avoir pas fermé l'œil une seule fois. Mais le plus important, c'était qu'il savait garder le silence.

Normal, pensa Howard en ouvrant les cuves de brassage, *il veut que je sois à côté de lui le jour où il fera une grosse vente.* Forrest ne lui laisserait même pas une partie de la somme : il se contenterait de la retirer de la dette d'Howard. Il ramassa une bonbonne de leur précédente production et la secoua à la lueur du feu pour regarder les bulles. Elles montèrent à la surface, grosses comme des billes. Au moins 85°. Cundiff pouvait surveiller le chauffage du brassin pendant toute la nuit et, s'il cédait à l'épuisement, alors Danny prendrait la relève la journée suivante, jusqu'au retour d'Howard.

Howard envoya Danny ramasser du petit bois puis, à l'aide d'une planche, se mit à remuer le brassin dans les cuves, soulevant la pellicule de malt pour plonger le doigt dans la bière distillée et la goûter. Ils devaient à tout prix lancer la première distillation avant que la nuit soit entièrement tombée. Déjà le brassin produisait cette mousse grumeleuse annonçant la fermentation qui ne tarderait pas à déborder de la cuve. Cundiff quitta son poste devant le feu et rejoignit Howard. Ensemble, ils traînèrent le long demi-tube de métal martelé jusqu'à la réserve d'eau alimentée par une source qui coulait sur ce versant puis ajustèrent le tuyau qui acheminerait l'eau froide vers le cylindre de refroidissement où se trouvait le serpentin.

Une heure plus tard, ils transvasaient leur première cuve dans l'alambic. Howard ouvrit une bonbonne toute neuve de bourbon, propulsant d'une pichenette le couvercle métallique dans la pénombre des bois. Les trois hommes s'assirent autour du feu et, sans un mot, la firent tourner. À la première gorgée, ils eurent l'impression d'avaler de la cendre chaude mais les gorgées suivantes avaient la fraîcheur de l'eau de source. Ils fixaient les braises rougeoyantes pendant que leur gorge anesthésiée se contractait convulsivement. Quand Danny eut vidé la bonbonne, il lança la lie dans les flammes où elle explosa dans un éclair bleuté.

Plus tard, tandis que le soir s'opacifiait et que le froid s'installait, Howard mit des tranches de bacon à frire en glissant la poêle directement sous l'alambic. Ils les mangèrent à mains nues, à même la poêle.

Qu'est-ce que j'en ai à foutre ? Je n'ai qu'à laisser Forrest s'occuper tout seul de ses affaires…

Howard regarda le feu en clignant des yeux et récapitula mentalement tout ce qu'il devait à son frère.

Après avoir remué la cuve, Cundiff referma le chapiteau en tapant dessus et le bloqua sous un enchevêtrement de chaînes pour l'empêcher de sauter sous la pression. À mesure qu'elle augmentait, le cohobateur, relié à l'alambic et au serpentin par un tuyau en cuivre et rempli de brassin fumant, se mit à produire des chocs sourds sur un rythme régulier. Danny s'était assoupi, lové en position fœtale contre une butte, mains sous la tête, chevilles nues dépassant de ses godillots. La chaleur des briques réchauffait son corps maigrelet. Il y eut un tintement, une musique métallique, un crépitement lumineux… L'espace d'un instant, Howard crut percevoir une mélodie de carillon. Puis il respira profondément et se rencogna contre une bûche, la plante des pieds chauffée par le feu de bois. Au-dessus de lui, les grands arbres ondulaient en traçant des arcs de lumière entremêlés. Il ferma les yeux.

Quand il se réveilla, il alla s'asseoir juste devant le feu. Agenouillé devant le condensateur, Cundiff surveillait le liquide sortant du cylindre de refroidissement et gouttant dans le seau. Le premier distillat s'achevait ici, en un processus lent et singulier, dans un petit nuage de vapeur. La tête de distillation chargée de résidus s'écoulait en un filet chaud de liqueur et de sédiments. Le visage de Cundiff avait l'apparence craquelée et changeante d'une carapace de scarabée. Howard étendit ses jambes qui, inertes devant lui, évoquaient deux branches de bois mort. Il commença à sentir la montagne respirer en rythme avec lui. Chaque fois que son torse se dilatait, la montagne semblait gonfler, le propulsant au-dessus des arbres, dans le ciel nocturne, parmi des étoiles scintillantes. En expirant, il redescendait sur terre en franchissant la canopée. Les flammes prenaient des reflets vermillon et dorés à travers ses paupières, puis l'obscurité régnait à nouveau.

Le corps d'Howard craqua comme une branche de bois vert, ses pieds basculèrent sous lui, ses mains en appui sur le sol. Le cohobateur vibrait violemment, résonnant sur la paroi montagneuse, et un jet de vapeur jaillissait du chapiteau par un infime interstice en produisant un sifflement aigu.

Forrest. Le County Line Restaurant !

Howard rampa jusqu'à Danny, inconscient, et le secoua. Le contenu de ses poches se vida par terre. À la lueur des flammes, le cadran de sa montre-gousset indiquait presque minuit. Il tâtonna dans la pénombre vacillante. Le sol était froid, couvert de feuilles humides et de toiles d'araignée poisseuses… Les clés ! Le pick-up de Danny était garé sur la route, au pied de la montagne.

Il s'élança sur le sentier abrupt, renversant au passage des pots de mélasse vides. Jetant un coup d'œil par-dessus son épaule, il aperçut dans un cercle de lumière tremblante Cundiff qui réparait le chapiteau en colmatant la fissure avec un bouchon d'argile, coudes levés, mains voletant autour du jet de vapeur. Il n'était pas tout à fait minuit – Howard pouvait encore arriver à l'heure. Il dévala le chemin en se laissant emporter par son poids. Son buste partait en avant, l'élan entraînait les jambes dans le même mouvement, ses pieds écrasaient des feuilles, les ronces accrochaient sa chemise, des plaques de schiste glissaient sous lui, des souches d'arbres écorchaient ses tibias. Sans cesser de vociférer,

Howard moulinait des bras pour écarter les branchages et piétinait des arbustes à grands coups de bottes. Dans la vallée, l'étroit ruban du ruisseau luisait comme une veine grise ; la route était là, il devait la rejoindre pour trouver la voiture.

Les bottes d'Howard foulaient à présent la terre et le gravier compacts de la route. Il ne voyait rien, ni dans une direction ni dans l'autre. Juste une faible trace crayeuse – la route – mais pas d'arbres, pas de montagne, pas de lune ni d'étoiles, juste la nuit qui l'engloutissait lentement. Il ne lui restait plus qu'à courir sur la route dans tous les sens jusqu'à tomber sur le pick-up – il n'y avait pas d'autre solution. Il repartit de plus belle, une main tendue devant lui, prête à palper les moindres obstacles. Son visage s'enveloppa soudain d'un froid humide et le monde obscur se transforma en une surface parcourue de points lumineux, comme s'il traversait un nuage de lucioles. Il trébucha, apeuré. Les lucioles grossissaient, incandescentes, remplissaient la nuit, l'air tout entier devenait blanc. Il neigeait. Howard baissa la main et accéléra, balançant les bras de plus en plus vite, jusqu'à courir de toutes ses forces dans la neige.

3

Minuit, et les clients du County Line Restaurant ne se décidaient pas à partir. Des joueurs tapaient le carton autour d'une table, serrant entre leurs coudes des piles de pièces de cinq et dix *cents*. Quelques hommes hagards, aux yeux de chiens battus, étaient assis au bar, tenant entre leurs doigts des cigarettes consumées jusqu'aux phalanges, devant des bocaux à fermeture hermétique encore remplis de quelques centimètres d'un liquide transparent. Sur le comptoir, une radio diffusait un concert en direct de Wheeling, Virginie-Occidentale : les membres de la Carter Family entonnaient « Don't Forget This Song ». Un homme portant des souliers ferrés et un pardessus crasseux pianotait en rythme sur le comptoir. Les fenêtres étaient couvertes d'un givre troué d'ombre, le sol de grumeaux de sciure sombre.

I courted a fair young lady her name I will not tell
Oh why should I disgrace her when I am doomed for hell
But now upon my scaffold my time's not very long
You may forget the singer but don't forget this song

Dans la cuisine, Forrest Bondurant, chapeau à la main, regardait par la fenêtre la neige emplir peu à peu l'arrière-cour. Il portait sous sa salopette une chemise épaisse et ses cheveux gominés étaient séparés par une raie sur le côté. À plusieurs reprises, il tapa ses bottes sur le sol. Comme ses frères, il était plutôt grand, avec de grosses articulations osseuses et des oreilles décollées – une version plus mince d'Howard. Dans ses bottes humides, la sensation irritante des chaussettes trempées et glacées. En revenant de la remise où il avait vérifié son stock, il avait marché dans une flaque gelée, s'enfonçant dans l'eau noire jusqu'aux chevilles. Cigarette au coin des lèvres, un Noir nommé Jefferson Deshazo, qui s'activait à la plonge, se retourna pour voir Forrest marteler le sol de ses bottes, puis revint à la bassine d'eau brune et mousseuse devant lui.

Deux des hommes en train de boire dans la salle étaient venus lui acheter trois cents litres d'alcool destinés au comté de Floyd, au nord-ouest de Shootin' Creek. Son frère Howard était en retard et, s'il n'était pas déjà en route, il n'arriverait jamais à l'heure. Forrest serait obligé de demander au serveur du restaurant, Hal, de l'assister avec un fusil. Il pensa aux réserves entreposées dans la remise. Plus de sept cent cinquante litres. Quelques convois étaient déjà passés prendre leur chargement cette semaine et Forrest avait amassé près de six cents dollars. Il les avait mis sous clé, dans une caisse blindée cachée sous un vieux poêle. Il tripota un petit morceau de bois noueux dans sa poche. *Beaucoup trop d'argent à portée de main. C'est de la folie…*

Le temps allait se gâter : toute la journée, les nuages s'étaient amassés, pesant sur les crêtes. Et Forrest avait encore une bonne trentaine de kilomètres à parcourir à travers les montagnes pour rentrer chez lui. Le County Line Restaurant était situé à cheval sur les comtés de Franklin et de Henry, à l'ouest des contreforts de

Thornton Mountain, au croisement des Routes 19 et 21. C'était un établissement banal avec un comptoir en bois, des tabourets, un gril, quelques tables et des fenêtres sans rideaux donnant sur une cour boueuse. La plupart des habitants de cette partie de l'État savaient qu'on pouvait y venir pour boire, prendre son petit déjeuner, un sandwich, un morceau de jambon, des petits pains et un ou deux verres d'alcool de contrebande à peu près buvable. D'ordinaire, pour cinquante *cents*, Hal Childress servait un verre de brandy ou de whisky de maïs, et juste un fond pour dix *cents*. C'était de la bonne qualité, pas le genre de tord-boyaux sirupeux revendu aux convois qui remontaient vers le nord. Tant que les clients se tenaient tranquilles, ils pouvaient rester tout l'après-midi à écouter la radio dans un box près du poêle. Le soir, quelques habitués jouaient aux cartes et il arrivait souvent que Forrest soit occupé par une partie jusqu'au milieu de la nuit, alors que le restaurant était fermé. Il fournissait également ceux qui souhaitaient s'approvisionner en grandes quantités d'alcool. Les vraies affaires au County Line Restaurant se traitaient tard le soir ou bien à l'aube. Alors, tout un convoi de voitures et de camions s'arrêtait dans la cour et des hommes chargeaient des caisses d'alcool remplies de bocaux de deux litres et de fûts métalliques de vingt litres. Les véhicules repartaient ensuite vers le sud, d'autres vers l'est à destination de Richmond ou vers l'ouest pour le Tennessee. Certains hommes avaient des chaussures crottées, des visages ensommeillés tannés par le soleil, ils descendaient de la montagne et partaient livrer leur whisky frelaté dans la vallée ; d'autres, à long manteau et chapeau impeccable, parlaient d'un ton saccadé, chargeaient leur gnôle et mettaient le cap au nord vers Washington, Baltimore, Philadelphie.

L'autre raison de pousser la porte du County Line Restaurant était Maggie, la femme qui faisait frire les œufs et le bacon ou préparait sandwichs et petits pains derrière le comptoir. C'était une grande femme anguleuse d'une trentaine d'années, large d'épaules et aux traits longilignes. Elle se tenait d'une façon étrange, à la fois distante et craintive, se déplaçait avec la fluidité d'un chat et ne ressemblait à personne à des kilomètres à la ronde. Durant les heures de travail, elle nouait ses longs cheveux auburn en un chignon haut perché. Elle portait des robes et des tenues à la dernière mode dans des tissus exotiques ornés de dentelles ou de motifs cousus à la machine. Elle les commandait par catalogue et les faisait expédier à Rocky Mount. Les hommes s'asseyaient au comptoir et la regardaient, au-delà des bocaux de brandy. Ses omoplates saillaient sous sa jolie robe pendant qu'elle s'affairait devant le gril et, quand elle se retournait, ils observaient sa nuque élancée assombrie d'un duvet de cheveux foncés, résistant à l'envie de tripoter le tissu soyeux qui glissait, liquide, jusque sur ses hanches. Maggie ne semblait pas s'en offusquer. Les hommes continuaient donc de s'asseoir devant elle, de la dévisager effrontément, de tourner la tête chaque fois qu'elle allait chercher du beurre ou un morceau de viande dans le congélateur. Quand elle avait le temps, Maggie s'adossait à l'évier et fumait une cigarette en soufflant la fumée par les narines. Elle avait pris l'habitude de fixer un point légèrement au-dessus des épaules des hommes qui l'observaient, comme si son regard se perdait au loin.

Forrest glissa deux doigts entre ses lèvres et siffla doucement. Hal franchit les portes battantes et entra dans la cuisine en se frottant les mains sur son tablier. C'était un homme frêle au crâne bulbeux qui peignait avec soin ses cheveux et ne devait guère prononcer plus d'une dizaine de mots par semaine.

— Tu fermes, ordonna Forrest.

Hal hocha la tête et retourna dans la salle.

Au moment où Forrest enfilait son manteau et s'apprêtait à retourner dans la remise, il entendit un cri provenant du restaurant. Il s'immobilisa, bras tendu dans une manche, et prêta l'oreille. Fracas du verre qui explose – quelqu'un venait de lancer une bonbonne contre un mur. Craquement d'un morceau de bois, bruit sourd de deux corps qui se battent, suivis d'un cri de douleur. Jefferson sortit les mains de sa bassine d'eau savonneuse et les essuya dans un torchon.

Un homme tendait une main ensanglantée par-dessus le bar pour essayer d'agripper Maggie par la taille. Cette dernière s'était repliée contre le gril, mains derrière le dos. À côté de lui se tenait un autre homme vêtu d'une salopette maculée. Leurs tabourets et un chapeau étaient tombés par terre. C'étaient les deux acheteurs de Shootin' Creek. Les joueurs de cartes s'étaient tous levés, sans pour autant poser leurs jeux. Jimmy Rodgers chantait à la radio :

Gonna buy me a pistol, just as long as I am tall...

À l'extrémité du comptoir, Hal brandissait la batte de base-ball qu'il gardait à portée de main en cas de besoin. Il ne quittait pas des yeux les deux hommes. Ses cheveux pendaient en mèches folles autour de ses oreilles et il respirait bruyamment.

— Ça suffit ! cria Forrest. Tout le monde dehors !

L'homme penché sur le comptoir pivota brusquement. Son visage dégoulinait de sueur. Il essaya de sourire – sa bouche tremblait, un filet de bave luisait sur ses lèvres.

— J'ai payé un autre verre et elle ne m'a pas servi ! Et cette salope m'a tailladé !

Il leva sa main : une entaille profonde courait sur ses phalanges.

Forrest interrogea du regard Maggie : elle secoua légèrement la tête. Il revint vers les deux hommes.

— Vous n'avez rien payé du tout, dit-il.

Buy me a pistol, just as long as I am tall…

— On est venus vous acheter près de trois cents litres. Vous n'allez pas nous offrir un petit quelque chose en plus ?

— Vous n'allez rien acheter du tout. Foutez le camp.

Hal se baissa et prit sous le comptoir un Colt Cavalery à long canon piqueté de traces de sang et le tendit à Forrest.

— Il l'a menacée avec quand elle a refusé de le servir, murmura Hal. C'est là qu'elle a sorti son couteau pour se défendre.

Forrest balaya les deux hommes d'un regard vide.

— Tu as menacé cette femme avec ce Colt ?

L'homme abattit les poings sur le comptoir et saisit une autre bonbonne.

— Tu la lances et il va t'arriver des problèmes, l'avertit Forrest.

Les joueurs de cartes avaient enfilé manteau et chapeau, ratissé la monnaie sur la table, fourré dans leurs poches des bouteilles à demi vides et sortaient en chancelant dans la nuit, claquant la porte derrière eux. Forrest jeta un coup d'œil à Maggie : elle regardait toujours par-dessus la tête des deux hommes, et sa main droite derrière son dos serrait un couteau à découper. Une tache écarlate étincelait sur la lame.

Gonna shoot po'Thelma just to see her jump and fall

L'homme cracha sur le comptoir avant de lancer la bonbonne dans le grand miroir à droite de Maggie. Quand la glace vola en éclats, une pluie de verre s'abattit sur les cheveux de la serveuse. Forrest sentit la colère monter au fond de lui. Il venait de comprendre que ces hommes n'étaient rien venu acheter. Trop d'argent à portée de main, c'était une vraie folie, comme de surgir dans cette salle pour affronter une situation qu'il pressentait dangereuse sans même un fusil ou un revolver. Par chance, les deux hommes paraissaient n'avoir qu'une seule arme, ce qui trahissait une action désespérée de leur part. Si Howard avait été là, tout aurait été beaucoup plus simple. Ils avaient dû attendre de voir s'il se montrerait et, l'heure avançant, avaient décidé de tenter le coup. *Peu importe*, pensa Forrest. S'ils cherchaient à être punis, ils allaient être servis.

— C'est bon, répondit l'homme et il s'approcha de Forrest pour lui faire face.

Son acolyte en salopette sale se posta derrière lui. Il n'était pas très grand, mais bien plus costaud que beaucoup. Sous ses mâchoires s'agitait un goitre cramoisi comme une crête de dinde et son visage se résumait à une ride maussade. *Celui-là n'est pas soûl*, se dit Forrest. *Je dois garder un œil sur lui.* Il suffisait de jauger l'homme pour connaître la suite des événements, et c'était justement cette prescience qui faisait battre le sang dans les oreilles de Forrest et blanchissait les jointures de ses mains. Il visualisa dans sa tête la masse de sa colère portée par un triangle de feu flottant dans le ciel nocturne. Il se concentra sur elle, posa une boîte sombre dans laquelle la colère rapetissa jusqu'à n'être plus qu'un néant froid qui coula sur lui comme un filet d'eau. Il aurait voulu se jeter sur le dos du monde pour l'assommer de coups de poing. Quand il regarda les deux hommes, ils ressemblaient à des animaux dressés sur leurs pattes arrière.

Il s'écarta du comptoir pour se donner un peu d'espace. Derrière lui, Hal brandissait son Colt mais Forrest savait que le vieil homme ne tirerait pas quand les deux malfrats passeraient à l'attaque. Pendant un instant, tous les quatre restèrent immobiles puis l'homme au visage en sueur se jeta sur Forrest en hurlant, poings serrés. Forrest fit un pas de côté et poussa son assaillant contre une table qu'il percuta avant de s'effondrer par terre. Jaillissant de la cuisine, Jefferson se précipita sur ses jambes tandis qu'Hal pressait le canon de son revolver contre la tempe de l'homme et lui ordonnait de ne pas bouger.

Quand Forrest se retourna, l'homme en salopette lui lança un direct en plein visage. Il eut juste le temps de pivoter et le poing s'abattit sur son oreille. Forrest laissa son élan le déporter, se protégea en levant les coudes mais l'homme était déjà sur lui, le saisissait à la taille et tentait de le soulever. Il grognait, ses lèvres se retroussaient, et de sa bouche ouverte émanait une haleine chaude et puante. Forrest sentit que ses pieds quittaient le sol et il comprit que les vrais ennuis commençaient. Tout en le soulevant, l'homme avançait en titubant dans la salle et, pendant la fraction de seconde où son étreinte se desserra, Forrest parvint à libérer une de ses mains pour assener un bref coup de paume sous le menton de son agresseur – dans la poche molle du goitre. Il y eut un bruit de violent claquement de dents et l'homme lâcha Forrest, bascula en arrière, le regard fou. Un petit morceau de langue baveux glissa de sa lèvre inférieure, suivi d'un flot de sang qui dégoulina sur son menton et dans son cou. Il prit le morceau de langue entre deux doigts et poussa un nouveau grognement. D'un geste vif, Forrest enfila le poing américain qu'il gardait toujours dans sa poche, fit pivoter l'homme en l'attrapant par le col et son poing métallique s'écrasa pile entre ses deux yeux. Le front ouvert jusqu'à l'os, l'homme s'écroula par terre.

Ils le traînèrent dehors par les chevilles et l'abandonnèrent dans le fossé au bord de la route. Vautré dans la neige boueuse, il gémissait en tenant à deux mains sa tête ensanglantée. Forrest et Jefferson jetèrent ensuite l'homme en sueur dans la cour. Vociférant et jurant, il roulait sur lui-même pendant qu'une pluie de coups de pied s'abattait sur lui. Dès qu'il écartait un tant soit peu les bras, Forrest prenait son élan – dérapant parfois dans la neige – et lui envoyait des coups de botte dans la tête ou les côtes. Quand il le frappait dans des parties plus molles, l'homme grommelait ou laissait échapper une respiration sifflante. La nuit était glacée, le ciel s'emplissait de nuages venus des montagnes, à l'ouest, et les pins au bord de la route dressaient leur masse dans l'obscurité. Bientôt, Forrest en eut assez. Toute cette histoire l'irritait au plus haut point, même si elle ne le surprenait pas : on savait dans la région que ses affaires marchaient bien et il se trouverait toujours des hommes désespérés pour venir tenter leur chance. Il frotta son lobe d'oreille fendu entre ses doigts avant de frapper l'homme dans les reins. *Bon Dieu, Howard, qu'est-ce qui t'obligeait à me promettre un coup de main ?*

Quand il retourna dans le restaurant, Maggie était en train de balayer les débris de glace et de verre. La radio était toujours allumée et c'était sans doute le seul bruit dans un rayon de plusieurs kilomètres. Forrest eut soudain honte et il eut envie de dire quelque chose, de s'excuser, au lieu de quoi il se détourna et rejoignit Hal et Jefferson dans la cuisine. *Ce n'est plus une gamine, je suis sûr qu'elle a déjà vu pire.*

Jefferson se lavait à nouveau les mains dans l'évier et Hal faisait les cent pas en fumant. Il marmonnait dans sa barbe, encore sous le choc. Forrest sortit sa pince à billets et en tira deux coupures de cinq dollars. Il s'approcha de Hal et en posa une dans la main tremblante du vieillard. Hal hocha la tête et Forrest lui donna une tape dans le dos. Jefferson s'essuya les mains, plia soigneusement l'autre billet puis le glissa dans la poche de sa chemise.

— Merci bien, monsieur Forrest, dit-il.

— Merci pour votre aide, répondit Forrest. Je vous promets que ça ne se reproduira plus.

Jefferson se gratta le crâne et regarda Forrest d'un air pensif.

— Je préférerais, oui.

— Alors on est deux.

Debout devant le tiroir-caisse, avec son manteau et son feutre d'homme, Maggie comptait la monnaie. Le restaurant était calme et désert. Jefferson et Hal étaient rentrés chez eux – Hal au volant de sa voiture, en direction du comté de Henry, et Jefferson Deshazo à pied dans l'obscurité neigeuse jusqu'à sa cabane située à quelques kilomètres. Maggie avait sa propre voiture, une camionnette Ford T qui appartenait à son défunt père. Elle insistait toujours pour la conduire elle-même dans tous ses déplacements. D'ordinaire, elle restait tard au restaurant, occupée à compter la monnaie et à classer les factures. Forrest vivait à Cook's Knob, au cœur du comté de Franklin, mais la route était longue et il avait beaucoup neigé dans les montagnes. Dans ces cas-là, il alimentait le poêle, vidait quelques verres de mule blanche et allait dormir dans l'arrière-salle, sur un lit pliant installé entre des rayonnages de boîtes de conserve.

Il resta un instant à observer Maggie mais elle ne releva pas les yeux : elle était concentrée sur ses petits papiers et son crayon.

— Qu'est-ce que tu fais ? demanda Forrest.

— Je mange de la glace, pourquoi ?

Elle prit une tasse dans un placard et se servit un café. Puis, relevant ses cheveux derrière son oreille, elle adressa un frêle sourire à Forrest. Ses yeux étaient marqués par la fatigue. Par les pans entrouverts de son manteau, Forrest remarqua sa robe maculée, à la taille, de taches de sang séché.

— Tu ferais mieux d'y aller, dit-il. Les routes ne vont pas tarder à être impraticables.

— Dans une minute.

Forrest sortit pour mesurer l'ampleur des chutes de neige. Serrés en grappes épaisses, les flocons dérivaient si lentement qu'on pouvait en saisir au vol – et ils ne duraient pas longtemps. Reste que les routes étaient trop enneigées pour qu'il se risque à traverser Thornton Mountain en voiture. Il aperçut une éclaboussure sanglante sur le manteau neigeux et il la recouvrit en poussant avec son pied un petit tas de neige immaculée. De l'autre côté de la cour, la camionnette de Maggie était garée à côté de sa Ford 1928 vert sapin. La forme de sa voiture paraissait bizarre, sa silhouette découpée sur fond de rideau neigeux. Il s'approcha et vit un corps avachi sur son aile avant. C'était l'homme qu'il avait assommé avec son poing américain. Le sang coagulait sur son front en une trace brunâtre. Il avait dû se traîner jusque-là. Son acolyte avait disparu. Hormis sa Ford et la camionnette de Maggie, plus aucun véhicule n'était garé dans la cour. En l'absence de vent, Forrest entendait la neige tomber à travers les arbres et le geignement d'un moteur quelque part dans la montagne.

Il remarqua alors que son capot était entrouvert, et une colère brûlante s'empara de lui à nouveau. Il se vit jeter l'homme dans un fossé et lui briser les jambes – il poserait ses chevilles en appui sur une pierre et sauterait à pieds joints sur ses tibias jusqu'à ce qu'ils explosent. Mais cette pensée le fatiguait déjà. Il éprouvait un ressentiment amer envers l'homme. Il se baissa pour prendre son pouls et sentit le flux régulier du sang. Il était vivant, autrement dit il allait souffrir encore plus avant la fin de la nuit. Forrest était toujours surpris de constater que beaucoup d'hommes, en se réveillant le matin, éprouvaient le besoin de se faire démolir. Ces hommes étaient capables de dire ou d'accomplir des choses incroyables pour pousser un autre homme à leur casser la figure. Peut-être cherchaient-ils à retrouver cette sensation cuisante d'humiliation qui fait suite au passage à tabac ? Se rouler par terre dans la lumière lancinante du matin, recompter ses dents, palper son oreille coupée, inspecter dans le rétroviseur son visage contusionné couvert de croûtes de sang… Si c'était vraiment ce que voulaient ces types, pourquoi les priver de ce plaisir ? De toute façon, Forrest avait bien l'intention de pousser l'homme dans le fossé et de lui briser les jambes. S'il en mourait, il n'aurait à s'en prendre qu'à lui-même.

Il s'accroupit, agrippa l'homme par le col de sa chemise et s'apprêtait à le faire basculer par-dessus le marchepied pour le traîner dans le fossé quand ses yeux s'ouvrirent d'un seul coup. Ses mains se refermèrent sur les poignets de Forrest, son visage prit une expression hargneuse. Du sang dégoulinait de ses lèvres tandis que Forrest se débattait pour dégager ses mains.

— Fils de pute ! Tu en redemandes, c'est ça ?

À cet instant, il sentit un autre homme dans son dos et des mains le saisirent par le col. Appuyé de tout son poids contre lui, l'homme l'empêchait de se relever. Celui qui le tenait par les poignets sourit en sortant sa langue mutilée, tel un morceau de saucisse sanguinolente et marbrée. Il écarquillait les yeux et son goitre gonflé plissait sur son menton. Son acolyte entreprit de caler son avant-bras sous le menton de Forrest puis tira sa tête en arrière. Des nuages bas d'un gris mat et charbonneux roulaient dans le ciel.

Forrest sentit la lame du rasoir glisser sur son cou. C'était froid, comme si le métal était un morceau de glace traçant une ligne fraîche sur sa peau. Un instant Forrest s'émerveilla de la douceur de cette sensation, de l'absence de douleur aussi. À genoux dans la neige, les bottes trempées, il regardait les fragments d'étoiles à travers les nuages effilochés. L'homme derrière lui le tenait toujours serré, l'homme devant lui écartait ses bras et souriait toujours, visage tout près du sien. Leurs souffles mélangés formaient un nuage de vapeur autour d'eux. Soudain, un poids s'évanouit en Forrest et une immense faiblesse lui succéda. Il sentit alors le sang ruisseler sur sa gorge et sur son torse, se mit à l'avaler en goulées salées – c'est ce qui le fit réagir : *Ma gorge ? Bon Dieu, il est en train de m'égorger, il va me couper la tête !* Son assaillant avait commencé à lui scier vigoureusement le cou. D'un violent mouvement d'épaule, Forrest parvint à le déséquilibrer, dégagea un bras et le frappa violemment au visage. Il sentit sous sa main une pommette, une orbite oculaire, et enfonça le pouce dans la partie molle de l'œil. L'homme hurla, recula, laissant le temps à Forrest de se relever et de marcher en titubant vers le restaurant – avant de s'écrouler lourdement dans la neige, sur les mains et les genoux. Il était stupéfait par la quantité de sang qui s'échappait de son corps et se déversait comme une nappe d'eau sur le sol, transformant la neige entre ses mains en une mare fumante. Il rampa jusqu'à un muret. Bientôt, il y eut le craquement d'une porte forcée, des cris à l'intérieur du restaurant et il comprit qu'ils étaient entrés.

Il s'adossa au muret, chercha de ses doigts engourdis par le froid les bords de sa plaie. Devant lui, le sol était une immensité blanche. Il saisit les bords de sa plaie béante et songea que le moment était venu de mettre sa vie en balance ; mais la seule pensée qui lui vint, c'était que ces hommes étaient venus chercher la bagarre et qu'il leur avait donné ce qu'ils voulaient, alors où était le problème ?

Une partie de mon corps a disparu. Il n'y avait qu'un seul être entier dans l'univers, celui qui apparaissait au matin, enjambait les montagnes puis se baissait pour saisir de ses doigts énormes et grossiers les âmes des hommes semblables à des mauvaises herbes proliférant dans les sillons d'un champ. Quand Forrest leva les yeux, la voûte du ciel avait disparu, laissant la place à un trou déchiqueté. Il n'y avait plus d'étoiles et la lumière tombait sur lui en longs torrents scintillants. Le trou dans le ciel se mit à tourner et on aurait dit que la Terre et tous ses habitants étaient enfermés dans une boîte lancée dans un grand néant noir. *Pas encore*, pensa-t-il. À l'intérieur, encore des cris, des bruits de verre brisé. Une voix de femme poussa un hurlement étrange, aigu et désespéré, qui creusa un tunnel au fond du crâne de Forrest et se tordit douloureusement en lui. Mais impossible de savoir ce qui l'avait causé ou qui l'avait poussé.

Forrest regarda ses jambes étendues devant lui, dans son pantalon poisseux de sang, et il sut qu'elles ne lui répondraient plus.

Plus tard, le calme revint. Forrest observait les volutes effilées de neige tomber sur lui comme des nuages jusqu'à ce qu'une couche blanche recouvre ses jambes, et la cour, et les arbres bordant la route. Son rythme cardiaque était redevenu normal, comme sa respiration qui se matérialisait en petites bouffées régulières. Ses muscles commencèrent à se détendre.

Ça n'a pas l'air si grave.

Le doux tapotis des flocons de neige. L'écho lointain d'une musique provenant d'une fenêtre derrière le muret. Il se concentra sur la musique qui s'atténuait peu à peu jusqu'à ce qu'une voix dise :

This is for our sick and shut-ins.

Puis un chœur reprit un hymne, les voix chantaient lentement, d'un ton réfléchi, des paroles indistinctes.

Forrest ouvrit brusquement les yeux. Quelque part, de l'autre côté de la route, à la lisière des arbres, il avait distingué du mouvement – sans reconnaître ce que c'était. Si c'était Dieu, alors il venait lui régler son compte. Il allait s'approcher de Forrest, lui fendre le crâne et le piétiner à coups de bottes sur la route comme une vulgaire motte de terre. Bah, ce n'était pas grave. À vrai dire, c'était même parfaitement logique. Mais l'instant d'après, son visage tombait dans la neige, sa joue dans la glace et, les doigts toujours crispés sur les lèvres de sa plaie, il se laissa engloutir par la nuit.

*

Quand Howard Bondurant se réveilla, il était couché en chien de fusil sur le siège avant, les dents écrasées contre le volant. Il se rassit et regarda à travers le pare-brise : le monde était entièrement enveloppé de blanc, comme si le sol était illuminé par en dessous. Il s'enfonça dans le siège, plia ses jambes en position fœtale, tapa des pieds contre le tableau de bord pour retrouver des sensations, se gratta furieusement sous les aisselles. Son ventre lui faisait mal. Il frissonna, taraudé par l'envie de sombrer à nouveau dans l'inconscience.

Plus tard, il parvint à ouvrit d'un coup violent la porte du pick-up prise dans une gangue de glace. Trente bons centimètres de neige tombèrent du toit, couvrant son pantalon et ses épaules alors qu'Howard sortait de la cabine. Un peu de poudre glacée glissa sur sa nuque. Le ciel et la terre se confondaient dans la même lueur blanche et, pendant un moment, Howard se demanda si la Ford était à l'endroit, à l'envers ou bien flottait dans les airs. Sur sa gauche, la neige ondulait le long d'une colline puis la traversait en une série de bosses régulières, trahissant la présence d'une clôture. À sa droite, aussi loin que portait son regard, un alignement de pins. Ils ployaient doucement sous le poids de la couche neigeuse, chacun dans une direction différente. On aurait dit un groupe de vieillards assis sur des chaises, en train de dormir. Le pick-up était à moitié enfoui sous la neige, incliné selon un angle bizarre laissant penser qu'il avait versé dans un fossé. Howard observa encore les arbres jusqu'à ce qu'une légère brise ride leur cime courbée, projetant une vapeur poudreuse comme des voiles de brume. Peu à peu, les montagnes et le ciel se désenchevêtrèrent et Howard, plié en deux, coudes en appui sur les genoux, se mit à vomir.

Forrest !

Se servant de la clôture enneigée et des arbres comme repères, il partit sur la route en direction de l'est, face au pâle disque solaire.

4

Le lendemain matin, Emmy Bondurant entra dans sa cuisine vêtue d'un peignoir, une boîte d'allumettes à la main. Un air froid et piquant traversé d'un frisson humide régnait dans la maison. Jack regarda sa sœur allumer la cuisinière puis préparer le café pour leur père, qui dormait désormais bien plus longtemps qu'il ne l'avait jamais fait pendant les cinquante premières années de sa vie. De deux ans plus jeune que Jack, Emmy était grande et voûtée comme ses frères. Ses épaules effilées et étroites ressemblaient à des nageoires tandis qu'elle se penchait au-dessus de la cuisinière. Elle trancha un morceau de lard maigre qu'elle jeta dans une casserole. Tout en faisant tourner le lard avec une spatule, elle maintenait d'un index nerveux une mèche de cheveux. Ils étaient coupés court et d'une blondeur tirant sur le blanc, presque vitreuse. Depuis ses seize ans, ils étaient parsemés de mèches gris acier.

Debout devant la fenêtre, Jack boutonnait sa chemise sans quitter des yeux la route couverte de neige, guettant l'arrivée possible de son frère. Le premier vendredi de chaque mois, Forrest partait en tournée de livraison à travers tout le comté et, parfois, emmenait Jack avec lui pour transporter les caisses. Jack devait surveiller la route car Forrest ne s'arrêtait jamais devant la maison avec une voiture chargée d'alcool. Il attendait Jack un peu plus loin, et jamais plus de quelques minutes. Si Jack n'était pas ponctuel, Forrest repartait.

Ces matins-là, dès qu'il entendait le bruit du moteur, Jack avalait d'une gorgée le reste de son café, sortait en courant de la maison et se précipitait vers la route avec un petit pain froid dans la bouche et un autre dans la poche. En courant vers la voiture de Forrest, il éprouvait l'envie irrépressible de hennir comme un jeune poulain. Il bondissait sur le chemin de terre, filait devant l'étable, slalomait entre les plants de pois, de haricots, de choux et de vignes pourrissant dans leurs sillons. Dans la voiture, le profil de Forrest, avec son nez crochu et son chapeau à larges bords, était tourné vers la route. Sous le poids des quelque deux cents litres d'alcool, les ailes évasées de la Ford descendaient jusqu'à frôler les roues. Accompagner Forrest dans ses livraisons signifiait toujours quelques dollars en poche et, quand on le voyait à Rocky Mount en compagnie de son frère, Jack se sentait gonflé d'orgueil.

Jack sautait à l'arrière du véhicule, se glissant dans la minuscule niche formée par l'entassement de fûts métalliques de vingt litres et de caisses contenant des bonbonnes de deux litres. Quand Forrest lançait sa Ford 4 cylindres à l'assaut d'une route un peu abrupte, Jack posait les avant-bras sur les fûts pour les stabiliser, tandis que les bonbonnes secouées faisaient entendre leur clapotis. Nombreuses étaient les fermes devant lesquelles ils faisaient halte. Jack se faufilait alors autour des bâtiments et laissait l'alcool sous l'auvent de l'arrière-cour. À Rocky Mount, ils s'arrêtaient devant la moitié des maisons et des magasins. Jack courait le long de ruelles jonchées de flaques, posait ses bonbonnes sur le rebord des fenêtres à l'arrière des boutiques ou bien montait à pas lourds un escalier pour aller frapper aux portes d'immeubles exigus et brinquebalants. Quand les occupants des appartements ouvraient, ils trouvaient une bonbonne sur leur paillasson et entendaient l'écho de bruits de pas dans le couloir. Les livraisons avaient aussi lieu du côté des salles de tribunal ou des postes de police ; Jack livrait aux hommes d'Église, aux avocats, aux juges, aux membres du conseil municipal…

Ensuite, ils partaient plus au nord, vers Grassy Hill, avant d'obliquer vers l'ouest jusqu'à Burnt Chimney et Boone's Mill. À un carrefour, dans une station-service, un homme affligé d'un strabisme les guettait, debout sous l'auvent, un fusil à portée de main, une voiture à l'arrêt juste à côté, moteur en marche. Sans un mot, il récupérait une centaine de litres d'alcool. Ensuite, Forrest et Jack partaient vers l'est et Smith Mountain Lake pour livrer le reste de leur cargaison dans une autre station-service appartenant à un certain Hatcher. Des hommes attendaient dans leur voiture ou leur camion – des Nash Victoria 6 trapues, des Studebaker élancées, des Packard, les inévitables Ford A avec leurs moyeux et leurs amortisseurs surélevés en prévision du poids du chargement. D'autres hommes silencieux, sortis de leur véhicule, laissaient voir des revolvers glissés dans leur ceinturon ou dépassant de leurs poches. Garés non loin, le shérif Hodges et son fils Henry, shérif adjoint, buvaient du café dans un thermos en métal.

Parfois, sur le perron arrière d'une maison où il venait déposer un fût, Jack trouvait une petite enveloppe en papier. Il la donnait à Forrest qui la glissait dans sa poche de chemise. Jamais, dans ses tournées avec Forrest, Jack ne vit quiconque manipuler de l'argent. Le déroulement rapide de toute l'opération accélérait le battement du sang dans ses veines : attendre à un coin de rue dans le centre-ville de Rocky Mount, croiser les passants matinaux en transportant un bidon de vingt litres dans chaque main, sentir le poids des bidons tendre et bander les muscles de ses longs bras. Il aimait cette façon qu'avaient les hommes de l'observer à la dérobée, les femmes d'écarquiller les yeux une fraction de seconde avant de les baisser pour fixer leurs mains posées sur leur blouse ou leur chemisier plissé. Tous ces gens luttaient pour ne pas croiser son regard et Jack, avec sa paire de bottes lustrées et son chapeau enfoncé sur les yeux, savait que sa présence dégageait une force obscure, lestée d'un poids invisible, et qu'il fendait la foule comme une lourde rafale de vent. Chacun de ces instants lui procurait une jouissance intense, et il les revivait dans ses rêves.

Mais ce matin-là, Forrest n'arriva jamais. La route formait une longue congère blanche et personne ne s'y était risqué depuis les premières chutes de neige. Jack se dit que son frère n'avait pas pu quitter le restaurant. Après être resté une heure devant la fenêtre, il abandonna son guet et s'assit devant un morne petit déjeuner. Emmy servit à Granville ses petits pains et son confit de pomme, puis apporta le café bien chaud, les œufs frits et un bol fumant de bouillie de maïs avec de la couenne grillée. Lorsqu'elle put enfin s'attabler, Granville et Jack avaient presque terminé. Jack remarqua le petit sourire de sa sœur tandis qu'elle avalait une gorgée de café et il se demanda si elle se réjouissait de l'absence de Forrest. Pourquoi diable se réjouir de ce que Forrest l'avait une nouvelle fois laissé tomber ? Granville versa un fond de café dans une soucoupe et lapa le liquide. Puis il fourragea des deux mains dans sa barbe et regarda par la fenêtre.

— Tu vas quequ' part ce matin ?

— Je croyais, répondit Jack.

— Alors tu vas pouvoir nous débiter ce tas de bois, là-bas. Mais d'abord, va nettoyer les auges dans l'étable et remplis-les de fourrage.

— Forrest peut arriver d'un moment à l'autre.

Granville se tourna vers son fils et le regarda en plissant les yeux, comme s'il fixait un point très éloigné. Le front du vieil homme était un imbroglio de rides, ses yeux étaient irisés et la peau tachetée de son cou pendait en trois plis parallèles.

— Tu ne vas nulle part. Aide ta sœur puis va t'occuper des vaches et du tas de bois.

Emmy se leva aussitôt et commença à ramasser la vaisselle. Jack scruta son visage, guettant la moindre expression amusée ou triomphale.

— Je suis censé filer un coup de main à Forrest.

— Eh ben, dans ce cas, débrouille-toi pour qu'il t'héberge.

Granville alla chercher son manteau et son chapeau puis partit ouvrir le magasin. Dès qu'il fut sorti, Jack se tourna vers Emmy, debout devant l'évier.

— Quoi ? Pourquoi tu souris ?

— Je n'ai rien dit.

Elle s'affairait avec les assiettes sales et Jack comprit qu'il était inutile d'essayer de percer à jour la raison de son air enjoué. Il se leva, finit son café posté devant la fenêtre en regardant son père retirer la fine couche de neige du capot de sa voiture avant de s'engager avec précaution sur la route. La voiture franchit la colline avec un tintement de chaînes.

Jack coupait du bois quand la voiture de Hal Childress déboucha de la route. La journée s'était bien réchauffée, des restes de neige pendaient tristement aux branches des arbres et Jack avait retiré sa chemise. Son torse dégageait de la vapeur comme le poitrail d'un cheval de trait. Hal se fraya un chemin dans la neige et, à voir le visage livide du vieillard qui dressait les poings devant lui tel un boxeur ivre, Jack comprit que quelque chose ne tournait pas rond. Qu'est-ce que Hal fichait ici au lieu de préparer des grillades au County Line ?

— Jack, je crois bien qu'il est arrivé quelque chose à Forrest.

Jack se retourna vers la maison. Aucune lumière aux fenêtres, juste l'ombre des rideaux derrière lesquels se profilait le rocking-chair de sa mère. Hal tapa dans la neige.

— Howard est dans le coin ?

— Non, répondit Jack. Pas vu.

Une voiture grimpait la route dans un cliquètement de chaînes. Les deux hommes se retournèrent pour la regarder passer. La peau de Jack le démangeait, tout comme ses pieds dans ses chaussettes en laine.

— Qu'est-ce qui s'est passé ?

— Je ne sais pas au juste. Une vente avec des gars de Shootin' Creek a mal tourné. Forrest a réglé le problème mais, ce matin, sa voiture est toujours là et pas lui.

Jack pensa à son père au bazar, sans doute en compagnie du groupe habituel de vieillards hâbleurs réunis autour du poêle et traînant des pieds dans la sciure. Il aurait voulu qu'Howard soit là. Son frère ne s'encombrerait pas de discussion : il monterait en voiture avec Hal, Jack se joindrait à eux et tout irait bien.

— Une seconde, dit Jack qui partit d'un pas vif vers la maison.

Dans la maison régnait une chaleur étouffante. Jack s'essuya le front du revers de la manche. Assise sur le rocking-chair, Emmy était en train de lire. Elle leva les yeux sur son frère.

— Je ne sais pas ce que c'est… Apparemment, il y a eu un problème au County Line.

Jack entra dans le garde-manger où étaient stockés les conserves et les bocaux de légumes emmagasinés par Granville et Emmy durant l'automne. Jack savait que son père y avait aussi caché un fusil, mais il ne savait pas où exactement. Il passa les mains au hasard sur les étagères, fouilla une vieille commode – et quand il s'aperçut qu'il regardait dans des tiroirs trop petits pour contenir un fusil, il se sentit stupide et s'injuria à mi-voix. Il n'avait pas envie de trouver cette arme, il ne voulait pas être mêlé à cette histoire et cette pensée s'insinuait en lui comme une épine crochue.

Il retourna dans la salle de séjour et se frotta longuement les mains. Il sentait bien que sa sœur faisait semblant de lire et l'observait du coin de l'œil.

— Écoute, pas un mot de tout ça à papa, compris ?

Emmy acquiesça, les yeux écarquillés.

Jack sortit dans la cour en jetant son manteau sur ses épaules.

— Bon, allons voir ça !

L'air était limpide et la neige fondait à vue d'œil. Pendant le trajet, Hal expliqua à Jack le détail de l'altercation survenue avec les deux hommes de Shootin' Creek au moment de la fermeture du restaurant : de quelle manière Maggie avait blessé l'un d'eux à la main avec le couteau à découper, comment Forrest les avait finalement maîtrisés. À cause du vacarme des chaînes de pneus sur la route, Hal était obligé de parler en criant.

La voiture de Forrest était toujours garée dans la cour du restaurant, le capot ouvert. *Ce type gagne presque cent dollars par semaine*, ne put s'empêcher de penser

Jack, *et il se paye un vieux tacot Ford à huit cents dollars !* Ils s'arrêtèrent devant la porte du restaurant et coupèrent le moteur. Les traces de pneus et de pas étaient encore visibles, recouverts d'une fine couche de neige, et Jack comprit tout de suite qu'il s'était passé beaucoup de choses à cet endroit pendant la nuit.

— Regarde ici, dit Hal en indiquant la porte du restaurant.

Elle était fermée mais toute la partie autour de la poignée avait été enfoncée à coups de pied. Jack se pencha sur un sillage de neige sombre qui partait du côté du bâtiment et menait à une large tache marron cristallisée mélangée aux gravillons à côté de la voiture de Forrest.

— Le type qui était là s'est pris une bonne déculottée, dit Hal. Mais tout ce sang n'est pas à lui. Sauf s'il s'est tranché les veines tout seul…

Dans le restaurant, le plancher était jonché de bris de verre, les meubles fracassés. Par terre, la caisse était défoncée, tiroir béant ; derrière le comptoir, toutes les étagères avaient été vidées de leur contenu. Sur le bar, le couteau à découper avec sa lame couverte d'une croûte foncée.

— Et Maggie ? demanda Jack.

— Normalement, elle part après nous. Comme sa voiture n'est plus là, elle a dû rentrer chez elle.

En pénétrant dans la cuisine, Jack heurta du pied les casseroles et autres ustensiles répandus sur le sol.

— Jefferson et moi, on avait tout nettoyé, dit Hal. Ça ne devrait pas être comme ça.

— On ferait mieux de prévenir Hodges.

— Allons d'abord jeter un coup d'œil à la remise. Forrest n'aimerait pas qu'on ramène le shérif avec toute cette mule blanche dans le coin…

Ils sortirent par l'arrière de la cuisine et découvrirent des traces de pas très nettes qui menaient à la remise puis repartaient jusqu'à l'entrée du restaurant ainsi qu'un écheveau de marques de pneus indiquant plusieurs allers-retours. La remise était ouverte, la porte fracassée à coups de hache – l'outil avait été abandonné juste à côté. Les rayons du soleil inondaient l'arrière-cour, Jack posa ses mains sur son crâne et essaya de réfléchir. Son esprit bourdonnait comme une ruche.

— Il en avait stocké beaucoup ? demanda Jack.

— Dans les sept cents litres, je crois.

Dans la remise obscure, quelques bonbonnes brisées et des bidons de vingt litres vidés. L'air empestait le whisky de maïs fétide. Une fois ses yeux accoutumés à la pénombre, Jack constata que la remise était presque entièrement vide. Pour charger une telle quantité d'alcool, ils devaient être plusieurs et avoir plusieurs véhicules. Il y en avait pour au moins cinq cents dollars. Ils ressortirent. Hal serrait les poings. Jack avait l'impression qu'il venait de se réveiller d'un profond sommeil. La pointe des choses traçait en lui un sillon léger : les arbres dodelinant de la cime malgré l'absence de vent, le silence troublé par le seul bruit de leurs pas crissant dans la neige fondue. Jack savait que Forrest n'aurait jamais laissé tant d'alcool lui échapper sans livrer un combat féroce, et une pensée le frappa de plein fouet : les hommes qui avaient fait disparaître cet alcool avaient aussi fait disparaître son frère.

*

La première chose à faire était d'appeler l'hôpital de Rocky Mount pour voir s'ils avaient un nouveau patient correspondant à la description de Forrest. Jack se servit du téléphone du restaurant, pendant que Hal entreprenait de balayer les débris dans la salle. Ensuite, s'il le fallait, il appellerait la morgue… Mais Forrest était bien à l'hôpital, dans le service de soins intensifs, et les deux hommes se mirent aussitôt en route pour Rocky Mount. Forrest était allongé sur un brancard, inconscient, la gorge enfouie sous un amoncellement de bandages. Ils avaient recousu la plaie dentelée qui parcourait son cou, d'une oreille à la mâchoire opposée en passant sous son menton à deux centimètres à peine de sa pomme d'Adam. Il avait perdu énormément de sang mais les perfusions l'avaient reconstitué, demi-litre par demi-litre. Les infirmières expliquèrent à Jack et Hal qu'il était arrivé à l'hôpital par ses propres moyens, au beau milieu de la nuit. Il titubait dans l'entrée en tenant entre ses doigts les bords de sa gorge tranchée. Avant de s'évanouir, il avait eu le temps de dire au docteur qu'il avait eu un accident. Près de vingt kilomètres séparaient l'hôpital de Rocky Mount du County Line Restaurant, vingt kilomètres de chemins raides et sinueux à travers la montagne. Quand le docteur lui avait demandé comment il avait parcouru tout ce chemin, Forrest avait répondu : à pied.

5

1929

La seule route au nord de Rocky Mount zigzaguait en lacets abrupts à travers une montagne appelée Grassy Hill. Au sommet, la route continuait vers le nord, traversait Burnt Chimney puis redescendait en serpentant au creux de la vallée, franchissait un réseau serré de torrents avant de se dérouler en spirales jusqu'au rugueux village de Boone's Mill. Une succession de petites collines séparait les comtés de Franklin et de Roanoke, la frontière géographique longeant un mince affluent de Blackwater Creek. Cinquante kilomètres avant d'atteindre le ruisseau, c'était la ville de Roanoke, le centre névralgique de Virginie du Sud.

Cet affluent de Blackwater Creek était nommé Maggodee Creek en raison de la quantité d'asticots qu'on y trouvait. Comme dans la plupart des autres bras de Blackwater Creek, l'eau se teignait d'une couleur marron à cause des bogues épineuses tombant des nombreux châtaigniers bordant ses berges. Le pont enjambant Maggodee Creek était un simple assemblage de planches entrecroisées de la largeur d'un seul véhicule, maintenues par quatre poteaux. De part et d'autre, de profondes étendues boisées couvertes de pins, gommiers et châtaigniers.

À environ deux cents mètres au sud du pont, dans la direction de Rocky Mount, une petite station-service était nichée au creux de la forêt, juste au bord de la route. Cet hiver-là, une fois sorti de l'hôpital, Forrest acheta la station-service à Lou Webb et s'installa dans les pièces à l'étage. Ses fournisseurs et ses clients ne tardèrent pas à reprendre contact avec lui et, quelques jours plus tard, les voitures faisaient la queue devant la petite maison : les affaires reprenaient. Les briseurs de blocus pouvaient traverser Rocky Mount à toute allure, franchir Grassy Hill, s'arrêter à la station-service, prendre leur chargement et repartir aussitôt pour Roanoke, franchissant en quelques minutes la frontière entre les deux comtés. La demande d'alcool augmentait de façon constante et, la nuit, les feux des alambics clignotaient aux versants des montagnes comme autant de lucioles. L'hiver, la chaleur produisait des filets de vapeur d'alcool qui montaient des moindres replis dans les collines.

Aucun écriteau n'était placardé sur la station-service mais, à compter de ce jour, et même après la mort de Forrest, elle serait connue sous les noms de station de Blackwater, station de Burnt Chimney ou station de Bondurant.

Dès qu'il quitta l'hôpital, Forrest reprit sa part dans le County Line Restaurant et la revendit à bas prix à Hal Childress. Il acheta ensuite tout l'équipement d'une scierie mobile : une scie à ruban de type « petit cheval », un long établi de découpe transportable, des lames de rechange, divers outils et accessoires de coupe manuelle. Il embaucha de la main-d'œuvre locale et se lança dans une activité de scierie itinérante qui l'amenait à se déplacer dans tout le comté pour débiter des feuillus ou des pins. Ses jours et ses nuits se partageaient entre la scierie et la station de Blackwater. Derrière la station-service, la paroi de la montagne formait une butte d'une dizaine de mètres de haut. Il y construisit une remise en pierre fermée par une épaisse porte en châtaignier renforcée de traverses en acier, avec une poignée munie d'une solide serrure. Sa clé ne quittait jamais une chaîne que Forrest portait constamment autour du cou. Elle pendait sur le creux osseux juste en dessous de sa pomme d'Adam.

Quelques semaines après les événements survenus au County Line Restaurant, Maggie apparut à la station de Blackwater. Elle s'occupait toujours du gril. L'appartement à l'étage comprenait trois pièces ainsi que des toilettes exiguës. Forrest s'y était installé avec de vieux meubles, de récupération pour la plupart. Quand Maggie était arrivée avec sa valise, vêtue d'une robe vermillon ornée de rubans, Forrest l'avait accompagnée sans un mot jusqu'à l'étage. Il avait disposé dans une chambre un lit simple au sommier métallique ainsi que l'essentiel des meubles en bon état, dont une commode en ronce de noyer surmontée d'une glace ovale à cadre doré que son grand-père avait fabriquée. Dans l'autre chambre, Forrest s'était installé un matelas bourré de paille. Dans le salon, un vieux canapé avachi recouvert d'une couverture faisait face à la fenêtre donnant sur la route et sur Maggodee Creek. Les étagères de la cuisine accueillaient les restes fêlés et ébréchés des assiettes en porcelaine de sa mère.

Forrest engagea Everett Dillon, un jeune homme de Boone's Mill, pour s'occuper des pompes à essence. Âgé d'une vingtaine d'années, c'était un garçon taciturne au visage basané, qui gardait la tête baissée comme sous le poids de son épaisse tignasse noire. Il travaillait dur et ne posait jamais de question. Il avait une femme et un bébé, là-haut dans la montagne, et il avait besoin d'un salaire fixe. Comme au County Line Restaurant, Maggie était préposée au gril mais, comme personne ne s'arrêtait jamais pour manger à la station de Blackwater, elle passait le plus clair de son temps à fumer et à regarder la route par la fenêtre. Parfois, des parties de cartes étaient organisées dans la salle, généralement après la fermeture, et l'activité de station-service était à peu près régulière, mais si les hommes de tout le comté et des régions plus au nord venaient à Maggodee Creek, c'était d'abord pour se fournir en alcool.

Le matin, Forrest préparait le petit déjeuner et le café au rez-de-chaussée pendant que Maggie, assise au bord du lit, brossait ses longs cheveux devant le miroir. Forrest avait récupéré la radio du County Line et, le soir, ils restaient assis sur le canapé, regardant la route et fumant des cigarettes, en écoutant les émissions de Wheeling ou de Richmond. Quand Forrest restait dormir à la scierie, Maggie s'asseyait sur le canapé et écoutait la radio toute seule. Plus tard, elle montait se mettre au lit et feuilletait le catalogue Sears avant d'éteindre la lumière. Si Forrest rentrait tard du travail, il la trouvait endormie et lorsque, le lendemain, l'odeur du bacon et du café la réveillait, elle comprenait que Forrest était de retour.

Maggie n'avait jamais parlé à personne des raisons de son départ du County Line Restaurant, ni de ce qui s'était passé cette nuit-là, ni de son emménagement chez Forrest à Blackwater. Forrest ne parla jamais d'elle à personne et personne, pas même ses frères, ne se risqua à mentionner son existence.

Hal pensait souvent à Maggie pendant ses journées au restaurant, pendant qu'il servait à boire ou nettoyait le bar. Il avait embauché une autre femme pour s'occuper du gril. Pendant bien des années, le vieil homme se surprit à regretter sa présence, à espérer revoir un jour cette longue silhouette nonchalante adossée au gril. De temps à autre, Hal et des clients du restaurant évoquaient cette nuit où Forrest avait été égorgé. Hal leur racontait comment il avait assommé l'un de ses agresseurs avec un coup de poing américain et presque tué l'autre à coups de pied tandis qu'il gisait dans la neige. Il leur racontait le billet de cinq dollars et son départ du restaurant avec Maggie et Jefferson, de sorte que Forrest était seul lorsqu'il avait été agressé puis laissé pour mort. Avec le temps, Hal embellissait son récit, ajoutant certains détails pour donner du relief à la conclusion : un couteau brandi, Hal et Jefferson fonçant dans la mêlée, Forrest assommant ses agresseurs avant de tomber sur leurs acolytes qui l'attendaient à l'extérieur – longs manteaux, voitures clinquantes, des gars du Nord sans doute. Forrest dans l'entrée, sans arme, visage couvert de sang, les mettant au défi d'approcher… L'histoire s'amplifiait, évoluait et, au bout de quelque temps, plus personne n'y crut vraiment. Les événements de cette fameuse nuit étaient désormais nimbés d'un voile de suspicion.

Forrest, pour sa part, ne raconta jamais à personne ce qui lui était arrivé. Il n'y eut aucune enquête de police. En fin de compte, les commentaires qui revenaient toujours aux oreilles de Jack et d'Howard se résumaient à : « Comment diable ce type a pu parcourir les vingt kilomètres qui le séparaient de l'hôpital de Rocky Mount en marchant dans trente centimètres de neige, sur des routes montagneuses, avec sa gorge qui pissait le sang ? » Pour toute réponse, les deux frères se contentaient d'un haussement d'épaules car il était impossible de savoir la vérité sur cet épisode.

— Tu les as eus ? demanda Jack à son frère lors d'une de ses visites à l'hôpital.

— Non, répondit Forrest.

— Qu'est-ce que tu vas faire ?

L'expression sur le visage de Forrest restait placide et neutre. La blessure de son cou était un agrégat de plis et de croûtes violettes solidement cousu de fil noir. Un verre d'eau tiède était posé sur sa table de chevet. Dans le couloir, un malade tentait de convaincre d'une voix rauque une infirmière de lui laisser utiliser le téléphone. Les yeux de Forrest s'attardèrent sur un point au-delà du plafond et la vision soudain poignante de ce frère si affaibli bouleversa Jack. Son visage lui rappelait celui de leur grand-père, un vétéran hagard de la guerre de Sécession. Dans ses plus lointains souvenirs, il revoyait le vieil homme assis bien droit au bord de son lit, occupé à déchiqueter au couteau des morceaux de bois noueux.

— Je veux être là quand tu leur feras payer, dit Jack. Je les tiendrai pendant que tu leur régleras leur compte.

Forrest retroussa les lèvres sur ses dents blanches et les coins de sa cicatrice écarlate formant comme une seconde bouche dessinèrent l'ébauche d'un double sourire.

— Je t'appellerai, Jack. Et ils regretteront de ne pas être déjà morts quand on leur tombera dessus.

Jack fut pris d'un violent haut-le-cœur en pensant à la façon dont se terminerait l'existence de son frère, aussi brutalement que si on taillait à la hache une vieille souche, et en sachant que, d'ici là, Forrest ne cesserait de vivre dans la violence et la souffrance sans jamais pouvoir s'y soustraire.

Rien ne peut nous tuer.

6

1934

Assis en cette fin de soirée à une table du Little Hub Restaurant de Rocky Mount, Sherwood Anderson sirotait un café en observant deux hommes barbus vêtus de la tenue sombre et austère des Dunkards[1], attablés devant des steaks de jambon et des toasts beurrés. Le Little Hub était un endroit parfait pour traîner et, qui savait, saisir au vol quelques informations puisque le shérif et la plupart de ses adjoints figuraient parmi sa clientèle habituelle, ainsi que Carter Lee, le procureur du comté, qui avait jusqu'à présent refusé de recevoir Anderson. Cela faisait maintenant trois mois que l'écrivain était arrivé dans le comté de Franklin et il n'avait guère réussi qu'à accumuler quelques notes. Le bureau dans sa chambre était encombré de bouts de papier, de réflexions sur le décor, les personnages… Il avait distribué des pièces de cinq et dix *cents* dans tout le comté, généralement à des gamins qui traînaient près des stations-service et des snack-bars.

1. Membres de l'Église des Dunkards, Église baptiste d'origine allemande dont les congrégations persécutées en Europe du Nord ont émigré en Amérique dans les années 1720-1730.

« Willie Carter Sharpe ? Ouais, j'la connais. Mais j'l'ai jamais vue... »

« Comment ça, z'êtes pas au courant ? Z'êtes pas du coin ou quoi ? »

Anderson avait appris que personne, dans le comté de Franklin, ne parlait de « *bootlegger* ». Ç'aurait aussi bien pu être un mot étranger. « Vous voulez dire *briseur de blocus*, m'sieur ? » Quel blocus ? Personne ne parlait non plus de « *moonshine* ». Les dénominations en vigueur étaient « foudre blanche », « mule blanche », « rosée des montagnes », « whisky d'écureuil », « whisky de souche », « eau de feu ». Il en avait vu plus d'un échantillon lorsqu'il vivait à Marion. Quand il construisait Ripshin, son contremaître, un septuagénaire taillé comme un ours mais un peu trop confiant dans ses capacités, s'offrait chaque mois une cuite mémorable tous les mois. Il louait une voiture et un chauffeur, remplissait le coffre d'alcool et faisait le tour du comté en s'arrêtant chez tous ses amis pour leur demander de l'accompagner dans son escapade éthylique. Un jour, en arrivant à Ripshin, Anderson avait trouvé tous les ouvriers ivres morts, tombant des échafaudages, recouverts d'une boue plâtreuse et blanche. La plupart de ses amis levaient le coude sans problème. Faulkner en particulier avait un net penchant pour le whisky, et ils en avaient vidé d'innombrables bouteilles ensemble à La Nouvelle-Orléans. Alors, en quoi la situation ici était-elle différente ? Une nuit sur deux, des convois de voitures fonçaient à travers Rocky Mount et les gémissements de leur moteur faisaient trembler les murs de sa chambre.

Le contact d'Anderson au *Roanoke Times* lui permit d'obtenir une copie du rapport préliminaire rédigé en juillet et présenté au commissaire adjoint en second de l'Alcohol Tax Unit. Toute l'enquête du grand jury dans le cadre de l'affaire « États-Unis contre Charles Carter Lee » reposait sur ce document.

« À l'automne 1928, Charles Carter Lee, procureur du comté de Franklin, Virginie, et le shérif Pete Hodges ont convoqué dans le bureau de ce dernier les divers shérifs adjoints du comté de Franklin, seuls ou par deux, afin de leur faire la proposition suivante : diviser le comté en districts et soumettre les fabricants et vendeurs d'alcool illicite à une taxe mensuelle (allant de dix à vingt-cinq dollars) censée leur permettre de poursuivre leurs activités illégales sous la protection des officiels du comté. »

Le grand jury devait se réunir d'ici quelques semaines dans un endroit qui restait encore à définir. Les journalistes laissaient entendre que le procès devait se tenir hors du comté afin d'éviter toute manipulation des jurés. Plusieurs représentants de la loi en activité à Franklin seraient accusés de racket et de complot, mais les noms de leurs complices ne seraient pas révélés avant la promulgation officielle de l'acte d'accusation. Malgré cela, les briseurs de blocus continuaient leur manège, apparemment sans contrainte d'aucune sorte. Anderson avait entendu dire que s'il se rendait dans une station-service bien précise et glissait sur le comptoir un billet de cinq dollars, sans dire un mot, il lui suffisait de ressortir pour être rejoint quelques minutes plus tard par un gamin au col sale qui lui tendrait un sac en papier contenant une bonbonne de deux litres de whisky de maïs. Un jour, dans une autre station-service, il avait donné ses cinq dollars à une adolescente dépenaillée qui avait aussitôt tourné les talons, galopé jusqu'à une colline couverte de ronces et disparu dans la forêt. Anderson avait attendu une heure au bord de la route avant de comprendre qu'il venait sans doute de se faire rouler en beauté, jusqu'à ce qu'une mule apparaisse le long d'un sentier, portant sur le dos une sacoche chargée de bonbonnes d'alcool. Il ne pleuvait pas exactement du whisky mais la rumeur se confirmait : le comté regorgeait d'alcool. L'erreur qu'il avait commise au début était d'en *demander* directement. Puis il s'était aperçu que de telles transactions s'accomplissaient comme beaucoup d'autres dans le comté de Franklin, à l'aide d'une combinaison muette et rythmée, de gestes simples et de suppositions mutuelles. Dans sa chambre, à la pension, Anderson s'était bientôt retrouvé avec six bonbonnes de deux litres alignées au pied de sa commode. Il avait goûté un échantillon de chaque et découvert qu'en réalité, il existait bel et bien des différences et que certains whiskies étaient excellents, d'une saveur riche et complexe aux caractéristiques bien distinctes.

Anderson observait toujours les silhouettes aux vêtements foncés dans la salle du Little Hub Restaurant. Quelques fermiers buvaient leur café. Ils devaient sûrement faire partie d'une ligue antialcoolique, car la majorité des habitants du comté devaient être au même moment en train de boire de l'alcool frelaté autour d'un feu de camp. Le serveur derrière le comptoir croisa les bras sur son ventre volumineux et tira pensivement sur sa cigarette. Un autre homme, installé dans un box, lisait le journal un crayon à la main. Il avait des cheveux huilés et soigneusement peignés de part et d'autre d'une raie, portait un costume cintré et une cravate : un voyageur de commerce en tournée. Anderson observa ses propres mains et vit que leur délicatesse et leur finesse trahiraient immédiatement l'étranger à quiconque prendrait la peine de les regarder. L'idée qu'il puisse avoir besoin d'un interprète pour pénétrer ce monde de la classe ouvrière le fit rougir de honte et de colère. Et maintenant, la mythique Willie Carter

Sharpe : le seul être humain capable de dévaler Grassy Hill à bord d'une Ford lancée à pleine vitesse, comme on pouvait l'entendre dire sous les auvents ou autour des poêles.

Je pourrais leur donner tout de suite le personnage qu'ils veulent, pensa Anderson. La nuit, dans sa chambre, Anderson écrivait sans relâche, assis à une vieille table cabossée, tentant de se remémorer tout ce qu'il avait vu dans la journée – les mains des saisonniers dans les champs, les garçons dans la cabane à fumage, les femmes de fermiers s'affairant, maussades, en cuisine, les rides de leur visage, la coupe de leur tenue de travail, les coutures de leurs souliers. Mais tous ces détails ne lui révélaient pas grand-chose. Comme si l'état d'esprit de ces personnages leur conférait une sorte d'anonymat stérile, tout le contraire des habitants du Midwest avec leur charme pittoresque, leurs vies de frustration, qui s'ouvraient comme des fleurs chaque fois qu'Anderson venait les interroger. Il lisait tout un monde dans leurs yeux brillants, dans leurs mains confuses. Devant les espaces infinis du Midwest, l'esprit se dilatait, les réflexions abondaient. Les étranges contraintes régissant le comté de Franklin, avec ses longs horizons interrompus par les crêtes des collines, donnaient à Anderson l'impression d'être enfermé, confiné, comme si cette région renfermait un danger que ses habitants devaient sans cesse prendre garde à ne pas laisser sortir. Anderson le sentait dans la façon dont les hommes marchaient, hanches en avant, jambes propulsées par des pieds mal assurés, épaules rentrées, mains enfouies au fond de leurs poches de manteau. Il le sentait aussi à leur façon de porter leur chapeau enfoncé sur la tête, yeux baissés sur la terre rouge. Le visage des femmes semblait à jamais pris dans une grimace placide, leurs yeux caves étaient en perpétuel mouvement, elles étaient toujours en train de travailler, de tripoter quelque chose, incapables de rester immobiles, assises sur une chaise. Leurs robes étaient raides et usées, leurs chaussures boueuses, une cordelette autour du poignet en guise de bracelet, une croix maigrelette suspendue au cou. Et personne *ne disait jamais rien.*

Dans ce cas, pourquoi Anderson ne rentrait-il pas chez lui ? Retrouver Eleanor ? Personne, y compris Eleanor, ne savait vraiment où il se trouvait, et l'idée de cette absence mystérieuse lui procurait un plaisir macabre. Elle lui rappelait ce jour de 1912 où il avait quitté son boulot à Elyria, Ohio. La Anderson Manufacturing Company produisait des revêtements bon marché pour les toitures. Cette année-là, il apprenait à jouer au golf. Un jour, il était sorti de son bureau, avec ses seuls vêtements pour toute possession.

— Que se passe-t-il ? lui avait demandé sa secrétaire, le visage figé par l'inquiétude.

C'était une femme intelligente, plus intelligente même que lui, pensait-il. Une pluie d'orage cinglait les carreaux de la fenêtre.

— Chère mademoiselle, ça va vous paraître fou mais j'ai décidé de cesser de me préoccuper de ce commerce.

— Vous êtes malade ?

En un sens elle avait raison. Et Anderson savait qu'il lui fallait quitter tout cela sans plus attendre. S'il parvenait à atteindre la porte, il serait sauvé. Ses pieds l'emmèneraient partout où il le désirerait. Le croyait-elle fou ? L'était-il vraiment ? Anderson regarda la pointe de ses chaussures.

— Mes pieds sont froids, mouillés et fatigués d'avoir trop marché dans la rivière. Désormais, je vais marcher sur la terre ferme, au sec.

En sortant dans la rue, Anderson comprit que c'étaient *les mots* qui l'avaient aidé à franchir ce cap et il se promit de toujours les servir, puis il suivit la voie ferrée et quitta la ville.

Quand il réapparut plusieurs jours après, sans le sou, sale, à des kilomètres d'Elyria, les gens pensèrent qu'il avait eu une sorte de dépression nerveuse. Un accès de folie temporaire causé par le stress. Ils imaginèrent toutes sortes d'explications à son geste et quand, plus tard, il devint écrivain, beaucoup attribuèrent sa disparition à son « tempérament artistique ». Il essaya de s'expliquer dans la nouvelle *A Story teller's Story*, une sorte de divagation autobiographique pour laquelle il était beaucoup trop bien payé, mais là encore en vain.

Ils n'avaient rien compris. Cet épisode avait été provoqué par tout autre chose, quelque chose de bien plus terre à terre. Le flanc d'un coteau fraîchement tondu face à une église. Un quai de gare, un homme en habit avec un bouquet à la main, une femme en pleurs dans le hall. Un frisson dans la terre moite d'un verger, à l'aube.

Et maintenant, quelles histoires ?

Il y eut un faible vrombissement dans l'air et le voyageur de commerce leva la tête de son journal. Le serveur plissa les yeux en regardant vers la fenêtre, puis les deux Dunkards, et Anderson remarqua enfin le bruit : c'était le grondement sourd de moteurs en train d'accélérer. Une livraison en ville.

Anderson bondit de son siège et se précipita dehors. *Autant voir ça de près*, se dit-il. Ajustant son chapeau, il s'assit sur les marches du perron et scruta l'entrée sud de Main Street. Le bruit se rapprochait. Il aperçut des phares qui clignotaient au fil des virages tandis que les véhicules traversaient les faubourgs de Rocky Mount.

L'homme à la cravate apparut à ses côtés, journal coincé sous le bras. Anderson se retourna et vit les Dunkards à la fenêtre. Deux paires de phares, puis trois. Puis le *poc-poc-poc* grêle d'un échange de coups de feu – Anderson et le voyageur de commerce baissèrent la tête et se replièrent aussitôt à l'intérieur du restaurant.

— Ils arrivent ! marmonna le serveur.

Anderson vit par la fenêtre une longue Packard noire foncer sur Main Street en zigzaguant, suivie par deux voitures. Le passager de la première était à moitié sorti par la vitre baissée de la portière et pointait un revolver. La Packard passa en rugissant devant le tribunal, franchit le croisement entre Main Street et Court Street puis freina brusquement avant d'enclencher une marche arrière. Ses poursuivantes durent faire une embardée pour éviter la collision, la première voiture défonçant une petite barrière de planchettes, la seconde terminant sa course sur le trottoir. Pendant cette manœuvre désespérée, Anderson eut le temps d'apercevoir la silhouette voûtée des conducteurs, tout en bras et en épaules sous leur costume de flanelle grise. Au carrefour, la Packard pila, dérapant du train arrière dans un nuage de poussière et, une fois la trajectoire corrigée, repartit de plus belle sur Main Street. Derrière, les deux voitures durent s'y prendre à trois fois pour se désenchevêtrer et faire demi-tour. Quand la Packard arriva à hauteur du restaurant, Anderson vit distinctement le conducteur : petit chapeau melon, cheveux bouclés, mince sourire sur des lèvres fines. Une femme.

Anderson s'apprêtait à parler mais le voyageur de commerce sortit en trombe du restaurant et courut jusqu'à une berline Dodge. Son journal bien plié gisait désormais sur la chaussée, feuilleté par le vent. Anderson s'élança derrière lui.

— Eh ! Eh, vous !

Il arriva devant la Dodge, ouvrit la portière et se glissa sur le siège passager – pour être accueilli par un canon de revolver enfoncé dans sa joue.

— Qu'est-ce que vous foutez ? demanda l'homme.

À bout de souffle, Anderson agita vaguement les mains en direction des phares qui disparaissaient au loin.

— Je crois que je connais cette femme, finit-il par articuler.

Apercevant les deux voitures se profiler dans le rétroviseur, le voyageur de commerce laissa tomber son revolver sur ses genoux et écrasa la pédale d'accélérateur. Les sièges tremblaient à mesure que la berline prenait de la vitesse. L'homme conduisait couché sur son volant, nez collé au pare-brise, sans dire un mot. À l'attaque d'un virage, Anderson se cala contre la portière et, pendant une fraction de seconde, les roues décollèrent, la voiture perdit de son adhérence puis se rétablit.

— Moi c'est Anderson !

Il tendit la main au conducteur pour s'apercevoir au même instant de l'absurdité de son geste dans une voiture lancée à plus de quatre-vingt-dix kilomètres à l'heure.

— Attention ! cria-t-il.

L'homme braqua le volant et ils contournèrent un bidon métallique carré au milieu de la chaussée. En débouchant sur la 7e Rue, ils tombèrent sur trois véhicules. La Packard avait fait un tonneau et se trouvait, retournée, sur une étroite berge herbeuse. Les deux voitures qui la poursuivaient l'encadraient et quatre hommes se tenaient dans les faisceaux des phares, pointant leur revolver vers la conductrice. Un poteau téléphonique avait été sectionné à la base, ses câbles gisaient sur la chaussée, agités de crépitements comme les lanières d'un fouet. D'autres bidons métalliques se déversaient par les portes ouvertes à l'arrière de la Packard fumante. Ses quatre roues tournaient à vide.

— Merde... siffla le voyageur de commerce.

Il coupa le moteur, sortit et courut jusqu'au lieu de l'accident. Deux des hommes armés se retournèrent aussitôt et braquèrent leur revolver dans sa direction en lui ordonnant d'arrêter. Anderson sortit de la Dodge et observa la scène. Le voyageur de commerce brandit un insigne. « Richards ! cria-t-il. Shérif adjoint ! » Après l'avoir examiné, les deux hommes reportèrent leur attention sur la Packard. Anderson avança en se faufilant. Il y avait quelques maisons et magasins sur la 7e Rue, mais les lumières de leur porche étaient éteintes. Aucun habitant n'était sorti sur son pas de porte. L'avant de la Packard était complètement enfoncé, la calandre était pliée à l'endroit du choc avec le poteau téléphonique. Le pare-brise avait volé en éclats.

— Tout doux, les gars, commença Richards. On va s'en occuper tranquillement...

— Elmore ! cria un des hommes, va voir à la portière !

— Tout doux, répéta Richards.

Elmore jeta un coup d'œil par la vitre brisée puis ouvrit d'un coup la portière passager. Un corps en tomba, souple et flaccide, tordu d'une façon impossible. Anderson détourna les yeux puis regarda de nouveau. Le visage n'était plus qu'une atroce bouillie mais tous voyaient qu'il s'agissait d'une femme. Ils ouvrirent la portière côté conducteur et en sortirent un autre corps qu'ils étendirent dans l'herbe. Une autre femme. Elle portait des bas et son chapeau écrasé était orné d'une grande marguerite. Elle semblait à peu près en bon état et couvrit son visage avec ses mains. Son corps était secoué de sanglots, sa robe faisait un tampon autour de sa taille. Penché sur le cadavre de l'autre femme, Richards marmonnait quelque chose. Anderson s'approcha pour essayer de mieux la voir.

— C'est qui, celui-là ?

L'un des quatre hommes – le nommé Elmore – agitait son revolver en direction d'Anderson.

— C'est vrai, dit Richards, vous êtes qui, vous ?

— Je m'appelle Anderson… Je croyais connaître cette femme. C'est Willie Carter Sharpe ?

— Non, répondit Elmore. Qu'est-ce que vous fabriquez dans le coin ?

Un autre homme vint à leur hauteur.

— Celle-là, il faut qu'on l'emmène à l'hôpital.

— OK, dit Elmore. Vas-y avec Wilkins.

Elmore se tourna vers Richards.

— Cette salope nous jetait des bidons remplis ! Elle a failli nous bousiller la bagnole plusieurs fois… Shérif, vous allez appeler vos gars ?

— Oui, oui, l'assura Richards. On va faire le nécessaire.

— Il faut reculer, maintenant, monsieur, dit Elmore à Anderson.

— Vous êtes des fédéraux ? Des gars de l'Alcohol Tax Unit ? demanda Anderson en reculant lentement.

Richards dégaina son revolver et le brandit à hauteur de la tête d'Anderson.

— Vous feriez mieux de reprendre la route. Il n'y a rien à voir pour vous par ici.

Anderson retourna sur la route et marcha jusqu'à un bidon à moitié écrasé dans le caniveau. Il était carré, d'une contenance de vingt litres, avec un banal bouchon à vis. À trois cents mètres, l'odeur était déjà caractéristique : l'arôme riche et intense du maïs fermenté mélangé à un relent de sucre brûlé. Anderson poussa le bidon du bout du pied : il en avait déjà vu de semblables disséminés le long des routes et empilés dans les ravins à travers tout le comté de Franklin. Un jour, dans une allée de Rocky Mount, il avait même surpris des gamins qui jouaient en donnant des coups de pied dedans. Anderson remonta sur le trottoir, se posta derrière un arbre et observa les hommes sur les lieux de l'accident : apparemment, Richards voulait que les agents de l'ATU s'en aillent et le laissent se débrouiller, mais ils semblaient insister à propos de quelque chose.

Quelques minutes plus tard, les deux Dunkards apparurent au volant d'un vieux camion Ford T. Ils s'arrêtèrent à la hauteur d'Anderson et le vieil homme sur le siège passager se pencha par la vitre de la portière.

— Ils vont bien ?

— Non, répondit Anderson, j'ai bien peur que non. C'étaient deux femmes. La première est morte, l'autre a été emmenée à l'hôpital.

— Qui était-ce ?

— On ne sait pas trop.

— C'est la voiture de Pearl Hoover, en tout cas. Je l'ai vue hier qui la conduisait.

Le vieil homme plongea sur Anderson un regard d'acier. Sa lèvre supérieure, bordée d'une ombre de moustache, était enflée et humide, des traces de sauce souillaient les poils de sa barbe.

— La foudre blanche, à coup sûr… grommela-t-il.

— Qu'est-ce que c'est ?

— Trafic de whisky, intervint le conducteur.

Le vieillard continuait de fixer durement Anderson. La cataracte couvrait ses yeux d'un gris laiteux et Anderson se dit qu'il ne devait pas bien le voir à la lumière déclinante du soir.

— Je m'appelle Sherwood Anderson.

— Tazwell Minnix, répondit le conducteur. Et voici mon père, R. L. Minnix.

— « Ne vous conformez pas au siècle présent... », marmonna le vieil homme en triturant sa barbe.

— Pardon, monsieur ?

Ses pupilles floues revinrent sur Anderson.

— La station de Blackwater ! siffla-t-il.

Le conducteur posa une main sur l'épaule de son père. Ce dernier reprit, d'une voix pleine de mépris :

— Ces gars-là... les frères Bondurant... La pire racaille qui ait jamais foulé le sol de Franklin !

Une autre voiture venue du centre-ville descendait la colline et, après avoir évité la Ford T, s'arrêta juste derrière l'épave. Un homme d'âge mur, corps trapu serré dans un costume gris, ouvrit la portière arrière et sortit. Deux hommes lui emboîtèrent le pas tandis qu'il s'approchait des agents de l'ATU.

— Qui c'est, ce type ? demanda Anderson.

— Il vaudrait mieux qu'on y aille, déclara le conducteur. Bonne soirée, monsieur.

Et sur ces paroles, Tazwell Minnix mit le contact et la Ford T redémarra.

L'homme au costume gris avait entraîné Jefferson Richards à l'écart et le tenait par un revers de sa veste. Ils s'affrontaient à mi-voix, Richards gesticulant en direction de la route, l'homme au costume tout près de son visage. L'alcool transporté par la Packard renversée avait coulé sur la route et son flot ondulant emplissait à présent le caniveau aux pieds d'Anderson. Les agents de l'ATU couvrirent d'un manteau le cadavre de la femme.

Anderson remonta à pied la colline et retourna au Little Hub Restaurant pour payer sa note. Il en profita pour décrire au serveur l'homme au costume gris et apprit ainsi qu'il s'agissait probablement de Carter Lee, le procureur du comté. Il se promit d'obtenir une entrevue avec M. Lee ainsi qu'avec le shérif, un certain Pete Hodges. Et ce Jefferson Richards ? Et qu'y avait-il à voir du côté de la station de Blackwater, à Burnt Chimney ? Avec sa petite calotte en papier juchée sur son crâne pointu, le serveur scruta Anderson d'un air craintif. Puis, d'une voix empreinte de sincérité, il lui conseilla de rester à l'écart de Burnt Chimney.

— Ce n'est pas un endroit pour un monsieur de la ville.

— J'ai grandi dans une ferme, rectifia Anderson. Je ne suis pas un de ces citadins sophistiqués…

— Croyez-moi, si vous allez à Blackwater, ils ne vont pas vous interroger sur vos origines familiales !

La nuit, dans sa chambre, Anderson avala quelques gorgées de *mountain whiskey* et s'étendit sur son lit. Le whisky lui donnait l'impression d'être à la fois entravé et protégé, comme si le liquide se lovait au fond de lui. *Je comprends qu'on puisse y prendre goût*, songea-t-il. Ça brûlait un peu la gorge et ça réchauffait les tripes comme une balle de charbon. Dès qu'il sentit le flux de chaleur en lui, ses muscles se détendirent pour la première fois depuis plusieurs jours. La foudre blanche…

Beaucoup de gens dans cette région du monde pensaient encore qu'il existait deux sortes de flammes : l'une bleu-rouge, l'autre blanche. La différence était qu'on ne pouvait jamais éteindre un feu déclenché par une flamme blanche : il brûlait jusqu'à se trouver à court de combustible. C'était la flamme des grands feux de forêt estivaux, des démons rugissants dévastant tout sur leur passage. Après chaque gorgée de foudre blanche, on ne pouvait s'empêcher de porter sa main à son cœur battant, comme pour l'empêcher de jaillir de la poitrine, car ce feu était de ceux qui ne s'éteignaient jamais.

Tandis que l'alcool réchauffait son corps et son esprit, Anderson se dit qu'il avait déjà connu situation similaire : le courant puissant de la voracité industrielle poussait les hommes à déserter leurs établis et leurs ateliers d'artisans pour devenir eux-mêmes des rouages de la machine. Le progrès. Il transformait les hommes en pièces jetables, remplaçables, fabriquées à moindre coût comme si leur cœur était un amas de fer-blanc fixé par des points de colle.

Bah, voilà à quoi je peux porter un toast !

Il leva son verre, le porta à ses lèvres et vida un fond de whisky. Quand il ferma les yeux, il distingua pendant un instant une forme gigantesque flottant au-dessus de lui dans un vide obscur et indéterminé. Sa force et sa masse étaient effrayantes, elle oscillait en un lent mouvement descendant. Le temps de retirer ses chaussures et de s'allonger sur le dos, Anderson sentit le whisky progresser jusqu'à son cerveau et l'emporter dans un sommeil profond avant même que sa tête touche l'oreiller.

7

1929

La première fois que Jack Bondurant vit Bertha Minnix jouer de la mandoline, c'était au printemps, à Snow Creek, chez les Mitchell, pendant le décorticage du maïs. Elle baissait la tête et son regard concentré fixait les frettes de son instrument taillé en forme de goutte d'eau, dont la partie arrondie et bombée évoquait une cuillère en bois. Elle l'avait calé contre sa taille fine, sa chevelure était prise dans le bonnet en dentelle des Dunkards et sa longue robe noire lui arrivait aux chevilles et aux poignets. Jack était adossé à un mur, Howard à côté de lui en manches de chemise. Les deux frères observaient les musiciens entre leurs paupières mi-closes.

Les hommes qui avaient agressé Forrest à Shootin' Creek s'étaient évanouis dans la nature. Forrest, lui, consacrait toute son énergie aux activités de la scierie et à la station de Blackwater. Jack était surpris que son frère n'ait pas l'air impatient de retrouver ses agresseurs : ça ne lui ressemblait pas, de ne pas chercher à assouvir sa vengeance. Mais il y avait tant de choses que Jack ne soupçonnait pas chez Forrest, tant de domaines auxquels, depuis leur enfance, il n'avait pas accès…

Jack regardait les doigts de Bertha Minnix courir sur les cordes, la main gauche sautant vivement de frette en frette, la droite frôlant les cordes du bout des phalanges en un mouvement rapide et flou. Elle jouait « Billy In The New Ground » et les spectateurs l'accompagnaient en frappant en rythme dans leurs mains. À côté d'elle, un guitariste et un violoneux de Burnt Chimney que Jack n'avait jamais vus auparavant. Cette scène surprenait Jack car, en temps normal, les Dunkards interdisaient la pratique de la musique instrumentale, lui préférant des chants aux harmonies méticuleuses. Mais Howard lui avait dit qu'ils appartenaient à une branche réformée de l'Église, beaucoup plus tolérante envers ces activités diaboliques. Des mèches de cheveux glissaient sur le visage de Bertha pendant qu'elle jouait et, à la fin de chaque chanson, elle levait la tête et parcourait du regard l'auditoire. Son léger sourire s'accompagnait toujours d'un hochement de tête gêné. La deuxième fois que Jack surprit ce mouvement, il sentit sa respiration se bloquer et son corps se fendre en deux, bouleversé par tant de beauté.

Jack et Howard étaient arrivés lorsque le soleil rosissait l'horizon. Le maïs était presque entièrement décortiqué : des hommes assis autour de longs chevalets de scierie prenaient les derniers épis, les dénudaient et les jetaient dans des râteliers en rondins de bouleau et en vieilles plaques métalliques. L'après-midi était frais et l'air empli du doux parfum de cette âpre récolte, les hommes riaient et leurs bras nus claquaient tandis qu'ils décortiquaient avec des gestes de plus en plus rapides. Les plus jeunes du groupe martelaient le sol terreux de leurs lourdes bottes en chantant « Old Phoebe » et en poussant des cris en cadence à l'intention des femmes occupées à préparer le repas du soir.

Un an plus tôt, Jack se serait trouvé parmi eux, bras dessus bras dessous avec ces hommes qui bombaient le torse, s'ébrouaient comme des mules et chantaient d'une voix rauque réchauffée par le whisky de maïs. Quand on passait à la danse, Jack invitait toutes les filles qui le souhaitaient, plissant ses lèvres minces, une lueur d'excitation dans ses yeux sombres. Les filles de la région avaient l'habitude de l'appeler Peau-Rouge ou Grand Chef à cause de son nez proéminent, de son visage étroit et de sa peau sombre, comme si le sang d'une race disparue coulait dans ses veines. Désormais, les plus jeunes d'entre elles lui adressaient rarement la parole et ne le taquinaient plus sur ce ton léger qui le faisait sourire et relever sa casquette. Quelques années auparavant, il avait observé ses frères Howard et Forrest et rêvé d'être accepté comme un égal dans leur inquiétante fratrie. Ils portaient leur chapeau enfoncé sur le front et *personne* ne se risquait jamais à se moquer d'eux. Seuls les vieux pouvaient se permettre de maugréer *des bons à rien, ceux-là* quand ils avaient le dos tourné. Des gars comme Talmedge Jamison, Tom C. Cundiff ou les frères de Jack : tout le monde les respectait, et tant pis si ce respect se nourrissait de la crainte qu'ils puissent avoir dans leurs poches un revolver et une centaine de dollars.

Ce printemps-là, Jack se retrouva avec Howard à travailler dans la scierie itinérante de Forrest, s'usant les mains et les jointures sur des planches de pin dans tous les coins du comté. Les gros bras et les saisonniers qui les accompagnaient se dispersaient dans les collines une fois leur paye reçue et ne revenaient presque jamais. En saison, Jack restait dormir au camp avec Howard, parce que Forrest offrait une prime aux ouvriers qui gardaient les lieux et parce que Jack n'avait rien de mieux à faire. Pour lui, c'était un ajournement malencontreux et provisoire à des projets plus ambitieux. Avec Cricket Pate et d'autres compères, il se débrouillait pour distiller de temps en temps des barils d'alcool qui lui permettaient d'empocher quelques dollars supplémentaires, ce qui ne l'empêchait pas de se retrouver fauché avant la fin de la semaine.

Forrest lui donnait parfois du travail à la station de Blackwater – empiler des fûts, transporter des caisses – et d'autres fois Jack restait simplement avec Howard à traîner dans le coin, un revolver coincé dans la ceinture. Les bras massifs d'Howard commençaient à déborder sur son torse. À plusieurs reprises, ils avaient chargé des caisses d'alcool devant des hommes venus du nord. Vêtus de longs manteaux, une cigarette aux lèvres et un fusil entre les bras, ils observaient les deux frères et chaque fois que Jack leur tournait le dos, le froid paralysant de la terreur s'abattait sur lui. Après qu'une centaine de dollars eut changé de mains, les voitures reprenaient dans un vrombissement la route vers Roanoke, laissant Jack haletant de peur. Une traînée de sueur fonçait les coutures de sa salopette, sa langue était une boule de coton. Peut-être n'avait-il pas l'étoffe d'un trafiquant, pensait-il en regardant le visage placide de ses frères. *Quand je me serai dégoté ma propre voiture, une bonne voiture pour partir en livraison, alors j'aurai trouvé ma place : derrière le volant. Et j'arrêterai de charger des caisses pour je ne sais quel blaireau des villes avec des bagouzes en or.*

Howard partageait son temps entre la scierie itinérante et sa femme Lucy, à Penhook, même s'il lui arrivait de passer des journées entières à Turkeycock Mountain – où exactement, personne ne le savait – pour produire une nouvelle fournée d'alcool. Quand les nuits devenaient trop fraîches au camp, Jack et Howard s'enveloppaient dans leurs couvertures et restaient autour du feu, tels des chiens fatigués. Le matin, ils se préparaient un petit déjeuner à base de pain, de porc et de haricots blancs réchauffés sous la cendre et quand, en fin d'après-midi, la scierie fermait, ils mangeaient encore un bout et partageaient une bonbonne jusqu'à la tombée de la nuit.

Howard ajoutait alors un gros morceau de châtaignier au feu de bois et remuait les braises pour la nuit. Le regard perdu dans le ciel nocturne troué par les cimes des arbres, le visage cuivré par le soleil, les yeux pétillants, Jack racontait à son frère ce qu'il ferait dès qu'il aurait un peu d'argent, les nouvelles bottes qu'il s'achèterait, et la voiture, et comme il foutrait le camp du comté pour aller vers l'ouest ou peut-être vers le nord, à la conquête du vaste pays. Quand il buvait, Jack se confiait volontiers, devenait plus détendu, se mettait à croire aux possibilités infinies offertes par le monde. Il racontait avec brio les rêves les plus fantastiques, faisait le récit des voyages accomplis pendant son sommeil dans les profondeurs souterraines des montagnes. Il regardait béatement les visages des gens qui l'entouraient et tentait maladroitement de les décrire comme des créatures extraordinaires. Plus tard, allongés sur leur paillasse au cœur de la nuit, fixant les rondins poussiéreux au plafond, ces mêmes gens se demandaient : *Qu'est-ce qu'il racontait, ce gamin ?*

— Bah, non, disait Jack, je n'ai pas les bons mots pour raconter ça…

— Vas-y, l'encourageait Howard.

Jack retirait ses bottes et frottait vigoureusement sa plante de pied rugueuse et couverte d'ampoules.

— Vas-y…

Pendant le décorticage du maïs, Jack avait serré les dents et passé la bonbonne d'alcool à Howard avant de donner un coup de pied aux épis vides qui jonchaient le sol de la grange. Les hommes mangeaient, Jack contemplait ces visages avides autour de la table, ces morceaux de pain trempés dans les bols de viande marinée, ces petits fermiers qui ne porteraient jamais un vêtement tant soit peu décent ; il pensait combien triste, ridicule et hypocrite était leur existence, et combien ils en étaient peu conscients. À se trouver là, en compagnie de ces hommes, Jack éprouvait un amer sentiment de vertu, une froideur étrange. Il se disait qu'il existait un *autre côté* plus ensoleillé, plus chaleureux à cette scène, mais elle lui semblait aussi lointaine et glacée que le fonctionnement d'une machine ou que la première étoile de l'hiver. Et, par-dessus tout, ils étaient fauchés !

Des bons à rien, ceux-là…

Il regarda le visage lourd et massif d'Howard, les lentes contractions de sa gorge. Rien de tout cela ne le touchait, se dit Jack. Howard n'en avait rien à foutre, il n'en aurait jamais rien à foutre.

*

« Tu dois toujours t'attendre à souffrir. Il y a toujours une souffrance en réserve pour toi », avait dit Forrest sur son lit d'hôpital. Assis à son chevet, Jack avait regardé les coutures dentelées sous le menton de son frère, les fils noirs et luisants sur son cou bleu et blanc. *La seule façon de la supporter, c'est de l'enfouir tout au fond de tes tripes et de laisser ton corps s'en occuper. Alors, très vite, tu finis par oublier ce qui l'avait causée…*

Il pensait aux vieillards qui se retrouvaient dans les magasins ou sous les auvents des stations-service, aux vieilles mégères des groupes de patchworks, avec leurs lèvres luisantes d'amertume, leurs yeux coupants comme des lames de rasoir, leur crâne perpétuellement agité de dodelinements hargneux ; à ces femmes qui parcourent des sentiers hantés par l'écho de transgressions passées, d'insultes et de rudesse – animaux abandonnés, charrette disparaissant au sommet de la colline, sanglots parmi les champs de blé, l'été, la robe remontée sur le visage et la lumière des étoiles baignant une plaie ouverte… *Elles ne font que ruminer leur passé. Ça ne m'arrivera jamais*, pensa Jack en regardant les paysans décortiquer le blé. *Pas à moi, non.*

Il y eut un vacarme soudain, une rafale de cris et un jeune homme nommé Wingfield brandit l'épi rouge qu'il venait de décortiquer – c'était le premier de la soirée, et cela lui donnait le droit d'embrasser la fille de son choix. Wingfield avait à peu près l'âge de Jack et, quand ils étaient enfants, il leur était arrivé de jouer ensemble à Snow Creek. Il était devenu un jeune homme emporté qui parlait avec les mains, arborait des cols amidonnés et des chapeaux à bords relevés. Il avait étudié jusqu'au lycée puis à l'Université de Virginie. La famille de Wingfield était originaire de la région de Tidewater, elle possédait une plantation et la plupart de ses membres résidaient désormais à Charlottesville, où ils avaient acheté d'imposantes demeures situées dans les beaux quartiers. Seul son père nichait encore dans le comté de Franklin, ce qui n'empêchait pas Wingfield de prétendre qu'il était juste de passage dans ce trou paumé et ne tarderait pas à retourner à sa vraie place, parmi les premières familles de Virginie.

Quand les musiciens s'accordèrent une pause, Winfield poussa un cri et, brandissant son épi rouge comme une torche, se mit en marche au pas suivi d'un petit cortège d'hommes. Emmy, la sœur de Jack, était dans un coin en train de glousser avec d'autres filles. Lorsqu'elle tira ses cheveux en arrière, Jack vit sa sœur illuminée d'une sorte de bonheur furtif – un spectacle des plus rares. Il prit conscience que, depuis la mort de leur mère et de leurs sœurs, Emmy semblait être devenue une ombre planant sur les murs de la maison paternelle, une simple paire de mains qui posait de la nourriture sur la table. Quand Wingfield s'approcha d'elle, Jack sentit monter en lui un accès de fureur, mais les hommes passèrent en chantant sans s'arrêter. Le soulagement de Jack fut de courte durée : il remarqua un léger frémissement sur les joues d'Emmy, une certaine façon de prendre sa respiration et de relever le menton au passage de Wingfield, quelque chose dans ses yeux qu'il n'avait jamais vu auparavant. Il savait si peu de choses sur elle, sur sa vie… *Oh mon Dieu, Emmy !* pensa Jack, et la mince paroi de son cœur se froissa pour la seconde fois de la soirée.

Au moment où il s'élançait pour la rejoindre, un rugissement monta du petit groupe d'hommes : Wingfield avait choisi la jeune femme qu'il embrasserait, et garçons et filles se pressaient en cercle pour assister à la scène. Jack dit bonjour à sa sœur mais elle et ses amies, dressées sur la pointe des pieds, cherchaient surtout à voir qui Wingfield allait embrasser. Emmy posa juste la main sur l'épaule de son frère. Plus grand que quiconque dans la grange, Jack voyait ce qui se passait au centre du cercle : Wingfield avait attrapé la jeune Dunkard par le bras.

— C'est Bertha Minnix, dit l'une des filles. Cette Dunkard de Burnt Chimney, la joueuse de mandoline !

Jack observa Wingfield qui faisait durer le plaisir : tenant la jeune fille par les coudes, il fit mine de baisser le visage, tenta quelques feintes qui lui valurent les cris redoublés de la foule. Lorsque Wingfield poussa à son tour un petit cri, Bertha Minnix baissa le menton jusqu'à toucher sa poitrine. Les spectateurs se mirent à rire. *Quel imbécile !* pensa Jack. Puis Bertha Minnix leva le visage, les lèvres serrées dans un mince sourire, et tendit le menton vers Wingfield qui s'immobilisa, faisant mine d'être choqué par tant d'impudence. Il y eut un moment de gêne, la foule se tut… Wingfield se reprit alors et, adressant un clin d'œil aux hommes qui l'entouraient, il plongea vers le visage de Bertha et l'embrassa avec vigueur. Quand il s'écarta, les yeux de la jeune fille étincelaient. Wingfield lui lâcha le bras, recula de quelques pas, perplexe mais, Jack le savait, bien déterminé à faire le spectacle.

La foule l'emporta sous les applaudissements bruyants des filles qui se rassemblèrent autour de Bertha. Cette dernière, baissant à nouveau la tête, retourna auprès des musiciens qui l'attendaient avec leurs instruments. Sa nuque était marbrée de rose et, quand la jeune fille effleura son oreille du bout des doigts, Jack sut qu'elle devait être en feu.

Il retourna près d'Howard et but dans la bonbonne que son frère lui tendait. Lorsqu'il se releva, il essaya de croiser le regard de Bertha mais le guitariste venait de plaquer un accord et Bertha Minnix plaçait de nouveau sa mandoline contre son ventre pour entamer « Old Dan Tucker ». Les garçons et filles dans l'assistance se levèrent et, se balançant en rythme, reprirent en chœur :

Get out'a th' way for old Dan Tucker
He's to late t' get his supper
Supper is over an' petit déjeuner fry'n
Old Dan Tucker stand'n an' cry'n

Washed his face in the fry'n pan
Combed his head on a wagon wheel
An' died with a toothache In his heel

Jack alla se placer dans le champ de vision de Bertha. Il ajusta sa casquette pour que la visière arrive à hauteur de ses sourcils et laissa sa cigarette pendre au coin de ses lèvres. À côté de lui, Howard avalait les dernières gouttes de whisky de maïs – sa gorge se contracta deux fois, trois fois. Dans son énorme main, la bonbonne d'un litre ressemblait à un verre d'eau. C'était incroyable, même pour un gaillard comme Howard. *Seigneur*, pensa Jack, *ce type sait boire !* Howard lui donna une petite bourrade avec la bonbonne et Jack sortit dans la nuit.

La grange était située dans le renfoncement pentu d'une prairie bordée par un étroit ruisseau. Jack alla chercher une autre bonbonne dans le coupé Pierce-Arrow couvert de boue qu'ils avaient emprunté à Cricket Pate. Des voitures et des camions étaient garés sur la partie ouest de la prairie, à côté de quelques charrettes de Dunkards. Des femmes appuyées contre les ailes des véhicules regardaient en croisant les bras les hommes qui se tenaient devant elles, mains dans les poches, oscillant imperceptiblement d'un pied sur l'autre. D'autres hommes juchés sur le capot de leur voiture ou sur le hayon de leur charrette faisaient tourner des bonbonnes, riaient et se donnaient des coups de chapeau. La nuit était douce et le ciel sans lune peuplé d'une multitude d'étoiles.

À l'orée de certaines soirées, Jack éprouvait une sensation d'expansion : la certitude qu'il finirait par être aussi libre et aussi pur que le ciel au-dessus des montagnes. Il entendit la chanson monter en crescendo avant de s'interrompre brusquement, l'accord brutal de la mandoline s'élevant dans les airs, par-dessus la prairie, et quelque part dans l'obscurité une femme partit d'un grand rire.

Jack ouvrit la bonbonne et, la portant à ses lèvres, repensa au son des cordes pincées, aux mouvements vifs des mains de Bertha Minnix… Debout dans l'herbe fraîchement tondue, avec le goût de l'alcool sur les lèvres, il sentit alors le ciel s'ouvrir et le monde se déversa sur lui.

Jack savait exactement à quel moment Forrest s'était détaché du reste de la famille : dès qu'il avait guéri de la grippe espagnole, dès qu'il les avait rejoints à table, avec son long visage bleu, un matin. Comme tous les garçons Bondurant, Forrest était un enfant calme, enclin à observer de longues périodes de silence, provoquées non par la timidité mais par une façon d'appréhender chaque situation comme étant strictement privée, ce qui le dispensait de toute parole. Qu'aurait-il pu dire ? Après la mort de sa mère et de ses sœurs, Forrest s'enferma encore davantage dans sa sphère.

La nuit suivante, Jack fut réveillé par un mouvement du lit quand Forrest se glissa sous les couvertures à une heure tardive. Jack se mit en position fœtale, le plus loin possible de cette présence brûlante, serrant dans son poing les couvertures. Forrest resta allongé sur le dos, rigide, fixant un point dans le noir.

Il devint une silhouette qui, le soir venu, se faufilait par les portes entrouvertes et ingérait de la nourriture comme s'il se débarrassait d'une corvée. Avec l'âge, il garda cette apparence filiforme et blême héritée de la grippe. Même baignée par le soleil, sa peau gardait une légère teinte bleutée. Ses yeux restaient caves, son nez effilé comme un couteau. Très jeune, il commença à perdre ses fins cheveux incolores. Mais ses muscles noueux s'allongèrent, ses mains devinrent des masses d'os et de tendons infatigables et puissants comme l'acier, ses poings des maillets. Quand il travaillait, Forrest dominait de force ses outils, triomphait brutalement de sa tâche. Très jeune, il commença à plier le monde à sa volonté.

Dès l'adolescence, Forrest se levait avant l'aube et partait dans des plantations de tabac pour écimer les plants et arracher les drageons jusqu'à l'heure du déjeuner. Après manger, il repartait pour une marche de six kilomètres à travers Snow Creek Hollow jusqu'à un campement de bûcherons où il maniait la scie de travers jusqu'au dîner. Le lendemain il se levait à la même heure et répétait le même programme, sept jours par semaine, alternant le bétail, les pommes, les châtaigniers, l'abattage des porcs, les foins, les cailloux à casser, la herse à passer, le labourage ou les travaux de menuiserie selon la saison, les besoins et les clients qui payaient. Avec Howard, il livrait des noix et des pommes en char à bœufs jusqu'à Roanoke et du tabac jusqu'à Harrisonburg, Martinsville et Richmond. Là-bas, il dormait en général dans l'obscurité des entrepôts, étendu sur une haute pile de palettes chargées de feuilles de tabac à rouler. C'est à cette époque qu'il commença à boire, acceptant la bonbonne noirâtre qui passait de main en main même s'il n'y prenait aucun plaisir – hormis celui de garder la tête baissée et les yeux fermement ouverts longtemps après que tout le monde était parti se coucher. Autour de lui, les gens se comportaient comme s'il était un chien errant dans la rue.

Plus d'une fois, Granville déclara qu'il était heureux qu'au moins un de ses fils ait une solide éthique de travail. « Forrest ne sera jamais un bon à rien », marmonnait-il devant les hommes assemblés autour du poêle, dans son bazar.

Le dynamisme de son frère était fascinant et Jack avait passé sa vie à chercher en lui la même force motrice. Mais, en dix-huit années, il n'avait encore rien appris. Jack se leva et contempla la porte ouverte de la grange, un carré de lumière sur fond de collines sombres. La musique s'étiolait. La houle des cigales parcourait les arbres au bord des pâturages. Jack avait l'impression qu'il était capable de rester dans ce champ, bercé par le bourdonnement de l'alcool, à écouter et à regarder jusqu'au bout de la nuit. Il était en proie à des accès d'indolence et de rêveries paresseuses : tels étaient ses talents. Il savait ce qu'il voulait – du moins il le pressentait – mais, jusqu'à présent, il avait bien mal été payé de son zèle : une poignée de petite monnaie, quelques bonnes histoires, les mêmes vieilles bottes.

Forrest était devenu de plus en plus économe, voire pingre, un trait de caractère inhabituel chez les hommes Bondurant : Howard et Jack étaient incapables de garder un dollar plus d'une journée et Granville, pourtant si prudent dans ses transactions commerciales, n'avait jamais vraiment prêté attention à la richesse qu'il avait peu à peu constituée, de sorte qu'il avait passé sa vie dans des conditions économiques médiocres malgré la rentabilité de son bazar. Forrest, lui, ne se cachait pas d'accumuler l'argent jusqu'à l'obsession. Il mangeait peu, portait toujours la même tenue et attendait que les coutures lâchent pour daigner changer de vêtements. Parvenu à l'âge de dix-huit ans, Forrest était devenu un homme qu'il valait mieux ne pas traiter à la légère. À l'évidence, les pitreries de la jeunesse étaient derrière lui, rien d'autre ne l'attendait désormais que le rude labeur de la vie d'adulte puis la mort. Forrest affronterait les deux avec un regard buté, des poings crispés et en silence.

Jack retourna dans la grange, donna la bonbonne à son frère puis, enfonçant les mains dans ses poches, observa de nouveau la joueuse de mandoline. Ses doigts blancs attaquaient « Fire In The Gum ».

— Dis donc, commença Jack, comment ça se fait que Forrest n'est pas encore parti à la recherche des fils de pute du County Line ?

Howard jeta le couvercle de la bonbonne dans la paille et avala une gorgée sans quitter des yeux les musiciens. Un léger frémissement agita ses joues charnues.

Les femmes s'écartèrent et les hommes baissèrent les yeux imperceptiblement au passage d'Howard – un hochement de tête en guise de salut avant de fixer le bout poussiéreux de leurs bottes – car la présence du fils Bondurant, surtout quand il buvait, les rassurait autant qu'un feu de jardin crépitant dans leur dos.

Quand les Dunkards eurent cessé de jouer, Jack quitta son frère et alla se poster en bordure d'un petit cercle de gens qui s'approchaient des musiciens, désormais débarrassés de leurs instruments. Il regarda la joueuse de mandoline discuter avec plusieurs personnes, rire d'une façon simple et détendue. Quand Bertha Minnix souriait, son mince cou se courbait et ses joues venaient effleurer ses épaules. Elle avait un nez courtaud et rebondi comme une châtaigne. *Il faut que je la revoie*, pensa Jack. *Que j'en aie le cœur net*.

Il tourna les talons et rejoignit Howard au fond de la grange. Les deux frères ne se parlèrent pas, mais tous deux semblaient d'accord sur un point : c'était une bonne soirée.

8

1929

Un matin du début du mois de mai, Forrest se trouvait dans la remise en pierre quand Everett Dillon débarqua à la station-service. Il agrippait de ses mains graisseuses le col de sa chemise et, le visage en sueur, avançait vers les pompes à essence.

— Il y a du monde pour toi ! Le shérif Hodges et d'autres types…

Il était tôt, le soleil ne s'était pas encore levé et une brume froide s'accrochait à la route qui serpentait dans la vallée jusqu'à Maggodee Creek. Forrest était tête nue et portait un maillot de corps. Il retourna dans la remise et alla prendre sur une étagère un .38 mm à canon long qu'il enfonça à l'arrière de son pantalon. Puis il rejoignit Everett devant la station.

Deux grandes berlines Ford Tudor étincelantes attendaient devant les pompes. Quatre hommes en étaient sortis et on devinait, assis à l'arrière d'une des Ford, le profil d'un cinquième qui regardait droit devant lui. Dans le groupe se trouvait le shérif Peter Hodges, un homme que Forrest connaissait depuis de longues années et qui venait parfois lui acheter du brandy pour ses parties de chasse. L'homme plus petit et plus vieux était Henry Abshire, l'un des shérifs adjoints de la région, accompagné de son associé Charley Rakes, un mastodonte au visage rubicond portant bretelles et cravate à nœud double. Le quatrième était sanglé dans un costume en laine trop étroit et arborait un nœud papillon. Forrest ne l'avait jamais vu. Ses cheveux séparés par une raie au milieu étaient soigneusement gominés, ses chaussures apparemment neuves étaient pourtant déjà usées à la pointe et tachées de boue. Une main sur le capot de la voiture, l'autre dans sa poche de pantalon, il affichait un sourire qui déplut immédiatement à Forrest. Ce dernier s'arrêta devant la porte de la station-service et essuya ses mains sur un torchon. Quand les hommes s'avancèrent, Everett se replia à l'intérieur de la station.

Le shérif Hodges était un personnage rondouillard, jovial et d'un commerce généralement agréable. C'était lui qui avait annoncé à Forrest, quelques semaines plus tôt, qu'ils n'avaient aucune piste concernant ses agresseurs du County Line Restaurant et que le comté abandonnait officiellement l'enquête. Forrest s'y était attendu dès qu'il s'était retrouvé étendu sous les draps de l'hôpital. Il accueillit la nouvelle sans grande émotion : il savait que, tôt ou tard, ses agresseurs reviendraient vers lui. De toute façon, il n'était pas mû par la vengeance mais plutôt par un désir de justice immanente, d'équilibre. Et ce n'étaient pas des choses à la recherche desquelles on décidait de partir un jour.

— Salut Forrest, commença le shérif. Je suis venu avec Jeff Richards.

Pete Hodges se força à sourire et indiqua le quatrième homme. D'ordinaire, Hodges et ses adjoints évitaient la station de Blackwater, ils ignoraient même son existence. D'une part, Forrest en était conscient, par souci de ne pas perturber le dynamisme de la machine à fabriquer cet alcool illégal grâce auquel le comté de Franklin était à peu près solvable et habitable. Et aussi, d'autre part, parce qu'ils avaient peur.

— Salut, Pete, répondit Forrest. Jeff…

Ils échangèrent une poignée de mains.

— Et voici mon nouvel adjoint spécial, précisa Hodges.

Abshire gardait la tête baissée et donnait des coups de pied dans le gravier. Une voiture apparut sur la colline, en provenance de Roanoke, un coupé Dodge qui traversa Maggodee Creek à toute allure et s'engagea au sud de la station. Tous les hommes se retournèrent brièvement pour la regarder passer.

Forrest grattait paresseusement la cicatrice qui courait sous son menton – réduite désormais à un simple trait pointillé blanc, hachuré d'une boursouflure de tissu conjonctif.

— Je ne vous ai jamais vu dans le coin, finit-il par lâcher.

— Mon père travaillait dans le comté de Patrick, répondit Richards. À Woolwine.

— Qui est dans la voiture, Pete ?

Hodges cligna des paupières et regarda Richards. La brume sur la route commençait à s'évaporer et l'odeur ténue d'un feu balaya le terrain. Forrest frotta du bout des doigts le petit morceau de bois qu'il gardait dans sa poche. Charley Rakes poussa un soupir d'exaspération et épongea son visage en sueur à l'aide de sa cravate.

— Je vais me chercher à boire, annonça-t-il avant d'entrer dans la station-service.

— Il y a du monde en dehors d'Everett et de la serveuse ? demanda Hodges.

— Personne.

Richards enfonça ses mains dans les poches de sa veste et se mit à se balancer sur ses talons.

— Dans la voiture, c'est le procureur du comté. Vous connaissez M. Carter Lee ?

— J'ai entendu parler de lui, ouais.

Hodges s'éclaircit la gorge.

— Écoutez, Forrest, Carter Lee veut que tout le monde puisse faire des affaires. On vient juste s'assurer que vous allez coopérer.

Il y eut un claquement de métal contre du verre. Tout le monde se retourna vers les voitures : Carter Lee tapotait sa bague contre la vitre de sa portière.

— Henry, dit Hodges, va voir ce que veut M. Lee.

Henry Abshire marcha jusqu'à la berline et se pencha vers la vitre.

— Voilà de quoi il s'agit, Forrest, reprit le shérif. On veut vous donner un coup de main pour votre petite boutique… Si vous acceptez, il ne se trouvera personne dans tout le comté, d'ici à Roanoke, pour venir vous chercher noise. On connaît un endroit à Rocky Mount qui pourra vous fournir tout ce que vous voulez : des céréales, du sucre, de la levure. Des chapiteaux et des tuyaux, même. On a des pièces de rechange au poste.

— Personne n'est encore venu me chercher noise. Et qu'est-ce que je pourrais bien fabriquer avec tous ces trucs ?

Jeff Richards gloussa en se tapant sur la cuisse. Forrest sentait l'odeur de brillantine qui se dégageait de lui, mélangée à celle du porc frit. Il se tourna vers la fenêtre de la station-service et aperçut la forme râblée de Charley Rakes devant le comptoir. Il agitait les mains devant Maggie, qui secouait la tête.

Richards lâcha un juron sans cesser de sourire et cracha par terre.

— Bon Dieu, ne nous prends pas pour des abrutis ! On sait *très bien* que tu fais du trafic d'alcool ! On sait *très bien* que tu stockes tout dans cet abri, là-haut, et que tu le vends dans cette station-service !

— On se calme, Jeff, intervint Hodges. Il n'y a aucune raison de…

— On sait tout ce que tu fricotes, poursuivit Richards. Et si tu veux continuer ta petite affaire, il va falloir qu'on trouve un arrangement.

Richards avait incliné la tête sur le côté et regardait Forrest en souriant. Ce que Forrest lut dans ses yeux lui glaça le sang. Mentalement, il se représenta la boîte sombre où enfermer la flamme tremblante de son esprit.

— Pete, répondit Forrest d'une voix posée, vous pouvez me dire qui est ce fils de pute ?

Le sourire de Jeff Richards vacilla.

— Écoute, Carter Lee…

— Tu n'es pas d'ici, reprit Forrest en avançant vers Richards.

Richards recula, hésitant, et Hodges sortit ses mains de ses poches. Forrest avait déjà connu cette situation : de temps en temps, quelqu'un arrivait à la station de Blackwater et essayait de le racketter. C'était le plus souvent des hommes venus de Roanoke ou de Richmond, des hommes en costume et en pardessus. Au début, il y avait eu du grabuge, puis ils avaient cessé de venir. Mais Forrest n'avait encore jamais eu affaire aux shérifs de la région, encore moins au procureur Carter Lee, le plus important représentant de la loi dans le comté. Forrest sentait le .38 mm à canon long à la base de sa colonne vertébrale et il réfléchit au geste à accomplir pour sortir son arme – l'angle de sa main sur la crosse, la bascule de l'épaule pour dégainer sous les yeux de Richards en décrivant une ellipse de métal et de bois. Il savait que Hodges le ferait emmener au poste de police et l'enverrait pour quelque temps sous les verrous, mais il ne faisait aucun doute qu'il fallait abattre ce Richards. Il fallait l'abattre pour avoir osé parler ouvertement de ce dont on ne doit jamais parler – ni devant des policiers, ni devant de parfaits inconnus, ni devant des membres de sa famille, ni devant personne. Forrest se rappela alors Charley Rakes, toujours dans la station-service. S'il abattait Richards, Rakes n'hésiterait pas à lui tirer dans le dos.

Hodges s'interposa entre les deux hommes en levant la main.

— De toute façon, c'est déjà réglé, dit-il. Tout le monde dans le comté se plie à nos conditions. J'ai besoin que vous en parliez à Howard.

— Pourquoi vous ne lui parlez pas vous-même ?

Hodges grimaça.

— Il vaut mieux que vous vous en chargiez. Vous comprenez, pas vrai ? Pareil pour votre plus jeune frère. Lui aussi trafique, avec son copain Cricket Pate et quelques autres.

Henry Abshire s'approcha des deux autres. Il hocha la tête à l'intention de Hodges, qui se retourna alors vers Forrest. Les pupilles du shérif se réduisaient à des têtes d'épingle dans un océan de bleu, et Forrest vit qu'il avait peur.

— On va être obligés de couper l'alambic d'Howard, reprit Hodges, et de récupérer tout votre stock. On sait où les Mitchell, Jamison, Cundiff et toute la bande fabriquent leur alcool et ils vont accepter les règles du jeu sinon on leur coupe leur alambic. Ça vaut pour tout le comté. C'est comme ça que ça se passe, maintenant. On vous enverra un type toutes les deux ou trois semaines. Vous lui paierez vingt dollars chaque mois et trente dollars par livraison. Avec ça, vous circulerez librement à travers tout le comté. Personne ne vous embêtera.

Henry Abshire approcha et tendit à Forrest un billet de cinq dollars.

— M. Lee voudrait une bonbonne de votre meilleure eau-de-vie de pomme.

— Allons, Forrest, c'est dans l'intérêt de tout le monde. Tout le monde paie, tout le monde se met d'accord, tout le monde gagne de l'argent.

Il y eut un crissement de gravier et Charley Rakes sortit de la station-service d'un pas traînant, une bouteille de soda orange à la main. Forrest leva les yeux et scruta la voiture, le profil de Carter Lee, le rebord de son chapeau, son nez aquilin, son menton plissé engoncé dans le col amidonné. *Il ne se donne même pas la peine de me regarder.*

— Personne ne m'embête, répondit Forrest. Et je ne peux pas m'engager pour mes frères.

Richards cracha à nouveau. Hodges arracha le billet de cinq dollars des doigts d'Abshire et le tendit à Forrest.

— Prends-le, Forrest. Faisons affaire, d'accord ?

Charley Rakes alla s'adosser à sa voiture et but son soda. Une petite brise rafraîchit l'air pendant un instant, chargée du parfum du chèvrefeuille et des phlox qui poussaient dans la forêt, derrière la station-service.

— Il n'y a pas d'eau-de-vie ici, dit Forrest, alors si vous ne prenez pas d'essence, foutez le camp.

Et, tournant les talons, il se dirigea vers la station, le long canon de son revolver remontant dans son dos. Dans la pièce obscure, Maggie était assise au comptoir, plongée dans la lecture d'un catalogue. D'une cigarette entre ses doigts montaient des filaments de fumée. Derrière elle, le gril était froid et, comme les ustensiles de cuisine suspendus aux étagères, parfaitement nettoyé.

9

Le même matin, Howard Bondurant descendait un petit ravin sur Turkeycock Mountain. Il portait sur l'épaule une section de tuyau en cuivre remplie de sable aux deux extrémités colmatées par un bouchon. Il parvint à une petite clairière au centre de laquelle se trouvait une souche de châtaignier montant à hauteur d'épaule, entièrement dépouillée de son écorce. Une pointe en métal était enfoncée à angle droit dans la souche, à trente centimètres environ de sa base. Howard s'arrêta un instant dans la lumière blanche de la clairière, cligna des yeux, lâcha trois éternuements. À travers sa transpiration abondante, il sentait se desserrer les derniers nœuds de sa cuite nocturne. Il coinça une extrémité du tuyau sous la pointe métallique et, après s'être accroupi, entreprit de tordre le cuivre tout autour de la souche.

Enfant, Howard s'était battu contre des hommes et, malgré leur différence d'âge, les avait mis KO. Adolescent, il avait assommé les frères Shively, deux hommes brutaux et agressifs d'une trentaine d'années. Il aimait la violence spasmodique des travaux de la ferme et pouvait lancer des balles de foin d'un grenier aussi facilement que s'il s'était agi de caisses d'emballage vides. Parfois, tandis qu'il déplaçait du foin dans la grange ou travaillait dans le champ de tabac de son père, il cessait d'écouter la rumeur du monde et se concentrait sur la répétition élémentaire de ses gestes, la tension et le chuintement de ses muscles. Il atteignait ainsi la perfection dans le cycle du mouvement et de la force, et c'était encore mieux que de travailler sans effort. Dans la douceur de ce moment, des ondes délicieuses se propageaient à travers tout son corps. Quand il s'arrêtait en entendant quelqu'un crier son nom, les muscles de son dos vibraient encore, ses mains étaient en sang, il avait l'impression d'avoir franchi cent années d'un seul coup.

Ces derniers temps, Howard avait regardé le monde évoluer sous l'effet d'un élan terrifiant. Au camp de la scierie, la nuit, la fatigue enfermait son corps dans une gangue douloureuse. Chaque fois qu'il fermait les paupières, il voyait des lumières mouvantes, des montagnes insaisissables, des arbres flous. Il avait éprouvé la même sensation sur le bateau de transport de troupes, lorsqu'il naviguait entre les deux continents. Les vastes étendues d'eau gris ardoise, le navire telle une île dans un torrent tempétueux. Howard avait l'impression qu'il lui fallait à tout prix saisir quelque chose à pleines mains – des racines, un rocher du versant montagneux – pour ne pas être propulsé en tournoyant vers le ciel.

Leur premier enfant n'avait pas vécu un mois. Depuis le premier jour, depuis la première fois qu'Howard l'avait vu et avait caressé ses joues du bout de ses doigts rugueux, il était évident que quelque chose n'était pas normal. Ils l'avaient baptisé Granville Thomas, comme le père d'Howard.

Quand le second bébé était né – une petite fille –, ils étaient tombés d'accord pour ne pas lui donner de prénom tant qu'ils ne seraient pas certains de sa survie.

Elle était aussi faible que le premier, à peine capable de respirer, sa minuscule cage thoracique se soulevait péniblement, la peau de ses doigts était translucide comme celle d'un triton, les vaisseaux sanguins tissaient un réseau bleuté visible à l'œil nu, les yeux étaient bordés d'une fine croûte et de larmes. Pendant une semaine, le bébé pleura sans interruption et le docteur expliqua qu'il n'y avait rien d'autre à faire que lui donner des vitamines en espérant qu'il reprendrait du poids et des forces. Dès qu'Howard aurait vendu son nouveau tirage, il achèterait des bons vêtements pour Lucy, une boîte de lait maternisé en poudre, quelques poules pondeuses, de la farine de maïs et des graines de légumes. Il réglerait aussi la note du docteur, ses dettes envers Forrest et l'achat du chalet.

Howard pensa au chalet dans la vallée, aux champs de roses trémières et d'églantiers, de chênes et de caroubiers, qui couraient jusqu'aux contreforts de Smith Mountain. À chaque heure du jour et même de la nuit, Lucy portait le bébé dans ses bras, marchait de long en large comme une somnambule, le nourrisson collé contre sa poitrine. La nuit, quand Howard se rendait à la cuisine, il trouvait sa femme assise à table, dans le noir, le bébé entre les bras. Affalée sur sa chaise, épuisée, elle pleurait doucement. Le bébé était en vie depuis trois semaines – trois fois plus longtemps que Granville Thomas Jr – mais ils ne voulaient pas encore lui donner de prénom. La hache qu'ils avaient glissée sous le lit pour faciliter l'accouchement – une vieille croyance de la montagne – était toujours à la même place, oubliée, couverte d'une mince couche de poussière rouge.

*

Ce matin-là, Jack descendit Smith Mountain en coupant par les ravins profonds du versant ouest. Il avait pris un des chevaux de trait de son père, un Suffolk Punch massif au pelage couleur de sang. Il avait coincé devant lui sur la selle des sacs de sucre et de maïs. Entre les arbres se profilait un ciel chargé et l'humidité cernait la crête des montagnes d'un brouillard bleuâtre. Jack avait acheté le maïs et le sucre à crédit en échange de son salaire de la scierie. Forrest retiendrait son salaire jusqu'à ce que la somme soit atteinte. Si tout se passait comme il l'espérait, quelques nuits lui suffiraient pour gagner davantage d'argent qu'en plusieurs mois de coupe de planches.

Howard avait trouvé des cachettes bien enfouies dans les creux de la montagne, avec accès à des sources d'eau, broussailles presque impénétrables et épaisses frondaisons pour couvrir les émanations de fumée. Il fabriquait un alcool d'excellente qualité, distillé à deux reprises et mélangé avec soin, que la plupart des habitants du coin appréciaient et demandaient spécifiquement à la station de Blackwater. Le comté était rempli de trafiquants de seconde zone équipés de minuscules alambics, qui travaillaient de façon très épisodique pour des gains modestes. À l'inverse, Jack, Howard et peut-être quelques autres pouvaient mettre en marche tous ensemble leurs gigantesques alambics de Turkeycock Mountain et inonder d'alcool le comté. Si Howard laissait son jeune frère exprimer ses talents avec quelqu'un comme Forrest à la distribution – une activité qu'il exerçait déjà pour d'autres cartels –, Jack était sûr de pouvoir mettre en branle toute cette machinerie. Puisque l'essentiel de la distribution passait par Forrest, pourquoi ne pourrait-il pas en aller de même avec la production ? Avec les relations de Forrest, ils pourraient se charger eux-mêmes des livraisons longue distance. Il voyait déjà les convois de véhicules à travers Rocky Mount et Grassy Hill jusqu'à Roanoke, ou passant par Shenandoah pour mettre le cap sur Harrisonburg, New Market et pourquoi pas Washington DC... Pourtant, ses frères semblaient bien décidés à l'exclure de tout partenariat à plein temps, le reléguant au rang de renfort occasionnel. Aussi Jack se trouvait-il contraint d'alimenter tant bien que mal cette activité embryonnaire avec tous les matériaux qui pouvaient lui tomber sous la main.

Il se pencha pour soulager ses pieds brûlants en les grattant à travers le cuir poussiéreux de ses bottes. Tous ensemble, ils pouvaient gagner assez d'argent pour acheter n'importe quel terrain. Il en profiterait pour régler l'ardoise du bazar paternel et s'en aller vivre comme un gentleman du côté de Roanoke ou de Richmond, dans une maison en briques, dans un quartier éclairé par des becs de gaz. Faire un tour en ville dans la voiture qu'il méritait, une voiture racée comme une Duesenberg ou une Packard. Au moins une fichue Ford A 4 cylindres «flat head». Il se vit descendre la rue principale de Rocky Mount avec ses bottes neuves, un manteau en poils de chameau, des gants noirs, une chemise bien repassée, et s'arrêter devant son roadster garé près du trottoir, étincelant sous le soleil.

Les stridulations des cigales dans les arbres redoublèrent lorsque le cheval gravit en tanguant la colline. Avant même de voir les jumeaux Mitchell, Jack les entendit se disputer. Dans la clairière, il fut saisi par l'odeur âcre du brassin chauffé. De minces panaches de fumée s'échappaient des fenêtres du chalet, de la porte et des nombreuses fissures et fentes entre les rondins. Une musique provenant de la radio flottait dans l'air.

Ces imbéciles vont foutre le feu au chalet, pensa Jack.

Les jumeaux buvaient à tour de rôle dans une bonbonne, assis sous l'auvent de guingois. Ils étaient tous les deux torse nu, leur ventre rond débordait par-dessus leur ceinture, leur peau brûlée par le soleil avait pris une teinte rouille foncée. Cal et Eddie étaient impossibles à distinguer l'un de l'autre et la plupart des habitants de la région y avaient renoncé, accordant aux jumeaux une sorte d'existence plurielle. Ils partageaient avec leur frère aîné Danny les mêmes cheveux blonds et le même sourire éclatant. Quand Jack siffla, ils se tournèrent vers lui, surpris, et bondirent hors de l'auvent pour l'accueillir d'une grande tape dans le dos. Ils lui tendirent la bonbonne mais Jack l'écarta de la main, puis il essuya son visage en sueur avec un pan de sa chemise.

— Salut Jacky, dit un des jumeaux, ça va comme tu veux ?

— Content de te voir, dit l'autre.

— Où est Cricket ? demanda Jack.

— Là-haut.

Cal ou Eddie indiqua le chalet fumant en agitant la bonbonne, renversant au passage un peu d'alcool.

— Donne-moi ça, gros balourd, intervint l'autre jumeau. On ne peut vraiment pas te faire confiance…

— Dis donc, Jacky, tu connais ce chanteur, Vernon Dalhart ?

— C'est un nègre, pas vrai ? demanda l'autre.

— Mais non, voyons ! C'est un Blanc qui chante tout juste comme un nègre, hein que j'ai raison ?

Jack regardait la fumée blanche qui filtrait par chaque ouverture du chalet. La radio diffusait à présent un quadrille écossais joué à plein volume par un violon. Ce chalet n'était pas précisément loin de tout. Au moins une dizaine de fermes couvraient ce versant de la montagne.

— Qu'est-ce que vous fabriquez dans le chalet ? Il y a le feu ou quoi ?

— Non, c'est juste l'alambic.

— Tu ne sens pas l'odeur ?

— Oh si ! Je n'ai pas arrêté de la sentir depuis que je suis parti, à travers tout le comté… Cricket a rentré l'alambic dans le chalet ?

— Ouais ! Il faut que tu voies ça…

— Ce n'est pas seulement *dans* le chalet…

Ils attachèrent le cheval à l'ombre et laissèrent les sacs dans la clairière. Puis Jack suivit les jumeaux jusqu'à l'entrée enfumée de la maison.

— Bon dieu, s'exclama-t-il, c'est une vraie purée de poix !

— Bah, tu verras, on s'y habitue.

— Alors, Jacky, ce Dalhart, c'est un nègre oui ou non ?

L'intérieur de l'habitation était aménagé avec modestie : quelques meubles en bois brut, un sol en terre battue. Jack se baissa pour échapper aux nappes de fumée en hauteur et plaqua son bras sur sa bouche. Un bruit sourd et régulier faisait vibrer le sol. Le brassin chaud saturait l'air de son odeur, mêlée à celle, écœurante et sucrée, du fécule de maïs et des graines en pleine fermentation, des enzymes de la levure de plus en plus présents. Un détail surprenait particulièrement Jack : la maison semblait réellement habitée, comme si quelqu'un y vivait encore. Sur une étagère au-dessus d'une commode étaient alignées quelques assiettes, un garde-manger ouvert contenait des boîtes de conserve, une couverture en patchwork était jetée sur un fauteuil à bascule.

— Qui vit ici ? demanda Jack en toussant.

— Tante Winnie.

— Une vieille amie de la famille.

— Elle est partie rendre visite à des parents en Caroline du Sud, elle ne doit pas revenir avant le mois prochain.

— À moitié aveugle et presque complètement folle.

Les jumeaux ouvrirent une trappe menant au sous-sol. Une épaisse bouffée de fumée blanche et humide en jaillit aussitôt. Ils descendirent à tâtons l'escalier en bas duquel tremblait une lueur orangée. Juste à côté des marches étaient alignés des tonneaux vides aux parois internes recouvertes d'une croûte de brassin calcifié. Cricket Pate était accroupi devant un alambic et jetait dans le foyer de brique des morceaux de charbon. Dans cette posture bien particulière, ses fesses osseuses touchaient presque le sol et ses genoux maigrelets se calaient contre ses épaules. Cricket restait accroupi pour manger, travailler et même, plaisantait-on, pour dormir. Le seul moment où il se levait était pour aller chier. Le sol était couvert de sacs de grains et de sucre, de maïs éparpillé et de morceaux de bois récupérés dans les cuves de brassage. Cricket se retourna et, en voyant Jack, son visage noirci par la suie s'éclaira d'un grand sourire de citrouille de Halloween. Le cohobateur laissait échapper un battement régulier tandis que le condensateur s'enveloppait de vapeur et que l'alcool bouillant s'engouffrait dans les tuyaux froids. Cricket déplia la grande perche qui lui servait de corps et accueillit Jack d'une poignée de main enthousiaste.

— Ça va te plaire, Jack. C'est un sacré truc qu'on a lancé…

— Quoi ? Foutre l'alambic dans la cave ?

— Ça, ce n'est qu'une partie du bazar. Attends une seconde, tu veux, le temps que je termine ce tirage.

— Bon, eh bien dans ce cas j'attends dehors.

— Entendu, dit Cricket puis, se tournant vers les jumeaux : Vous n'êtes pas censés faire le guet ?

— Ouais, ouais.

— D'ailleurs on a vu Jack arriver.

— Eh bien retournez à vos postes. Vous vous rappelez le signal ?

— Bien sûr.

Cal ou Eddie sortit un revolver rouillé de sa poche de pantalon et l'agita au-dessus de sa tête comme s'il tirait plusieurs coups.

— Deux coups rapides.

— Compris.

— Bon sang, dit Jack, je retourne dehors.

— Tu as pensé au sucre ? lui demanda Cricket.

— Oui, c'est dehors.

— Tu me le descends dans une minute, compris ?

Jack remonta l'escalier et sortit. Les jumeaux déboulèrent juste après.

— Goûte-moi ça, Jack.

— Ouais, tu dois tester le produit.

— Ça va nous rapporter un sacré paquet de pognon.

Debout dans la cour, Jack avala une rasade d'alcool en grimaçant.

— On dirait des brindilles mélangées à de la salive de mouche ! déclara-t-il.

Puis il alla s'asseoir sur un tapis d'aiguilles de pin suffisamment éloigné du chalet enfumé. Les jumeaux le rejoignirent et s'assirent en tailleur, à l'indienne. Ils sortirent de leur poche du tabac et du papier à cigarette. Jack fit tourner la bonbonne lentement et observa les bulles. Elles avaient la forme de boules iridescentes qui scintillaient en s'élevant dans le liquide avant de se dissoudre en minuscules particules de lumière – au moins soixante-dix degrés. *Correct*, pensa Jack, *même si le goût est horrible.* Ils pouvaient toujours le couper avec de l'eau, le colorer avec du charbon, de l'iode ou un peu d'écorce et le faire passer pour du whisky malté. Cricket avait ce talent unique de réussir à se passer des procédés ou des ingrédients essentiels. Plus d'une fois, ils avaient transformé une eau de ruisseau boueuse en whisky de maïs, un alcool dont la belle teinte brune et trouble provenait non pas du tabac ou de l'écorce qu'ils y ajoutaient mais des sédiments argileux présents dans l'eau dont ils s'étaient servis. Ils ne l'avaient distillée qu'une seule fois, sans conviction, dans une boîte de conserve rafistolée avec, pour tout serpentin, un vieux radiateur relié à un seau en fer-blanc et, en guise de filtre, le feutre crasseux de Cricket. Mais la soif d'alcool était si grande dans la région qu'il s'était trouvé des hommes pour venir en acheter. Parfois ils n'avaient qu'une petite liasse de billets – dix dollars, peut-être – pour se payer leur ration.

— Vous ne devriez pas être en train de faire le guet, les gars ? demanda Jack.

— Ben à quoi ça sert, Jack, si tu es là ?

— Qu'est-ce que le vieux Pete Hodges pourrait bien faire ?

— Tu crois qu'il va venir *t'arrêter*, Jack ?

— Bordel, je voudrais voir ça !

L'autre jumeau hocha la tête et les deux frères se mirent à tirer pensivement sur leur cigarette.

Jack regarda le chalet fumant. Il porta la bonbonne à ses lèvres, avala une large rasade, puis s'allongea sur le lit d'aiguilles de pin. Mains derrière la tête, il fixait les frondaisons et les bancs de nuages paresseux.

*

Howard décida qu'il ne retournerait pas au chalet de Penhook. Il irait dans la montagne, attendrait d'avoir gagné assez d'argent et ce serait tout. Il travaillerait au campement de bûcherons la saison suivante, économiserait son salaire et sa part de la récolte de tabac, éviterait les parties de cartes et les comptoirs de bars et redescendrait chez lui l'hiver venu. D'ici là, peut-être le bébé aurait-il repris des forces et cessé de pleurer. Et ils finiraient de rembourser leur chalet. Howard n'eut aucun mal à se convaincre que c'était la meilleure chose à faire.

Dans l'après-midi, Talmedge Jamison arriva de Rocky Mount avec un chapiteau pour l'alambic, du maïs et de l'orge. Les paquets de levure étaient déjà sur place, les cuves de brassage tout juste montées attendaient de passer à l'action. Ils pourraient produire le brassin dès le lendemain et, s'ils arrivaient à se procurer du sucre ou de la mélasse, ils pourraient obtenir leur premier tirage en deux jours, à condition que le temps se maintienne. Talmedge se chargerait d'emporter les bonbonnes à Roanoke avec sa DeSoto. En route, il rejoindrait des types de sa connaissance qui faisaient le même trajet depuis Shootin' Creek et Burning Bag. Leurs voitures aux vitres obscurcies par des draps pour cacher les bonbonnes et les bidons étaient assez puissantes pour gravir sans problème les collines. Ils roulaient vite, sans états d'âme, et ils étaient armés.

Howard ne s'était jamais risqué à forcer un blocus et n'en avait pas l'intention. Si les shérifs locaux ou l'Alcohol Tax Unit l'arrêtaient devant son alambic, ils démontaient tout son matériel, l'emmenaient au poste – s'il ne parvenait pas à s'échapper – et il pouvait passer quelques semaines en prison, mais c'était tout. Les livraisons longue distance, c'était une tout autre affaire : poursuites à tombeau ouvert, accidents, fusillades. La traversée de Franklin ne posait aucun problème : les policiers du coin n'allaient pas prendre en chasse un convoi lancé à toute allure. En général, ils se contentaient de détourner le regard, surtout si les trafiquants lâchaient quelques dollars au passage. Mais les officiers de l'ATU étaient connus pour leur ténacité, leur résistance aux tentatives de corruption et tout trafiquant arrêté avec une grosse cargaison en dehors de son comté ou à Roanoke se trouvait confronté à des hommes qu'il ne connaissait pas, contrairement aux policiers locaux. Là, les ennuis commençaient. À cela s'ajoutaient les bandes de pillards, des hommes prêts à tout qui descendaient de leurs cachettes dans les montagnes, ou encore les gangs venus du nord et bien décidés à soulager les péquenots de la campagne de quelques litres d'alcool. Le monde à l'extérieur de Snow Creek et du comté de Franklin représentait l'impondérable. *Moi, mourir dans une voiture ?* se disait Howard. *Je préfère encore livrer à pied.*

Quand il eut terminé son opération autour de la souche, il se retrouva avec un tuyau bien serré tournant à peu près dix fois sur lui-même, un tout petit peu inférieur au diamètre d'un tonneau : le serpentin parfait. Il existait plusieurs théories concernant le nombre de tours de serpentin nécessaire pour obtenir le meilleur tirage mais, en général, plus ils étaient nombreux, plus importante était la surface de condensation et plus pur était l'alcool obtenu. Howard retira les bouchons et fit pivoter le serpentin pour évacuer tout le sable qu'il contenait. Quand les tuyaux en cuivre se faisaient rares, les hommes dans les collines se rabattaient sur les gaines électriques, les radiateurs, les tuyaux de plomb ou d'acier – tout ce qui pouvait contenir de l'eau. Howard avait déjà vu un radiateur de Ford T mangé par la rouille servir de condensateur, avec de l'eau récupérée dans un ruisseau des basses-terres régulièrement utilisé comme fosse à purin. Le filtre était une vieille toile à sac et les ingrédients se résumaient à du sucre et un peu de maïs. Le serpentin idéal était le radiateur, avec son tube délicatement courbé en centaines de coudes où l'alcool pouvait se condenser – alors qu'un tuyau de cuivre, même bien courbé, se limitait à une dizaine de coudes. Le seul défaut du radiateur était que ses parois internes contenaient du plomb qui se mélangeait à l'alcool. Quand la demande était trop forte et l'argent à portée de main, on utilisait simplement de l'eau sucrée colorée avec du jus de tabac. Fabriquer un alcool de qualité prenait trop de temps. Peu importait qu'un Yankee devînt aveugle ! À une époque, quand il n'avait vraiment rien d'autre sous la main, Howard avait souvent bu ce genre d'alcool qu'on appelait *popskull*, *sugarhead*, ou tord-boyaux.

Il posa le tuyau sur son épaule et repartit en direction de la forêt. Il se lécha les lèvres et eut envie de boire. Il avait découvert ce que tout buveur découvrait un jour : avec un bon alcool, le cours du temps pouvait se figer. Pendant quelques heures, on voyait le monde entier se dérouler en arrière, les champs roulaient sous les pieds ; la main solidement fermée sur l'anse de la bonbonne, on sentait son dos pousser comme un piston ; les montagnes se soulevaient et dressaient leur couronne autour de soi. Ce n'était pas une vie, tout le monde le savait. Passée la dose quotidienne d'illusions, de fantasmes sur ce qui pourrait être, venait le temps des spasmes aveuglants, des tripes à l'agonie, des matins bouffis, des haut-le-cœur vertigineux… Mais c'était mieux que rien.

Il réglerait ses dettes auprès de ses frères et c'était tout. Jack comprendrait, lui laisserait du temps. Son frère cadet semblait toujours croire en lui, il pouvait compter sur sa loyauté. Il se dit alors qu'il devait raconter à Jack ce qu'il avait vu pendant la guerre. Il devait lui raconter l'océan, comme il bougeait, et ce qu'on ressentait face à lui, et comme il ramenait notre monde à la taille d'une simple gouttelette. Il s'arrêta un moment devant un grand orme pour reprendre sa respiration, une main sur le tronc tacheté. Il ferma les yeux et revécut sa dernière humiliation, lorsque son jeune frère avait appris que, pendant l'agression de Forrest, il gisait ivre mort dans un fossé au pied de Turkeycock Mountain. Cette image, Howard le savait, restait ancrée dans la poitrine de Jack comme un couteau rouillé.

*

En une nuit, le tirage fut terminé et le lendemain matin, quand Jack roula hors de son couchage, il vit Cricket accroupi sous l'auvent, une cigarette aux lèvres. Quelques filets de fumée montaient encore de la maison comme la vapeur entourant la tête d'un homme en sueur, l'hiver. Le visage de Cricket était encore noirci et, quand Jack approcha, il sourit en dévoilant ses dents gâtées et lui serra la main.

— Viens voir ce qu'on a là-dedans !

Il conduisit Jack à l'intérieur. Cricket et les jumeaux avaient stocké l'alcool directement dans un vieux chauffe-eau hermétiquement fermé. À l'aide d'un tuyau en cuivre supplémentaire, ils avaient raccordé le chauffe-eau aux conduites d'eau de la maison. Tante Winnie avait fait installer une pompe sur la citerne de la cave, elle-même alimentée par un puits profond creusé juste sous la maison. Les toilettes étaient ainsi équipées d'une chasse d'eau et d'un lave-mains avec robinets d'eau chaude et froide. Le chauffe-eau avait une capacité de deux cent quarante litres et, ces derniers jours, Cricket et les jumeaux l'avaient entièrement rempli.

— Regarde, c'est comme ça que ça marche.

Ils se trouvaient devant les toilettes. Dehors, les jumeaux dormaient, allongés au soleil comme des chats sauvages. La tête de Jack résonnait encore un peu trop, dernière trace de tout le whisky qu'il avait ingurgité dans la nuit pour s'écrouler. Tout juste s'il se souvenait encore des jumeaux se courant après autour du feu de camp, de leurs cris et de leur bagarre, de la jambe de caleçon qui s'était enflammée, des pleurs puis des ronflements sonores. Les toilettes consistaient en une chasse d'eau actionnée par une chaîne usée et une cuvette en fer aux bords rouillés. Le mur était décoré d'un tableau rudimentaire représentant un paysage de collines, un champ entouré d'une clôture où paissait un cheval ou peut-être une vache.

— C'est tante Winnie qui l'a fait, précisa Cricket en indiquant le tableau d'un coup de menton.

— Tu m'en diras tant.

— Voilà comment ça se passe : un type se pointe avec son propre récipient pour acheter de l'alcool.

Cricket brandit une bouteille en verre.

— Tout est normal : une jolie petite maison dans la montagne, moi et les jumeaux juste à côté… Bref. Après avoir parlé de la pluie et du beau temps pendant un petit moment, le type nous demande s'il peut utiliser nos toilettes et on lui dit « D'accord » parce qu'il nous a déjà payés. Mais on lui dit aussi : « Essaye donc l'eau chaude, c'est vraiment mieux », ou un truc dans le genre. Donc il entre ici et…

Cricket plaça le goulot de la bouteille sous le robinet d'eau chaude et tourna la valve. Après quelques grincements, un gargouillement sourd monta de derrière le mur et un filet d'eau d'un gris foncé coula du robinet, bientôt suivie par un mince flot de whisky fumant. Cricket remplit la bouteille, ferma le robinet et enfonça d'un geste triomphal un bouchon dans le goulot.

— Le type emporte sa bouteille et s'en va !

— Bordel, Cricket, c'est le truc le plus stupide que j'aie jamais vu !

Cricket regarda le lave-mains sale. Il fit tourner la bouteille puis la fourra dans sa poche arrière. Jack sortit sous l'auvent. À l'orée de la clairière, un des jumeaux était accroupi, pantalon baissé, crispé comme un chien, une main sur un tronc d'arbre. L'autre se tenait à quelques mètres, apparemment indécis sur l'attitude à adopter pendant que son partenaire s'activait de son côté. Jack savait que Cricket et les jumeaux avaient insisté pour qu'il vienne car sa présence tenait à distance les shérifs et garantissait le bon déroulement des transactions avec les clients.

— Allez, Jacky ! s'exclama Cricket depuis le seuil du chalet, ça va bien se passer ! Attendons la suite…

Les jumeaux – dont l'un avait toujours son pantalon sur les chevilles – lui jetèrent un regard interrogatif.

— On ferait mieux d'aller chercher des clients, déclara Jack. Bon sang, Mitchell, remonte ton falzar ! Personne ne va acheter à boire à un type qui laisse ses couilles à l'air !

Les premiers clients ne tardèrent pas à se montrer. Les Mitchell passèrent la matinée à sillonner les routes de Sontag, Penhook et Burnt Chimney à bord de la Pierce-Arrow de Cricket, propageant la nouvelle de station-service en station-service. À 16 heures, une dizaine d'hommes faisaient le pied de grue dans le petit salon poussiéreux, d'autres attendaient dehors.

Ils parlaient à mi-voix en attendant de pouvoir utiliser les toilettes. Des goulots de bouteilles dépassaient de leurs poches de pantalon – quelques-uns avaient même apporté leur dame-jeanne. Assis sur le rocking-chair de l'auvent, Jack calculait le prix pour chacun et récoltait les billets. Cricket, lui, restait en faction devant la porte des toilettes, accroupi, une bonbonne à portée de lèvres. De minces filets de fumée s'élevaient entre les lattes du plancher, l'odeur du brassin envahissait toute la maison. Les jumeaux faisaient le guet sur la route, en contrebas. Jack se demandait ce qu'ils pouvaient bien surveiller : les nombreux hommes qui arrivaient à pied, à cheval ou dans toutes sortes de guimbardes auraient pu être n'importe qui.

Ils avaient amassé pas loin de quarante dollars quand les vieilles dames arrivèrent. Il commençait à faire sombre, quelques hommes traînaient encore dans la clairière. Certains s'étaient lancés dans des parties de cartes. La musique de la radio filtrait par la porte ouverte. Jack était toujours sous l'auvent, occupé à recompter la petite monnaie, lorsqu'une femme ratatinée aux bottines avachies apparut en haut des marches. Derrière elle, deux autres dames âgées d'au moins quatre-vingts ans.

Au même moment, les jumeaux Mitchell traversèrent la clairière à toute vitesse jusqu'à l'auvent. Torse nu, en sueur, ils grimaçaient de peur et piaillaient d'une voix bizarre et infantile.

— Tante Winnie !

— Tante Winnie, qu'est-ce que tu fabriques ici ?

La tante Winnie s'immobilisa pour scruter les jumeaux. Son visage antique était une accumulation de plis et de rides. C'était une femme sculpturale aux épaules raides comme une étagère en bois plantée de part et d'autre de ses oreilles. Sa robe aux ourlets grossiers était coupée dans un tissu vichy rugueux aux coutures semblables à des agrafes. Ses cheveux se réduisaient à des mèches filandreuses qui effleuraient à peine son col.

— Vous êtes qui, vous ?

— Mais enfin, c'est nous ! tintinnabulèrent-ils.

— Hum-hum.

— Tes neveux ! reprit l'un.

— Cal et Eddie, ajouta l'autre.

Les hommes dans la clairière et sous l'auvent commencèrent à s'éloigner, comme s'ils ne faisaient que passer ou avaient aperçu au loin quelque chose d'intéressant. Les deux autres femmes – manifestement parentes de la tante Winnie – dévisagèrent à leur tour les jumeaux. Après avoir lancé un regard noir à ses neveux, la tante haussa les épaules et traversa l'auvent d'un pas lourd. Les deux dames la suivirent à l'intérieur du chalet.

— Les fils de Nattie, alors ? dit Winnie. C'était une sacrée menteuse, celle-là, mais ça ne fait rien…

Les jumeaux regardèrent Jack.

— Alors *ça*, pour un bordel… dit-il.

À présent, une file ininterrompue d'hommes quittait la maison. Jack était légèrement ivre et son sentiment d'euphorie cédait la place à un agacement ombrageux. Tante Winnie fila tout droit dans sa chambre sans paraître remarquer quoi que ce soit d'anormal. Les deux dames, elles, s'installèrent sur le divan du salon et, après avoir réajusté leur robe autour de leurs jambes, sortirent d'un grand sac leur nécessaire à tricoter. Tante Winnie ressortit de sa chambre, mains sur les hanches.

— Tante Winnie ! s'écrièrent les jumeaux.

— Quelqu'un ferait bien d'aller chercher quelque chose à manger ! s'exclama-t-elle à la cantonade.

Jack traversa le couloir et rejoignit Cricket, toujours accroupi devant les toilettes, sa bonbonne à la main.

— Qu'est-ce qu'il y a ? demanda Jack.

— Cette gnôle a un goût bizarre, gémit Cricket en dodelinant tristement de la tête.

— Tu ferais mieux de venir voir qui est là.

— Y a un type là-dedans, répondit Cricket en désignant les toilettes d'un mouvement de tête.

— Eh bien, fais-le sortir !

— Ça, je ne vais pas y arriver… dit-il avec un faible sourire.

Jack ouvrit la porte des toilettes, qui buta contre un obstacle. Il força le passage d'un coup d'épaule et un homme poussa un cri. Deux vieux portant des bonbonnes de whisky se tenaient à côté du lave-mains. L'un d'eux – un vieillard échevelé à la barbe souillée de tabac – avait le pantalon baissé aux chevilles. *Au moins le robinet d'eau chaude ne coule pas*, pensa Jack avant de refermer la porte.

— Foutez le camp ! rugit-il contre la porte. On est fermés !

Quand il redescendit dans la cuisine, tante Winnie ouvrait une boîte de conserve géante de haricots fournie par le gouvernement. Toujours torse nu et en sueur, les jumeaux la regardaient, bouche bée. Dans le salon, Cricket s'était accroupi près du divan où les deux femmes tricotaient. Il était ivre mort. La fumée montait par le plancher tout autour de ses pieds comme s'il était assis sur un feu de camp. Tante Winnie apparut et lui décocha un regard assassin.

— Je te connais, gamin, dit-elle.

— Oui, m'dame, grommela-t-il.

Ses yeux étaient humides. Il se balançait doucement d'avant en arrière.

— Tu as recommencé tes bêtises ! Pourquoi tu n'es pas retourné à l'église ?

— J'ai essayé, m'dame.

— Pas assez, mon garçon, pas assez.

Cricket semblait sur le point de fondre en larmes. Il avait replié les bras autour de ses genoux maigrelets. Le silence retomba dans la maison, juste troublé par les bruits de tante Winnie luttant avec la boîte de conserve et les grincements du plancher sous le balancement de Cricket. Les jumeaux se replièrent vers la porte d'entrée, comme prêts à s'enfuir.

— Tu dois trouver le Seigneur, reprit tante Winnie à l'adresse de Cricket. Alors ta vie se redressera !

— J'ai essayé, répéta Cricket d'une voix penaude.

Il baissa la tête entre les genoux, révélant une calvitie naissante parmi la masse graisseuse de ses cheveux. Il n'avait pourtant que vingt et un ans.

— Ça ne marchait pas si mal… jusqu'à ce que ce foutu pasteur foute le camp avec ma femme !

Il se mit à pleurer. L'une des vieilles dames se leva et se dirigea vers les toilettes.

— Aïe… ça se corse… commenta l'un des jumeaux.

— Qu'est-ce qui pue comme ça ? demanda tante Winnie. On dirait un putois cloué à un cadavre !

*

Ce soir-là, c'était la paie au campement et les hommes faisaient la queue pour toucher leur argent. Assis derrière une grande table, Forrest prenait d'une main les billets dans la caisse et de l'autre rayait au crayon les noms sur le registre. Howard attendait avec les autres dans la file, l'estomac noué, pendant que Forrest faisait ses comptes. « Lait, trois litres, trente-cinq *cents*. Trois pains, vingt *cents*. Viande, deux livres, quatre-vingt-dix *cents*. Farine, un dollar. Matière grasse, quatre-vingt-cinq *cents*. Lait maternisé, deux dollars cinquante. Médicaments et note du docteur, neuf dollars. » Howard récupéra sa paie ainsi que celle de Jack, en tout douze dollars et quelques *cents*.

Après la distribution, Howard démonta les lourdes scies, rangea leurs lames dans des sacs de toile huilée et plaça le tout dans des coffres blindés. Les autres hommes s'éparpillèrent en plaisantant, en riant et en faisant des projets pour leur soirée. Howard se mit à suer, un frisson parcourut sa peau. Il n'avait rien bu depuis la veille et les muscles de ses mollets semblaient entortillés sur eux-mêmes comme des fils d'acier.

Il se tenait devant les restes du feu de camp, dans les bois tout en haut de la colline. Son dos était douloureux, la sève lourde du travail coulait de son cou vers ses tripes. Il observa les ondulations des feuilles de peupliers. Dans leurs frémissements, elles laissaient voir un envers translucide qui oscillait silencieusement en divers points de la canopée. *Il doit y avoir d'autres courants venteux, comme des petits torrents, qui traversent la partie supérieure des arbres*, pensa Howard. Au même moment, les peupliers commencèrent à vibrer fortement, accompagnés par les stridulations de plus en plus intenses des cigales – ou peut-être était-ce le souvenir du cri grinçant des scies qui résonnait dans son esprit ? Les muscles de ses mollets tendus à craquer, il sentit tout son corps se crisper. Il baissa la tête, tritura entre ses doigts le rouleau de billets dans sa poche, fit craquer ses mâchoires et grinça des dents.

Il faisait plus frais tout à coup. Le soleil passait derrière les montagnes, les ombres s'allongeaient. Howard se retourna, descendit la colline jusqu'au camp de la scierie et grimpa avec d'autres hommes dans un camion en partance pour Rocky Mount. Ils l'appelaient d'une voix brouillée et Howard, les regardant devant lui, croyait voir des fourmis s'agitant sur un gros ruban d'asphalte. Secoué à l'arrière du camion qui dévalait la piste, Howard se sentait comme une statue dans une tempête de sable.

Il restait silencieux parmi ces hommes brûlés par le soleil. Le camion s'arrêta dans une station-service où le frère de l'un d'eux avait laissé une bonbonne d'eau-de-vie d'abricot qu'il venait de fabriquer. Ils se retrouvèrent dans la réserve de la station, se passant la bonbonne jusqu'à ce qu'elle soit vide. Ils donnaient à Howard de grandes tapes dans le dos, tâtaient ses gros biceps et racontaient des histoires qu'il comprenait à peine, comme si leurs voix lui parvenaient à travers une nappe d'eau liquoreuse.

Lui observe leurs visages à la dérobée mais regarde surtout le bocal rempli de cuivre liquide passer de main en main. Puis retour au camion et départ vers la maison d'un autre homme, dans un faubourg décrépi de Rocky Mount. Gin frelaté, une gnôle rudimentaire mais Howard en prend sa part. L'impression d'avaler de la boue chaude. Les hommes toussent, crachent, se roulent des cigarettes sur des rebords de fenêtres poussiéreux, parmi les toiles d'araignée et les tas d'insectes. Quelqu'un allume une radio et Olaf le Suédois ouvre un œil, se met à chanter des chansons de bal de village avec son accent nasal, mais personne ne rit. Dans la cour, un homme titube, misérable, puis s'écroule contre un poteau télégraphique, le visage souillé de vomissures. Quelque part, l'aboiement furieux d'un coonhound. Howard ouvre un nouveau bocal et avale le liquide qui s'engouffre dans un néant obscur. Le nœud incandescent dans son dos commence à se détendre, les mots surgissent au moment où il les convoque ; il sent qu'il reprend pied avec le monde mouvant.

Quelques heures plus tard, Howard se trouve dans un autre véhicule. Le chauffeur, Talmedge Jamison, mâchonne une feuille de tabac et crache de temps en temps entre ses jambes. Les autres passagers s'envoient des bourrades tandis que la fumée remplit l'habitacle. La voiture attaque la côte de Grassy Hill, au nord de la ville, dans le grincement du changement de vitesse. Quand ils arrivent devant la station de Forrest, Howard met du temps à s'en apercevoir. Il pense aux cartes, à son don pour les prévoir avant tout le monde. Ses mains sont légères et agiles. Il a pris de vitesse le monde et, désormais, c'est lui l'élément premier, l'étincelle qui déclenche tout, et il peut gagner. Son poing est toujours fermé sur la liasse de billets au fond de sa poche. *Foutus péquenauds*, pense-t-il, *ils ont de la pâte à beignets dans le cerveau !* Il entre dans la station-service, salue d'un signe de tête Maggie, qui fume devant le gril, et tapote le comptoir de l'index. Forrest sort de la cuisine avec une assiette de salami et de tranches de pommes. Quand il voit son frère, il marque un temps d'arrêt et le fixe longuement. Howard lui retourne son regard, sourit largement, sans cesser de tapoter le comptoir de son doigt gourd. Forrest hoche la tête et avance jusqu'à la table où les autres hommes ont déjà pris place. Ils piochent à la main des morceaux de viande graisseuse, font grincer leurs chaises, s'installent en riant. Leurs yeux brillent d'excitation, dans l'attente de la partie de cartes. L'un d'eux tend à Howard la première bonbonne, il dévisse le couvercle et le balance par-dessus son épaule avant d'avaler une ample goulée. Les autres éclatent de rire.

Howard sait qu'il va gagner. Il étire son dos, doigts verrouillés derrière sa tête. Il se sent souple, propre, son esprit est vif. Donne, les cartes surgissent, une main parfaite. Il le sent jusque dans la moelle pourrie de ses os.

*

Tante Winnie faisait réchauffer des légumes sur la cuisinière quand les trois hommes entrèrent. Ils gardèrent leur chapeau et Jack vit tout de suite qu'ils n'étaient pas venus acheter de l'alcool, ne serait-ce qu'à cause des haches que deux d'entre eux portaient sur l'épaule. Le troisième avait un fusil et, comme ses acolytes, un revolver au ceinturon. Assis sur le canapé à côté des deux vieilles dames, la boîte à cigares remplie de billets entre ses pieds, Jack se figea. Cricket était aux toilettes et les jumeaux avaient disparu. Il venait juste de finir ses comptes et s'efforçait de calculer s'ils avaient réalisé un profit – une opération compliquée par quelques rasades d'alcool occasionnelles. L'un des intrus était un homme obèse, avec une grosse cravate et des bretelles.

— Qui fait tourner la boutique, ici ? demanda Charley Rakes en pivotant sur ses talons.

Son visage en forme d'œuf était cramoisi sous l'effet de la chaleur et de l'effort. D'un mouvement d'épaules, il fit basculer la hache dont le fer se planta dans le plancher avec un bruit sourd. Tante Winnie se retourna, scruta les trois visiteurs pendant un moment, la hache fichée dans le sol, encore vibrante, puis revint à sa cuisinière. L'autre homme armé d'une hache était Henry Abshire. Il était mince et semblait fatigué. Celui qui tenait son fusil serré contre sa poitrine arborait un costume et un nœud papillon. Des croissants de sueur entouraient ses aisselles et son cou. Jefferson Richards tira sur son col de chemise et fit signe à Rakes de fouiller le reste de la maison.

— Ceux-là, s'ils croient que je vais les accueillir à bras ouverts… marmonna tante Winnie.

La pièce sombra dans un silence seulement troublé par les raclements de la cuillère en bois de tante Winnie et le cliquetis discret des aiguilles à tricoter. Charley Rakes avança vers le fond de la maison. Les deux autres ne semblaient pas avoir remarqué la présence de Jack, et ce dernier sentait qu'il valait mieux ne pas se faire remarquer. Il resta assis, immobile. Il y eut un bruit de porte défoncée, un glapissement et Charley Rakes réapparut en traînant par la cheville Cricket, qui se tortillait comme un ver au soleil. Il s'assit, se frotta les yeux et regarda les deux hommes armés de haches.

— Tu vas nous dire trois trucs, fils, commença Rakes. Où est l'alambic ? Où est l'alcool ? Où est l'argent ?

Cricket le fixa d'un regard incrédule. Jack comprit que la situation dégénérait. D'un mouvement discret du pied, il entreprit de glisser la boîte à cigares sous le canapé.

— Putain, Charley, dit Abshire, l'alambic est au sous-sol, c'est évident !

Abshire essuya sa nuque avec un mouchoir et, replaçant la hache en appui sur son épaule, il indiqua un serpentin de fumée montant d'un trou dans le sol.

— Tu vois bien la fumée, là… S'il vous plaît, m'dame ?

Tante Winnie l'ignora et continua de remuer ses légumes.

— Mesdames, vous voulez bien sortir ?

— Laisse tomber, dit Richards. Elles n'ont qu'à rester.

Rakes hissa Cricket par le col pour le remettre debout. Cricket retomba aussitôt. Il était avachi sur les hanches, la tête basse. Rakes se mit à le gifler, une joue puis l'autre.

— L'argent, fils, où est l'argent ?

Jefferson Richards lâcha un juron et, se retournant lentement, abaissa le canon de son fusil vers le visage de Jack. La gueule du canon paraissait anormalement large à Jack, et pour une bonne raison : il ne s'était jamais trouvé de ce côté-ci d'un fusil.

— Toi ! dit Richards. Où est le fric ?

Jack leva les mains très doucement et haussa les épaules. Richards ne le quittait pas des yeux et décrivait avec son fusil de petits cercles autour du nez de Jack.

— Tu t'appelles ?

— Jack.

— Jack comment ?

— Jack Bondurant.

Richards sourit et laissa échapper un sifflement entre ses lèvres humides.

— Nom de Dieu… renchérit Charley Rakes. Eh, Henry ! Cet abruti de putois est un des frères Bondurant !

— Ouais, dit Abshire, le plus jeune.

— On nous avait dit qu'on te trouverait ici, reprit Rakes, et te voilà ! Tu dois être sacrément stupide…

— Montre-lui, dit Richards. Montre au shérif où est l'alambic.

Jack se leva lentement, mains le long du corps. Entre ses pieds, la moitié de la boîte à cigares était encore visible. Abshire se pencha vers lui et l'agrippa par la chemise.

— Allez, fils, allons voir…

Dans le sous-sol, Abshire fit le tour de l'alambic pour l'examiner soigneusement. Il palpait les joints où suintaient quelques gouttes, tapotait les tuyaux, suivait leur cheminement jusqu'à la citerne du chauffe-eau. Le shérif paraissait fatigué, lessivé, comme s'il venait de se réveiller après une longue sieste. Abshire cogna sur la citerne et les réverbérations sourdes du liquide résonnèrent à travers la cave.

— Alors ça… finit-il par dire. C'est une première ! Jamais vu ça… Ça me fait presque mal de tout défoncer à la hache…

Quand ils remontèrent, Richards et Rakes étaient occupés à pousser tante Winnie et ses amies tricoteuses dans la chambre.

— Attendez-nous ici, disaient-ils. Enquête de police officielle. Ça ne durera pas longtemps.

Tante Winnie portait sa casserole de légumes et son front se plissait en une expression d'agacement violent. Cricket était toujours avachi par terre. Sur la table était posée la boîte à cigares.

— Il faut que tu voies ça, Jeff, dit Abshire. Encore un nouveau truc…

Jeff Richards donna le fusil à Rakes et prit d'une main – comme une Bible – la boîte à cigares qu'il agita devant Jack.

— Je croyais que tu ne savais pas où était l'argent ?

— Tu ne me l'as pas demandé. C'est à *lui* que tu parlais.

Il indiqua Cricket.

Au même instant, il éprouva ce sentiment diffus et désinvolte qui accompagne la peur – quand on cesse de se brider. Jeff Richards eut un sourire en coin, secoua doucement la tête avant de descendre au sous-sol avec Abshire. Charley Rakes sourit à son tour en regardant Jack. Ses dents inférieures étaient jaunies par le tabac, on aurait dit un alignement de glands. Il pressa le canon du fusil contre la poitrine de Jack.

— Vous ne comprenez rien à rien, vous autres, pas vrai ? Il y a de nouvelles règles, vous devez les respecter.

Rakes baissa le fusil et le ramena contre ses jambes. Il regarda Jack et hocha la tête.

— Tu as une arme sur toi ?

— Non.

— Revolver, couteau, autre chose ?

— Non.

— Tu dis la vérité ?

— Oui.

— Tu es *vraiment* un abruti.

Soudain, un fracas métallique résonna au sous-sol, le bruit de l'acier fendant l'acier, et Rakes changea de position pour redresser son fusil dans un rapide mouvement elliptique. Jack tressaillit et le canon percuta violemment sa joue. Il bascula en arrière mais parvint à garder son équilibre, puis se frotta la mâchoire et regarda sa main pour voir s'il saignait. Rakes semblait contrarié de ne pas l'avoir frappé plus nettement. Il braqua à nouveau le fusil vers son visage.

— Avance ! D'un pas !

D'autres bruits métalliques montaient du sous-sol tandis que Richards et Abshire détruisaient l'alambic à coups de hache. Jack avança lentement et, quand il ne se trouva plus qu'à une dizaine de centimètres du fusil, Rakes plongea en avant et lui assena un coup de canon dans les dents. Jack eut juste le temps de détourner légèrement la tête, mais il sentit l'acier mordre sa lèvre supérieure et écraser ses gencives. Il tomba à genoux, porta ses mains à sa bouche et le sang se mit à couler.

— Debout !

Jack avait peur de le regarder, de regarder à nouveau la gueule du fusil. Il ne voulait pas que Rakes le frappe encore au visage. Le vacarme du sous-sol s'intensifiait en rythme, chaque coup faisant vibrer les lattes du plancher. Jack se leva, de trois quarts par rapport à Rakes, mains plaquées sur sa bouche. Par la porte d'entrée restée ouverte, il aperçut des formes sombres qui bougeaient dans la cour. L'idée le traversa d'appeler à l'aide. Il savait que Rakes voulait lui faire mal – très mal.

— Tu n'es pas si costaud que ça, ironisa Rakes. Pourtant, on dit dans le pays que les frères Bondurant sont une bande de fils de putes sacrément coriaces !

Rakes se pencha alors en arrière puis frappa de toutes ses forces Jack dans les côtes, d'un coup balayant qui l'envoya contre le chambranle de la porte. Souffle coupé, Jack atterrit en titubant sous l'auvent. Rakes se jeta sur lui et le frappa avec son fusil derrière le genou. Il y eut un bruit de craquement. Jack chancela, tomba de l'auvent et atterrit dans la cour. Les formes s'agitèrent dans la nuit, des bruits de pas se mêlèrent à des voix étouffées. Les tantes ? Les jumeaux ? *Seigneur*, pensa-t-il, *pitié, à l'aide !* Son estomac se tordait, la salive envahissait sa bouche. La lumière de l'auvent balaya son visage et découpa l'énorme silhouette de Rakes. Son fusil pendait au bout de son bras. Pris de nausée, Jack se mit à vomir. Deux coups de feu éclatèrent au loin, dont l'écho ricocha sur les versants montagneux. Rakes se raidit et plissa les yeux, scrutant l'obscurité.

— Pitoyable, dit-il. Mais je n'en ai pas fini avec toi…

Il recula, posa son fusil contre le mur.

— Je vais te flanquer une raclée. Lève-toi.

Jack se recroquevilla en position fœtale dans la terre. *C'est trop dur. Je ne supporterai pas qu'il me frappe encore. C'était quoi, ces coups de feu ? Les jumeaux ? Quelqu'un d'autre ? Oh ! Seigneur, faites que ce soit Forrest ou Howard !*

— J'ai dit : lève-toi !

Rakes le saisit par les épaules et le redressa d'un coup sec. Jack gardait le menton collé à la poitrine, les bras en croix devant son visage. Tout un côté de sa bouche était engourdi et enflé. Le sang ruisselait sur son cou, sous sa chemise… Les cigales reprirent leur chœur parmi les arbres noirs.

— Ils vont te choper… bredouilla Jack. Ils vont te tuer…

— Ah ouais ? En attendant, ils ne sont pas pressés de venir t'aider, on dirait !

Il le gifla de la paume ouverte de sa main. Un nuage de rosée sanglante jaillit des lèvres de Jack.

— On nous rebat les oreilles avec les frères Bondurant… Putain, vous ne valez rien ! Tu diras à tes deux connards de frères qu'on va venir s'occuper d'eux… Tu leur diras, compris ?

Jack ne pensait plus qu'à une seule chose : le prochain coup. Rakes était cramponné à sa chemise et il le secouait d'avant en arrière comme un pantin. Pendant une seconde fugace, Jack vit ses bras, pliés en deux, encastrés entre ceux de Rakes. Il lui suffisait de propulser tout droit son poing ou son coude pour frapper le gros visage de Rakes. *Vas-y, maintenant, maintenant, maintenant !* Mais ses bras demeuraient crispés, son menton baissé. Rakes ne le tenait plus que d'une main à présent et, de l'autre, il le martelait de coups de poing, sur la tempe, sur le cou, sur les oreilles, Jack se tordait, se débattait, Rakes continuait de le battre comme un vulgaire paquet de cartes, à une cadence régulière. Un nouveau coup sur la tempe envoya une décharge dans la colonne vertébrale de Jack, qui s'écroula par terre. Avant de perdre conscience, il s'entendit sangloter, supplier, « Pitié, arrête, arrête ! » et sa dernière sensation fut le jaillissement cuisant et sanglant de l'humiliation.

10

Forrest regarda Howard entrer dans la station-service avec les hommes de la scierie. Il souriait comme un simplet parmi les hommes bruyants, les visages déformés par la boisson, les pardessus crottés, les maillots de corps souillés, les chapeaux melon écrasés, les canotiers en feutre, les mégots de cigares mâchonnés, les yeux injectés de sang. La masse écrasante d'Howard dominait ce cortège de monstres semblable à la parade grotesque d'un cirque ambulant. Quand ils plongèrent les mains dans les poches de leur salopette, à la recherche de billets froissés, des torrents de sciure se répandirent sur le plancher.

Forrest évitait délibérément de se mêler aux parties de cartes, surtout quand son frère y participait, mais il savait qu'Howard avait pris la part de salaire de Jack. Chaque fois qu'elle vidait les cendriers, Maggie jetait un coup d'œil à la pile de billets et de pièces qu'Howard avait placée entre ses gros bras. Quand elle revenait au comptoir où l'attendait Forrest, elle griffonnait un chiffre sur un papier pour lui indiquer ce que son frère avait perdu. À mesure que la partie avançait, Howard semblait éprouver des difficultés croissantes à respirer. Derrière le bar, Forrest comptait l'argent dans le tiroir-caisse. Les autres joueurs de cartes reluquaient Maggie d'aussi près qu'ils l'osaient – sa robe de coton pâle ornée de fleurs dorées, ses bras nus. Elle ne les regardait jamais droit dans les yeux ni ne leur souriait et, lorsqu'elle quittait la salle, ils juraient dans leur barbe. *Celle-là, avec son visage de pièce de monnaie…*

La radio retransmettait le National Barn Dance de Chicago. Andrew Jenkins, « le vendeur de journaux aveugle », chantait « The Death Of Floyd Collins » d'une voix gorgée de larmes. En repassant devant Forrest, Maggie lui lança un regard vide qui ne disait qu'une chose : son frère ne quitterait pas la table tant qu'il n'aurait pas tout perdu.

Le matin allait poindre quand les hommes de la scierie quittèrent la station de Blackwater. Une fois la partie de cartes terminée, Forrest se prépara une omelette qu'il mangea directement sur la cuisinière, debout contre l'évier. Après avoir fait la vaisselle, il éteignit les lumières et monta à l'étage. Il s'arrêta devant la porte ouverte de la chambre de Maggie pour regarder la forme de ses longues jambes sous la couette, la masse broussailleuse de sa chevelure sombre frémissant sur l'oreiller au rythme de sa respiration. D'ordinaire, quand il avait bu plus que de coutume, sa main finissait par glisser le long du chambranle ou ses genoux se dérobaient et il regagnait sa chambre d'un pas hésitant, s'effondrait sur sa paillasse et sommeillait durant le court laps de temps qui le séparait du lever du soleil. D'autres fois, il dormait littéralement debout dans l'embrasure de la porte, appuyé au chambranle, les yeux plissés, les mains pendantes ou triturant le morceau de bois noueux qu'il gardait dans sa poche. D'autres fois encore, il restait si longtemps devant la chambre de Maggie qu'il oubliait de s'endormir et, quand la lumière du jour traversant les rideaux ou un aboiement de chien sur la route troublait le sommeil de la jeune femme, Forrest retournait dans sa chambre. Après avoir enfilé une chemise propre, il sortait, allait tirer de l'eau glacée à la pompe, se déshabillait, se lavait et frottait son corps avec une pierre ponce. Quand Maggie descendait dans la salle après s'être brossé les cheveux, Forrest faisait déjà frire du bacon et des pommes de terre. Son visage était impassible, ses yeux clairs. Il était impossible de deviner, à le regarder, s'il avait dormi ou pas.

Cette nuit-là Maggie se réveilla, dérangée par quelque chose, et elle vit Forrest dans l'embrasure de la porte. Elle était enfouie dans la pénombre du lit, de sorte que Forrest ne put lire l'expression sur son visage. Elle retira la couette mais Forrest se retourna et se dirigea vers le salon. Au bout d'un moment, Maggie se leva et avança jusqu'à lui. Alors, il vit son corps nu luire dans l'obscurité.

Ils s'allongèrent sur le canapé. Forrest tenait le visage de Maggie entre ses mains rugueuses, il passa ses lèvres sur son front, ses joues, sa gorge. Il dégageait une odeur de maïs aigre, de crasse et de sueur. Elle plongea le menton et la bouche dans le creux de son cou et embrassa doucement la cicatrice, d'une extrémité à l'autre.

À la faible lumière des étoiles qui filtrait par la fenêtre, il regardait ses yeux tout en s'efforçant de la maintenir serrée contre lui. Il voulait peser le moins possible sur son corps, la tenir avec délicatesse comme on tient un oiseau au creux des mains. Il sentit contre son torse les battements chauds et palpitants de son cœur. Quand elle leva le visage vers lui, les légères rides de son front dessinaient une interrogation muette.

Ils ne se parlèrent pas et, lorsque ce fut fini et que Forrest s'endormit, elle le recouvrit d'un drap. Il dormait comme un petit garçon, se tortillant et donnant des coups de pied. Elle attendit auprès de lui que sa respiration s'apaise et que son corps se détende pour retourner dans sa chambre.

DEUXIÈME PARTIE

«J'ai reçu une lettre d'Hemy [Hemingway], écrite après la publication de son roman *Torrents de printemps*. Je crois que c'est la lettre la plus condescendante que j'aie jamais lue. Il m'explique avoir écrit son livre sous le coup d'une pulsion, avec seulement six semaines pour l'achever. Son idée était de démontrer une bonne fois pour toutes que mon œuvre n'avait aucune espèce de valeur. Il m'assure n'avoir pris aucun plaisir à en faire la démonstration – parce qu'il tient beaucoup à moi, etc., etc. – mais il s'y est résolu pour le bien de la littérature. Car je dois comprendre une chose : la littérature est une chose qui nous dépasse, lui comme moi.»

Mémoires de Sherwood Anderson

«Abshire affirme qu'il n'avait pas dégainé son revolver lorsqu'il s'est avancé vers les garçons. Il aurait dit à Jack que ni lui ni Rakes n'avaient peur et qu'il valait mieux qu'ils se rendent – même si l'un des leurs avait déjà pris la fuite en voiture. À ce moment-là, toujours selon Abshire, Rakes aurait sorti son arme et annoncé aux garçons qu'ils étaient en état d'arrestation. Jack a alors fait un mouvement de côté comme pour dégainer et, Abshire n'ayant pas réussi à bloquer son bras, Rakes a tiré. Entendant le coup de feu, Forrest a couru vers eux et Rakes a tiré à nouveau. Forrest s'est écroulé dans la neige. »

« La mort des frères Bondurant
selon le shérif Abshire »,

The Roanoke Times, 11 juin 1935

« Bientôt, une notion telle que l'individualité n'existera plus. Écoutez le doux feulement de ces nouveaux avions qui peuplent le ciel par milliers. Les abeilles vrombissent. De nouveaux essaims se forment. Homme, redouble d'ardeur au travail ! »

Mémoires de Sherwood Anderson

11

1934

Sherwood Anderson arriva à la station de Blackwater en début d'après-midi. Il avait enfilé un vieux manteau de fermier, des bottes couvertes de boue et ne s'était pas rasé depuis longtemps. Il venait de passer trois jours dans sa chambre à la pension, étendu sur son lit, lisant des lettres et écrivant à Eleanor, se grattant les orteils et rêvassant, trouvant toutes sortes de raisons de remettre à plus tard cette visite. Il ne s'était pas vraiment avoué qu'il avait peur jusqu'à ce qu'il se gare devant la station. *Bien sûr, que tu as peur, pauvre fou !* La journée s'était révélée étouffante et il transpirait abondamment sous son manteau. Deux voitures étaient garées à côté du bâtiment, l'une recouverte d'une bâche sous laquelle se devinait la silhouette effilée d'un roadster. Assis sous l'auvent, un jeune homme à l'épaisse tignasse brune observait l'arrivée d'Anderson. Quand la voiture s'arrêta devant une pompe à essence, il s'approcha à petits pas.

— Le plein, m'sieur ?

Anderson sortit et ajusta son chapeau pour se protéger du soleil. L'intérieur de la station-service était plongé dans la pénombre, et semblait vide. Le jeune homme actionna la pompe avec vigueur, remplissant d'essence le globe de verre.

— Vous avez des boissons fraîches ? demanda Anderson.

— Bien sûr.

Il entra. Il faisait frais et Anderson retira son chapeau, restant dans l'embrasure de la porte le temps que ses yeux s'habituent à la semi-obscurité. Il distingua bientôt le comptoir, d'où montait une odeur de bacon et de tabac. Près d'une fenêtre, une radio posée sur une étagère diffusait de la musique. Anderson alla s'asseoir au comptoir et y pianota en silence jusqu'à ce qu'il aperçoive une femme à l'autre extrémité. Elle lisait un magazine en fumant.

— Bonjour, dit-il.

— Bonjour.

— Vous avez des boissons fraîches ?

— Soda ?

— À l'orange, si possible.

— Bien sûr.

Elle posa son magazine et alla jusqu'à la glacière. Ses cheveux raides et sombres étaient remontés sous sa nuque. Elle posa la bouteille de soda devant Anderson, qui glissa une pièce de vingt-cinq *cents* sur le comptoir. Maggie portait une robe bien repassée, de la couleur des feuilles en octobre, avec un col festonné. Elle tombait joliment sur ses jambes, dont elle allongeait encore le galbe. Anderson n'avait plus vu pareille robe depuis des mois. *Aucune trace de ce vieux puritanisme obsessionnel typique de l'esprit américain*, pensa-t-il.

Elle ramassa l'argent et fit sonner le tiroir-caisse. Quand elle donna la monnaie à Anderson, celui-ci secoua la tête et lui rendit les pièces. Elle les jeta dans une boîte de conserve près de la caisse et retourna à sa lecture.

— Comment s'appelle cet endroit ?

— Quoi ?

— Cette station-service, elle a un nom ?

— Dans la région, on l'appelle la station de Blackwater.

— Blackwater, c'est le nom du ruisseau, pas vrai ? Celui qui longe la route, près du pont ?

— Ça, c'est Maggodee Creek. Mais ça fait partie de Blackwater.

Anderson but une gorgée de soda. Un goût insipide, vieillot, sucré jusqu'à l'écœurement. *Ça devait être dans la glacière depuis des années*... De toute façon, personne ne devait acheter de soda, ici. Maggie replongea dans son magazine. *Montgomery Ward*, un catalogue de vente par correspondance. Anderson décida qu'il valait mieux jouer franc-jeu.

— Je m'appelle Anderson.

Pendant une fraction de seconde, Maggie leva des sourcils intrigués vers lui. C'était la première fois qu'elle le regardait directement.

— Moi c'est Maggie.

— Dites-moi, Maggie, je ne voudrais pas vous importuner mais je me demandais si, par hasard, vous n'auriez pas d'autres boissons un peu plus fortes ?

Elle le dévisagea avec une belle expression absente. Anderson pensa à une gitane ou à une Indienne. Elle avait le même regard à la fois intense et vague qui n'exprimait strictement rien. *Un visage impénétrable*, songea-t-il.

— Vous savez..., reprit-il. Imaginez qu'un type ait envie de boire quelque chose de plus costaud...

— On a du Coca, du café ou de l'eau glacée. C'est tout.

Anderson but une autre gorgée de soda.

— Vous êtes du coin ? demanda-t-il.

Maggie posa à nouveau son magazine et souffla une bouffée de fumée vers le plafond.

— Pas vraiment.

— D'où, alors ?

— De pas loin.

Anderson reprit son soda et parcourut la salle du regard. De la graisse luisait sur le gril. Peut-être limitaient-ils leur trafic au matin ? *Mais je parie que les types se pointent aussi juste pour voir Maggie, la regarder travailler.* Il y avait quelque chose de dur dans son visage, qui laissait penser qu'elle avait vécu un peu plus que d'autres femmes du même âge – âge qu'Anderson estimait à la trentaine. Cette maturité conférait à ses traits une beauté froide.

— Vous travaillez ici depuis combien de temps ?

— Assez longtemps.

— Mariée ?

— Non.

— Surtout, n'allez pas croire que je vous tourne autour ! D'ailleurs, je suis marié. J'ai envie de bavarder, c'est tout. Je voyage beaucoup et je n'ai pas souvent l'occasion de parler, vous comprenez ?

— Bien sûr.

— Vous faisiez quoi avant de venir ici ?

— Beaucoup de choses.

— Comme quoi ?

— Travailler à la ferme. Ou dans une usine.

— Textile ?

— Ouais.

— Où ça ?

— À Martinsville. Et, avant, en Caroline.

— C'était comment ?

— Ça allait.
— Difficile ?
— Pas tant que ça. On n'était pas trop mal traitées.
— Vous étiez syndiquées ?
— Ouais.
— Comment étaient les autres filles ?
— Ça allait. La plupart étaient plutôt gentilles.
— Pourquoi vous êtes partie ?
— Mon père est mort.
— Désolé.
— Aucune importance.

Les yeux sombres de Maggie restaient fixés sur lui – ou peut-être sur un point derrière ses épaules, il n'aurait su le dire. Anderson eut l'impression que quelque chose de menaçant fondait sur lui. Son tabouret grinça. Il entendit des voix, une discussion entre deux hommes – non, c'était la radio. *Autant arracher une dent à un âne mort*, pensa-t-il.

— Comment êtes-vous arrivée jusqu'ici ?
— En faisant du stop.
— Depuis la Caroline ?
— Ouais.
— C'est une habitude, chez vous ?
— Bien sûr. Mais j'ai une voiture à moi, maintenant.

Anderson jeta un coup d'œil dehors et vit que le pompiste avait fini son plein. *Drôle de couverture… Et ce serait* ça, *la plaque tournante du trafic d'alcool dans le comté de Franklin ?* Il sirota encore un peu de son soda. Jusqu'à présent, toutes les femmes qu'il avait rencontrées dans le comté étaient taillées sur le même modèle. Serait-ce aussi le cas de Willie Carter Sharpe ? Elle était toujours en cavale, tous les officiels de l'État à ses trousses. Les agents de l'ATU ratissaient les collines. S'il ne se dépêchait pas, l'article pour le

Liberty passerait à la trappe : Anderson avait déjà repéré quelques gratte-papiers du côté de Rocky Mount, ils fourraient leur nez un peu partout à la recherche d'informations sur le procès.

— Mais dites-moi, reprit-il pour relancer la discussion, qui dirige cette station ?

— Forrest Bondurant.

— Celui qui s'est fait tirer dessus dans les années 1930 ? Avec ses frères ?

— Ouais.

— Ça s'est passé par ici, non ?

— Sur la route, là-bas, juste après le pont.

Anderson se surprit à tendre l'oreille, à l'affût du moindre mouvement suspect autour de la station-service. Par la fenêtre, il vit le garçon près des pompes à essence, le visage tourné vers la route. Maggie sortit une autre cigarette. Aucun autre mouvement alentour.

— Il est là ?

— Non.

— Vous savez quand il arrivera ?

— Il n'a pas d'horaires réguliers.

— À votre avis ?

— À mon avis, il sera là d'un moment à l'autre.

— Dans ce cas, je crois que je vais l'attendre ici.

Maggie haussa les épaules.

Anderson sortit et plissa les yeux en regardant la route poussiéreuse. Il paya Everett pour l'essence et le jeune homme disparut au coin de la station. Deux gamins à bord d'une DeSoto rouillée arrivèrent bientôt et achetèrent pour cinquante *cents* d'essence puis s'engouffrèrent à l'intérieur de la station. Appuyé contre le capot de sa voiture, Anderson se demandait s'il avait vraiment besoin d'attendre cet homme contre lequel deux personnes déjà l'avaient mis en garde. Cet homme dont le trafic d'alcool semblait n'être, pour l'instant, qu'un tissu de racontars. Au bout d'un moment, Anderson fit le tour de la station et tomba sur Everett Dillon, assis sur un pneu, en train de lire le journal.

— Les nouvelles sont bonnes ? demanda Anderson.

Everett ne leva pas les yeux, se contentant de secouer légèrement son journal.

— Y a écrit que Roosevelt possède autant de boutons de manchette qu'il y a de jours dans un mois…

— J'ai entendu dire ça, oui. Qu'est-ce que ça signifie, d'après toi ?

— Je crois bien que ça ne signifie rien. À part que je suis là, assis sur un vieux pneu, à imaginer tous ces boutons de manchette…

Les deux garçons ressortirent de la station avec des sodas et des biscuits et montèrent dans leur voiture. Le bruit du moteur de la DeSoto s'évanouit dès le premier virage, et bientôt tout fut à nouveau silencieux.

*

Assis dans sa chambre, Anderson pensait à Willie Carter Sharpe, dehors dans la nuit, s'enfonçant dans l'obscurité aux commandes d'un coupé surpuissant, dévalant la montagne tel un bobsleigh sur la glace, son coffre rempli d'alcool manquant se renverser dans un virage serré avalé sur deux roues. C'était une furie, de sa tête incandescente jaillissait une fumée qui sortait par les vitres de la voiture et laissait dans son sillage une odeur de soufre. La route menait à un ravin boueux où l'attendaient des hommes armés portant des chapeaux noirs et des valises bourrées de billets. Tout cela semblait tellement absurde. Même si c'était vrai, à quoi bon ? Une histoire humaine intéressante, certes, mais pas particulièrement passionnante non plus. L'histoire des autres gens, ces gens de peu qui se traînaient tout au long de leurs journées avec pour seule perspective des lendemains blafards, voilà l'histoire qu'Anderson avait envie de raconter. Maggie aussi l'intéressait. Tout à fait le genre de femme autour de laquelle construire son histoire, avec ses trous, ses maigres détails, ses silences. Après tout, c'est ce qu'il avait toujours su faire.

Bill Faulkner ne lui avait pas dit autre chose quand ils s'étaient rencontrés à La Nouvelle-Orléans. Ils se promenaient sur Chartres Street, Faulkner boitait à cause de sa « blessure de guerre » – qui se révélerait fausse, encore un mensonge... Les deux hommes avaient échangé leurs vues sur l'écriture, l'Amérique, les Noirs, les femmes. À l'époque, Anderson avait accordé une grande signification à leurs discussions et le petit homme qui marchait à côté de lui en boitant sur Canal Street regardait son aîné avec un amour et un respect que ses yeux sombres et brillants ne cherchaient même pas à dissimuler. Pourquoi aurait-il menti à Anderson ? Il n'en savait rien. Les ravages de la boisson, peut-être ? Toujours est-il qu'en 1926, Faulkner avait signé la préface de *Sherwood Anderson and Other Creoles*, une parodie dans laquelle Anderson était dépeint sous les traits d'un saltimbanque fatigué. Quand Faulkner avait quitté son appartement de La Nouvelle-Orléans, il avait laissé une vieille table de jeu et tout un tas de bonbonnes de deux litres d'alcool de maïs. Il avait expliqué à Anderson qu'il était obligé de boire, le soir, pour trouver le sommeil ; sans cela, il n'y parvenait pas.

Anderson s'assit au bord de son lit et retira ses chaussures. Ça lui faisait mal de ne pas travailler : son esprit se mettait à suivre de drôles de cheminements. Il en voulait aux voyageurs de commerce, à tous ces foutus autochtones silencieux, à son métier. La nappe phréatique avait dangereusement diminué et il lançait dans le puits un seau poussiéreux. *Le Rire noir* s'était bien vendu, mieux qu'aucun autre de ses livres. Il se rappela *Ulysse*, et ce qu'il avait éprouvé quand il l'avait lu : il avait senti le rythme des phrases battre dans son cœur et il s'était dit : *Oui, le territoire de la nouvelle fiction est là, dans l'esprit du lecteur en même temps que dans son cœur*. Il avait pressenti que cette manière d'incantation pouvait s'incarner dans un style américain caractéristique, *son* style. Et voilà que ce salopard d'Hemingway s'affichait à présent dans tout Paris, titubant dans les cafés en compagnie d'une grande femme outrageusement maquillée (et *peut-être pas du tout femme*, comme le prétendaient certains), lisant à voix haute aux clients américains des extraits de cette chose qu'il appelait *Torrents de printemps* ! Anderson savait qu'il s'agissait d'une satire du *Rire noir* et c'était sans doute l'affront le plus cruel qu'on lui eût jamais infligé.

C'est quand même moi qui, le premier, ai conseillé à ce fils de pute d'aller vivre à Paris !

Gertrude Stein lui avait expliqué dans une lettre qu'elle avait conseillé à Hemingway de ne pas publier son texte et que la décision du romancier avait porté un coup fatal à leur amitié, mais c'était un maigre réconfort. Anderson se rappela Hemingway gravissant à toute allure l'escalier de sa maison de La Nouvelle-Orléans, large d'épaules et vociférant, avec un sac rempli de fromage de chèvre, de saucisses, de cornichons, de vin, de petits pains frais… Il donnait l'impression d'entrer partout avec fracas, les bras telle une corne d'abondance, chargés des fruits de sa bonne fortune. Dès qu'il apparaissait quelque part, le lieu se métamorphosait. C'était Anderson qui avait amené

Hemingway à New York pour qu'il rencontre Liverwright, Anderson qui l'avait poussé à écrire. Quelques années plus tôt à peine, ses propres mots étaient imprimés en quatrième de couverture du recueil *De nos jours* : « M. Hemingway est jeune, costaud, toujours prêt à rire et il sait écrire. »

Le lendemain, 13 octobre 1934, Sherwood Anderson quitta la pension dans la matinée pour aller prendre un petit déjeuner tardif au Little Hub. C'était une journée d'automne piquante et ensoleillée, les rues paraissaient plus vibrionnantes qu'à l'ordinaire. Le restaurant était assez animé, des groupes d'hommes se tassaient dans les box, restaient debout dans les allées, parlaient avec excitation mais d'une voix feutrée. Dans un coin, un homme martelait le plateau en formica de sa table : *Tu sais foutrement bien qui a fait le coup !*

Anderson commanda des œufs et du bacon au comptoir du café. En sa présence, l'atmosphère dans la salle se calma peu à peu, les hommes cessèrent de parler pour s'occuper de leurs assiettes.

— Dites, mon vieux, qu'est-ce qui se passe ? demanda Anderson au serveur.

Le serveur au tablier taché et à la casquette en carton le fixa un moment puis se pencha, sortit un journal qu'il aplatit d'un geste sec sur le comptoir. *The Roanoke Times.* À la une :

« UN SHÉRIF ADJOINT ET UN PRISONNIER ABATTUS À FRANKLIN

Le shérif adjoint Jefferson Richards a été assassiné hier soir vers 21 h 30 sur la route qui relie Rocky Mount à Callaway, près de l'église de la Congrégation d'Antioche. Le prisonnier Jim Smith a été lui aussi tué. Les deux hommes ont été découverts sur la route. Leurs corps présentaient plusieurs blessures par balle. »

— C'est le même Richards qui était ici, hier soir, quand cette femme est morte dans l'accident de sa voiture ?

Sans cesser de s'activer au gril, le serveur acquiesça d'un mouvement de sa tête pointue.

« La voiture dans laquelle se trouvaient les deux hommes – un roadster Ford 1931 – était entièrement criblée d'impacts de balles provenant pour la plupart, autant qu'on puisse en être sûr, d'un fusil chargé de chevrotine. On dénombre treize impacts sur la partie arrière de la carrosserie, douze sur le toit et vingt-quatre dans le pare-brise. Au moins quinze blessures ont été dénombrées sur le corps de Richards, infligées par des coups de fusil et de revolver. »

Anderson balaya la salle d'un regard circulaire et ne croisa que des hommes au visage baissé sur leur assiette, engloutissant des œufs et du hachis. Tué de nuit, pendant un transport de prisonnier. *Quelqu'un voulait être certain que Richards n'en réchapperait pas*, pensa Anderson. Le serveur lui apporta sa commande et y ajouta un café.

Ce soir-là, de retour dans sa chambre, Anderson s'observa devant le miroir. Les deux hommes à l'hôpital avaient signé leurs documents de sortie et s'étaient envolés. Un miracle qu'ils s'en soient tirés. L'un resterait dans un fauteuil roulant jusqu'à la fin de ses jours, quant à l'autre… eh bien, Anderson avait vu de quoi il devrait désormais se passer. Le soir venu, Anderson avait l'impression que son visage ressemblait à celui d'un ouvrier, le visage d'un homme qui avait beaucoup vu et beaucoup agi : poches sous les yeux, ligne maussade de la bouche, peau noircie… *Aussi bien*, pensa-t-il, *c'est juste l'effet de l'alcool. Et, pour sûr, ça ne trompe personne dans le coin !*

Anderson regarda la bonbonne de whisky sur sa table de nuit. Quelques centimètres d'un liquide clair et scintillant. Peut-être était-ce précisément ce dont il avait besoin. La vraie force, le véritable don de ce truc était sa capacité à dépouiller le réel de toute illusion de santé : il permettait à l'homme de faire face aux dures réalités de la nécessité, cette chose serrée autour de son cou comme un collier d'acier. La logique véritable, évidente, sans retenue. La *logique blanche.*

De l'avant-bras, Anderson lissa une feuille de papier sur son bureau.

« Très chère Eleanor,

J'espère que tu te portes bien, que tes amis et parents de Californie se portent bien et que ton voyage n'a pas été trop fatigant. Les travaux continuent à Ripshin. Le vieux Ball est plus confiant que jamais. Les gars du chantier continuent de me surprendre par la qualité de leur travail.

Le mois dernier, un vieux montagnard s'est présenté à moi et m'a demandé de le prendre comme maçon. J'avais justement besoin que quelqu'un me fabrique une cheminée en pierre cintrée. Un travail de maçonnerie très délicat. Ce vieillard était plus proche des cent ans que des soixante-dix, il était quasiment plié en deux à cause d'une espèce de cancer de l'estomac. Ball et moi avons bien ri de sa proposition mais nous l'avons laissé prendre ses mesures. Il se servait de morceaux de corde usés qu'il nouait les uns aux autres pour calculer des longueurs, sans cesser de marmonner dans sa barbe.

Puis il est rentré chez lui pour tailler ses pierres. On était persuadés de ne plus jamais le revoir.

De fait, une semaine plus tard, un homme est venu nous prévenir que le vieillard était mort. Aussitôt, Ball m'a proposé d'aller voir où ce pauvre bougre en était de son travail, et nous nous sommes mis en route. Arrivés chez lui, dans la montagne, nous nous sommes aperçus qu'il avait fini de tailler toutes les pierres. Les dimensions étaient exactes, la taille nette et lisse, exactement comme je l'avais souhaité. Les pierres sont désormais à leur place, encastrées dans la cheminée.

J'ai hâte de retourner à Ripshin mais surtout de te revoir. Même si, ici, j'ai l'impression d'être auprès de toi à chaque instant. Je t'écris depuis ce qui doit être l'un des culs-de-basse-fosse les plus sombres sur cette terre. Un lieu où tout est silence. »

12

Quand Jack retourna chez son père à Snow Creek, le lendemain matin, son visage était couvert d'ecchymoses jaunes et noires, son oreille gauche fendue et enflée, et la tempe prête à craquer. Sa lèvre supérieure portait une vilaine marque – un mince demi-cercle du diamètre approximatif d'un canon de calibre .12. En voyant Granville rentrer de la grange, Jack sut qu'il était resté debout une bonne partie de la nuit. Son père lui lança un regard solennel par-dessus la table. Sa barbe drue était semée de brins de paille et de terre. Emmy servit des petits pains tièdes et Jack, empoignant couteau et fourchette, se mit à manger, mâchant lentement en s'efforçant de ne pas grimacer de douleur.

— J'aurai besoin de toi ce matin, lui dit Granville.

Jack hocha la tête et porta sa cuillère remplie de jaune d'œuf à ses lèvres tuméfiées.

Il marchait sur la route de terre battue creusée d'ornières en direction de l'étable. Son père se tenait devant la porte, à côté de la fosse où un feu de bois dégageait une épaisse fumée. Jack fut surpris de constater combien son père paraissait voûté et maladroit. Quelques années auparavant, il le voyait encore grimper en haut d'une grange à tabac et hisser à mains nues une plaque de métal pour réparer le toit. À présent, Granville semblait fragile, ses épaules tombaient en avant et ses cheveux n'étaient plus qu'une mince couronne grise autour de ses oreilles. La peau tachetée de son cou était marquée par une vie de travail au grand air. Il ressemblait de plus en plus au souvenir fugace et ténu que Jack avait de son grand-père.

Vétéran de la guerre entre les États, le grand-père de Jack s'était marié et était devenu veuf relativement jeune. Par la suite, il n'avait plus jamais semblé s'intéresser aux femmes ou songé à se remarier. Jusque dans sa dernière année, la quatre-vingt-quatorzième, il continuait de se promener dans les champs avec ses fils au plus fort de l'été, et de tuer les porcs l'hiver venu, jetant de grands morceaux de chair soyeuse dans l'abreuvoir rempli d'eau bouillante. À sa mort, Jack avait six ans, et l'image qu'il gardait de lui restait celle d'un vieil homme assis au bord de son lit, dans la chambre au fond de la maison de Snow Creek. Il taillait de petits personnages dans des morceaux de châtaignier qu'il tournait entre ses doigts noueux. Jack se rappelait aussi que, parfois, son grand-père tenait Forrest sur ses genoux pendant qu'il sculptait ses figurines, et que le garçon était fasciné par l'éclat de la lame de couteau, les formes qui naissaient sous ses yeux…

Le grand-père de Jack était mort miné par l'âge et les horreurs de la guerre civile. Dès le début des combats, il était parti servir dans le 57e Régiment d'infanterie de Virginie. Sa compagnie, connue sous le nom de Franklin Fire Eaters, était composée de tous les hommes du comté qui s'étaient engagés en même temps. Le 57e de Virginie avait été l'unique régiment à franchir les lignes de l'Union pendant la bataille de Gettysburg, au moment de la charge de Pickett – cette tentative désespérée de frapper le cœur des troupes de Grant, retranchées derrière un muret de pierre, en traversant un terrain dégagé et abrupt sur près d'un kilomètre. Les fantassins et l'artillerie de l'Union avaient déversé sur eux un véritable déluge de plomb, fauchant en deux leurs assaillants dans de grandes gerbes de sang et d'os. Pourtant, de ce massacre avaient émergé les hommes du 57e de Virginie, spectres de vikings hurlants. Les Franklin Fire Eaters avaient franchi le muret des troupes de l'Union mais, en l'absence de renforts rapides, ils n'avaient pas pu tirer profit de l'effet de surprise. L'avant-garde du régiment avait été décimée au corps-à-corps et, lorsque les rares survivants étaient parvenus à battre en retraite, l'épine dorsale de la Confédération était déjà définitivement brisée.

Un jour d'été, longtemps après la disparition de son grand-père, Forrest fouillait dans la chambre du fond quand il avait trouvé la boîte rudimentaire où le vieil homme rangeait ses figurines en bois. Il l'avait sortie dans la cour et avait commencé à jouer dans l'herbe avec les personnages. Jack s'était approché mais Forrest l'avait rapidement renvoyé à la maison en pleurs et couvert de bleus.

Les figurines représentaient des militaires, certains avec des chapeaux, des fusils, des bottes, un sac de couchage noué autour de leur poitrine. Il y en avait plus de cinquante et presque tous paraissaient à l'agonie ou sur le point de devenir fous. Des hommes fuyaient, désarmés, d'autres regardaient par-dessus leur épaule à la recherche de poursuivants imaginaires. Il y avait un soldat recroquevillé sur son estomac, en position fœtale ; des hommes démembrés se débattant avec leurs moignons ; un autre portant dans ses bras le torse sans tête d'un camarade ; deux combattants enlacés en une étreinte mortelle – luttant l'un contre l'autre ou se portant secours ? Des fantassins debout avec leur fusil, tête baissée ; un officier aux genoux trop faibles, obligé de s'appuyer sur son épée ; un porte-étendard titubant, prêt à laisser tomber son drapeau ; un homme aux bras et aux jambes écartés, tête penchée en arrière comme s'il attendait d'être arraché de terre pour monter au ciel ; un homme à genoux, sans chapeau ni fusil, visage enfoui au creux des mains. Tous semblaient appartenir au même camp.

Quand, cet après-midi-là, la mère de Forrest l'avait trouvé dans la cour avec les soldats en bois, elle les avait rapidement ramassés. Plus tard, Granville lui avait administré des coups de ceinturon en silence, le visage grave, puis lui avait expliqué qu'il ne devait plus jamais toucher aux figurines. Mais Forrest avait une idée derrière la tête, et il avait volé la boîte peu de temps après pour aller la cacher dans les bois et jouer avec les soldats quand il en avait envie. Plusieurs corrections n'ayant pas suffi à lui faire avouer où il avait mis la boîte, ses parents avaient fini par le laisser tranquille. À la lisière du bois, quand il n'y avait personne alentour, il plaçait ses personnages en formation, rejouant en silence la bataille et déplaçant les figurines à mesure que la mêlée progressait.

Dans l'étable, une vache Hereford tachetée était étendue dans la paille boueuse, pattes écartées, genoux de travers, yeux fermés. Chaque respiration lui arrachait un grognement. Son dos était cambré comme un pont et son arrière-train secoué de tremblements. Devant cette vision de souffrance déchirante, Jack ne put retenir un juron.

— Depuis combien de temps ? demanda-t-il.

— Hier soir. Une dizaine d'heures, peut-être…

Granville s'approcha de la bête et lui caressa le mufle. Quand il passa les doigts sur ses oreilles, elle poussa de toutes ses forces la tête contre sa main. Un ruisselet de sang s'écoulait de l'arrière de ses pattes et formait une mare dans la paille, juste à côté d'une corde reliée à un palan fixé à une poutre au milieu de l'étable. Granville avait retroussé ses manches et ses bras graisseux étaient tachés de sang jusqu'aux biceps. Jack comprit que son père avait déjà inspecté les entrailles de la bête et que le veau allait sortir par le siège, ou par la tête, ou peut-être pire, et qu'il ne restait plus qu'une chose à faire : essayer de sauver la vache. Jack sentit son estomac se révulser et il étouffa une toux du dos de sa main. Depuis tout petit, il redoutait les travaux trop sanglants : castrer les bêtes, tuer le cochon, décorner le bétail, aider une vache à mettre bas. Son père insistait pour qu'il y participe – c'était indispensable pour que la ferme fonctionne. Enfant, Jack grimaçait et pleurait en fourrant les mains dans une carcasse de porc pour en extraire les viscères sinueux. Son dégoût ne venait pas tant du sang que du fait de fendre la peau, de la déchirer puis d'enfoncer le bras à l'intérieur du corps d'un animal. Et il y avait les bruits. Les braillements d'une vache mourante, le cri de la truie qui se muait en gargouillement, les jappements geignards du lapin mutilé traversant un champ sous les yeux de Jack.

— Je dois faire quoi ? demanda-t-il à son père.

Mains sur les hanches, Granville regardait la vache cambrer son dos avec effort, baver une salive écumeuse en tournant la tête vers les deux hommes. Avec précaution, Jack tritura la croûte sur son oreille déchirée. Quand il s'était réveillé, ce matin, une tache couleur rouille couvrait la moitié de son oreiller. *Si seulement il me demandait ce qui m'est arrivé*, pensa Jack. *Tu vas me le demander, oui ?*

Granville décrocha d'un mur un rouleau de câble à scier dont il tendit les poignées à Jack. Puis il s'assit à califourchon sur le dos de la vache et fit une boucle avec le câble.

— Quand je l'aurai mis en place, tu scies, fils. De toutes tes forces.

Refermant son poing sur la boucle, Granville enfonça brusquement son avant-bras dans l'ouverture tumescente. Puis, plaçant en fuseau les doigts de son autre main, il l'introduisit également – la vache fit un pas de côté, son dos frissonna tandis que Granville enfonçait maintenant les deux bras jusqu'aux coudes. Accroupi, Jack tenait fermement les poignées du câble à scier et regardait le visage de son père, sa joue écrasée contre le large postérieur de la vache. Granville s'activa un moment, la vache grognait, dérapait, le sang chaud ruisselait en minces filets sur ses pattes arrière, couvrant la chemise et le pantalon du vieux fermier. Quand il hocha la tête, Jack tira en cadence sur les deux poignées, sciant jusqu'à ce que son père lui fasse signe d'arrêter. À chaque fois, Granville retirait lentement les bras, couverts de sang et d'un épais mucilage gris, et sortait une patte osseuse couronnée d'un minuscule sabot noir. Il jetait la patte dans la paille et replongeait les bras à l'intérieur de la vache.

Une demi-heure plus tard, Granville attrapa une corde et l'attacha autour du cou de l'animal. Jack passa la corde dans la poulie puis, pied calé contre la poutre centrale, dos tourné à son père et à la vache, il tira de toutes ses forces. D'abord, rien ne bougea, puis il entendit les sabots racler le sol, suivis d'un beuglement atroce, et enfin la corde se mit à bouger. Il continua de tirer, sans jamais regarder par-dessus son épaule. Il y eut un bruit lourd et moite – Jack entendit le cadavre du veau s'affaler dans la paille. Il lâcha la corde et, haletant, reprit sa respiration, mains posées sur les genoux. Ses paumes et ses bras étaient tétanisés par l'effort. De minces rais de lumière s'insinuaient entre les planches des murs, glissaient sur le sol. Pour la première fois, Jack prit conscience des autres bruits, ceux du monde qui, au-dehors, s'éveillait. Il essuya d'un revers du bras son front en sueur et les gouttes qui mordaient le renflement douloureux de sa lèvre supérieure.

Quand il se retourna enfin, il vit que son père avait jeté un vieux sac en jute sur la carcasse du veau. Granville se tenait près de la tête de la vache, dont les grands yeux noirs terrorisés clignaient lentement. Son corps n'était plus cambré ni crispé et Jack songea avec soulagement que l'animal vivrait. Il remarqua aussi, à côté du sac, les pattes sciées du veau. C'étaient de petites choses humides et noueuses qui paraissaient artificielles, évoquant davantage des os évidés ou de vieux morceaux de bois que les membres d'un être vivant. Jack les fixait, incrédule, il sentit quelque chose se tordre au tréfonds de lui-même et poussa un gémissement involontaire. Il y avait six pattes, six pattes alignées soigneusement les unes à côté des autres.

Dehors, les chiens aboyèrent dans l'enclos.

— Jamais vu un truc pareil, bredouillait Granville en caressant doucement le mufle de la vache. Jamais vu un truc pareil…

Un tracteur démarra au loin – sans doute Barbour parti retourner son champ de haricots – et l'air au-dessus de leur tête parut soudain peuplé d'insectes, tout bourdonnant de mouches.

— Jamais vu un truc pareil, répétait Granville.

La vache frissonna, puis fut agitée de violentes secousses comme si elle s'ébrouait. Un jet de sang chaud, du vermillon le plus pur que Jack eût jamais vu, se mit à couler de l'animal en gouttes fumantes. Granville tenait la tête de la vache mais ses pattes se dérobèrent et elle s'écroula par terre, ouvrant et fermant ses yeux languissants, la pointe rose de sa langue pendant par la bouche entrouverte. Le vieillard s'agenouilla et lui caressa le mufle tandis qu'elle mourait.

*

Dans la semaine, Jack retrouva Howard à la scierie. Quand les deux frères partageaient une bonbonne autour du feu de camp, Jack avait souvent envie de lui raconter un souvenir d'enfance, lorsqu'il avait douze ans. L'après-midi printanier, les toilettes derrière l'école, la chaleur et le fracas de la foudre, l'odeur âcre du soufre dans son nez… Il aurait voulu lui expliquer les choses qu'il avait vues sous la terre et comme l'ombre de ces choses revenait parfois planer sur sa vie. L'exercice se révélait difficile pour Jack car sa palette d'expériences était trop limitée mais, comme bien des garçons de son âge, il était convaincu que son destin serait très différent de celui des hommes qui luttaient autour de lui pour survivre. Et, comme chez la plupart des garçons de son âge, les pressentiments de Jack se cristallisaient autour de plusieurs épisodes distincts de son enfance : le jour où, dans l'enclos, il avait essayé de tuer cette truie qui refusait de mourir, la nuit où George Brodie avait cogné à la porte de leur maison et le jour où il avait été frappé par la foudre. Le monde qu'il connaissait était borné par ces événements et, avec eux, Jack se sentait capable de se frayer un chemin vers l'avenir opulent qui lui était promis, à lui et à lui seul.

Tout d'abord, il y eut l'air immobile, la vision vacillante de la cabane des toilettes au pied de la colline, la longue rangée d'arbres noirs puis les effluves enfumés de soufre qui brûlaient les narines de Jack tandis qu'il avançait avec cette démarche de crabe, contraint par une envie pressante. Des nuages sombres roulaient sur la cime des arbres, qui s'étiraient et se tendaient comme des muscles ou des tendons. Quelque chose secoua le bosquet de pins et Jack fut aveuglé par une lumière terrifiante, écrasante. Il s'écroula dans l'herbe. L'air grésillait comme un feu de bois, saturé d'une chaleur incandescente. Puis tout devint noir.

Le vent faisait claquer les volets de l'école, aussitôt suivi de la pluie qui crépitait comme une mitraille sur le toit de tôle puis avança en un rideau mouvant vers le corps inerte de Jack.

Au même instant, dans la classe, Mme Rufty assenait des coups de lanière en cuir sur la maigre nuque de Cricket Pate, coupable d'avoir dormi pendant son cours. Ce qui n'empêchait d'ailleurs pas les paupières du garçon de se fermer peu à peu pendant la punition.

Jack resta étendu dans l'herbe pendant plusieurs minutes. Il ne voyait rien, il était incapable du moindre mouvement mais il savait qu'il était encore en vie, qu'il se raccrochait encore à la vie par un infime lien, une minuscule corde attachée à un nuage qui disparaissait au loin. C'était une sensation à la fois douce et somptueuse, et Jack aurait aimé rester à jamais suspendu à cette corde. Mais, au lieu de ça, une vision béante s'ouvrit soudain sous ses pieds et il se mit à rêver d'une île au milieu de l'océan, un lieu qu'il n'avait jamais vu, peuplé d'oiseaux et de lézards monstrueux qui écumaient des jungles touffues, fouillant les roseaux et les rondins pourris à la recherche de vers. L'île était cernée de rochers, d'éboulis massifs formant des petites montagnes desquelles s'élançaient d'étranges chiens, semblables à des poissons, qui plongeaient en aboyant dans les flots bleus. Dans le ciel tournoyaient des oiseaux blancs striés d'orange et de gris qui piaillaient en apercevant les léviathans sous l'eau, de gigantesques ombres dont le passage soulevait des vagues immenses qui se fracassaient contre les rochers. Le regard de Jack parvenait à traverser l'épaisseur obscure de la pierre, de la forêt et de l'eau, pour voir la machinerie s'activer sous la surface des choses. Il voyait tourner d'énormes engrenages, des manivelles actionner un joint de couplage en U, des courroies de transmission sinueuses, des pistons crachotants percuter leurs chambres, de grandes piles d'acier montées sur des charnières fixées par des boulons qui s'abattaient en cadence dans de grandes gerbes d'étincelles. Au-dessous de ce mécanisme, Jack voyait aussi les plaques de pierre grinçantes qui ouvraient des canaux à travers la terre, la lave visqueuse coulant le long de rivières souterraines et se déversant dans des océans de feu.

Quand Jack se réveilla, il était trempé, allongé dans une mare herbeuse à quelques mètres des toilettes. Il entendit crier à l'arrière de l'école, il vit un rectangle lumineux, la silhouette d'un garçon, une main tendue sous la pluie, l'autre cramponnée au chambranle de la porte.

— Jacky !

Ses yeux étaient ouverts mais son esprit toujours plongé dans l'obscurité des roches et des machines. Il entendait son nom résonner comme à travers la chambre d'écho de la Terre-Machine. Il regarda les marches menant aux toilettes et essaya de comprendre à quoi elles servaient. Il roula sur lui-même, s'assit, le visage battu par la pluie, et se tourna vers la masse sombre de l'école, en haut de la colline. C'était son frère aîné, Forrest, qui l'appelait. Mme Rufty l'avait envoyé le chercher – *Qu'est-ce qu'il peut bien fabriquer dehors, sous la pluie ?*

Les chaussures de Jack avaient été arrachées de ses pieds : il vit sa peau tachée de rouge et brûlée comme s'il avait marché dans les flammes. Il sentit la pluie tomber sur lui et c'était comme si on lui retirait quelque chose de la nuque, comme si ses entrailles s'échappaient en minces filets vers le ciel pluvieux. Jack se frotta la nuque puis gratta ses pieds carbonisés. Ses chaussures avaient atterri dans l'herbe, à quelques mètres de là. Leur cuir noirci fumait sous la pluie. Forrest l'appela à nouveau.

Il ramassa ses chaussures et remonta la colline en courant. Il était tellement trempé qu'il ne s'aperçut pas que sa vessie n'était plus pleine et que ses revers de pantalon étaient calcinés.

Quelques soirs plus tard, Jack quitta le campement de la scierie, emprunta à Cricket sa Pierce-Arrow et se rendit à l'église des Dunkards, à Burnt Chimney. Une bonbonne coincée entre les genoux – qu'il remuait nerveusement –, son chapeau enfoncé sur les yeux, il observait le flot des fidèles arrivant dans leurs attelages et attachant leurs chevaux. Sur la banquette arrière découverte de leurs vieilles Ford T rafistolées s'entassaient des enfants aux visages graves. À la porte de l'église, un homme portant un long manteau noir et une barbe fournie accueillait hommes et femmes d'une poignée de main chaleureuse – qui s'accompagnait, pour les hommes, d'un baiser sur les lèvres. La vieille église datait de la plus lointaine époque du siècle précédent. Ses planches brutes étaient légèrement voilées, les poutres centrales ployaient, donnant à l'édifice un air affaissé. Le ciel sur Smith Mountain, à l'est, se colorait de pourpre.

La faible luminosité empêchait Jack de distinguer les traits de chaque fidèle. Il connaissait des Dunkards du temps de l'école. D'une façon ou d'une autre, la plupart des familles du comté de Franklin avaient des liens avec eux. Tout le monde savait que chaque été, à la dernière nuit de pleine lune, les Dunkards se réunissaient pour célébrer leur grande fête de l'Amour durant laquelle ils proclamaient ensemble leur amour et leur espérance pour l'année à venir. Jack but longuement à la bonbonne puis essuya ses lèvres et son visage en sueur avec le revers de la manche de sa veste. Sa lèvre croûteuse le lançait encore. Des moucherons tournoyaient sans fin sur les champs de chaume et venaient se heurter au pare-brise. Jack pensa à son père tenant entre ses mains la vache mourante. À la rangée de pattes semblables à du petit bois. Le reste de la semaine, il n'avait plus été bon à rien. Il avait traîné dans le campement, étourdi ; avait failli perdre une main sous un chargement de planches ; butait contre des souches en marchant, l'esprit ailleurs. Dans l'après-midi, il avait pris une bonbonne à Howard et, sans un mot, avait quitté son frère aîné, occupé à tisonner le feu et à faire cuire des galettes de farine de maïs pour les manger, le soir, avec des rondelles de tomates.

Le flot de Dunkards se tarit et le champ redevint silencieux. L'homme barbu à la porte balaya du regard l'esplanade pour s'arrêter sur Jack, qui se baissa sur son siège et attendit. L'homme frappa une fois dans ses mains – l'appel résonna dans la nuit – puis il rentra dans l'église. Un triangle de lumière s'en échappa un instant puis disparut. L'obscurité à présent était presque totale.

Quelques minutes plus tard, le bourdonnement sourd d'un chant monta de l'église. Jack se pencha par la vitre pour voir si des retardataires arrivaient sur la route et, ne voyant personne, sortit de sa voiture.

Il pénétra dans un vestibule étroit garni de planches de pin brut où des rangées de patères accueillaient des manteaux. Une lampe à huile posée sur un guéridon éclairait les deux portes ouvrant sur l'église. L'homme barbu se tenait entre les portes et adressa au nouvel arrivant un sourire narquois. Comme chez la plupart des Dunkards, aucune moustache n'ornait sa lèvre supérieure. Il avança vers Jack et lui tint les deux mains.

— Sois le bienvenu, frère.

Jack se figea lorsque l'homme, sans lâcher ses mains, rapprocha son visage du sien. Puis il se détourna en mettant sa main sur sa bouche.

— Saluons-nous par un baiser de charité.

— Désolé, répondit Jack.

— Que la paix soit avec toi et avec tous ceux qui vivent en Jésus-Christ.

L'homme lui indiqua les patères mais, Jack secouant la tête, il posa une main dans son dos et le guida jusqu'à la porte de gauche.

Dans la grande salle, près d'une centaine de paroissiens attendaient en chantant. Ils étaient debout devant leurs bancs, en rangs, les hommes face aux femmes. Sur les murs, des étagères grillagées accueillaient les chapeaux à larges bords et les bonnets des femmes. Au centre de la salle se tenaient sept hommes. Au pied de leur chaise se trouvaient un seau et des serviettes. Devant eux, un lutrin avec une Bible ouverte. Une croix fabriquée avec des traverses de voie ferrée pendait du plafond. La chaleur était insoutenable et Jack regretta aussitôt d'avoir gardé son manteau. Il y eut une pause, puis l'un des hommes au centre de la salle, un vieillard avec une longue barbe hirsute, entonna lentement une série de mots. Après une autre pause, son voisin répéta les paroles d'un ton monocorde en y ajoutant une mélodie, que toute l'assemblée reprit en un chant puissant. Le rythme était lent, chaque mot prononcé avec soin jusqu'à ce que les paroles deviennent presque incompréhensibles, succession de notes chantées à pleine gorge, gravées langoureusement dans l'air. Les lampes à huile suspendues aux murs formaient des cercles de lumière tremblotante où montait l'odeur lourde de la fumée, du bois de pin et de la sueur.

Pourquoi craindre la peste,
Pourquoi craindre la guerre ?
Plus l'orage est féroce,
Plus vite il se termine.

Quand Jack fit son entrée, quelques têtes se tournèrent vers lui puis revinrent rapidement vers le centre de la salle. Les hommes, raides comme des piquets, portaient des chemises blanches parfaitement repassées. Face à eux, les femmes laissaient entrevoir sous d'amples capes noires des robes de tissu imprimé confectionnées par leurs soins, avec un col montant et des manches longues. Leur chevelure s'ornait de petites coiffes en dentelle ou de morceaux d'étoffe fixés par des épingles. Jack aurait préféré se faufiler dans les derniers rangs mais il n'avait pas le choix : la seule place libre se trouvait au bout de la première rangée de bancs. Aucun fidèle ne semblait avoir de recueil de cantiques, et il n'en vit nulle part, aussi se contenta-t-il de rester debout avec les autres, tourné vers le centre, les sept hommes, les chaises et les seaux et l'austère croix suspendue.

La sueur coulant sur son visage l'obligeait à cligner des yeux. L'effluve du maïs sur lui le fit grimacer : il empestait l'alcool.

Radieux est le chemin
Où me portent mes pas,
Au paradis m'attend
La couronne étoilée.

Ce qui, de prime abord, ressemblait à un imbroglio confus de sons s'organisa peu à peu, se dissocia en voix individuelles que Jack parvenait à identifier : les hommes à côté de lui, les femmes de l'autre côté, les pasteurs avec leurs intonations gutturales. Il arrivait à choisir une voix, à l'écouter, à suivre l'évolution des notes puis à replonger dans le flux dense de la multitude avant de choisir une autre voix. Très vite, il se concentra sur une intonation bien précise, aiguë et vacillante.

Au paradis m'attend
La couronne étoilée,
Au paradis m'attend...

Le chant cessa et l'un des pasteurs avança vers le lutrin pour commencer la prière. Dans l'assistance, toutes les têtes se baissèrent. Jack regardait les femmes et les jeunes filles devant lui. Elles avaient presque toutes de solides traits germaniques, une forte corpulence, des yeux très écartés. Quand elles inclinèrent la tête sur leurs mains croisées, leur cou s'orna d'un pli de chair blanche. Le silence se fit dans l'église, empli par le bourdon solennel de la voix du pasteur. Seul dans l'assistance à garder la tête droite et les yeux ouverts, Jack scrutait avec intensité les rangées de femmes jusqu'à ce que son regard s'arrête sur la petite tête sombre de la joueuse de mandoline. Le pasteur leva la Bible et lut :

— « Qui a cru ce que nous entendions dire, et le bras de Yahvé, à qui s'est-il révélé ? Tel un surgeon, il a grandi devant lui, comme une racine en terre aride ; sans beauté ni éclat pour attirer nos regards, et sans apparence propre à nous séduire. Objet de mépris, abandonné de tous, c'était un homme coutumier du chagrin et de la souffrance. Et, devant lui, nous nous sommes voilé la face. Nous l'avons méprisé, sans jamais en faire le moindre cas. »

Une fois la prière achevée, Jack tenta de croiser le regard de Bertha Minnix. Elle observait les sept pasteurs devant la grande table. L'un d'eux était son grand-père, R. L. Minnix. Ils se parlaient à voix basse et semblaient tour à tour refuser de prendre la parole et proposer à leur voisin la suite du prêche. La Bible passait ainsi de main en main…

— Je t'en prie, frère…

— Non, pas moi. Frère, veux-tu prendre la suite ?

— Non, frère, je n'en ferai rien, mais n'hésite pas à…

— Pas moi, frère, j'attends d'être appelé.

— N'hésite pas, frère, je te cède ma place. Veux-tu bien nous lire la Parole ?

Jack n'avait jamais vu pasteurs si réticents à prêcher. À l'église baptiste de Snow Creek, où les fidèles étaient toujours plus nombreux, il était parfois impossible de les arrêter et si l'un d'eux avait manifesté l'envie de passer son tour, une bonne dizaine de vieux fermiers auraient sauté sur l'occasion de monter en chaire. Finalement, le doyen des pasteurs – le grand-père de Bertha – se résigna et la congrégation se prépara à entendre son sermon. Jack n'était pas mécontent de s'asseoir : debout, il ne pouvait pas s'empêcher de se balancer d'avant en arrière. Il entendit un lointain ronronnement, comme si un grand feu de joie crépitait dehors. Il se pencha légèrement vers son voisin afin de mieux voir Bertha, à présent cachée par une femme aux énormes bajoues. Tout juste parvint-il à apercevoir un peu de son menton, la pointe de son nez, lorsqu'elle tendit son visage vers son grand-père. Debout devant la table, il oscillait légèrement en brandissant la Bible à bout de bras. Jack n'entendit rien du sermon qui bourdonnait dans l'église immobile. La sueur perlait le long de son dos, de ses jambes, et ses pieds dans ses bottes étaient comme chauffés au fer rouge.

Après le sermon, les pasteurs installèrent les sept chaises au centre de la salle. Sept femmes s'avancèrent – parmi lesquelles Bertha Minnix – et, une fois assises, délacèrent leurs bottines. Les pasteurs placèrent alors un seau métallique devant chaque chaise, retroussèrent leurs manches et nouèrent autour de leur taille les longues serviettes en coton. Quand les sept fidèles eurent fini de retirer chaussettes et chaussures, les pasteurs mirent un genou en terre, plongèrent un torchon dans leur seau et entreprirent de leur laver les pieds. Les femmes se tenaient bien droites, leurs longues robes tombant jusqu'aux chevilles, et regardaient légèrement au-dessus des têtes des pasteurs penchés sur leurs pieds. Un murmure grave parcourut l'assemblée qui, bientôt, comme d'un accord tacite, entonna un nouvel hymne. La musique semblait flotter au-dessus de Jack. Il n'en percevait que le bruissement sourd et insistant, qui semblait se muer en un son grinçant venu du ciel.

Comme toutes les autres femmes, Bertha portait des bottines pourvues d'une dizaine de petits œillets où passaient des lacets noirs, de la même couleur que ses chaussettes courtes. Elle leva un pâle petit pied pointu que le pasteur tamponna doucement avec son torchon.

À la faveur d'un changement de position du vieillard, Jack eut la vision fugace des pieds de Bertha, l'éclair ivoire d'un talon. Il se concentra sur ce fragment de peau nue, dont la blancheur irréelle envoya un frisson le long de sa colonne vertébrale. Le son grinçant était plus fort à présent et Jack, regardant autour de lui, fut surpris de constater que personne ne paraissait l'entendre.

Une fois lavés les pieds des sept femmes, ces dernières s'agenouillèrent à leur tour, saisirent seaux et torchons et s'occupèrent des pieds des pasteurs. Bertha prit délicatement un pied cagneux et le plongea dans l'eau. Puis les hommes assis à côté de Jack retirèrent leurs chaussures et ôtèrent leurs chaussettes. Deux femmes allèrent se placer à l'extrémité opposée du banc et, têtes baissées, commencèrent à laver les pieds des fidèles. Les femmes de l'assemblée reprirent lentement un nouveau chant au-dessus duquel vinrent se poser les paroles psalmodiées par R. L. Minnix, dont la barbe pointue frétillait en rythme :

N'aimez ni le monde
Ni ce qui est du monde.
Si quelqu'un aime le monde,
Alors l'amour du Père n'est pas en lui.

Jack se frotta le nez et tritura maladroitement ses bottes. Un bruit cinglant de métal déchiré traversa l'église dans un fracas de forge et Jack sentit le sol vibrer. L'air se chargea d'une odeur de pieds âpre et moisie. Les lacets étaient pris sous une croûte d'argile et Jack dut faire un effort pour les dénouer. Il ne portait pas de chaussettes. Il retira ses bottes et regarda ses pieds noircis par la boue et le cuir, ses ongles jaunes, ses croûtes suintantes, ses pansements élimés. L'hymne prit de l'ampleur, la musique montait comme le chant des cigales dans les arbres, au crépuscule. Elle essayait de couvrir la clameur métallique de plus en plus intense. La vision de Jack se mit à trembler bizarrement, une toux sèche lui brûla la gorge. *Quelque chose ne va pas*, pensa-t-il. Il prit soudain conscience du contour des choses, distingua aux lisières de son champ de vision des formes qui enflaient et désenflaient. Il baissa les yeux sur ses pieds. Le chant bourdonnait dans ses oreilles :

Car tout ce qui est dans le monde,
La convoitise de la chair,
La convoitise des yeux
Et l'orgueil de la richesse,
Viennent non pas du Père,
Mais du monde.

Puis Bertha s'agenouilla à ses pieds. Jack vit le visage de la jeune fille reflété dans l'eau du seau, son regard horrifié, ses yeux fixes et il passa la main devant le reflet pour s'assurer qu'il était bien réel avant d'oser la regarder. Bertha leva la tête, son menton délicat penché sur le côté, sa bouche crispée en une mince ligne. Ses cheveux noirs tombaient en volutes sur son front, glissaient sous la fine courbure de son oreille. Ses yeux étaient d'un gris doux et lisse. Jack s'agrippa au banc et se cambra, tel un chat au supplice. Le vrombissement assourdissant de rasoirs retentit soudain, les lames tournoyantes des scies éventrèrent le plafond et découpèrent le ciel.

Car le monde passe
Avec ses convoitises,
Mais celui qui fait la volonté de Dieu
Demeure éternellement.

Les pasteurs se tournèrent vers lui, perplexes. Jack sentit le sol basculer sous ses pieds, se rattrapa au dossier du banc pour garder l'équilibre. Il y eut alors un violent éclair lumineux et, tandis que des hommes s'avançaient, Jack vit la longue barbe de R. L. Minnix, ce triangle d'argent, se métamorphoser en une épée à double tranchant, une large épée traçant un sillage de lumière. Horrifié, il vit marcher sur lui les sept hommes en noir et l'épée jaillir de la bouche du pasteur comme une langue d'acier.

Une brusque chaleur l'envahit soudain. Baissant les yeux, il vit les mains de Bertha entourer son pied, ses doigts envelopper son talon et ses orteils. La mince ligne de sa bouche frémit un instant avant de dessiner l'ombre d'un sourire.

Il retira son pied d'un coup sec et bondit hors du banc, renversant le seau, bousculant les hommes assis à côté de lui. L'eau se déversa sur le plancher, l'hymne se morcela, chancela, s'éteignit. Jack sentit les regards posés sur lui. Il recula de quelques pas, s'accroupit, plaqua ses mains sur ses oreilles pour faire taire le vacarme qui déchirait le ciel. En vain. R. L. Minnix dit quelque chose, fit un geste vers Jack, mais déjà il s'élançait vers la porte, l'enfonçait d'un coup d'épaule et franchissait le vestibule. Le sol tanguait sous lui. Il sortit dans la nuit et traversa pieds nus l'esplanade comme un homme sur le pont d'un navire soulevé par les vagues.

13

Le lendemain matin, Jack buvait un café et mangeait des petits pains garnis de confit de pomme quand la camionnette de Tazwell Minnix arriva à la station de Blackwater. Son père, R. L. Minnix, était assis à côté de lui, paisiblement endormi. La rosée n'était plus qu'une pellicule luisante sur l'herbe, l'air était encore vif avant l'arrivée définitive des grandes chaleurs d'août. Sur l'aire de stationnement, Tom C. Cundiff était occupé à rosser un homme avec une violence insensée.

Cette scène frappa Jack comme une sorte de cérémonie spirituelle : un homme au manteau couvert de poussière, tête nue, à genoux, mains jointes, supplie un homme debout devant lui, un personnage bizarre portant un chapeau melon crasseux, des bretelles et une chemise souillée. Sous un auvent, quelques badauds observaient la scène avec un vague intérêt. Quelques-uns jetèrent un coup d'œil à la camionnette qui venait de s'arrêter devant les pompes. La tête de R. L. était affaissée sur son torse, il ronflait légèrement. Tazwell coupa le moteur, descendit de la cabine et observa la scène curieuse qui était en train de se dérouler.

L'homme à genoux pleurait.

— Pitié, Tom, ne me frappe plus, je te jure que je te laisse tranquille !

Son visage n'était plus qu'un masque écarlate ruisselant de sang. Son front était un amas de chair plissée et de touffes de cheveux. Ses mains tremblaient.

— Pitié, Tom, pitié, arrête…

Tom C. Cundiff restait les bras ballants. Un revolver pendait à sa main tachée de sang. Les taches couvraient sa manche jusqu'au coude. Tazwell se figea, horrifié. Cundiff se tourna mollement vers lui. Ses yeux étaient des têtes d'épingle noires sur un visage déformé par la haine.

— Pitié, Tom…

Il y eut un mouvement parmi les badauds, ils s'écartèrent. Tazwell vit un homme devant la porte de la station-service. Grand, filiforme, une cicatrice dentelée sous le menton. Il regardait la scène d'un air solennel. Un garçon à la tignasse noire traversa en trottinant l'aire de stationnement et s'approcha de la camionnette.

— Tom ! dit Forrest sans quitter l'embrasure de la porte. Ça suffit !

— Le plein, m'sieur ? demanda Everett Dillon à Tazwell.

John Horsely éclata en sanglots, mains toujours serrées. Après un bref soupir, Cundiff pivota vivement sur les talons et frappa Horsely si violemment sur la tempe que le fût de son revolver se fendit. Horsely tomba sur le côté comme un arbre qu'on abat, les pieds secoués de tressautements. Cundiff jeta un morceau de papier froissé sur le corps effondré, qu'il accompagna d'un épais crachat de jus noir.

— Voilà ma putain de réponse ! Tu diras à Carter Lee où il peut se la carrer profond !

Les hommes assemblés sous l'auvent se dispersèrent. Cundiff fit claquer ses bretelles et tourner sa chique dans sa bouche avant de rentrer dans la station. Forrest resta un instant à regarder d'un air inexpressif la forme inerte du corps de Horsely. Tazwell se précipita vers lui, s'agenouilla et glissa une main sous son col vermillon. Son cuir chevelu était une bouillie de sang et de peau déchirée, mais Horsely respirait encore.

— Mais enfin qu'est-ce qui se passe ici ? demanda Tazwell.

— Faudrait que quelqu'un l'emmène à Rocky Mount, observa Forrest.

À l'intérieur, Jack quitta son siège et plaqua ses mains sur la vitre pour mieux voir.

— Cet homme est bien shérif adjoint, n'est-ce pas ? Son nom est John Horsely ?

— Ouais, répondit Forrest. Lui-même.

Tazwell regarda autour de lui, hagard. Quelques visages apparurent aux fenêtres de la station, scintillant sous le soleil matinal. Parmi eux, le visage incrédule de Jack.

— Je suis venu pour parler à votre frère Jack.

Dans les arbres de l'autre côté de la route, les cigales entonnèrent leur chœur strident. Des mouches bleues bourdonnaient autour de la tête de Horsely, se posaient sur les touffes de cheveux poisseuses, trottinaient sur son cou et son visage.

— Vous savez que votre frère est venu nous voir hier soir ? Dans l'église de notre congrégation, à Burnt Chimney. Pendant notre fête de l'Amour.

Un imperceptible sourire éclaira le visage de Forrest.

— Je connais l'endroit.

— Eh bien il était là, reprit Tazwell. Complètement soûl ou complètement fou.

Forrest le fixa du regard.

Tazwell ramassa le papier jeté par Tom C. Cundiff et le défroissa. C'était une citation à comparaître devant un juge.

— Cet homme a agressé un représentant de l'ordre.

— Ouais, répondit Forrest. Ça lui apprendra à se pointer par ici seul, les mains dans les poches, quand Tom vient de passer plusieurs jours à picoler. Vous l'emmenez ?

— Quoi ?

— Je veux dire : vous emmenez Horsely ?

Tazwell se tourna vers sa camionnette et vit le visage terrifié de son père derrière le pare-brise. Jack quitta son poste à la fenêtre et retourna au comptoir.

Ils chargèrent le shérif adjoint à l'arrière de la camionnette. Une fois Tazwell parti, Forrest retourna dans la station et s'adossa au comptoir. Jack frotta son oreille contusionnée et poussa quelques miettes dans son assiette.

— Qu'est-ce que tu as au visage ? lui demanda Forrest.

— Rien.

— Ah oui ?

Une cigarette fichée entre les dents, Maggie grattait le gril avec une spatule. Sa robe couleur ivoire était semée de roses pâles. Jack savait qu'elle écoutait. Cundiff sortit en traînant des pieds et en marmonnant, marcha jusqu'à sa voiture, démarra. Les hommes restés sous l'auvent s'égaillèrent. Forrest ouvrit le tiroir-caisse d'un coup, en sortit une liasse de billets qu'il compta.

— J'ai appris ce qui s'est passé chez Winnie Mitchell, dit Forrest. Pour toi et pour Cricket Pate.

— Qui te l'a dit ?

— On s'en fiche, pas vrai ?

Jack vida son café. Maggie vint lui remplir sa tasse. Ses lèvres s'arrondirent en un mince sourire autour de la cigarette. *Bon Dieu*, pensa Jack, *combien sont au courant ? Tout le putain de comté ?*

— Ce que je me demande, c'est ce que tu comptes faire, maintenant ?

La question cueillit à froid Jack.

— Ce que *je* compte faire ?

Il regretta aussitôt ce qu'il venait de dire.

— Tu espères que quelqu'un d'autre va se charger du problème pour toi, peut-être ?

Jack était soulagé qu'il n'y ait personne d'autre que Maggie dans la salle. Il s'agita sur son tabouret, gratta la pointe de son pied gauche avec le talon de sa botte droite.

— Ce n'est pas ce que je voulais dire, Forrest.

Forrest posa la liasse de billets et fit le tour du comptoir pour venir tout près de son frère. Il serra le poing et l'abattit à côté de l'assiette vide de Jack. Maggie vint récupérer l'assiette et les couverts. Une fraction de seconde, Jack eut l'impression qu'elle lui lançait un regard bienveillant mais il n'en était pas sûr. Quand elle entra dans la cuisine, sa robe bruissa contre la porte battante.

— C'est très simple, dit Forrest : tant que tu es mon frère, ce genre d'incident ne *doit pas* se reproduire. Compris ?

— Oui.

— Je ne crois pas.

— Et si je ne peux pas l'empêcher ? Tu sais que je ne suis pas… comme toi, ni comme Howard. Je n'ai *jamais* été comme vous.

Forrest l'agrippa par un bras et avança son visage tout près du sien.

— Il n'y a qu'une seule réponse possible. Sinon la nouvelle va se répandre et tu vas en baver pendant très longtemps, peut-être même jusqu'à la fin de ta vie. *Fais quelque chose !* Si ces animaux s'aperçoivent l'espace d'un instant que tu as peur, ils vont se jeter sur toi et ce sera fini.

— Ils m'ont dit… de te dire qu'ils vont venir s'occuper de toi et d'Howard.

— Je sais.

Forrest reposa d'un geste sec les billets dans le tiroir-caisse. Bientôt, Jack crut voir une expression de lassitude traverser le visage de son frère.

— Si tu veux faire partie de la bande, il vaut mieux que tu sois prêt à faire le nécessaire.

— Je suis prêt, répondit Jack. Je disais ça, c'est pour parler…

— Tu veux le fric mais tu ne veux pas travailler pour le gagner.

La gorge de Forrest se contractait avec difficulté, le filet blanc du tissu conjonctif ondulait à chaque mot.

— C'est *nous* qui contrôlons la peur des autres, tu comprends ? Sans cette peur, nous sommes des hommes morts.

14

1929

Quelques semaines plus tard, au début de l'automne, les trois frères se rendirent chez Jamison, du côté de Thornton Mountain, où devait se tenir une réunion. Autour d'un bâtiment situé à l'arrière du terrain broussailleux appartenant à Jamison étaient stationnées plusieurs voitures et une demi-douzaine de carrioles. Jack remarqua plusieurs modèles dernier cri plutôt rares dans le comté de Franklin : des Packard, une berline Auburn, le nouveau coupé Dodge, une Buick Series 121 bicolore.

Quelqu'un gagne beaucoup d'argent, par ici, pensa Jack. *Et nous on se pointe dans la vieille Ford déglinguée de Forrest !*

En passant devant la Buick, il perçut à travers la vitre l'odeur du cuir moelleux, le renflement des coutures, le pommeau du levier de vitesse aux reflets fauves. Huit cylindres en ligne, bloc moteur en fonte d'acier, 150 chevaux. *Cette belle pépée monte sans problème à cent dix kilomètres à l'heure…* Il sentait cette vie sous ses pieds, le doux feulement de la puissance, le roulis du couple moteur. S'il pouvait se payer une voiture neuve, il était certain qu'il ne craindrait plus rien jusqu'à la fin de ses jours.

Quand les trois frères entrèrent dans la grange, Jack fut étonné d'y voir autant de monde – et autant de visages qu'il ne connaissait pas. Forrest l'avait prévenu : les types présents à la réunion viendraient de tous les coins du comté. Smith Mountain, Linville, Sontag, Boone's Mill, Penhook, Ferrum, Calloway, et même certains comtés voisins comme ceux de Patrick, Bedford, Henry, Floyd et Pittsylvanie. Après quelques poignées de mains et hochements de tête, les frères Bondurant se placèrent à l'écart des autres qui continuaient de faire les cent pas dans la paille, maugréant contre le froid et impatients que la réunion commence. Quelques bonbonnes d'eau-de-vie de pomme passèrent de main en main, mais peu se servaient. Jack reconnut certains hommes dans le groupe : Roosevelt Smith, J.O. Shively, Arthur Land, Irvin Goode, Gummy Coleman, Posey Webb, George Barbour, Homer Johnson, Tom C. Cundiff, C.T. Cooper, Jimmy Turner, Walter « Peg » Hatcher, Aubrie Kendick, Talmedge Jamison et G. T. Washburne. Mais il y en avait une bonne vingtaine d'autres qu'il n'avait jamais vus, comme les frères Duling, de Virginie-Occidentale, dont le territoire s'étendait sur une bonne partie du comté de Floyd. Ces hommes étaient les grands noms du trafic, pas de pauvres bougres comme Cricket ou les Mitchell, qui cachaient un alambic dans leur cave et produisaient de modestes quantités de gnôle. Jack fut frappé en pensant au nombre de grandes distilleries clandestines en activité dans le comté et à la quantité d'alcool en circulation. Peg Hatcher était l'un des plus importants producteurs du comté ; Roosevelt Smith, J. O. Shively et quelques autres dirigeaient des équipes qui couvraient plusieurs comtés. Assis sur un seau retourné, un homme entouré de George Barbour et de Homer Johnson prit la parole. C'était Jimmy Turner, la quarantaine, trafiquant du côté de Penhook.

— Les gars, je vous remercie d'être venus. Comme vous le savez, il y a eu un peu de changement ces derniers temps et je me suis dit qu'on avait intérêt à tous se rassembler pour tirer tout ça au clair. C'est pourquoi vous avez ici des gars de différentes organisations, comme Tom Carter et sa bande, de Roanoke.

Jimmy Turner arborait un sourire en coin et une moustache dense, taillée net. Il passait pour un homme calculateur qui n'aimait pas perdre son temps avec les imbéciles.

— Pendant longtemps, on a pu mener tranquillement nos affaires à Franklin et personne ne s'en préoccupait. Ces derniers temps, on a eu quelques problèmes. Maintenant, on sait que les gars de l'Alcohol Tax Unit peuvent venir à tout moment pour bousiller nos alambics et avoir leur tronche dans le journal…

Il eut un petit rire nerveux – d'autres jurèrent à mi-voix.

— D'un autre côté, le shérif et ses hommes nous ont toujours foutu la paix. Du genre à fermer les yeux quand on passait. Le truc, c'est que l'ATU débarque de plus en plus souvent et met la pression à Hodges et à ses hommes. Comme d'habitude, tout le monde ferme sa gueule donc on n'a pas trop d'ennuis mais, à cause de l'ATU, se déplacer dans le comté devient de plus en plus difficile, même en utilisant des planques comme la maison de Shively, à Penhook, la station-service de Hatcher à l'est ou la station Bondurant à Blackwater.

Turner adressa un signe de tête à chacun des trois hommes. Forrest n'eut pas l'air de le remarquer : ses yeux restèrent immobiles et calmes.

— Certains parmi vous savent déjà que le bureau du shérif a demandé une somme pour nous laisser tranquilles…

— Un pot-de-vin, ouais ! rugit Tom C. Cundiff.

Sa main tremblante tenait une bonbonne ouverte. À le voir, on aurait pu croire qu'il avait passé la nuit dans une grange. Quelques sifflets et murmures mécontents parcoururent l'assistance.

— Appelez ça comme vous voulez ! cria Turner. Mais payer cette somme ne serait pas un mauvais calcul. Quand on veut éviter les frictions, il faut graisser les rails !

— Pourquoi tu ne nous dis pas vraiment ce qu'il en est ? reprit Cundiff. Pourquoi tu ne dis pas à ces types qui a vraiment imaginé ce plan ? Le shérif ? Hodges serait infoutu de commander même sa propre bite ! C'est Carter Lee qui en a eu l'idée. C'est lui qui envoie ses collecteurs fouiner aux endroits qu'il leur indique !

— Ça va, Tom ! intervint George Barbour. Pas la peine de t'entêter !

Des cris fusèrent :

— Qui dirige nos affaires, bon sang ?

— Personne ne dirige nos affaires, cria Turner. Nous sommes toujours les maîtres du jeu. Ce qu'on nous propose, c'est la liberté totale de circuler. De nos alambics jusqu'aux frontières du comté. Liberté assurée ! Et ça, mes amis, ça mérite bien quelques dollars. C'est une commission, au même titre que les stations-service perçoivent leur commission. Hodges et ses gars écarteront les collecteurs ou les enverront sur des fausses pistes. Au final, tout le monde y gagne : moins de risques, et de l'argent !

— Et toi, Jimmy, tu touches combien ? cria une voix.

Une rumeur circulait parmi les hommes, qui s'agitaient nerveusement. George Barbour, un obèse aux lourdes bajoues, cracha un jet de tabac dans la paille.

— Autant que toi, dit Barbour. Autant que tout le monde.

— Foutaises ! s'écria Cundiff. Et c'est pour ça que vous nous avez convoqués ici, vous trois ?

Cundiff se tourna vers l'assistance. Son visage était rubicond, son chapeau melon relevé haut sur son crâne.

— Ce qu'on entend ici, reprit-il, c'est la voix de Carter Lee ! Ce putain de procureur du comté ! Et tout ça n'a qu'un but, engraisser les gros matous ! Mais moi, je n'ai jamais graissé la patte d'aucun matou et ce n'est pas aujourd'hui que je vais commencer !

Écumant de rage, Cundiff se fraya un chemin parmi la foule, et claqua la porte de la grange. Quelques rires saluèrent son départ. « Sacré vieux Tom », disaient certains. Mais Jack voyait bien que la plupart des hommes partageaient son point de vue.

— Laissez-le partir ! dit Turner. Il va se compliquer la vie, c'est tout. Il y a un dépôt de matériel dans un entrepôt de tabac désaffecté à Rocky Mount : vous y trouverez tout ce dont vous aurez besoin. Vous allez peut-être même reconnaître certains de vos vieux alambics et chapiteaux ! Du sucre, de la levure, et même des plaques de cuivre qu'on peut vous livrer en ville, chez Simpson. Chaque district sera attribué à un shérif adjoint et c'est vous, les gars, qui devrez récolter l'argent chez les types de votre district. Alors faites passer le mot auprès de tous les trafiquants que vous connaissez. Chaque semaine, le shérif adjoint viendra collecter sa commission. Les détails de toutes les opérations seront communiqués à Jeff Richards qui tiendra les comptes à jour. Aussi simple que ça.

— Quel est le tarif ? cria quelqu'un.

— On ne l'a pas encore déterminé précisément, mais ça devrait tourner autour d'une dizaine de dollars par livraison, plus un fixe de vingt dollars mensuels pour la fabrication.

Les jurons et les sifflets fusèrent. Jack vit les hommes taper leur chapeau et leur visage prendre une expression de dégoût et d'agacement. Il leur était déjà arrivé, de temps en temps, de glisser un billet ou quelques bidons de tord-boyaux à Hodges et à d'autres shérifs locaux pour qu'ils ferment les yeux. C'était de bonne guerre. Mais là, c'était une tout autre affaire. Il s'agissait d'un système coordonné à l'échelle du comté, qui ne souffrait aucune exception. Ça signifiait qu'il allait devenir impossible de fixer soi-même le prix de sa production.

— Voyons, insista Barbour, dites-vous bien que pour ce prix vous ne courez *plus aucun risque* ! Plus de production détruite, plus de temps passé derrière les barreaux, plus de blocus. Nous pouvons nous focaliser sur ce que nous faisons le mieux et laisser le bureau du shérif s'occuper de tout le reste. N'oublions pas non plus l'accès facile à toutes les réserves nécessaires. Vous le savez comme moi, la Prohibition va bientôt cesser, d'un jour à l'autre. Bien sûr, il y aura toujours un marché pour l'alcool de contrebande dans les comtés de Virginie qui interdiront la vente mais nous devons saisir aujourd'hui l'occasion d'amasser un gros tas de fric quand le butin est encore à portée de main !

— Et si on refuse de payer ? demanda Forrest.

Le silence se fit et les hommes dans l'assistance se tournèrent vers les trois frères. Jack releva le menton et s'efforça de rester immobile.

— Quoi ? demanda Turner.

— Que va faire Carter Lee si on refuse de payer ?

— Forrest ! intervint Barbour. On espérait bien te voir, compte tenu de l'importance de la station de Blackwater pour les livraisons au nord, vers Roanoke.

— Tu vas le dénoncer ? demanda un homme à l'arrière.

— Du calme, les gars ! reprit Barbour. Ce n'est pas ça du tout. On vous explique juste comment ça marche. Les types qui n'accepteront pas le marché devront se débrouiller tout seuls, comme toujours. Mais sans protection, ce sont eux qui vont se faire démolir leurs alambics et confisquer leur gnôle quand les officiers de l'ATU se pointeront. Si les Féds veulent un alambic, Hodges leur en donnera un. Mais ce ne sera jamais un des nôtres. Personne ne dénonce personne. Sur ce plan-là, rien ne change.

Tout le monde se tourna à nouveau vers Forrest et le silence retomba dans la grange. Il fit craquer sa mâchoire et la cicatrice dentelée sur son cou frémit. Jack savait qu'une majorité des hommes présents suivraient de préférence Forrest, quelle que soit sa décision. Le pot-de-vin envisagé risquait de réduire les gains de ces petits trafiquants au minimum, voire de les empêcher de rentrer dans leurs fonds. Et que dire de la production à titre personnel ? Si un homme voulait se distiller quelques litres pour sa consommation privée, il allait quand même devoir cracher au bassinet. Quelle différence, alors, entre ce pot-de-vin et une taxe imposée par le gouvernement ? Forrest scruta du regard Turner et Barbour comme s'il essayait de déterminer à quelle espèce ils appartenaient.

— Donc si je ne paye pas, Hodges et ses types vont venir me chercher des poux ?

— Allons, allons, ce n'est pas ce que je dis, bredouilla Turner. Je dis simplement que tu ne pourras pas bénéficier de notre protection. Bon, je sais que quelques policiers ont un peu… malmené ton frère Jack. Eh bien, c'est exactement ce qui ne risque pas de se produire avec notre nouveau système.

Les hommes dans la grange fixèrent le visage de Jack pour y voir la trace de ses blessures, et Jack maudit en pensée Charley Rakes pour cette nouvelle humiliation.

— Et, naturellement, dit Turner, il serait malvenu que les shérifs ou les hommes de l'ATU viennent tourner autour de la station de Blackwater. Les conséquences seraient désastreuses pour tout le monde…

— Personne ne m'a jamais posé de problème. Aucun agent fédéral n'est venu traîner dans ma station…

— Parce qu'ils savent ce qu'ils risquent ! cria une voix, provoquant une timide poussée de rires nerveux.

Forrest s'avança pour faire face à l'assemblée.

— S'il y en a parmi vous qui préfèrent me confier la livraison de leur alcool plutôt que de s'en remettre au gouvernement, ils sont les bienvenus ! On s'occupera de vous. On continuera de travailler librement, en toute transparence, comme on l'a toujours fait.

Quelques sifflets admiratifs et acclamations saluèrent cette déclaration, mais le murmure général qui suivit trahissait l'indécision, la confusion. Puis ce fut le silence.

— Les temps changent, Forrest, lança Barbour. Tu ne peux plus travailler à l'ancienne, maintenant.

— Eh bien, nous verrons cela.

Il fit demi-tour et Howard ouvrit la voie jusqu'à la porte de la grange. Les hommes s'écartaient pour laisser le passage à sa charpente massive. Jack fermait la marche et, tout en suivant ses frères, sentait le regard intense des hommes posés sur son visage. En cet instant, il le savait, ils respectaient leur attitude de défi. Ils auraient voulu avoir le courage de les suivre. Mais ce qu'il aurait souhaité, lui, c'était rester dans la grange, prendre la direction des débats, oublier Turner et Barbour et convaincre les autres. Si Forrest le voulait, il pouvait rallier tous ces hommes dans son camp et, ensemble, ils réussiraient à retourner la situation. Jack sentait qu'il en était capable : que Forrest le laisse prendre la parole et il leur ferait entendre raison, il leur montrerait qu'il leur suffisait de s'associer pour repousser Carter Lee et ses sbires. Qui pouvait les arrêter ? Turner avait raison, il y avait beaucoup d'argent à se faire si on réussissait à s'organiser, mais de quel droit Carter Lee serait-il le grand patron ? Pourquoi pas Jack et ses frères ? Il savait aussi que Forrest ne voulait pas en entendre parler. Son organisation s'arrêtait avec lui. Aussi Jack garda-t-il les épaules bien droites en franchissant la porte de la grange pour suivre ses frères sous la lumière aveuglante du soleil.

15

1934

Le shérif Hodges avait un bureau dans le tribunal, à côté du bureau du procureur du comté, mais il ne s'y trouvait jamais. Chaque fois qu'Anderson s'y présentait, il tombait sur des hommes – sans doute ses adjoints, rarement deux fois les mêmes – assis dans son fauteuil, lisant un journal ou fumant. Tous lui faisaient la même réponse : Anderson devait s'adresser au shérif Hodges car ils n'étaient au courant de rien concernant le procès à venir. L'un d'eux, un gamin au visage rose qui ne devait guère être sorti de l'adolescence, se présenta comme le shérif adjoint Hodges – apparemment son fils. Aucun d'eux ne portait d'uniforme.

Le shérif Hodges, lui aussi, était en tenue civile mais plus facile à repérer : dans la salle du Little Hub Restaurant, c'était le seul homme à porter un .38 au ceinturon. L'endroit débordait de la clientèle habituelle du déjeuner mais Anderson parvint à se faufiler jusqu'au comptoir et à se hisser sur le tabouret voisin de celui du shérif. Il commanda un café. Occupé à engloutir des pilons de poulet et des pommes de terre sautées, Hodges le regarda à peine. Anderson commença par l'interroger sur les deux blessés du Rocky Mount Hospital.

— Deux gamins de Shootin' Creek, dans le comté de Floyd. À peu près tout ce qu'on sait…

— Pas de suspects ?

— Plutôt coton de trouver des suspects quand on n'a pas de témoins et que les deux victimes refusent de parler. Je devrais dire « ne *peuvent* pas parler », puisque l'autre castré, là, ne devrait pas tarder à casser sa pipe.

— À vrai dire, ils sont partis.

— Sans blague ?

— Ils ont quitté l'hôpital la semaine dernière.

— Je dois avouer que je suis surpris. Je ne pensais pas qu'ils s'en sortiraient.

— Vous voyez un lien avec le procès qui s'annonce ?

Hodges piqua une pomme de terre avec sa fourchette et la porta à sa bouche. Son menton était luisant de graisse.

— Est-ce que Willie Carter Sharpe a été arrêtée ?

— Aucune idée.

— Vous ne l'avez pas trouvée, c'est ça ?

— Non. C'est aux Féds de s'en occuper. À ce qu'on sait, elle n'est pas dans le comté de Franklin.

— Qu'avez-vous à déclarer sur le meurtre de Jeff Richards ?

— À déclarer ? Je ne peux rien déclarer tant que l'enquête est en cours, vous le savez très bien.

Hodges haussa les épaules. Sur le gril frémissaient des oignons frits. La clochette de la porte ne cessait de sonner à mesure que les clients entraient et sortaient. Anderson posa une main près de l'assiette de Hodges. *Cet enfoiré ne me laisse même pas le temps…*

— J'ai assisté à une course-poursuite jusqu'ici, il y a quelques soirs de ça. Il y a eu un accident. Je vous ai vu sur place.

— Ah ouais ?

— Une femme a été gravement blessée.

— Pas blessée. Elle était *morte*.

— J'ai eu l'impression qu'il y avait du grabuge avec des officiers de l'ATU, non ? Richards était là, aussi. J'essaye de comprendre…

— Il n'y a rien à comprendre.

— La routine, c'est ça ?

Hodges tourna brusquement la tête vers Anderson. *Touché*.

— Personne n'a vraiment l'air de s'en inquiéter, on dirait. Comme si tout ça était normal. Comme si rien d'inhabituel ne s'était produit.

— Ouais.

— Eh bien, ça ne m'a pas vraiment l'air habituel.

Hodges s'essuya la bouche et jeta sa serviette sur son assiette. Il fit signe au serveur de lui resservir du café.

— Vous êtes d'où ?

— Comté de Marion, répondit Anderson.

— Je veux dire : vous êtes né et vous avez grandi où ?

Anderson se sentit rougir. Était-ce possible que le shérif le connaisse ? Allait-il se faire prendre en flagrant délit de mensonge, pour une broutille pareille ?

— Comment vous savez que je n'ai pas grandi à Marion ?

— Si vous me posez la question, c'est que c'est le cas, pas vrai ?

— Là d'où je viens, en tout cas, on ne considérerait pas comme normal de voir des voitures chargées d'alcool et conduites par des femmes foncer en plein centre-ville tous les soirs. Ou des hommes castrés soignés dans un hôpital recevoir leurs couilles par la poste.

— Bienvenue à Franklin ! lança Hodges avant de descendre de son tabouret et de sortir son portefeuille.

— C'est pour moi, dit Anderson en posant un billet d'un dollar sur le comptoir.

— Oh, non, cher monsieur. Ce ne serait pas très éthique de ma part d'accepter.

Anderson le suivit jusqu'à sa voiture.

— Écoutez, je peux venir avec vous pour m'entretenir avec Carter Lee ?

— Il faut lui demander. Je ne suis pas sa secrétaire.

— Chaque fois que je vais au tribunal, je me fais refouler par un de vos adjoints. Par tous vos adjoints. Par votre fils, même. J'y suis déjà allé trois fois.

Hodges s'assit au volant et baissa la vitre de sa portière.

— Écoutez, les gosses à l'hosto, ils seraient morts à l'heure où je vous parle si quelqu'un n'en avait pas décidé autrement. Il n'y a pas de complot par ici. Et maintenant, pourquoi vous ne rentrez pas chez vous dans l'Ohio, le Kansas ou ailleurs, en nous laissant nous occuper de cette affaire ?

Depuis la mort de Jeff Richards, le silence avait envahi la ville. Cela avait d'abord été un chuchotis encore perceptible, puis les habitants réticents à parler avaient fini par se taire complètement. Anderson avait passé des après-midi entiers dans des dizaines de magasins à se réchauffer auprès du poêle, à se rafraîchir sous le ventilateur, à boire du café, à manger des noix de pécan avec des gars du coin qui restaient avachis dans leur chaise longue, bottes contre le poêle, sans décrocher un mot. Des familles entraient acheter des provisions, les enfants traînaient entre les rayons, babillant dans leur langage secret. Peut-être cette vieille rumeur était-elle fondée, pensait Anderson en souriant : peut-être nourrissait-on les enfants de la montagne avec du lait et de l'alcool frelaté. Les adultes n'échangeaient presque aucune parole, sauf au moment de payer à la caisse.

En revanche, s'il y avait un sujet dont *tout le monde* parlait dans le comté, c'était bien le tabac. Le mot fleurissait sur toutes les lèvres comme le synonyme de salut, les hommes le répétaient comme si cette psalmodie, cette incantation suffiraient à faire surgir une immense récolte qui assurerait la prospérité au comté de Franklin. Cet été-là, Anderson observa des jeunes garçons et filles avancer pendant des heures entre les plants de tabac sous une chaleur accablante, formant des files apparemment interminables qui s'étiraient tout le long des collines. Ils s'arrêtaient devant chaque plant, se penchaient pour nettoyer les tiges et les feuilles envahies par de gros vers longs de plusieurs centimètres dont les minuscules têtes noires s'achevaient sur des bouches semblables à des becs réclamant leur pitance. Les vers étaient jetés dans des seaux en fer-blanc, vidés en fin de journée dans des grands feux – une scène à laquelle Anderson préférait ne pas assister. Les garçons avaient l'habitude de sauter cette dernière étape : ils coupaient la tête des vers d'un coup d'incisives à mesure qu'il les récoltaient, passant ainsi la journée à se courber et à cracher. Les vers pouvaient ravager une récolte entière et il fallait s'assurer qu'ils étaient tous morts. En être certain était une condition cruciale.

Après quoi la récolte des feuilles pouvait avoir lieu. Elle se déroulait plusieurs fois chaque saison. Quand les feuilles du bas de la tige avaient atteint une taille suffisante grâce au soleil d'été, il fallait les retirer une par une et les mettre dans un sac, c'est-à-dire repartir à nouveau dans des périples entre les plants de tabac, sous la chaleur et dans la terre. Assis sur le capot de sa voiture, Anderson regardait les garçons et les hommes avancer, se pencher, tirer quelques feuilles, les nouer en une liasse qu'ils appelaient « manoque ». Quand le vent se levait, les grandes feuilles s'agitaient et ondulaient comme une foule en marche. Anderson pensait alors à ce qu'il avait vécu pendant la guerre hispano-américaine, ces longues colonnes d'uniformes bleus marchant au pas, ces peaux brûlées par le soleil, la sensation de soif.

Ensuite, il y avait le stockage des manoques. Ces épaisses touffes de longueurs variables étaient suspendues à des chevrons dans des granges à tabac dont les murs étaient doublés d'argile pour permettre la ventilation. La chaleur enveloppait doucement les feuilles, les séchait jusqu'à ce qu'elles prennent une couleur de cuir doré, puis de brun tacheté. Suspendre puis décrocher les manoques était une tâche ardue. Dans les granges, l'air était suffocant, chargé de chaleur et de poussière, et les garçons y restaient le moins de temps possible.

Un ami écrivain qui avait brièvement cultivé le tabac en Caroline du Nord avait expliqué à Anderson comment il préparait son champ : il brûlait des détritus sur toute sa surface, recouvrait la terre d'un filet puis s'occupait des pousses les plus tendres. Il restait des semaines à genoux dans la terre, taillait les plants avec adresse, cueillait délicatement les feuilles tout au long de la saison et vérifiait toujours qu'elles n'étaient pas infestées de vers ou de larves. Comme, à l'époque, il ne possédait pas son propre camion, il avait dû en louer un pour aller vendre sa production à Winston-Salem. Là, des centaines de cultivateurs venaient exposer leurs liasses de feuilles dans une grange et, dès le matin, les acheteurs de diverses compagnies arrivaient avec leur bloc-notes et leur stylo, discutaient de la qualité des récoltes, faisaient des enchères. En arrivant devant les feuilles de cet ami écrivain, les acheteurs du premier groupe s'étaient écriés : « Regardez un peu ce *carnage* ! » Au bout du compte, il avait tout juste gagné assez d'argent pour rembourser la location du camion. Toute une saison de travail pour rien... Anderson en avait conclu que, malgré les douces ondulations des feuilles odorantes, cultiver le tabac – de l'entretien jusqu'à la récolte – était le travail agricole le plus atroce, ingrat et débilitant qui soit !

À la fin du mois d'octobre, Anderson retourna dans le comté de Marion pour superviser le chantier dans sa maison. Pendant que la construction de Ripshin se poursuivait, il passait le plus clair de son temps dans la cour fraîchement déblayée, fumant et surveillant les ouvriers qui plantaient des poteaux, rabotaient des poutres, taillaient des pierres. C'était une maison en pierre et rien de semblable n'avait jamais été construit dans la région de Marion, mais l'homme qu'il avait engagé comme maître d'œuvre, un robuste montagnard répondant au nom de Ball, lui avait assuré que ses hommes y parviendraient et c'était en effet le cas puisque la maison était presque terminée. Anderson passa ainsi des vacances paisibles à Ripshin avec Eleanor et sa famille.

Au début du printemps, il était de retour dans le comté de Franklin et reprenait sa chambre à la pension. L'acte d'accusation allait être rendu public incessamment et on prétendait que Willie Carter Sharpe était en détention et avait accepté de témoigner.

Le rédacteur en chef de *Liberty* le harcelait de télégrammes pour savoir où en était son enquête. Anderson n'y avait pas répondu et les gardait, pliés, dans une poche de son manteau. *Qu'il se débrouille avec ce qu'il a déjà. Je refuse de me faire prendre en otage par cette histoire. J'irai voir cette bonne femme, j'écrirai mon papier et on n'en parlera plus.*

Willie Carter Sharpe, «le seul être humain capable de lancer une Ford à pleine vitesse le long de Grassy Hill», le célèbre défilé dans la montagne, au nord de Rocky Mount, débouchant sur Burnt Chimney puis Roanoke. La «route des *bootleggers*», comme on l'appelait – en tout cas dans le nord du comté : durant tout son séjour à Franklin, Anderson n'avait jamais entendu personne utiliser cette formule. Il finissait par se demander si tout ça n'était pas une invention de citadins, si ce Sud montagneux n'était pas en passe de devenir un nouveau Far West, le fantasme d'une nouvelle frontière…

À son arrivée à la pension, Anderson apprit qu'un autre shérif adjoint était mort pendant l'automne. Charley Rakes s'était éteint dans son lit des suites d'une pneumonie, le 14 octobre 1934. Deux jours après Jefferson Richards. Le jour où Anderson avait parlé au shérif Hodges, au Little Hub Restaurant. Deux semaines plus tard, les deux adjoints étaient censés témoigner devant le grand jury. *L'un après l'autre : plutôt efficace*, pensa Anderson. Comme, en apparence, Charley Rakes était mort paisiblement chez lui, aucune enquête n'avait été diligentée et aucune trace d'acte criminel découverte.

La routine. Il réserva sa chambre pour les deux mois à venir.

— J'ai entendu parler de toi, dit M. O. avec une légère intonation irlandaise. J'ai entendu parler des gars de Blackwater. C'est bien ton frère qui s'est fait tailler la gorge, pas vrai ? Il paraît qu'il a réussi à s'enfuir et à tenir debout en s'envoyant de la gnôle par le trou de son cou ?

— Dépêchons, dépêchons, répondit Jack. On n'a pas toute la nuit.

— Vous avez quoi ?

— Deux cent quarante litres d'eau-de-vie de pomme supérieure, la meilleure de tout le comté de Franklin. Et cent vingt litres de tord-boyaux.

— Il n'est pas si mal que ça ! protesta Cricket.

— Attendez ici. Je vais aller parler à Floyd.

M. O. entra dans la station et disparut dans les ténèbres, derrière les fenêtres graisseuses à demi occultées par du papier journal. Cricket et Jack s'allumèrent une cigarette et allèrent attendre près de leur voiture. Les trois autres conducteurs restaient collés au mur de la station, tels des totems sombres dont le visage et les lèvres plissées s'éclairaient par intermittence d'une lueur de cigarette. Après quelques minutes, la porte de la station s'ouvrit brusquement et un homme en costume trois-pièces et chapeau melon étroit en sortit. Floyd Carter était aussi grand que Jack et crochu comme une faucille. À l'évidence, son costume à fines rayures, taillé sur mesure, était encore relativement neuf, quoique usé aux coutures et sali au niveau des poignets. Son long visage équin était charnu et rasé de près. Il s'approcha de Jack et de Cricket, mains enfoncées crânement dans ses poches, M. O. sur ses talons.

— Vous avez quelque chose pour moi, dit-il.

— Ouais, répondit Jack.

— M. O. m'a parlé de deux cent quarante litres d'eau-de-vie de pomme et de cent vingt litres de tord-boyaux ?

— Ouais.

— Il paraît qu'à Franklin, le procureur du comté vous serre les couilles dans un étau ?

Des ombres vacillèrent à l'intérieur de la station. Derrière Floyd, des hommes s'agitaient. La chemise de Jack était à nouveau gorgée de sueur, le revolver dans sa poche de veste pesait comme un joug de plomb.

— Saloperie, vraiment… Des shérifs qui escortent des cargaisons chaque semaine et qui font baisser les prix… Je vous paye un dollar le litre d'eau-de-vie, cinquante *cents* pour le reste.

Jack se tourna vers Cricket qui tirait sur des fils qui pendaient de son manteau.

— Je croyais que nous nous étions mis d'accord sur un dollar vingt-cinq et soixante-quinze *cents* ?

— *Nous ?* répéta Carter. C'est qui, *nous* ?

Jack fit un geste vers M. O., à l'affût derrière Carter. M. O. se léchait les lèvres.

— Monsieur Carter, dit-il, j'ai pensé qu'on pouvait sûrement faire un petit effort pour eux…

— Et pourquoi diable je voudrais faire un effort ?

— Eh bien…

— Désolé, les gars, c'est le tarif en vigueur. Si ça ne vous plaît pas, vous n'avez qu'à tourner les talons et repartir à Franklin. Je suis sûr que les shérifs vous payeront le même prix, sans le dérangement.

— Je m'appelle Jack Bondurant et nous arrivons de la station de Blackwater.

Sans quitter des yeux Jack, Carter claqua le plat de la main contre le torse de M. O., envoyant en l'air un nuage de poussière. Sa bouche lippue se fendit en un sourire, révélant des dents aux teintes jaunes variées.

— Bordel, les gars, fallait le dire tout de suite ! Entre, Jack.

Carter se retourna et conduisit Jack jusque dans la station-service. L'intérieur était éclairé par une lampe à gaz et quelques bougies collées sur la table par leur socle de cire. Des hommes étaient assis à la lisière du halo lumineux. Seules leurs mains se détachaient dans la pénombre. Sur la table étaient posées une bonbonne ouverte, une salière et une assiette contenant des tranches de bœuf cru et des œufs durs. Carter emmena Jack dans une autre pièce où une lampe à gaz éclairait un évier rouillé et une haute vitrine abritant des objets en porcelaine. Assis dans un coin, un gros homme armé d'un fusil.

— Écoute, commença Carter en passant un bras sur l'épaule de Jack, je pense qu'on va pouvoir s'arranger.

Son haleine puait l'œuf et la mèche de cheveux pendouillant sous son chapeau était constellée de pellicules. Jack ne savait pas quelle attitude adopter. Il était inquiet d'être éloigné de son chargement et de n'avoir que Cricket pour le surveiller. Ainsi cet homme avait été le mari de Willie Carter Sharpe, la beauté des montagnes, la reine des briseurs de blocus ? Le revolver dans la veste de Jack heurta le même genre d'objet métallique dans le manteau de Carter mais Carter ne sembla pas le remarquer. M. O. Walsh entra dans la pièce avec un bidon d'eau-de-vie de pomme et un autre de tord-boyaux. Il les posa dans l'évier, les ouvrit, en transvasa une petite quantité de chaque dans des bocaux à confiture dont il versa ensuite le contenu dans deux petites soucoupes.

— Maintenant casse-toi, lui lança Carter.

Walsh s'inclina légèrement vers Jack puis disparut d'un pas pesant. L'homme au fusil remua doucement sur sa chaise en se frottant la nuque.

— Je vérifie toujours, expliqua Carter. Tu comprends…

Il gratta une allumette qu'il lança dans une des soucoupes. Une flamme bleue monta du liquide, vacillante, chargée d'étincelles. *La quantité de sucre qu'il y a dans sa gnôle…* pensa Jack. Carter gratta une autre allumette qu'il jeta dans la seconde soucoupe. L'eau-de-vie de pomme dégageait une flamme plus orange, plus douce car le degré d'alcool était moins important, mais aussi plus pur. Puis Carter secoua les deux bocaux et alla examiner d'un œil expert la qualité des bulles à la lumière de la lampe à gaz. Il adressa un clin d'œil à Jack.

— On va se la jouer réglo, hein ? murmura-t-il.

Il se pencha à l'oreille de Jack.

— Les autres types, je les paye seulement un dollar le litre.

Carter alla ouvrir la vitrine et en sortit une boîte blindée. Il alluma une bougie de suif qu'il planta sur la table et entreprit de compter des billets prélevés sur une liasse assez grosse pour étouffer une mule. L'homme au fusil restait suspendu dans l'ombre comme un vieux manteau, son arme semblable à une hallebarde en travers de sa silhouette.

— Et voilà, dit Carter. Deux cent quarante litres à un dollar vingt-cinq le litre, trois cents dollars, et cent vingt litres à soixante-quinze *cents* le litre soit quatre-vingt-dix dollars.

Il tendit à Jack les deux liasses de billets puis passa à nouveau un bras autour de ses épaules.

— Bienvenue à la Midnight Coal Company ! Et maintenant, allons décharger tout ça, d'accord ?

Quand ils eurent fini de transférer les bidons, Carter passa la tête par la vitre conducteur de la Ford.

— Donne le bonjour à ce vieux Forrest de la part de Carter. On prétend que c'est le shérif qui fait la loi à Franklin, mais je me disais bien que cette mule de Forrest et ce taureau d'Howard n'allaient pas s'aplatir devant un gros chat ! Tu peux le leur répéter !

Jack conduisit la Ford A jusqu'en haut de la route et l'arrêta à l'endroit où son père l'avait garée la veille au soir. Il n'était pas encore 5 heures et Emmy n'était pas levée, aussi resta-t-il un moment appuyé contre le capot à regarder les étoiles scintiller au-dessus des collines. Les champs de tabac commençaient à prendre forme, les tiges atrophiées à tracer des ombres à la lumière des étoiles, et la nuit était si paisible que Jack eut l'impression d'entendre Snow Creek gargouiller au pied de la colline. Il s'alluma une cigarette et recompta une nouvelle fois les billets. Deux cent trente dollars et de la monnaie. Pour une semaine de travail. L'avenir se levait devant lui comme l'aurore toute proche et il sourit, tapa des talons dans l'herbe, puis rentra à la maison et retira le costume de son père.

Le lendemain après-midi, Jack se rendit au grand bazar Slone's et enfila ses pieds crevassés dans les bottes en vachette bordeaux. L'intérieur couleur crème était aussi doux qu'il en avait rêvé et les deux dollars qu'il déboursa lui parurent une dépense dérisoire. Il en profita pour prendre un long manteau en poils de chameau, un feutre Dunlap de la même couleur, des gants de conduite en cuir avec des boutons-pression en nacre, deux chemises avec col assorti, un nœud papillon à motifs cachemire et un costume trois-pièces rayé en laine coupé en Angleterre. Il alla les essayer dans une cabine et en ressortit en tendant ses anciens vêtements à Slone.

— Je vais les garder. Ceux-là, vous pouvez les brûler.

Au comptoir, il ramassa une poignée de cigares et abattit une liasse de billets pour payer ses achats. Pas une seule fois Slone ne le regarda droit dans les yeux mais Jack s'en fichait. Pendant que Slone préparait sa monnaie, il s'admirait dans la glace en pied de la boutique. Derrière lui, un groupe d'hommes murmurait en lisant un journal et en secouant la tête.

— Qu'est-ce qui se passe ? demanda Jack en tournant le menton.

Slone se pencha et posa sur le comptoir un journal de Roanoke. Le titre en caractères gras annonçait : « NOUVELLE PANIQUE À WALL STREET ! »

— Je prendrai aussi un de vos Brownie[1]. Je vais avoir envie de me faire photographier avec ma nouvelle voiture.

Slone prit l'appareil et l'ajouta à la note.

— Je reviendrai bientôt, dit Jack.

— Je l'espère, monsieur, répondit Slone en inclinant sa tête luisante de gomina.

En sortant, Jack mit directement le cap sur le garage et ne tarda pas à poser deux cents dollars sur le capot d'un coupé Ford A Sport Business 1928 bleu nuit avec un vrai coffre en lieu et place du traditionnel spider. Son moteur de trois mille centimètres cubes développant quarante chevaux s'accompagnait d'une boîte trois vitesses et de freins à quatre roues. Le petit cadran du compteur de vitesse affichait cent trente kilomètres à l'heure maximum. Le coffre contiendrait sans problème deux cent quarante litres. Il suffirait que Jack règle les amortisseurs pour supporter la surcharge. Cricket prétendait qu'il pouvait installer un carburateur à courant descendant pour augmenter la puissance du moteur. S'il obtenait les

1. Nom donné à de petits appareils photo lancés avec succès par Kodak dès le début du XXe siècle.

bons outils, peut-être parviendrait-il même à bricoler les cylindres pour améliorer la transmission. Qu'il y arrive ou non, Jack considérait cet achat comme la première étape vers de nouvelles affaires – la naissance d'un empire. Il était convaincu que, d'ici à quelques mois, il se rendrait à Martinsville pour s'acheter une Lincoln V8, une Packard 8 Phaeton ou une Packard Club Sedan. Il sortit la Ford du garage en tirant sur son cigarillo, chapeau négligemment incliné sur le côté. Il avait baissé la capote malgré la fraîcheur de ce début d'automne. Les vingt dollars roulés dans sa poche formaient un nœud bien agréable contre sa cuisse. Désormais, Forrest serait obligé de soutenir son projet : l'affaire était trop simple et il avait pratiquement reçu des garanties de Floyd Carter, à Burning Bag.

Il pensa au regard de Bertha Minnix quand il descendrait du marchepied dans son costume rayé, avec son manteau en poils de chameau et ses bottes étincelantes. Il lui offrirait le Brownie Camera ; il venait de s'apercevoir qu'il en avait eu l'idée depuis le début. Il lui semblait qu'elle devrait beaucoup aimer prendre des photos. Il vit son visage s'illuminer, ses lèvres fines se redresser aux commissures, son index entortiller le duvet de cheveux autour de sa nuque. Jack lança les quatre cylindres jusqu'à ce que le claquement des valves retentisse, passa les vitesses et s'élança souplement dans les virages. Les pneus tout neufs mordaient le gravier et envoyaient sur les bas-côtés des morceaux d'argile et de terre. Hormis la Route 33 et quelques autres tronçons, le comté de Franklin était plutôt avare de routes capables de supporter des vitesses supérieures à cinquante kilomètres à l'heure, mais Jack se dit qu'il aurait bien assez tôt l'occasion de rouler plus vite.

Je dois faire une grosse impression après le cafouillage à l'église, songea-t-il. C'était un homme totalement différent. Un homme honnête et prometteur, un entrepreneur, dont la sagacité déplaçait des montagnes. Le monde évoluait, celui qui ne suivait pas restait irrémédiablement embourbé, loin derrière. *Oui, il est grand temps que j'aille faire ma cour. Grand temps que je me distingue de la populace.*

17

1929

La Ford dévalait une route gravillonnée au sud de Penhook, près de la frontière du comté de Pittsylvanie. La voiture s'engagea sur une petite allée qui passait par-dessus une source et aboutissait dans une petite clairière. Là, entre deux bosquets de pitchpins et d'épicéas noirs, se trouvait le campement de la scierie. En plein soleil, une longue remise en rondins couverte de plaques de métal disparates était flanquée d'autres bâtiments plus petits. À l'arrière de la remise, près du cercle d'arbres, une double chaudière rouillait dans l'herbe, inclinée sur le côté et noircie de créosote. Ses cheminées se dressaient sur près de six mètres. Devant la remise, à côté d'un tas de rondins pas encore débités, un camion sans roues – un vieux Ford T – était posé sur des briques, crachant de grosses bouffées de fumée noire. Une courroie attachée à l'essieu arrière parcourait une série d'engrenages avant d'arriver à une table de sciage. Tout autour, empilé ou entassé, du bois à divers stades d'usinage, dont la base disparaissait dans une couche épaisse et odorante de sciure. Dans la clairière, des hommes associés par deux maniaient de longues scies en travers d'énormes rondins posés sur des tréteaux. Leur va-et-vient vigoureux avait quelque chose de chaotique et de désespéré. D'autres hommes conduisaient des mulets qui tiraient des tas de bois vers la remise. Sous l'auvent de celle-ci, le travail se poursuivait à la scie à courroie et une dernière équipe rabotait les rondins avant de les empiler.

À la table, Forrest introduisait l'extrémité d'un rondin de pin dans la glissière. Sa salopette était couverte d'une fine poussière de copeaux, il avait retroussé les manches de son maillot de corps trempé de sueur. Jack était dans la remise, maniant un gros rabot en bois pour aplanir les bords des planches. Howard, pour sa part, s'activait avec un autre homme sur une scie, au fond de la clairière, près des arbres. Des mulets attachés à un chariot reniflaient des chiendents et des chardons à moitié écrasés.

Quand le roadster s'arrêta à côté de la remise, Forrest cligna de l'œil en le voyant, sans cesser de manipuler son rondin. Les hommes qui maniaient les scies de travers lâchèrent les poignées et, quittant leur posture accroupie, presque animale, se redressèrent en s'essuyant le visage du revers de leurs manches. Howard jeta un regard en direction de la voiture puis, d'un signe de tête à son compagnon, reprit son va-et-vient avec la scie. À chaque mouvement, son torse pesant était secoué d'un tremblement. Jack reposa sa planche sur la table quand deux hommes sortirent de la voiture. Ils portaient d'épaisses cravates courtes, des chapeaux baissés sur les yeux, des bottes crottées et un pantalon avec une ceinture. Au soleil, le visage revêche et pâteux de Charley Rakes semblait tout fripé. Abshire, pour sa part, était plus petit, d'une apparence plus fine avec une bouche délicate. Ils passèrent devant les scieurs et entrèrent dans la remise.

16

1929

Il était près de 2 heures du matin et Jack, assis au volant de la Ford A paternelle, regardait la silhouette massive de son père marcher d'un pas lourd dans la nuit en poussant la brouette. Ils se trouvaient sur une route annexe nichée au pied de Turkeycock Mountain. Jack portait le costume de serge sombre qu'il avait emprunté à Granville en même temps que la voiture. Sur le siège passager, quelques cartes des comtés de Franklin, Roanoke et Bedford, ainsi qu'une vieille valise en carton contenant des vêtements de rechange. Le coffre de la Ford contenait cent soixante litres de l'excellente eau-de-vie de pomme d'Howard en bidons de vingt litres, auxquels s'ajoutaient quatre autres bidons sur la banquette arrière, sous une couverture. Jack enclencha le starter et le moteur de la Ford passa d'un halètement chaotique à un doux ronronnement. Derrière lui, Cricket Pate se démenait avec sa Pierce-Arrow chargée d'une centaine de litres de *popskull*, un alcool de sucre fabriqué avec les restes d'un alambic détruit, reconstruit dans un fossé humide. Jack avait glissé dans sa poche un .38 noirci emprunté à son frère aîné.

Howard disparut dans les bois. Il n'avait pas desserré la mâchoire et Jack en savait la raison : il n'appréciait pas la façon dont cette petite excursion avait été organisée. Distiller et vendre de l'alcool, il n'y voyait pas d'inconvénient, mais il n'aimait pas que Jack prenne le volant. Jack s'en fichait : Howard avait joué et perdu le salaire de son frère aux cartes et il lui était redevable. Il se remboursait avec l'alcool et un peu de travail. Cricket Pate connaissait un homme de l'autre côté de la frontière, à Burning Bag. C'était un associé de John Carter, le principal trafiquant d'alcool de Roanoke, et il était prêt à payer un dollar vingt-cinq le litre d'eau-de-vie de pomme et soixante-quinze *cents* pour l'alcool de sucre. Le costume, la valise et la mallette d'échantillons étaient des accessoires qui, en dernier recours, l'aideraient à se faire passer pour un voyageur de commerce pressé. Cricket avait décidé de recourir au même stratagème, mais son costume mangé aux mites et sa voiture brinquebalante ne feraient illusion devant personne, Jack en avait bien conscience. Dès qu'ils s'engagèrent sur la Route 33 et mirent le cap au nord, Jack commença à se sentir ridicule. Il regrettait de ne pas avoir renoncé aux déguisements, de ne pas travailler comme un vrai briseur de blocus. Ils allaient rouler à toute vitesse mais ils ne ressembleraient pas à des trafiquants, ils reviendraient de leur tournée avant le lever du soleil et, avec un peu de chance, personne ne les remarquerait.

La Ford A était imprégnée de l'odeur de son père : une odeur de moustache, de tabac et de pipe, de chaussettes pelucheuses et de bonbons à la réglisse. Dès que Granville s'était endormi, Jack avait poussé la voiture sur la route en pente et l'avait démarrée en roulant. S'il avait bien calculé son itinéraire, il serait de retour à Snow Creek avant 6 heures en ayant rétabli le niveau de l'essence pour que son père ne s'aperçoive de rien. Howard prendrait un quart des gains, Cricket une cinquantaine de dollars et le reste irait dans la poche de Jack. Soit près de deux cent cinquante dollars, plus d'argent qu'il en avait jamais eu dans sa vie. Dans un virage, les pneus de la Ford gémirent douloureusement en martelant la route. Un costume tout neuf rien que pour lui, les bottes en vachette avec leurs œillets en cuivre jusqu'aux genoux, un feutre Dunlap blanc ivoire, une nouvelle voiture... Il pourrait y charger encore plus de bidons et, après une demi-douzaine de livraisons supplémentaires, il aurait fini de la payer. Un roadster, quelque chose de musclé et de tape-à-l'œil...

Ils passèrent au large de Cook's Knob, sur le ruban d'argile et de graviers de la Route 219. Une brume rasante nappait les champs de tabac dont les reliefs bosselés formaient dans l'obscurité comme des bancs de baleines échouées. En roulant vers le comté de Floyd, à l'ouest, ils traversèrent des étendues plantées de pins et de gommiers. Ils franchirent la frontière peu après 3 heures, largement dans les temps, et ils n'avaient encore sur la route croisé nulle âme qui vive hormis quelques ratons laveurs se prélassant dans les fossés ou quelques sconses dont la puanteur surgissait par bouffées de la nuit. Jack se sentait presque déçu : un voyage sans histoire. L'air frais commençait même à sécher sa chemise...

Quelques kilomètres après la frontière, Cricket fit clignoter ses phares et Jack s'arrêta à une station-service. Comme Shootin' Creek ou Blackwater Creek, Burning Bag – ou Running Bag, personne ne connaissait la bonne dénomination – était perçu comme une sorte d'avant-poste, un point de rencontre entre ceux qui surgissaient du couvert des arbres à flanc de montagne et ceux qui possédaient les voitures et l'argent. Le trafic d'alcool était florissant à Burning Bag, et la station avait son lot de bagarres au couteau, de fusillades dans l'indifférence, de règlements de comptes dans l'arrière-cour entre des hommes anonymes dont on ne trouvait la trace dans aucun registre. La station devant laquelle s'étaient arrêtés Jack et Crick n'avait pas de nom. Ses pompes à essence rouillées luisaient dans la pénombre, l'un de ses murs avait apparemment été noirci par les flammes. Trois voitures étaient déjà stationnées dans la cour. Par les fenêtres de la station, on distinguait les lumières tremblantes de lampes à gaz et quelques ombres aux mouvements précis. Jack sentit la peur se réveiller au fond de son estomac. Ils se trouvaient sur le territoire de Carter, dirigé principalement par son fils Floyd, l'homme qui avait épousé Willie Carter Sharpe puis s'en était séparé. Jack et Cricket se garèrent derrière les autres voitures et coupèrent leur moteur.

Cricket disait connaître un gars du coin, M. O. Walsh, un saisonnier qui, quand il était à jeun, négociait le commerce et la vente d'alcool. Trois hommes étaient adossés au mur de la station, cigarette aux lèvres, chapeau baissé sur les yeux. La veste entrouverte de l'un d'eux laissait apparaître un revolver coincé dans sa ceinture, avec un canon d'au moins trente centimètres. Ils ne répondirent pas au salut de Jack et de Cricket. Un autre homme était assis sur le perron en pierre, et crachait par terre.

— Cricket ! lança-t-il avant de se relever et de frapper ses mains sur ses cuisses.

Il avait la barbe d'un homme tout juste sorti d'une cuite de quatre jours et un regard incandescent sous sa casquette de veilleur de nuit.

Les deux hommes se saluèrent et Cricket présenta Jack à M. O. Walsh.

Et allez, c'est parti ! se dit Jack. *C'est le moment, alors ramène ton cul de trouillard...* Après ce qu'ils avaient fait à son frère, Forrest n'allait sûrement pas les laisser repartir tranquilles et, avec Howard dans les parages, ça risquait d'être encore plus amusant. *Je serai prêt et, cette fois-ci, je ne retiendrai pas mes coups...*

À l'approche des deux hommes, Forrest pressa du pied un bouton dans le sol et la grande lame circulaire se mit en mouvement dans un vrombissement grinçant. Il enfonça son chapeau et poussa doucement le rondin dans la glissière conduisant à la lame. Quand le bois entra en contact avec les dents métalliques, Abshire et Rakes reculèrent d'un pas. Des gerbes de sciure volaient en tous sens. Pendant quelques instants, tous regardèrent le rondin avancer dans la glissière jusqu'à la lame qui le fendait en une ligne parfaite. Passant de l'autre côté de la table, Forrest tirait le bois vers lui à l'aide d'un crochet en acier. C'est alors que Rakes sortit un revolver de son manteau et le pointa sur sa tête.

Jack avança puis vit Howard toujours occupé à scier au fond de la clairière. La lame circulaire commençait à fumer en mordant le bois du rondin. Un petit garçon surgit alors de derrière un tas de bois avec une burette d'huile dont il se servit pour lubrifier la lame. Ensuite, il regagna son poste derrière les rondins où, tout en gardant un œil sur l'arme de Charley Rakes, il entreprit de tailler avec un couteau pliant un petit bloc de bois. Forrest se pencha à nouveau sur son rondin. Rakes tourna alors le bras vers la Ford T et tira dans le bloc moteur. La balle fit au moment de l'impact un « poc » à peine perceptible, couvert par le gémissement de la scie. Sans même lever les yeux, Forrest retira le rondin et pressa le bouton. Il regarda le moteur dégoulinant d'essence s'enflammer, s'enfumer, puis s'arrêter en crachotant.

Seul désormais s'élevait dans la clairière le grincement de la scie d'Howard, qui cessa bientôt.

Forrest cracha dans la sciure.

— Putain, Charley, dit Abshire en frottant son front couvert de sueur.

D'autres hommes se mirent à lâcher leur scie ou leur rabot et sortirent de la remise pour aller à l'ombre des arbres. Jack sentait bien que ces spectateurs dérangeaient Abshire. Charley Rakes avança vers la grande chaudière. Il ouvrit la porte du foyer d'un coup de pied et tapota des phalanges sur le tuyau. Forrest se baissa sur le moteur et posa l'index près de l'orifice d'entrée de la balle. Il était brûlant.

— Écoutez, commença Abshire, vous devez payer si vous voulez continuer à fabriquer de l'alcool. Vous comme vos frères.

Rakes retourna vers les deux hommes, pouces glissés dans son ceinturon.

— Tu sais quoi ? dit Rakes. Avec cette chaudière, toi et tes frères pourriez faire tourner une dizaine de bouilloires en même temps. Centraliser toute la production ici. Ce serait quand même mieux que de vous trimbaler tout le foutu matériel planqué dans la montagne, non ?

Forrest regarda en direction des hommes postés sous les arbres. Ils observaient la scène, mains sur les hanches. Howard, lui, baissait la tête en frottant les mains sur sa salopette. *Qu'est-ce qu'il fout ?* se demanda Jack. Rakes furetait autour de la table de sciage, poussait du bout de son doigt boudiné un petit tas de sciure le long de la glissière. Jack vit son frère s'attarder sur une tige de fer à béton utilisée pour tisonner la chaudière, puis sur des poteaux de clôture tout juste coupés. Enfin, il se retourna et, tendant le doigt vers Rakes :

— Tu vas payer pour cette balle.

Il avait parlé d'une voix calme. Abshire sortit ses mains de ses poches. Howard mit son chapeau et traversa la clairière, une expression décidée sur le visage. *Ça commence*, pensa Jack. Il se faufila le long de la remise jusqu'à l'extrémité opposée, prêt à surgir par derrière.

— Tu me menaces, gamin ? dit Rakes en faisant le tour de la table, main posée sur son revolver.

— Du calme, Charley, intervint Abshire.

Rakes tendit l'index sur le canon de son arme.

— Tu te prends pour un enfoiré de dur à cuire, pas vrai ?

— C'est très simple, reprit Abshire. Soit nous recevons notre argent, soit nous détruisons vos alambics. Tous.

— Ouais, on dynamitera tout le bazar ! Et après, on s'occupera de ta station. Tu vois le tableau ?

Charley Rakes brandit à nouveau son revolver devant Forrest, le posa contre son torse.

— On n'a pas peur de toi ou de tes frères, comme certains. Demande à Jack ce qu'il a fait la dernière fois, quand on l'a coincé avec son alambic. Demande-lui de te raconter quand il s'est mis à chialer comme une fillette.

Les cigales stridulaient dans les arbres et les hommes regardaient la scène, serrés les uns contre les autres, dans l'ombre. Howard avait traversé calmement la clairière et approchait maintenant de la remise. Il s'arrêta à quelques pas du petit groupe, mains le long du corps, tête toujours baissée de sorte que son visage était invisible sous son chapeau. Jack était arrivé à côté de la voiture du shérif, à une trentaine de mètres derrière Rakes et Abshire, et il s'approchait lentement, dans leur dos.

Abshire regarda vers les hommes sous les arbres.

— Et merde, Charley. Forrest, apportez-nous l'argent au bureau. Nous sommes prêts à tirer un trait sur les mois passés mais il nous faut au moins soixante dollars, puisque vous avez gagné de l'argent depuis.

Les deux hommes retournèrent vers leur voiture et Jack s'écarta pour les laisser passer. Abshire lui jeta un coup d'œil et secoua la tête puis ouvrit sa portière. Rakes resta quelques instants à observer Jack comme s'il ne le reconnaissait pas.

— Salut fiston. Ça cicatrise ?

Jack ne répondit rien. Il fixait le visage bouffi et suant de Rakes, essayait de percer ses yeux porcins.

— Pour sûr, tu sais brailler, fiston. Tu ferais un très bon appeau pour les porcs.

Rakes décocha un regard à Forrest, toujours dans la remise. L'ombre énorme d'Howard pesait sur lui.

— Monte, Charley ! s'écria Abshire.

— Tu vas te laisser entraîner par tes frères dans des choses qui te dépassent, reprit Rakes.

— Je saurai me débrouiller. Pas la peine d'être inquiet.

Rakes gloussa.

— Des menaces, des menaces… Beaucoup de parlote mais je ne vois rien venir.

Une fois que la voiture eut disparu au bout de la route, les autres hommes regagnèrent leur place, crachèrent dans leurs mains et reprirent les poignées de leur scie. Jack rejoignit ses frères dans la remise. Whit Boitnott, un maigrichon avec une moustache, leur parlait en forçant la voix :

— C'est quoi ces conneries ? Des armes, tout ça… Et qu'est-ce qu'on est censés foutre, nous ?

Il s'alluma une cigarette. Ses mains tremblaient.

— Tu vas nous faire tuer si tu ne fais pas gaffe. On ne peut pas bosser dans ce genre de…

Forrest grimaça, se pencha pour récupérer la tige de fer à béton et frappa Whit d'un rapide mouvement balayant. Whit tressaillit, se plia en deux en serrant les bras et poussa un cri quand la tige s'abattit sur son crâne. Puis Forrest lança la tige qui vola dans l'air et atterrit dans l'herbe en vibrant. Les hommes éclatèrent de rire. Whit se releva, paniqué, et courut se mettre à l'abri à la lisière des arbres en serrant son cou.

— Ed, Tyler ! cria Forrest. Vous remettez en marche la chaudière et vous la raccordez à la scie.

Les deux hommes obtempérèrent pendant que d'autres commençaient à entasser du bois cordé dans la fosse à cendres pour alimenter la chaudière. Les trois frères s'éloignèrent rapidement.

— Cundiff, Jamison, tous les autres, est-ce qu'ils payent ? demanda Jack.

— Pas Cundiff, répondit Howard. Il refuse. Je crois qu'on est les seuls dans le même cas.

— Écoutez, dit Jack, on doit faire quelque chose. On doit régler son compte à cette merde de Rakes…

— On ne va rien faire du tout, le coupa Forrest.

— Eh bien, moi j'ai déjà fait quelque chose. Il y a quelques semaines, j'ai livré deux cent quarante litres à Burning Bag. Floyd Carter m'a dit qu'on pouvait revenir quand on voulait.

Forrest se tourna vers Jack avec une expression incrédule, réellement surprise. Mains sur les hanches, Howard fixait un point sur le torse de son frère.

— Il a tout un tas de points de livraison et on va remettre ça dès qu'Howard aura tiré une nouvelle série. Je fais partie de l'association de Carter, maintenant. La Midnight Coal Company.

— Tiens donc ? dit Forrest.

— Ouais.

— Tu ne sais rien de Carter ou de sa Midnight Coal Company.

— Je sais qu'il achète notre production à un bon prix. Je sais qu'il gagne du fric. Pas comme nous.

Forrest pressa l'index entre les clavicules de Jack.

— Tu ne sais rien à rien ! Floyd Carter peut aussi bien te buter à la première occasion ! Avec ce type, tu n'auras jamais aucune garantie.

— Je ferai attention à moi.

— Parce que maintenant tu en es capable ?

— Cette femme, là, Sharpe, dit Jack, elle cavale dans tout le comté plus que n'importe qui d'autre et personne n'a encore réussi à l'arrêter. Bon Dieu ! S'il faut payer pour fabriquer notre alcool et payer encore pour le faire livrer par d'autres que nous, alors je dis, on les court-circuite. En tout, avec Cricket, c'est presque quatre cents litres qu'on a réussi à écouler ! Aussi simple que buter sur une souche, surtout maintenant que j'ai ma propre voiture.

Forrest tapa sur son chapeau pour retirer la sciure et sembla écouter une voix qui montait de la cime des arbres.

— Howard a des bons alambics, poursuivit Jack, nous on a quelques voitures et on pourrait produire encore plus. Toi, tu sais où récupérer des matières premières. Ensemble, on pourrait construire plusieurs grosses distilleries pour produire mille, mille six cents litres en même temps. Les gars de Floyd Carter nous achèteront tout. Après plusieurs livraisons réussies, les autres arrêteront de payer et toute cette histoire se terminera. Je conduirai moi-même la voiture pilote. Et si Rakes et Abshire essayent de nous arrêter, je jure devant Dieu que je bute Rakes.

— Tu le butes ? répéta Forrest.

— Parole d'honneur.

— Une fois qu'un truc pareil est lancé, dit Forrest, il faut un autre truc pour l'arrêter.

— Alors on s'en chargera nous-mêmes.

Forrest fixa ses yeux dans ceux de Jack.

— Qu'est-ce qui te fait penser, lui demanda-t-il, qu'une fois la machine lancée, tu auras *envie* qu'elle s'arrête ?

Tandis qu'ils démontaient le camp pour la nuit, Jack réfléchit à toute la logistique nécessaire à son plan. Forrest avait accepté de partir à la recherche de fournisseurs susceptibles de lui vendre des plaques de cuivre suffisamment épaisses pour fabriquer de nouveaux alambics, plus gros. Si Jack et Howard parvenaient à les rendre opérationnels, ils pourraient commencer à donner dès le début du printemps, aux premiers dégels. Jack était convaincu qu'il y avait beaucoup d'argent à gagner. Avec sa part, il pourrait se payer une petite maison agréable quelque part, peut-être à Roanoke, et ne plus jamais remettre les pieds à la scierie ou chez son père. Forrest l'avait fait avant lui, c'est comme ça qu'il avait pu acheter une part dans le County Line. *Une petite mise de départ pour me mettre à mon compte, trouver ma vraie place, tenir les commandes. Ras le bol de me bousiller le dos à la scierie et dans les champs de tabac pour récupérer des broutilles.*

*

Cet après-midi-là, Howard sortit de la forêt et pénétra dans un vaste champ. À l'ouest, le soleil descendait sur Fork Mountain et faisait luire les herbes entremêlées et les genêts. Une dizaine de Hereford au pelage rouge-blanc couvraient, éparses, le versant de la colline, jusqu'à un renfoncement. Le grand drapé de verdure et d'affleurements rocheux s'étendait par-delà la vallée. Les vaches reniflant les touffes de luzerne et de trèfles se tournèrent vers l'homme qui émergeait de la forêt.

Howard passa entre les trois rangs de fer barbelé d'une clôture et descendit la colline en direction d'une grange à tabac juchée sur une éminence au centre du champ, semblable à une île. L'édifice adoptait le style habituel de la région, commun à toutes les granges à tabac de l'époque et des cinquante années à venir : haute et étroite, peut-être dix mètres sur huit, tout en rondins de châtaignier ajourés comblés d'un mortier de boue rougeâtre, construite pour durer une éternité. Son toit était constitué de plaques de métal nervurées qui se ternissaient rapidement pour prendre une profonde teinte rouille. La grange se dressait sur un monticule de rochers avec une fosse à feu à l'arrière et deux conduits distincts sous le plancher pour permettre la circulation de la fumée et de la chaleur destinées au séchage des feuilles de tabac. La porte en planches de pin était fermée par une corde et un bâton, une large pierre des champs faisant office de perron. À l'intérieur de la grange vide, l'odeur de tabac était prégnante, une odeur sèche et intense qui montait directement au cerveau.

Howard resta un moment dans la grange, laissant ses yeux s'habituer à la pénombre. Le vent chantait sur le toit métallique et quelques vaches geignaient au-dehors. Sa salopette était couverte de sciure et ses bottes montantes s'étaient garnies d'une bonne couche de boue pendant la traversée du ruisseau. Il était éreinté, ses bras endoloris. Il avait passé la journée à attacher des chargements de rondins à l'arrière des mulets et à se démener avec une scie de travers. Dans quelques semaines, le campement fermerait pour l'hiver et Howard savait qu'avec ou sans ses frères, il irait dans la montagne. Il n'était pas rentré chez lui depuis plus d'une semaine. Quand la journée à la scierie se terminait, il déposait la lourde scie, essuyait ses mains sur sa salopette et quittait le camp tandis que les autres hommes prenaient leur repas. Il descendait à travers la vallée, marchait cinq kilomètres en longeant le ruisseau et contournait le lac pour arriver dans ce champ. Il lui aurait suffi de franchir la colline suivante pour retrouver sa maison, sa femme et sa fille.

Mains tendues dans le noir, Howard marcha jusqu'au fond de la grange et tomba sur la pile de sacs de toile, à côté du tas de feuilles de tabac. En fouillant, il trouva une bonbonne de deux litres fermée par un couvercle en métal. Au poids, elle paraissait presque pleine. Howard la souleva tout près de son visage et l'agita pour voir les bulles frôler la paroi de verre. Le liquide translucide clapotait doucement. Il retira le couvercle. L'odeur sucrée et entêtante du maïs fermenté enveloppa son visage. Howard se leva et resta debout dans l'obscurité de la grange, la bonbonne serrée contre sa poitrine. Il respirait lentement en écoutant le vent contre le toit et en pensant au revolver qu'il avait vu, le matin même, pointé sur son frère. Il réentendit le coup de feu claquer dans la clairière. Puis ce fut le tremblement de panique dans sa gorge, ses bras galvanisés par une fureur familière. Son frère cadet le regardait, attendait sa réaction. Mais, debout parmi les autres hommes, Howard avait continué de fixer le canon pointé du revolver.

Il avala une large rasade d'alcool puis enfouit la tête entre ses bras et sanglota brièvement.

Dehors, le bétail meuglait faiblement, abandonnant l'après-midi au vaste champ herbeux et à l'œil paisible du lac.

Lucy était assise dans la cuisine, le bébé dans les bras. Une lampe à huile jetait sa faible lueur vacillante sur la table. Une casserole de choux fourragers frémissait sur le feu et emplissait la pièce fermée d'une odeur stagnante de légumes cuits et de lard maigre. Howard vida ses poches de ce qu'il avait grappillé au camp : un morceau de saucisse, un sachet de petits pains secs, un bout de saucisson doux. Lucy regarda Howard attentivement, sans cesser de maintenir sa petite fille contre son sein en espérant qu'elle le prenne. Howard savait qu'elle cherchait sur son visage des traces de soûlerie, mais il se sentait si fatigué qu'il s'en fichait bien.

— Il paraît que tout ferme à cause des collecteurs.

— Où tu as entendu ça ? demanda-t-il.

— Un peu partout.

Lucy changea la position du bébé. Howard n'aimait pas beaucoup qu'un tel sujet soit abordé ici, chez lui, avec sa femme. Avec ce nouveau système, les langues se déliaient plus volontiers. Les épouses parlaient, les voisins parlaient, tout le monde semblait savoir ce que tout le monde faisait. *J'imagine que ce n'est pas grave,* songea-t-il, *tant qu'il n'y a rien à cacher. De toute façon, quand c'est la police qui dirige le trafic, qui peut bien venir nous arrêter ?*

— Les gens n'ont pas toujours raison.

— Alors ils ne vont pas t'obliger à fermer ?

Howard tira de sa poche les billets pliés et les abattit sur la table.

— Tu as l'impression qu'on ferme quand tu vois ça ?

Lucy prit la liasse de billets et se mit à les compter avec sa main libre. Le bébé était calme, tout son corps était d'un rose vif – un changement appréciable par rapport à la créature écarlate et piaillante qui avait vécu chez eux. Elle semblait dormir, paisible, contre la poitrine de Lucy. Cette dernière paraissait bien moins vaillante, Howard lui trouvait l'air abattu, lessivé, comme si elle s'était vidée de ses couleurs au profit de leur fille.

— Ça ne va pas suffire, dit-elle.

— Je sais.

— On a besoin d'argent. On a reçu de nouvelles factures, et il y a la note du bazar de ton père… s'il a vraiment l'intention de nous demander de payer.

— On le paiera.

— Toi et tes frères avez quelque chose en route ?

— Ne t'inquiète pas pour ça.

— Oh ! Si, je m'inquiète pour ça. Il faut bien que quelqu'un s'en inquiète, ici.

— Je vais faire un tour.

— Howard ! Un jour, les gens en auront assez de l'alcool… Et nous, on n'aura jamais assez d'argent.

Elle berçait doucement leur bébé.

— J'en ai mis plein de côté.

Lucy le fixa de ses yeux d'un bleu limpide. Le bébé s'était niché contre son cou. Howard regarda par la fenêtre. Sous l'auvent, les papillons de nuit s'amassaient, cognant contre la vitre.

— Un jour, dit-elle, cette bonbonne sera vide et tu ne pourras rien y faire.

— Pas si je peux me le permettre.

— Allons, Howard ! Combien d'alcool circule dans ce comté ? Dans le monde ?

— Je vais essayer de le découvrir, dit-il et il sortit.

Plus tard, cette nuit-là, Howard alla se poster dans le rai de lumière blafarde jeté par la fenêtre de leur maison et observa sa femme allaitant leur fille. Il gagnerait un peu d'argent, il le lui donnerait puis il repartirait : c'était le fonctionnement sur lequel ils s'étaient mis d'accord. Quand il vit la tête d'un blond vaporeux pressée contre la poitrine de Lucy, il sentit monter en lui une longue note grave, mais ce n'était ni la tendresse ni l'affection. Il tritura les billets froissés dans sa poche de salopette.

Plus d'une fois il s'était dit : *Si seulement j'avais une liasse de billets assez grosse pour étouffer une mule... mais ça ne changerait rien à la situation.*

18

Cet hiver-là, Forrest parvint à obtenir une livraison de plaques et de tuyaux de cuivre – plusieurs dizaines de mètres en tout – pour les nouveaux alambics. L'investissement creusa un trou significatif dans ses économies. Jack et Howard se rendirent à Rocky Mount un matin pour récupérer la cargaison à la gare, dans la zone de fret. Les rails et le ballast étaient couverts d'un vernis glacé. Après que le cheminot eut empoché un épais rouleau de billets, il les conduisit jusqu'à un wagon de marchandises et fit coulisser la porte, révélant une pile de plaques de cuivre haute de plus d'un mètre et des tuyaux attachés les uns aux autres en faisceaux. De quoi construire cinquante alambics avec leur serpentin et leur chapiteau.

— Tout ce qui est là est pour nous ? demanda Jack.

Le cheminot crachota dans un mouchoir douteux.

— Putain, gamin, tu crois que vous êtes les seuls à distiller, dans le comté ?

Il alla ouvrir un autre wagon rempli sur plus de deux mètres de sacs de sucre et de caisses de levure boulangère.

— M'est avis que dans quelques mois, tout Franklin baignera dans la gnôle !

Ils commencèrent à décharger. Pendant qu'ils s'activaient, d'autres wagons s'ouvraient et des hommes en jaillissaient comme des nuages de fumée pour disparaître dans les bois. À l'autre bout de la zone, une dizaine d'autres s'étaient rassemblés autour d'un feu de camp pour se réchauffer. Le cheminot cracha, furieux, en faisant tourner sa chique dans sa bouche.

— Eh, vous ! Au boulot ! Vous déchargez !

Il décrocha de son ceinturon une lourde bourse en cuir et avança vers eux, tandis qu'ils se relevaient et ramassaient leurs affaires.

Howard ramena Cundiff et Jack vint avec Cricket Pate. De janvier à février, ils montèrent de toutes pièces quatre alambics produisant chacun mille deux cents litres ainsi que des serpentins et des chapiteaux de première qualité. Ils travaillaient dans une remise voisine de la cabane d'Howard, autour d'une forge improvisée. Nus jusqu'à la taille, ils maniaient les soufflets et, à la fin de la journée, la chaleur faisait rougeoyer les parois métalliques de la remise. Le campement d'Howard, sur Turkeycock Mountain, était à l'évidence le meilleur emplacement et ils commencèrent à déblayer le terrain. Avec les arbres et les buissons qu'ils coupaient, ils renforçaient leur couverture sur le versant externe de la montagne afin de mieux dissimuler la lumière et les fumées. Cundiff assembla une série d'anneaux d'acier creux par lesquels un mélange d'air et de gaz actionnait une pompe qui permettrait d'obtenir une température plus régulière et de limiter les émanations de vapeur.

À la fin du printemps 1930, Jack eut vingt ans et retourna momentanément chez son père pour aider à la récolte du tabac. Howard et Forrest l'y rejoignirent au moment de l'arrachage des drageons et des vers, restant jusqu'au moment du ramassage et du séchage des feuilles. Pendant ce temps, leurs projets subissaient un ralentissement même si, certains après-midi, quand ils avaient le temps, Howard et Jack retournaient à Turkeycock pour donner un coup de main à Cricket et Cundiff. Tout autre arrangement était impossible et Jack le savait : même s'il faisait moins de deux hectares, ce terrain était le plus rentable que son père eût jamais possédé et l'argent était vital pour lui permettre de payer ses factures et de continuer à ouvrir son magasin. Les affaires tournaient au ralenti cette année-là, plus personne ne passait sur la route hormis quelques traîne-savates ou des hommes qui venaient de perdre leur travail. Plusieurs de ses fournisseurs avaient fermé ou disparu d'un seul coup et les rayonnages du bazar étaient chichement garnis. En temps normal, Granville payait ses fils pour la récolte du tabac, une somme qui compensait leur travail et leur solde à la scierie, mais cette année ils savaient que ce ne serait pas le cas.

Jack éprouvait une sensation étrange à se retrouver allongé dans le lit à sommier de cordes qu'il partageait avec son frère. Il y avait le lent craquement des cordes de chanvre, le vent qui fredonnait sur le toit, Emmy qui cuisinait, faisait le ménage et passait ses après-midi devant la fenêtre, assise sur le vieux rocking-chair de leur mère… Il avait l'impression que sa sœur avait définitivement renoncé à la jeunesse pour entrer directement dans l'âge adulte. *Maman lui manque, et ses sœurs aussi.* Chaque fois qu'il se formulait cette pensée ou qu'il se souvenait de cette époque, au fil des longues journées passées à arracher les drageons dans le champ, Jack sentait ses yeux s'emplir de larmes. Combien de fois, ces dernières années, avait-il pensé à Belva May et à Era ? À sa mère ? Comment avait-il pu si facilement continuer de vivre alors qu'Emmy portait toujours le deuil ? Il se releva entre les plants de tabac et essuya son visage d'un revers de manche.

Un matin, dans la grange à foin située face à la maison, de l'autre côté de la route, Jack trouva un grand sac en toile qu'il entreprit de remplir avec un mélange de terre, de paille et d'argile. Dans la cour, Granville brûlait des déchets dans un baril, éventant les flammes opaques avec son chapeau. Le soleil se profilait au-dessus de Turkeycock Mountain et inondait de lumière la cour et la route. Le printemps avait été sec, l'été s'annonçait plus sec encore. Le dimanche, les fermes du comté étaient remplies de cultivateurs de tabac. Dans la cuisine, Emmy rinça ses mains et ses bras après avoir lavé la vaisselle du petit déjeuner. L'eau froide éclaboussait sa peau blanche.

Quand le sac fut suffisamment rempli, Jack en noua l'ouverture avec une ficelle, l'attacha à une longue corde qu'il passa par-dessus un chevron puis le hissa à hauteur de sa tête. C'était une masse bosselée, hérissée de quelques brins de paille, qui oscillait en laissant couler un mince filet de terre. Jack imita la posture d'un boxeur qu'il avait vu en photo dans le journal et frappa le sac. Chaque fois qu'il revenait vers lui, Jack tapait un peu plus fort, coupant net le mouvement de balancier. Après un direct, ses phalanges se fendirent. Jack lâcha un juron et prit sa main pour se masser les doigts.

Un crissement de graviers se fit entendre sur la route et Howard entra dans la grange. Ses manches de chemise étaient retroussées, il portait sous le bras une bobine de cordelette en raphia. Jack bloqua le sac qui tournoyait toujours. Howard lui lança un bref regard interrogateur puis avança vers le sac et enfonça ses doigts épais dans la toile usée. Il regarda à nouveau son petit frère, cette fois en souriant.

— Un vrai Jimmy Braddock, hein ?

— Laisse tomber…

— On va l'améliorer un peu.

Il dénoua la corde et décrocha le sac. À l'aide d'une pelle, il y ajouta de la terre bien dure, la tassa et bourra le sac jusqu'à ce qu'il prenne une forme bien cylindrique. Puis il ramassa d'autres sacs de toile et les déchira en bandelettes.

— C'est des gars de l'armée qui m'ont appris ça.

Il prit les mains de Jack et les entoura avec les bandelettes, prenant bien soin de les faire passer entre ses doigts et de serrer assez fort.

— Comme ça tu ne vas pas te bousiller les poings.

Une fois l'opération terminée, Howard recula, hocha la tête et Jack put recommencer à frapper le sac. Il se sentait un peu gêné d'être observé par son frère. Il lança quelques directs du droit.

— Attends, dit Howard, c'est quoi cette position idiote ? Tout ton corps doit partir dans tes coups. Et c'est ta gauche qui doit diriger, il faut économiser ta droite.

Howard martela le sac du poing gauche. Jack s'essaya à des combinaisons gauche-droite pendant que son frère maintenait le sac bien stable.

— Un truc utile, c'est d'avoir un bon crochet. La plupart des gars balancent leurs coups au large, ça te laisse tout le champ libre pour les cueillir.

Il lança quelques directs en un ample mouvement circulaire.

— Toi, tu dois placer des crochets courts et bien compacts. En baissant l'épaule.

Howard se plaça devant le sac en inclinant légèrement l'épaule gauche.

— Et maintenant, ton crochet !

Il planta un crochet court au milieu du sac.

— Refais ça comme si tu esquivais un coup. Imagine que c'est une droite, la plupart des types sont droitiers. Le poing droit part…

Howard se baissa légèrement en basculant la tête d'un côté.

— … il te rate et du coup le type se découvre. Crochet !

Howard lança deux crochets rapides dans le sac.

Jack prit sa place, s'entraîna à quelques directs, esquives sur la droite, crochets du gauche. Howard l'observait, bras croisés.

— Tu as l'intention de casser la gueule à quelqu'un ?

— Naaan… Je tue le temps, rien de plus.

Howard ramassa la bobine de cordelette et plissa les yeux.

— Ça ne se passe jamais comme tu le prévois. Après le premier direct, tout est nouveau et rien ne se passe comme tu peux le prévoir.

— Compris…

— Le seul truc à savoir, c'est le vieux Forrest qui me l'a appris : tu dois cogner le premier et mettre tout ce que tu as dans ce premier coup. Après, tu dois continuer de cogner jusqu'à ce que le type s'écroule. Et là, tu dois le cogner *encore plus fort.*

Jack acquiesça d'un signe de tête.

— Beaucoup d'hommes aiment *l'idée* de se battre mais très peu aiment recevoir des coups. Après ton premier direct, beaucoup de types n'auront qu'une envie : décamper à toute vitesse. Une bonne gauche sur l'os du nez et la plupart ficheront le camp. Tu dois te méfier d'un seul homme : celui qui *aime* être frappé.

En regardant son frère, Jack s'aperçut qu'il ne l'avait jamais vraiment considéré comme un homme capable d'éprouver des sensations, d'avoir une véritable réflexion ou de concevoir quoi que ce soit. Il l'avait toujours perçu comme une sorte d'animal ou de machine, réagissant de manière instinctive au monde qui l'entourait. Cette prise de conscience l'inquiétait et le gênait.

— Trop sec, grogna Howard en donnant un coup de pied dans la terre.

Puis il marcha jusqu'à la porte et sortit dans le champ. Le sac grinçait en se balançant doucement. Jack essaya d'imaginer un visage sur la toile, d'abord celui satisfait et ricanant de Wingfield, et il percuta son nez du poing droit, avançant de plus en plus à chaque coup. Puis il vit le visage de Charley Rakes, sa tête en forme d'œuf, la façon dont il l'avait empoigné par les épaules. *Tu me refais ça et…* Il releva les poings contre son menton et lança une violente série de directs.

19

1930

À la fin du mois de mai, les alambics de Turkeycock Mountain produisaient leurs huit cents litres hebdomadaires. Jack et Cricket se chargeaient des livraisons à Burning Bag, qui se déroulaient la nuit sans le moindre incident. Jack put s'offrir de nouveaux costumes, une montre-gousset, un coupé Dodge Sport dernier cri, et commença à économiser pour s'acheter une Packard ou un autre monstre du même type. Il avait enveloppé quatre cents dollars dans un tapis caché sous une latte de plancher dans sa chambre et, en ville, il parcourait les magasins comme un homme convaincu que toute chose lui appartenait. C'était une époque merveilleuse et, entre le champ de tabac de son père, les alambics et les livraisons nocturnes, il trouvait le temps de penser à ses projets avec Bertha Minnix.

Jack avait pris l'habitude de traîner autour de la coopérative agricole quand Tazwell Minnix venait y faire ses courses et, chaque fois que le vieil homme entrait dans le magasin, il marchait jusqu'à l'aire de stationnement où était garée la camionnette. Bertha attendait son père en sirotant un soda ou en feuilletant les pages d'un catalogue, vitre baissée pour profiter d'une brise rafraîchissante. Elle plissait les paupières en regardant, à travers le pare-brise moucheté, cette apparition à la démarche oscillante sur le trottoir de planches. Jack portait un costume et un nœud papillon, des bottes étincelantes et effilées, et du cigarillo fiché entre ses lèvres montait une mince volute de fumée. Il affichait une expression satisfaite, comme s'il savourait cette petite promenade par une belle journée de printemps. En passant devant la camionnette, il saluait en inclinant son chapeau la jeune fille assise côté passager qui, un catalogue sur les genoux, se demandait quel pouvait bien être cet hurluberlu. Au bout de quelques semaines, il prit sur lui et s'approcha de la camionnette, sachant qu'il disposait d'à peu près six minutes avant que le vieil homme ne sorte du magasin avec ses sacs d'alimentation pour bétail.

Bertha fixa sur lui un œil distrait et garda les lèvres serrées. Elle portait un chemisier noir boutonné jusqu'au col. Instinctivement, elle y porta les mains avant de les reposer sur ses genoux. Jack cala une botte contre le marchepied de la camionnette et jeta son cigarillo.

— Belle journée, dit Bertha.

— Ça te dirait de venir te promener avec moi un de ces jours ? demanda Jack en indiquant d'un mouvement de tête la voiture garée de l'autre côté de la rue.

— J'attends mon père. Mais je crois que tu le sais ?

— Non, pas du tout. Je me disais juste que tu avais peut-être envie d'aller te promener.

— Pourquoi cela ? Je n'ai envie d'aller nulle part.

Jack tourna brusquement la tête vers le magasin en entendant la porte s'ouvrir. Un vieillard qui n'était pas Tazwell Minnix en sortit, un sac rempli à ras bord jeté sur son épaule, et descendit la rue.

— À ta place, je ne serais pas rassurée de savoir que mon père peut surgir à tout moment et te surprendre en train de me parler.

— Pourquoi ça ?

— Tu le sais très bien. Venir à une de nos réunions dans cet état… et puis t'enfuir comme un fou. Tu as un problème à la tête, c'est ça ?

Ce n'était pas du tout comme ça que Jack avait imaginé leur rencontre. Il lissa son manteau, consulta sa montre en fermant à demi les paupières à cause du soleil.

— Ce n'est pas grave, tu sais, reprit Bertha. J'ai un cousin qui est comme toi, et il ne sort jamais de chez lui.

— Je n'ai aucun problème à la tête, mademoiselle. Est-ce qu'un fou porterait un costume pareil ? Est-ce qu'un fou conduirait une voiture pareille ? Soit dit en passant, c'est ma deuxième voiture. Et je n'ai que vingt ans.

Pendant un instant, Bertha scruta Jack d'un air songeur. Jack la sentit légitimement impressionnée. Il reprit confiance.

— Non, sans doute, répondit-elle. Mais ça n'explique pas pourquoi tu t'es comporté comme un fou. Papa dit que tu étais soûl mais je n'ai jamais vu un homme soûl agir comme toi.

— Je ne voulais pas qu'on me lave les pieds, c'est tout.

— Tss tss, fit Bertha en creusant les joues. Drôle de façon de le montrer ! Je vois que tu as des bottes neuves ?

— Tout est neuf, oui. Et ce costume sur mesure vient de Richmond.

— Hmm.

Jack traînait la pointe du pied dans la terre et jeta un coup d'œil vers la vitrine du magasin.

— Écoute, je n'ai rien à dire à propos de cette soirée. À part que je regrette ce que j'ai fait.

— Eh bien, c'est déjà ça.

— Alors, une petite promenade ?

— Tu sais très bien que j'attends mon père.

— Plus tard, alors ?

Bertha sembla réfléchir un moment. Elle feuilleta le catalogue sur ses genoux.

— Tu n'es pas le genre de garçon avec qui une jeune fille devrait partir se promener. Je sais qui tu es.

— Ah oui ? Qui ça ?

Jack ne pouvait s'empêcher de sourire. Il porta une main à sa bouche comme s'il voulait se gratter les lèvres.

— Un des frères Bondurant, et ça en dit long. Il n'y a pas grand monde qui pense du bien de vous par ici.

— Sans blague.

— Oui. Mon grand-père dit que vous êtes les pires garçons qui aient jamais foulé le sol de ce comté.

Jack se tourna vers la devanture du magasin, guettant le moindre mouvement. Bertha posa le bras par-dessus la portière et une mince frange de peau blanche apparut sous le poignet de son chemisier, s'achevant en une main fuselée couleur de porcelaine. Jack se rendit compte qu'il serrait les poings : il les enfonça aussitôt dans ses poches. Une nappe humide se fit sentir dans le bas de son dos.

— Tu sais où se trouve la ferme de mon père ?

— Ouais.

— J'aurai terminé mes travaux vers 14 heures. Tu n'auras qu'à regarder ta montre. Si tu arrives au bout de la route, je pourrai peut-être aller me promener avec toi.

Jack faillit s'étrangler. Sa bouche était en coton.

— Demain, alors ?

Bertha rit, d'un rire musical et vif qui les réchauffa tous les deux et donna à leur petite comédie un caractère un peu stupide. Jack se sentit sur le point d'exploser ou de partir en courant dans la rue, tel un prédicateur exalté.

— Drôle de façon de me faire la cour, Jack Bondurant, conclut Bertha. Car tu es bien en train de me faire la cour, n'est-ce pas ?

— Je passe te prendre demain, dit Jack avant de tourner les talons et de traverser la rue, au moment où Tazwell sortait du magasin, poussant une brouette remplie de sacs.

Dans la camionnette, sa fille triturait machinalement quelques mèches de cheveux.

Le lendemain, Jack essaya de se concentrer sur sa conduite. Bertha avait dénoué son foulard et l'avait posé entre eux sur la banquette. La Dodge gravissait la colline en feulant doucement, le châssis grinçant chaque fois qu'ils franchissaient une des ornières sur la route. La pluie avait cessé depuis des semaines mais quand Jack était arrivé près de la ferme Minnix, une légère bruine obligeait Bertha à l'attendre sous un orme voûté. Elle portait un long pull noir et des knickers avec des chaussettes montantes d'un rouge intense. Maintenant qu'elle était dans sa voiture, Jack se démenait pour essayer de trouver une façon d'amuser Bertha mais, tandis qu'il roulait vers le sud, il était bien conscient qu'il n'avait aucune idée de l'endroit où ils allaient ni de ce qu'ils pourraient y faire une fois arrivés. Pour l'instant, il était incapable de se concentrer sur autre chose que la route et l'odeur de la jeune fille assise à côté de lui. Cette odeur lui était étrangement familière. Par certains après-midi d'été, au bord du ruisseau, non loin d'une ancienne clôture ensevelie sous la végétation, ou bien à l'intérieur de la maison, près d'une fenêtre ouverte, il y avait soudain dans l'air, lorsqu'il venait de pleuvoir et que le vent soufflait dans la bonne direction, une douce fragrance de chèvrefeuille, l'odeur profonde de l'été, le miel mélangé à la terre, à l'eau et au ciel. Jack ne savait pas si c'était l'odeur naturelle de Bertha ou son parfum mais, en cette journée ingrate de mai, elle offrait un avant-goût de l'été, la promesse d'un moment ensoleillé.

— Je vais bientôt partir, dit Jack. Quitter ce comté.

— Ah oui ?

— Oui. Peut-être pour aller au Texas, ou vers le Grand Ouest, ou ailleurs. Dans une grande ville aussi, pourquoi pas…

— Pour quoi faire ?

— Jouer. À n'importe quoi. Avec n'importe qui. Me faire une situation.

La cabine de la Dodge se réchauffait, de la buée se formait sur le pare-brise. À présent, Jack sentait surtout l'odeur humide de son pull en train de sécher.

— Et toi ? demanda Jack.

— Oh, moi je suis bien ici.

— Vraiment ?

— Ouais. J'aimerais bien terminer l'école. Tu as entendu, ils vont peut-être fermer l'usine Coca-Cola ?

— Ah bon ? Pourquoi ?

— Tu ne lis pas les journaux ? Le pays va vraiment mal !

— Pas moi.

— Eh bien, tu sais, il y a des chômeurs partout. Papa dit que c'est la faute de Hoover. Il n'arrête pas de le maudire !

— Ah oui ?

— Je pense vraiment que je vais rester dans le coin. Près de ma famille.

— Je ne vois pas pourquoi.

Bertha fronça les sourcils et Jack comprit qu'il avait mis les pieds dans le plat. Il n'y avait qu'une façon de s'en tirer : insister. Il accéléra légèrement.

— Eh bien, reprit-il, je veux dire... Ils veulent toujours t'empêcher de faire des choses. Je connais plein de Dunkards.

Bertha baissa la tête et Jack craignit d'être allé vraiment trop loin.

— Ça donne peut-être cette impression, vu de l'extérieur, mais c'est faux. On aime bien rester les uns avec les autres. On s'amuse beaucoup ensemble.

— J'ai du mal à le croire.

Il manœuvra autour d'un nid-de-poule particulièrement profond puis rétablit la trajectoire au prix d'un léger dérapage dans la boue. Bertha le dévisageait d'un air perplexe.

— Qu'est-ce que tu en sais ? Tu es venu un soir dans notre église puis tu es parti en courant comme un cinglé, et tu t'imagines que tu connais ma famille ? Tu n'as pas vu ce qu'on faisait, tu ne sais pas comment c'est, à la maison.

— Ouais, c'est vrai.

— Alors ne dis pas des choses pareilles.

— C'est bon. Désolé d'avoir dit ça.

— Oh, peu importe.

— Mais tu n'as pas envie, je ne sais pas... de vivre enfin toute seule ?

— Bien sûr, mais ça ne veut pas forcément dire partir loin. Vivre seule n'a rien à voir avec la distance.

Bon Dieu, pensa Jack, *je passe pour un imbécile. Elle n'est d'accord avec rien de ce que je dis !*

— Eh bien, répondit-il, si je pars, peut-être que je t'emmènerai avec moi.

Bertha tourna les yeux vers la vitre, regarda les champs de tabac rabougris, une bande de luzerne chétive sur un versant de colline. Une pensée glaçante frappa Jack en plein cœur : cette fille s'ennuyait à mourir et ils ne roulaient pas depuis plus de cinq minutes. Au moins la pluie avait-elle diminué, laissant le soleil percer entre les nuages. Maintenant le volant d'une main, il glissa l'autre dans la poche intérieure de son manteau.

— J'ai un petit quelque chose pour toi.

Elle le considéra avec méfiance, comme s'il venait de lui annoncer qu'il pouvait faire voler la voiture. Il sortit le petit appareil photo et le lui tendit en le tenant entre le pouce et l'index, sans quitter des yeux la route. Il avait trop peur de voir l'expression sur son visage. Elle le prit puis le tourna et retourna entre ses mains, l'examinant sous toutes ses coutures.

— Je ne peux pas accepter ce cadeau.

— Ce n'est rien du tout.

— C'est un de ces appareils photo, n'est-ce pas ?

— Ouais.

— Je n'en ai jamais eu avant.

— Eh bien maintenant tu en as un.

— Je ne saurai pas le faire marcher.

— Il suffit de déclencher. Tu as juste à regarder dans la petite fenêtre et à presser le bouton. Rien de sorcier.

— Qu'est-ce que je vais bien pouvoir photographier ?

Jack prit une route secondaire qui longeait les contreforts de Fork Mountain, non loin de la maison de son père à Snow Creek. Il s'aperçut qu'inconsciemment il avait roulé depuis le début dans cette direction pour des raisons inconnues. Peut-être parce qu'il cherchait un territoire familier.

— Tiens, je vais prendre une photo de toi et tu en prendras une de moi. Ça te va ?

Il arrêta la voiture sur le bas-côté de la route, près d'un champ de fétuques aplaties par l'ondée. Le sol buvait déjà toute l'humidité, les ornières de la route commençaient à durcir. Ils se hissèrent hors de la voiture et sortirent sous un grand soleil.

— Ta voiture est toute sale.

— Allez, va te mettre sous ce pommier sauvage et je vais te tirer le portrait.

— Une seconde !

Elle s'extirpa de son grand pull pour révéler un chemisier blanc à manches courtes dont le col était noué par un fichu couleur de sang. Elle alla se placer au bord d'un petit fossé rempli de ronces, un pied posé sur l'escarpement, une main agrippée à une branche de l'arbre. Jack songea que, dans cette position, avec son chemisier et ses knickers, elle avait tout d'une déesse guindée. Elle se pomponna et grimaça pendant quelques instants, souriant et écarquillant les yeux.

— Attends, laisse-moi te prendre ! Voilà, garde la pose…

Bertha figea ses yeux dans un regard de biais, à côté de l'objectif, en direction de la route et des champs qui s'étendaient au-delà. Sa bouche n'était plus qu'une ligne maussade. Jack pressa le bouton du déclencheur.

— Pourquoi tu as arrêté de faire l'andouille ?

— C'est comme ça qu'on fait pour les portraits, Jack. On doit avoir une expression immobile. Comme les stars de cinéma en Californie.

Elle lui prit l'appareil photo des mains.

— À toi !

Jack se mit en position sur sa voiture, assis sur le capot, pieds sur le pare-chocs. La pensée qu'il avait en réalité acheté l'appareil photo dans cet espoir le traversa. Il avait rarement été pris en photo jusqu'alors, et toujours comme le petit garçon dans les réunions de famille. Mais il n'avait pas encore eu droit à son portrait en majesté, posant à côté de sa nouvelle voiture.

— C'est bien comme ça !

— Attends un peu…

Il tira un cigare de sa poche et le planta entre ses dents avant de relever son chapeau pour se donner un air désinvolte. Le soleil lui tombait droit sur le visage, l'obligeant à plisser fortement les paupières, mais il se dit que ça lui donnerait l'air d'un dur. Il croisa nonchalamment ses bottes. Il s'apprêtait à sortir sa montre-gousset quand Bertha appuya sur le déclencheur et, à cause de son rire et de sa façon de porter sa main à sa bouche, il choisit de ne rien lui dire.

20

1930

Emmy sortit la serpillière ce matin-là, signe qu'ils recevraient de la visite avant le coucher du soleil. Elle dit à Jack que ce visiteur serait porteur de mauvaises nouvelles, ou pire encore. Dans la cuisine, Jack observa sa sœur debout devant l'évier, yeux fermés, mains serrées sur sa maigre poitrine, songeant à la possibilité d'un tel coup du sort.

— Eh bien, dit-il, on n'a qu'à attendre.

Les trois frères se retrouvèrent pour le déjeuner après avoir passé la matinée à arracher les drageons dans le champ de leur père. En plein juillet, les plants de tabac rabougris luttaient pour sortir de la terre craquelée et leurs drageons étaient minces et jaunes. Son père, Howard et Forrest semblaient pourtant décidés à poursuivre cette parodie de récolte. La sécheresse avait durci la terre jusqu'à ce qu'elle se craquelle et Jack pensait qu'il valait mieux désormais se concentrer sur la distillerie.

Le bazar paternel était pour ainsi dire déserté et Granville, trop fatigué de repousser sans cesse les mendiants, n'ouvrait que pour les clients qui payaient. Afin que tout le monde puisse boire un peu d'eau fraîche, il laissait ouverte la cabane qui abritait une source de l'autre côté de la route, mais il ne pouvait plus donner ses provisions. Forrest avait de moins en moins de clients pour sa scierie car, partout dans le comté, les habitants se serraient la ceinture. Incapables de payer pour ses services, les membres de la communauté commençaient à reprendre leurs vieilles habitudes d'exploitation communale en faisant appel à de la main-d'œuvre non syndiquée. Nombreux étaient les habitants du comté à renouer avec une agriculture de pure subsistance. D'autres envoyaient leurs garçons vers l'Ouest pour aller aider aux récoltes en Californie. Le conseil municipal de Rocky Mount engagea des sentinelles aux abords de la gare pour empêcher les vagabonds de sauter des trains. À coups de gourdin, elles forçaient ces pauvres épouvantails à remonter dans leurs wagons de marchandises et prenaient bien soin de verrouiller les portes avant que le convoi ne reparte vers d'autres villes.

Dans l'après-midi, les trois frères virent la jeune fille arriver de loin. Elle traversait le champ de sorgho et de trèfles violets qui partait de la maison et s'étendait vers le nord jusqu'au pied de Fork Mountain. Elle sortit du couvert des arbres à environ quatre cents mètres, ses pieds soulevant un mince nuage de poussière rouge. Sissy Deshazo marchait la tête renversée en arrière, dodelinant bizarrement, comme si elle regardait le ciel. La journée était chargée d'humidité et des nuages bas obstruaient chaque centimètre carré de ciel. Sissy portait sa robe du dimanche, dont un filet de terre rouge rehaussait l'ourlet. Elle pleurait, des larmes ruisselaient sur son visage couleur noisette paré par le soleil estival d'une teinte cendrée. Son grand-père venait de mourir. Le vieux Little Bean Deshazo avait travaillé dans les champs de tabac aux côtés de Granville et du père de

Granville. Il était mort durant la nuit et Sissy faisait le tour des voisins pour leur apprendre la nouvelle et les convier à la veillée funèbre qui commencerait dans l'après-midi. Les Deshazo vivaient dans le comté depuis aussi longtemps que les Bondurant, c'était l'une des rares familles de Noirs dans le secteur de Snow Creek. Leur maison était située sur l'autre versant de la première chaîne de collines. Jefferson, le frère aîné de Sissy, avait travaillé pour Forrest au County Line Restaurant et Sissy elle-même avait passé dix ans à faire la cuisine et le ménage chez les Bondurant après la mort de la mère. Little Bean, ses fils Willy, Benjamin et Horace ainsi que leurs trois enfants s'étaient toujours rendus chez les Bondurant pour aider à l'abattage des cochons ou à la coupe du bois. Jack et ses frères avaient souvent partagé leurs jeux avec les enfants Deshazo.

Après le déjeuner, les trois frères se lavèrent et allèrent chercher des affaires propres dans le coffre en cèdre de la vieille chambre de Jack, pendant que Sissy retournait d'un pas lourd à la maison de son grand-père. Forrest sortit de sa voiture une caisse de bonbonnes de deux litres d'eau-de-vie de pêche puis s'installa au volant pour aller prévenir son père resté au magasin. Assis sous le porche, Jack et Howard attendirent le retour des deux hommes.

Jack ne se sentait pas à l'aise à l'idée de participer à une veillée funèbre. Le dernier enterrement auquel il avait assisté était celui de sa mère et, à cause de la présence de ses frères, la situation présente réveillait d'étranges réminiscences. Jack savait que Little Bean approchait des quatre-vingt-dix ans, que c'était un vieillard bien fragile qui avait vécu une vie violente et aurait dû mourir, comme chacun s'accordait à le penser, depuis bien longtemps, mais cette disparition lui semblait tout de même frappée d'injustice. Peut-être à cause du visage strié de larmes de Sissy, une fille d'ordinaire renfrognée que Jack n'avait jamais beaucoup aimée. Cette nouvelle l'accablait car il savait que, durant toute sa vie, Little Bean n'avait jamais eu en poche davantage que quelques dollars et qu'il était mort aussi pauvre qu'au jour de sa naissance. Et le monde semblait réserver le même sort à tant d'autres…

Howard sortit une bonbonne de la caisse et, jetant un coup d'œil à Jack, se tapota le nez. Jack sourit, Howard remua la bonbonne remplie de tranches de pêches avant de dévisser le couvercle. L'eau-de-vie avait un arôme sucré et capiteux, ils en savouraient chaque gorgée en regardant la ligne d'horizon s'adoucir devant eux. Jack avait avalé deux grands bols de bouillie de pain de maïs avec des tranches de couenne grillée enduites de babeurre, et l'eau-de-vie semblait réchauffer ses entrailles, apaiser les mouvements nerveux de ses genoux. Howard restait silencieux, lèvres serrées. La boisson donnait aux deux frères une complexion de plus en plus rouge.

— Il faut qu'on mette le paquet sur les alambics, finit-il par déclarer. Ce tabac ne va rien donner…

— Je sais.

Howard regarda l'horizon.

— Tu as entendu ce qui est arrivé à ce crétin de Wingfield ?

— Quoi ?

Depuis qu'ils se consacraient au ramassage des feuilles de tabac, lui expliqua Howard, leur père avait recruté Marshall Wingfield, frais émoulu de l'Université de Virginie, pour labourer les terres basses en prévision de la récolte du seigle, l'hiver suivant. Granville avait attaché une cloche au licol de la mule pour entendre

Wingfield travailler depuis la maison, afin de le payer en conséquence. Wingfield était arrivé à la première heure, avait englouti le petit déjeuner préparé par Emmy puis avait descendu la colline d'un pas léger, soc sur l'épaule, en tirant la mule derrière lui. La cloche avait commencé à se faire entendre régulièrement. Quelques heures plus tard, Granville était descendu boire à la source et avait eu envie de voir comment les choses se passaient pour Wingfield. Le terrain qu'il lui avait confié n'était plus planté depuis plusieurs saisons et, au printemps, il l'avait hersé avant de brûler toute l'herbe. La terre était dure, caillouteuse, et Granville soupçonnait le jeune homme de passer plus de temps à dévorer ses livres qu'à manier la charrue, aussi se rendit-il jusqu'à l'étroit ruisseau de l'autre côté de la mince bande arborée qui couvrait comme une écharpe cette partie de la vallée. Suivant le bruit de la cloche, il finit par trouver Wingfield. Celui-ci était étendu à l'ombre d'un épais buisson chargé de baies, chapeau sur les yeux, tenant dans la main la cloche qu'il secouait mollement. La mule se tenait immobile dans le champ, sous un soleil éclatant qui la faisait cligner des yeux.

Interrogé par d'autres hommes au sujet de cette histoire, Wingfield nia tout en bloc et laissait entendre que Granville l'avait rêvée d'un bout à l'autre et devenait sénile.

Jack était furieux mais Howard ne semblait pas trop s'en offusquer.

— Allez, dit-il, tout le monde ici sait que Wingfield est le dernier des crétins.

Quand même, pensa Jack en se souvenant de la dernière fois qu'il avait vu Wingfield, l'année précédente, fanfaronnant avec son épi rouge pendant le décorticage du maïs à la ferme Mitchell. Son baiser à Bertha Minnix.

La façon dont ses yeux pétillaient quand elle avait penché son visage vers celui du garçon. Brusquement, Jack eut envie d'attraper la chair blanche du cou de Wingfield pour la serrer comme un manche de poêle à frire. Mais l'alcool n'agissait pas sur l'esprit de Jack comme sur celui des autres hommes et, bientôt, cette image s'effaça. Les deux frères restèrent assis en silence pendant un moment, se passant la bonbonne et regardant le ciel par-dessus le champ. Jack savourait ce silence entre eux et se concentra sur la délicieuse transition de la mi-journée vers l'après-midi. L'eau-de-vie était d'excellente qualité et, bien vite, ce qu'il considérait une heure plus tôt comme une situation lamentable pour les Deshazo et pour lui-même prit l'apparence d'une occasion qu'il se devait de saisir pour expérimenter les grands cycles de la vie et de la terre dans la compagnie fraternelle d'autres humains. Il réfléchit sur la vie, sur son passé avec les Deshazo et en conclut qu'ils étaient des gens solides, auxquels il viendrait rendre hommage avec la dignité et l'humilité que l'on doit à un homme ayant vécu si longtemps. *Nous devrions nous rendre compte de la chance que nous avons*, se dit-il. Et il était heureux d'avoir encore son frère, et sa petite sœur Emmy qui, assise dans le vieux rocking-chair de sa mère, regardait la route par la fenêtre de la cuisine.

— J'ai besoin d'argent, Jack, dit Howard au bout d'un moment. Je dois gagner plus que ce qu'on a déjà.

— Bientôt. Dès que ces pitreries sont terminées, on remonte faire chauffer les alambics et l'argent coulera comme une putain de rivière. Attends un peu.

Howard lui adressa un franc sourire.

— Ouais, dit-il. On va faire comme ça.

Forrest revint seul. Granville avait des clients au magasin et cela aurait été de la folie de ne pas en profiter.

Il irait rendre hommage aux Deshazo plus tard. Emmy ne voulait pas y aller : ses frères savaient que, pour la jeune fille, se retrouver face à la mort était une épreuve difficile à supporter, même si elle ne concernait pas directement la famille. Aussi prirent-ils la peine de boire à nouveau sous l'auvent avant de se mettre en route.

Quand ils arrivèrent devant la maison des Deshazo – une cabane trapue aux clayonnages boueux bâtie sur une petite butte, à laquelle les différents membres du clan avaient ajouté, au fil des ans, des extensions supplémentaires –, il fut très vite évident que l'occasion ne serait pas solennelle. Une demi-douzaine de véhicules bariolés et de carrioles en planches étaient garés aux abords, à côté d'ânes et de chevaux cagneux. L'après-midi avait beau débuter tout juste et la température avoisiner les 38 °C, la cheminée déversait un flot de fumée et un grand feu de camp crépitait dans la cour. Des enfants couraient en cercles autour du feu, se poursuivant en agitant des morceaux de bois. Toutes les fenêtres et les portes de la maison étaient grandes ouvertes et laissaient passer une lumière éclatante. En descendant de voiture, ils reconnurent le bruit caractéristique des lamentations féminines, prononcées dans une langue inintelligible où se mêlaient des cris, des chants, un violon criard et des hurlements de rire.

— Pas la peine de ramener de l'alcool, constata Howard.

Tandis que les enfants couraient en criant autour du feu, Jack remarqua un homme au pantalon déchiré étendu visage contre terre. Un chien reniflait son entrejambe.

— Je vais quand même le prendre, répondit Forrest.

Les trois frères se tenaient dans l'embrasure de la porte, leur chapeau à la main – et Forrest portait la caisse pleine d'alcool. Une immense femme d'un noir charbonneux portant un fichu écarlate vint les accueillir. Elle hocha solennellement la tête et leur fit signe d'entrer dans le petit salon surpeuplé.

— Je suis Ida Belle. La deuxième fille de Little Bean.

— Enchanté, répondit Forrest.

— Nous sommes désolés, pour Little Bean, ajouta Jack.

Jack n'avait jamais entendu parler d'Ida Belle et il prit conscience du fait que Little Bean avait sans doute quelques héritiers en dehors de Snow Creek et peut-être même du comté de Franklin. La maison était remplie de gens qui se balançaient en écoutant le violoneux jouer un air tout en tapant du pied sur le plancher. Jack n'avait jamais entendu cette mélodie. Les gens qui se tenaient le long des murs oscillaient légèrement, ceux qui formaient un second cercle dans la salle bougeaient de façon plus marquée, frappaient du pied en cadence et chantaient. La fumée formait comme un rideau pesant à travers la pièce, où flottait déjà une odeur pénétrante de pieds, d'entrejambes moites, d'encens, de tabac et de feu de bois. Des bonbonnes circulaient entre les invités qui buvaient sans aucune gêne. Ida Belle posa la caisse de Forrest au centre du cercle, à côté d'autres bonbonnes d'alcool, de sacs de tabac fumé, de boîtes de bonbons, de gigues de porc dans des sacs en papier, d'œufs, de plateaux de biscuits, d'un miroir à main, de tabatières, de colliers de perles et d'une paire de bottes usées. Les Bondurant étaient les seuls Blancs de l'assistance.

— Nom de Dieu… marmonna Forrest.

Jack suivit son regard et vit, dans un coin, l'invité d'honneur. Entouré de gens en pleurs qui chantaient en le tenant par les épaules, le cadavre de Little Bean était maintenu debout, vêtu d'un costume dépenaillé, figé par la *rigor mortis*, avec des yeux fixes jaunes et la peau du visage qui commençait à enfler et à se bosseler, le rendant presque méconnaissable. Une cigarette allumée avait été glissée entre ses doigts ballonnés et les convives se relayaient pour venir verser entre ses lèvres un peu d'alcool de maïs qui dégoulinait sur son menton puis sur sa chemise.

Plusieurs hommes de la famille vinrent serrer la main des trois frères et les remercier de leur présence. Ils leur offrirent toutes sortes d'alcools et, au bout d'une heure, Jack se retrancha dans la cuisine pour essayer de reprendre son souffle. Assis à table, Howard piochait paresseusement dans une assiette de morceaux de jambon et venait d'ouvrir une nouvelle bonbonne d'eau-de-vie. Debout contre l'évier, Forrest croisait les bras, l'air sombre. Le violoneux jouait les dernières notes d'une sorte de quadrille, de plus en plus aiguës et de plus en plus rapides. Dans le salon, la plupart des invités tapaient du pied en rythme, soulevant un fin nuage de poussière qui dérivait jusque dans la petite cuisine comme un banc de brouillard. Là, d'autres hommes et femmes ondulaient doucement, certains aux yeux fermés paraissaient endormis. Les sons commençaient à se dissocier dans l'esprit de Jack : il avait l'impression qu'il parvenait à distinguer leurs plus infimes composantes – les voix chantant en cadence, les gémissements du violon, les craquements du plancher –, à entendre chacune d'elles individuellement. C'était la deuxième fois qu'il éprouvait cette sensation, après la fête de l'Amour des Dunkards. Il percevait cette expérience comme le dévoilement d'un mystère caché, la révélation d'un royaume connu seulement des musiciens. Bertha entendait-elle la même chose lorsqu'elle jouait de la mandoline ? Plus qu'un catalogue de sons, Jack découvrait la construction même de la musique, un sentiment à la fois fort et magnifique qui lui donnait l'illusion de manipuler les éléments fondamentaux du monde.

La musique gagna sensiblement en volume et, pendant quelques instants, Jack observa ses frères, à la recherche d'un signe prouvant qu'eux aussi entendaient la même chose, mais ils ne semblaient rien remarquer. Il tenait à la main une cigarette, un cylindre de cendre long de sept centimètres, qu'il jeta par terre. Quand s'était-il allumé une cigarette ? se demanda-t-il. Un bruit semblable à celui d'une plaque de fer se déchirant suivi d'un autre bruit plus violent encore commença à retentir au-dessus de sa tête. On aurait dit qu'un sabbat infernal se déroulait dans le grenier, que des démons actionnaient des machines broyeuses d'acier. Le dos immense d'Howard se soulevait et s'abaissait au-dessus de la table, son visage était enfoui dans ses mains. Il avait bu un litre d'alcool de maïs pur et deux litres d'eau-de-vie, assez pour tuer un taureau. Les bruits du grenier se muèrent en un rugissement, couvrant les grincements du violon. *Ces imbéciles dansent dans le grenier ?* pensa Jack. *S'ils continuent ils vont traverser le plafond...* Devant le regard interrogateur que lui lançait Forrest, il indiqua du doigt le plafond. Son frère regarda au-dessus de lui, secoua la tête et haussa les épaules.

— Tu entends ? cria Jack par-dessus le vacarme.

— Quoi ?

Le fracas devenait de plus en plus lancinant, mécanique, au point que le sol se mit à vibrer. *Oh non, pas encore...*

Howard renversa sa bonbonne et avala les dernières gouttes. Son cou se contractait laborieusement – une gorgée, deux gorgées. *Mon Dieu... Ce n'est pas un homme !*

Le chapeau d'Howard était posé sur la table, entre ses bras puissants. Son crâne était couronné d'un fin tourbillon de cheveux ternes et huileux lustrés par la sueur. Il prit un verre qu'il brandit un instant devant lui, puis l'abattit violemment sur la table en y aplatissant la paume de la main. Forrest cligna paisiblement des paupières, Jack sentit le sol se dérober sous ses pieds, il eut envie de fuir, de s'enfuir de cette maison. Howard leva la main et contempla les échardes de verre sanglantes qui saupoudraient sa paume.

Un homme barbu aux paupières lourdes était adossé au mur et hochait la tête en rythme avec la musique grinçante. Quand Jack croisa son regard, l'homme lui adressa un signe de reconnaissance presque imperceptible.

Oui, c'est ça. Tu l'entends aussi, fils.

Il y eut une pause durant laquelle tout sembla se figer, puis Howard repoussa sa chaise, se tint maladroitement plié en deux et, après un sourire crispé à Jack, s'effondra tête la première en plein milieu de la table, qu'il fendit nettement en deux parties. Il était vautré sur le plancher, parmi les morceaux de verre, les éclats de bois et les mégots de cigarettes. Les gens qui se trouvaient autour de la table reculèrent d'un bond en jurant et l'évitèrent quand il commença à se traîner par terre. Forrest ramassa le chapeau de son frère, l'enfonça d'un coup sec sur son crâne carré et, agrippant sa chemise à deux mains, l'aida à se mettre à genoux. La cuisine se vidait, tous les gens la quittaient précipitamment, la bouche pleine de jurons. Ils butaient sur des débris, écrasaient les bris de verre. Forrest tenait toujours Howard et le poussa vers la sortie arrière, rabattant avec un craquement la porte à moustiquaire sur la façade de la maison.

Dehors, au-delà du rai de lumière projeté par la cuisine, il faisait nuit noire. Jack avançait à tâtons et ses mains trouvèrent la chemise de Forrest. Il suivit ses frères dans la cour. Le bruit terrible résonnait toujours au-dessus de sa tête, comme tombé du ciel, et le sol paraissait tanguer sous l'effet d'un tremblement de terre. Un grand chêne surgit des ténèbres, scintillant dans son écorce tachetée d'argent, et Howard s'appuya contre le tronc pour vomir. Dans la maison, les gens criaient et, quand les yeux de Jack se firent à la pénombre, il remarqua le bleu profond du ciel où brillait une seule étoile, au-dessus des champs desséchés qui s'étendaient au-devant de la cour.

Des hommes se précipitèrent hors de la cuisine et s'attroupèrent autour des trois frères. Jack avait posé une main sur le dos d'Howard, Forrest se tenait entre eux et le petit groupe. La lumière provenant de la fenêtre éclairait le visage d'Howard et Jack aperçut les filaments de sang qui coulaient de sa bouche. Puis une secousse traversa son corps et il vomit un flot de sang qui semblait venir tout droit de son énorme cœur de cheval. Un homme torse nu – sa peau huileuse luisait – leur criait des obscénités. D'autres hommes s'assemblèrent derrière lui. Les pieds de Jack étaient brûlants et, quand il baissa les yeux, il vit leur peau couverte du sang d'Howard.

— Vous n'avez aucun respect !

La foule se pressait autour d'eux, des hommes excités, incohérents, ivres morts, et Jack sentit qu'ils voulaient de l'action et qu'ils étaient prêts à pousser l'homme torse nu. Ils l'encourageaient bruyamment. Avec un sourire, l'homme tira de sa botte un petit coupe-choux.

— Vas-y, saigne le petit Blanc !

Il se baissa, jambes écartées, et s'approcha de Forrest. Il avait ouvert son rasoir et l'agitait d'avant en arrière, d'un mouvement presque féminin du poignet. La lame arrondie lançait des reflets. Forrest restait debout, mains pendantes. Jack vit ses épaules se relâcher, détendues.

Puis il leva très lentement la main gauche pour attraper son chapeau. Quand ses doigts se refermèrent sur son rebord, il le retira soigneusement et, d'un geste négligé, le lança dans l'obscurité. Une fraction de seconde plus tard, il baissa légèrement les épaules et propulsa son poing droit d'un mouvement qui partait de l'épaule et fit tourner tout son corps comme un ressort qui se déroule. Il frappa l'homme dans les dents, avec un bruit sec que Jack n'oublierait jamais : *tink !*

Surpris, l'homme écarta les mains et chuta à la renverse au milieu du groupe qui s'écarta pour le laisser tomber. Un poing américain couronnait les doigts de Forrest, dont la main et l'avant-bras étaient couverts d'une fine pellicule de sang. L'homme avait poussé un cri en recevant le coup mais il semblait à présent frappé par le silence et battait en retraite. Jack sentit une présence dans son dos : c'était Howard, debout, le visage réduit à une bouillie terrifiante de sang et de bile, les yeux comme deux minces fentes. Il affichait un large sourire.

Il avança près de Forrest et les hommes se fondirent dans la nuit – certains courant jusqu'à la maison. Seul Jefferson Deshazo restait là, poitrine battante. Il échangea un regard avec Forrest qui se tenait toujours au même endroit, le poing américain scintillant à ses doigts. En quelques secondes, un accord se fit entre les deux hommes. Forrest hocha la tête et Jefferson tourna les talons, obligeant à rentrer les femmes et les enfants qui, assemblés sur le seuil de la porte, scrutaient l'obscurité. Jack avait l'impression que le vrombissement dans le ciel s'amplifiait pour devenir un cri. L'homme torse nu était allongé, paisible, dans l'herbe, bras étendus, rasoir à la main. Sa gorge était un trou noyé de sang. Jack remarqua des fragments de dents sur ses lèvres rouges. Alors, il s'agenouilla près de l'homme inconscient, ferma les yeux et plaqua ses mains sur ses oreilles pour faire taire le bruit.

21

1930

Les berges de Blackwater Creek étaient mises à nu, comme une robe soulevée sur de vieux os. D'épaisses racines enchevêtrées à la recherche d'eau serpentaient sur les bords du ruisseau et rampaient sur la terre craquelée. Les hautes parois de l'étroite vallée étaient plantées d'arbres au tronc blanchi, dont la moitié des feuilles viraient déjà au rouge et au jaune. Jack et Bertha regardaient l'eau noire, désormais un simple filet encombré de feuilles de bouleau.

— On dirait l'automne au mois d'août, dit la jeune fille. Ça semble complètement déplacé.

— Avec cette chaleur, le tabac ne va jamais germer.

Bertha hocha la tête. Jack sentait que, contrairement à tant de personnes de sa connaissance, elle était incapable d'opérer cette association inconsciente entre le temps et ce qui poussait dans les champs, le cycle des saisons avec la culture commerciale. C'était un point qu'ils avaient en commun.

Les dernières pluies, début avril, avaient été suivies d'une longue période stérile de sécheresse, de ciels bleus éclatants, sans un nuage, scintillant de particules de poussières. Les jeunes pousses s'étaient flétries en quelques semaines ; dans les lits des rivières, le bétail efflanqué cherchait de maigres filets d'eau, les museaux fouissaient la moindre flaque de boue. Les poissons se réfugiaient dans les profondeurs tourbillonnantes et les garçons s'y jetaient pour attraper à la main des barbottes brunes et des carpes de vase. Des phares de voitures balayant les champs la nuit venue révélaient des paires d'yeux phosphorescents : la soif poussait les chevreuils à descendre des montagnes, squelettiques et méfiants. Les vieilles superstitions dressaient leurs têtes chenues et, en se promenant parmi les bois du comté de Franklin cet été-là, on trouvait parfois un serpent cloué par la tête à un tronc d'arbre, offrande archaïque aux divinités sylvestres pour obtenir le retour des pluies. Le comté était couvert de champs de tabac jaunes et rabougris. L'argile rouge apparaissait entre les parcelles éparses de mauvaises herbes, soulevant une poussière qu'aucune brise ne venait dissiper, comme si la terre transpirait. Le sec aspirait le sec, et chaque interstice se couvrait d'une fine couche d'argile – dans les yeux des chiens comme dans les tranches de lard maigre frit ou sur la peau des chevaux pie. Quelques minutes après avoir balayé le plancher, on pouvait écrire dessus avec le doigt. Tête baissée, mains fourrées dans les poches, traînant des pieds, les hommes rêvaient d'une violente averse. Ils savaient qu'au tabac succéderait la période de la chasse. En août, tous les enfants étaient devenus calmes, au-delà même de l'apathie. Ils erraient par petits groupes le long des ruisseaux asséchés, rêvant de neige et de glace. Toutes les femmes du sud de la Virginie passèrent l'été 1930 à sangloter dans leur cuisine poussiéreuse.

Jack et Bertha s'étaient assis sous un bosquet de châtaigniers qui s'étendait bien au-delà du ruisseau. Des tortues étaient alignées contre les racines. Bertha contemplait le paysage et Jack était soulagé de la sentir simplement heureuse d'être là, à côté de lui, à observer en silence la chute des feuilles dans l'eau et le ciel virer au pourpre à mesure que le soir approchait. Derrière eux, dans un champ de trèfles violets et de fétuques, la voiture ronronnait au soleil. Jack voulait emmener Bertha du côté de Rocky Mount ou de Roanoke mais elle lui avait proposé de s'asseoir au bord d'une section de Blackwater Creek qui traversait la ferme Minnix.

— Tu sais, quand j'étais encore une enfant, ma sœur et moi avons semé dix kilos de maïs pile à l'endroit où tu as laissé ta voiture. Papa nous avait dit qu'on pourrait aller se baigner seulement quand on aurait fini de semer le maïs. Alors c'est ce qu'on a fait. Jusqu'à l'automne. Et on a pu aller se baigner. Par une journée qui ressemblait beaucoup à celle-ci.

Jack jeta un coup d'œil à ses mollets, moulés dans des chaussettes tirées jusqu'aux genoux et dans sa culotte de cheval. Elle portait un chemisier blanc légèrement humide à cause de la sueur. Ses souliers marron étaient usés et leur cuir plissé.

— Tu veux te baigner là, tout de suite ?

— Je ne crois pas.

Il avait espéré la faire rougir. Au lieu de cela, elle fixait l'eau d'un air pensif.

— Est-ce que tu vas régulièrement à l'église, Jack ?

— Régulièrement, je ne dirais pas ça…

— Tu dirais quoi ?

— Quand j'étais gosse, ma mère nous emmenait toujours à l'église baptiste de Snow Creek. Je n'y suis pas retourné depuis un bon bout de temps.

Jack tira quelques touffes de sorgho d'Alep qui bordaient le ruisseau et en fit un petit tas près de son genou.

— Ça a dû être terrible pour toi.

— Quoi ?

— La disparition de ta mère.

— Oh ! Oui.

— Et de tes sœurs.

Jack scruta l'entaille creusée dans la paroi de la montagne pour faire passer les nouvelles lignes électriques qui partaient du nord du comté. Des lucioles scintillaient parmi les arbres, le long des berges et dans une trouée de ciel bleu sombre. Jack revit brièvement ses sœurs, leur corps étendu sur le plancher, côte à côte. Le visage de sa mère recouvert d'une courtepointe. Emmy assise par terre dans la cuisine, sanglotant, le visage poisseux de larmes, la bouche déformée par un hurlement béant.

— De quels autres instruments tu sais jouer ? demanda Jack.

— Oh, à peu près de tous ceux qui ont des cordes. Mandoline, violon, banjo. J'ai aussi joué quelquefois du piano au Ruritan Club de Roanoke.

— Je croyais que les Dunkards interdisaient de pratiquer la musique ?

Bertha sourit.

— Pas tous les Dunkards. Certains n'aiment pas la musique, c'est vrai, mais papa nous laisse jouer. Presque tous les membres de ma famille jouent d'un instrument. En grandissant, nous avons reçu tous les instruments de mon grand-père. Comme mes sœurs ont fini par arrêter la musique, j'ai aussi appris à jouer de leurs instruments. Et toi, tu aimes la musique ?

— Ah, ça ! Oui, pour sûr.

Quand Bertha rit, Jack vit un éclair lumineux et se rendit compte alors qu'elle montrait rarement ses dents. Ses canines supérieures et inférieures étaient très pointues, légèrement inclinées vers l'intérieur.

— Tu joues de quelque chose ?

— Naan… On n'a jamais eu d'instrument à la maison. D'ailleurs, si on en avait eu, je n'aurais sans doute jamais voulu apprendre à en jouer. Je préfère écouter la musique et danser. Mon frère Forrest a une radio et il arrive à capter les émissions de Wheeling et d'ailleurs. Moi aussi, je vais m'en acheter une, bientôt.

— Tu as aimé notre cérémonie à l'église ?

— Bien sûr.

— On n'aurait pas dit.

— C'est que… il s'est passé quelque chose de bizarre. Avec la musique. Au début, je trouvais ça beau. Ça ne ressemblait pas aux chants habituels de l'église baptiste mais c'était quand même beau, ces voix qui… bah, tu sais bien. Et puis, l'effet qu'elle me faisait a comme qui dirait changé. J'arrivais à entendre chaque personne chanter, une à la fois. Comme si je pouvais séparer leurs voix.

— Je crois que je vois ce que tu veux dire. Moi aussi, parfois j'entends ça. J'entends de la musique dans ma tête même quand il n'y en a pas. Toi aussi ?

— C'est un peu ça, oui.

Ils retrouvèrent le silence pendant un long moment jusqu'à ce que la nuit tombe, que le gargouillis grave du ruisseau résonne le long des berges, que les stridulations des crickets s'amplifient dans les buissons d'asclépiades. Jack songeait à ses frères, à la récolte de tabac perdue. Si son père pouvait compenser les pertes grâce à son magasin, il n'en allait pas de même pour Howard. Forrest allait devoir accepter d'augmenter la production, mais Jack se surprit à penser qu'il valait mieux ne rien changer à la situation. Les images de cette soirée chez les Deshazo se bousculaient dans son esprit – le spectacle sinistre offert par Howard, son visage en bouillie, les gestes étrangement langoureux de Forrest. Ce bruit dans le grenier, comme si des étoiles rouillées se mettaient en mouvement.

— J'arrête de boire, annonça Jack. Je ne toucherai plus à la moindre goutte d'alcool.

— Vraiment ?

— Dans ton église, l'autre soir... je te l'ai dit, la musique me semblait... vraiment très belle. Je n'avais jamais rien entendu d'aussi beau. Mais elle s'est mise à changer. On aurait dit... que le toit était arraché par le ciel, comme si l'air au-dessus de ma tête... se déchirait. Comme si la foudre tombait en pleine église. Le vacarme était de plus en plus fort.

— Ça devait être l'alcool, tu ne crois pas ?

— Possible. Je ne sais pas. J'ai été soûl des tas de fois avant et je n'ai jamais eu ce problème. Le pire, c'est quand j'ai commencé à *voir* des choses. Par exemple, ton grand-père. Quand les pasteurs se sont approchés de moi... Il avait une épée qui lui sortait de la bouche. C'est à ce moment-là que je me suis enfui.

— Une épée ?

Après quelques instants, Bertha laissa échapper un rire un peu las.

— Une sorte... de vision, c'est ça ?

— J'étais peut-être fou, reprit Jack. Je *suis* peut-être fou. Mais attends... j'ai quelque chose pour toi.

Jack retourna en courant jusqu'à la voiture et en revint avec un grand paquet enveloppé dans du papier doré.

— Je ne savais pas au juste quelle était la bonne taille mais ils m'ont certifié qu'ils pouvaient les ajuster comme tu le voulais...

Bertha dénoua la ficelle autour du paquet.

— Jack, je crois que ce n'est pas une bonne idée...

— Ouvre !

Le paquet contenait trois robes en soie et en satin dont l'une était ornée d'un galon en fourrure, un sac décoré de volutes en perles, deux grands foulards brodés et une paire de mouchoirs en soie. Elle les prit un par un puis les reposa sur le papier doré. Les robes longues, d'une confection délicate, jetaient trois grandes taches colorées sur le sol desséché. Les larmes brillaient dans les yeux de Bertha.

— Elles ne te plaisent pas ?

— Peu importe qu'elles me plaisent. Je ne peux pas accepter un tel cadeau.

— L'argent n'a pas d'importance, l'assura Jack. J'en ai plein et ces robes n'ont même pas entamé mes réserves…

Bertha s'assit et croisa les bras.

— Remporte-les ! S'il te plaît, range-les dans leur paquet. Je t'en prie !

Jack ramassa maladroitement ses cadeaux, les jeta dans l'emballage et noua la ficelle autour du papier doré.

— Je voulais juste t'offrir quelque chose de joli. Où est le problème ?

Bertha passa les doigts sur son visage, se ressaisit.

— Où est-ce que tu t'imagines que j'aurai l'occasion de porter d'aussi beaux vêtements ?

— Aucune idée.

— Tu penses que je pourrais rentrer à la maison en portant… ces choses ?

— Elles ne te plaisent pas ?

— Ce n'est pas important qu'elles me *plaisent*, Jack. Je ne pourrai jamais porter *nulle part* ces robes, tu comprends ?

L'eau du ruisseau était noire à présent. Elle glissait le long d'un coude et pénétrait dans le tunnel sombre des arbres comme dans une gueule grande ouverte. Jack sentait l'immensité du champ dans son dos. Il baissa les yeux sur ses doigts tachés par l'herbe.

— Je t'emmènerai dans un endroit où les femmes portent ce genre de vêtements tous les jours.

— Qu'est-ce qui te fait croire que c'est *ce que je veux* ?

Bertha regardait le ciel de plus en plus sombre. Un ruban laiteux d'étoiles se déroulait au-dessus de la rivière et des montagnes. *Bordel*, pensa Jack. *Et maintenant ?*

Ils restèrent silencieux un moment. Jack sentait la présence de cette femme étendue à côté de lui dans le sorgho d'Alep – une étoile géante posée sur le sol. Soudain, il se sentit nu et, malgré la chaleur du soir, un frisson le parcourut. *Pas question de retirer ce que j'ai dit.*

— Et là, demanda Bertha, tu entends de la musique ?

— Bien sûr.

— Elle ressemble à quoi ?

— Oh, elle est très belle.

22

1935

Le Bazar général Bondurant était niché au creux d'un vallon de Snow Creek, le long de la Route 22 qui s'élevait sur les deux versants de Turkeycock Mountain. Les vieillards serrés autour du poêle indiquèrent à Sherwood Anderson que Granville Bondurant se trouvait dans la cabane de l'autre côté de la route. Au mois d'avril, le poêle était éteint, mais Anderson avait remarqué que, quelle que soit la saison, il servait toujours de point focal, le pivot autour duquel les hommes se retrouvaient et s'installaient pour parler. La cabane aux murs blanchis à la chaux se dressait à l'ombre d'un bosquet de saules et d'érables. Quelques coccinelles voletaient au-dessus de l'avant-toit et, lorsque Anderson approcha de l'entrée de la cabane, il sentit l'air fraîchir nettement. À l'intérieur, le sol et le bas des murs étaient couverts de mousse, donnant à l'ensemble des airs de grotte. Granville tenait un seau en métal sous un robinet où l'eau de source coulait vivement. Avant qu'Anderson ait prononcé la moindre parole, il dut sentir sa présence car il se retourna vers lui.

— Servez-vous si vous avez soif.

Le seau était presque plein. Granville y plongea une louche après avoir fermé le robinet et goûta l'eau.

— Merci, je veux bien.

Anderson prit la louche à son tour et but – d'abord surpris par la froideur de l'eau puis par son bon goût. Elle ne ressemblait à aucune autre eau : piquante, presque acide avec son léger arrière-goût de citrus. Il vida la louche et la rendit à Granville qui n'avait pas cessé de le dévisager.

— Incroyable, cette eau.

— Vous n'aviez jamais bu l'eau de Snow Creek avant, pas vrai ?

— Je n'ai jamais rien bu qui s'en *approche* ! Je m'appelle Sherwood Anderson.

— Granville Bondurant. Enchanté.

Granville remplit à nouveau la louche et la lui tendit d'un geste tranquille.

— Vous allez où ?

— Nulle part, à vrai dire. L'eau de Snow Creek est aussi bonne partout ?

— Dans certains endroits, elle est spécialement bonne. Ici, en particulier.

— Beaucoup de pression dans cet aquifère, on dirait.

— L'eau coule depuis soixante ans.

Granville s'avança lentement vers la sortie tandis qu'Anderson se délectait d'une nouvelle gorgée.

— Vous avez vu les montagnes ? Du calcaire presque pur. Comme ce rocher, là…

Il indiqua du doigt une plaque de calcaire bleu qui saillait de terre, sous un saule.

— C'est grâce à lui que l'eau est aussi bonne. Elle est filtrée par tout ce calcaire. Tout le monde peut venir se servir dans cette cabane. C'est gratuit.

Anderson décida de tenter sa chance.

— C'est pour ça que le bétail est si costaud par ici, sans doute ?

— Exact. Des bons chevaux, du bon bétail.

— Ça me rappelle l'eau que je buvais dans le Kentucky, il y a quelque temps.

Granville le dévisagea à nouveau.

— Vous êtes d'où ?

— Comté de Marion.

— Humm… Ce n'est pas la porte à côté. Allez, venez au magasin vous reposer un moment.

Ils sortirent de la cabane. Granville portait à bout de bras le seau d'eau aux reflets argentés.

— Monsieur Bondurant, je me demandais si je pouvais vous poser quelques questions à propos de vos fils ?

Granville s'immobilisa et les deux hommes restèrent côte à côte près de la route. Anderson y vit un signe d'acceptation.

— En l'occurrence, à propos du mois de décembre 1930. Quand vos fils ont été attaqués à Maggodee Creek.

— Je ne peux rien vous dire de plus que ce que vous savez déjà.

— Possible. Je suis juste curieux de découvrir les différentes étapes qui ont conduit à cet incident. Les journaux ne sont pas très clairs sur ce point. Ni sur ce qui s'est passé ensuite. J'ai l'impression que les accusations portées contre le shérif Rakes, à l'origine des coups de feu, ont été retirées assez rapidement.

— Ouais.

— Vous savez pourquoi ? J'essaye juste de comprendre cette histoire…

Granville posa le seau. Sortis de l'ombre rafraîchissante de la cabane, ils étaient martelés par un soleil impitoyable. Une voiture franchit la crête de la colline au nord, descendit la route et passa devant les deux hommes dans un bruit de ferraille. Granville salua de la main le conducteur qui, en réponse, leva les doigts de son volant. Ils suivirent des yeux la voiture jusqu'à ce qu'elle attaque la montée suivante en geignant.

— Dites-moi, monsieur Anderson, pourquoi vous n'allez pas droit au but ?

— Pardon ?

— Pourquoi vous voulez me parler ?

— Je ne veux pas créer de problèmes, monsieur. Je m'intéresse à cette histoire, c'est tout.

— Vous êtes un fédéral ?

— Non.

L'information ne suscita aucune espèce d'étincelle chez Granville.

— Vous savez, dans le coin, les gens ont tendance à s'occuper surtout de leurs affaires.

— J'ai remarqué, dit Anderson. J'aimerais seulement comprendre comment des garçons peuvent se retrouver sur un pont au milieu de l'hiver, au volant de trois voitures remplies d'alcool, et se faire abattre de sang-froid par un shérif.

— Les temps étaient durs, vous savez. La plupart des gens étaient très pauvres.

— Je sais.

— La façon dont mes garçons ont vécu ne regarde qu'eux.

— Je comprends.

Le visage de Granville semblait indiquer que la discussion était close mais il restait là, au bord de la route, le seau à ses pieds. La réputation désastreuse de ses fils, leurs trafics et leurs crimes constituaient-ils une source de tourment pour le vieil homme ? Les habitants de Franklin ne semblaient pas avoir de problème moral particulier avec le trafic d'alcool, beaucoup paraissaient même considérer cela comme un devoir civique – une façon de devenir un bon citoyen, un « véritable » habitant du comté.

— Des types disent qu'à force de fabriquer leur whisky, il est entré dans leur sang, reprit Granville. Il s'est ancré en eux et n'en est plus reparti.

Il haussa les épaules et s'essuya les mains sur sa salopette.

— J'ai donné à mes gosses une bonne éducation, la meilleure que j'ai pu. Ils ont perdu leur mère et deux de leurs sœurs pendant l'épidémie de 1919.

— Je suis désolé.

— Ça a été dur pour eux. Surtout pour le plus jeune.

— C'est-à-dire Jack, n'est-ce pas ?

Granville leva la tête et jeta à Anderson un regard scrutateur, empli de méfiance.

— Bonne journée, monsieur Anderson. Revenez boire quand vous voulez.

Quand il revint de Snow Creek cet après-midi-là, Anderson traîna dans les rues de Rocky Mount, se laissant bercer jusqu'à l'engourdissement par les raclements de ses talons. Une affichette dans une vitrine, sur Orchard Avenue, attira son attention : « Rassemblement ce soir : Ligue anti-communiste de Virginie. » Pour la première fois depuis plusieurs mois, il repensa à la marche de la Bonus Army, à sa répression sanglante, aux émeutes d'Union Square en 1930[1]. Il se demanda si la population de Franklin, les frères Bondurant et tous les habitants

1. Le 1er août 1930, une manifestation communiste organisée à New York à l'occasion du Red Day dégénéra en émeute. Au cours du printemps et de l'été 1932, près de 20000 vétérans de la Première Guerre mondiale accompagnés de leurs familles, formant la « Bonus Army », marchèrent sur Washington pour réclamer le paiement d'une prime promise par le gouvernement et rendue plus cruciale encore par la Dépression. Les manifestants se heurtèrent à l'armée dans des affrontements mortels.

de Snow Creek avaient eu connaissance de ces événements ou s'intéressaient à ce genre de faits. Lui-même, s'y était-il jamais vraiment intéressé ? Quelques années plus tôt, des responsables du parti communiste américain avaient demandé à rencontrer Anderson. Il était allé les voir. Ils lui avaient reproché sa « Lettre ouverte au président Hoover » publiée dans *The Nation*. Il y avait écrit que lui et le président avaient les mêmes origines et qu'il comprenait dans quelle situation difficile Hoover se trouvait. La corruption du pouvoir, l'influence exercée par les courtisans et les sous-fifres qui le détournaient de ses nobles ambitions. Pour les communistes, un tel commentaire risquait de rendre le président Hoover sympathique aux yeux du public.

— Eh bien oui, avait répondu Anderson, c'était précisément mon intention : illustrer les influences destructrices exercées sur le président, ces forces qui vont devenir de plus en plus importantes en Amérique.

— Seul l'argent est à combattre, avaient-ils répondu. C'est un véritable fléau et Hoover fait partie du problème.

Ils avaient continué à le tancer mais Anderson s'en fichait.

— C'est mon point de vue que j'exprimais dans cette lettre, pas le vôtre.

Cette rencontre avait scellé son divorce d'avec les communistes et leur discours. Il se rappela les journées passées à Harlem avec Bertrand Russell, le grand pacifiste qui avait voué sa vie à la Raison, l'élégant porte-parole des opprimés. Un soir, dans un club, leurs hôtes avaient placé à leur table deux femmes noires. Toutes deux très jolies, manifestement aisées et issues d'un milieu social privilégié. Anderson avait surtout parlé à l'une d'elles pendant le dîner puis dansé avec les deux. Il se rappelait leur rire musical, leurs yeux doux et sombres, leur façon langoureuse de participer à la discussion. Cela avait été une soirée agréable, à l'issue de laquelle Anderson s'était senti plus détendu et plus jeune. Après quoi, Russell l'avait rattrapé dans la rue, agrippé par le coude et, avec force haussements de ses sourcils broussailleux, lui avait reproché d'avoir dansé avec des négresses.

— Ça ne se fait pas, mon ami ! C'est tout simplement *hors de question.*

Remarque émanant d'un homme qui défendait l'idée que les enfants devaient être élevés par l'État. Pauvre lord Russell…

Anderson émergea de sa pesante rêverie. Il remontait Orchard Avenue en fendant un flot de gens surgis de toutes parts, des dizaines d'hommes et de femmes d'âges divers. Leur densité avait quelque chose de choquant dans un comté comme Franklin, où la population était finalement assez clairsemée. Y avait-il un rassemblement organisé quelque part ? Anderson ne percevait aucune dureté dans leur regard et, tandis qu'il avançait parmi eux, ils semblaient bien conscients de sa présence. Leurs visages étaient souriants, leurs épaules fléchies. Non, ces gens étaient éclairés par une lueur de joie. Ils profitaient juste de leur après-midi avec plaisir. Où se rendaient-ils ? Où se rendait-il, lui ? Dans la foule, Anderson avait l'impression que tout le monde était heureux en cette journée, il se sentait prendre part à la vie, alors qu'en réalité il s'efforçait seulement de s'y frayer un chemin. Pourquoi avait-il toujours cette sensation ?

Quand il atteignit East Court Street, il vit d'où venaient tous ces gens : de l'usine d'embouteillage Coca-Cola. Le sifflet de l'après-midi avait résonné, libérant les ouvriers de l'équipe qui rentraient chez eux, contents d'en avoir fini avec leur travail. Ce travail, pénible et répétitif, les abrutissait-il ? Broyait-il jusqu'aux plus infimes portions de leur esprit ? *Pauvre Blanc* avait été un échec, finalement, mais en regardant ces gens Anderson sentait qu'il avait dit dans ce livre des choses sans doute plus vraies que tout ce qu'il avait pu écrire auparavant. Si seulement ils pouvaient tourner leur esprit vers l'étude, l'exercice intellectuel… Mais, au fond, pourquoi ? Pourquoi, alors qu'une fois le travail de la journée terminé et oublié, une fin d'après-midi aussi radieuse s'étendait devant eux ?

L'Ouvrier Américain Marchant d'Un Pas Lourd.

De retour à la pension, il trouva un message glissé sous sa porte.

« Monsieur Anderson,

Vous voulez me parler ? Demain, 15 heures.

Respectueusement vôtre,

C. Lee

Procureur du comté, comté de Franklin »

La pièce était dominée par une tête de cerf adulte montée en trophée, fixée sur le mur derrière l'imposant bureau de Carter Lee. Le procureur du comté portait un costume d'été en lin d'un bleu passé ; son chapeau gris était posé sur un coin de la table.

— C'est du noyer blanc, dit Carter Lee en tapotant le plateau. Joli, n'est-ce pas ?

Anderson hocha la tête et sourit.

— C'est vous qui avez tué ce cerf ?

— Et comment !

Carter Lee rayonnait, les joues empourprées de plaisir.

— Dans la vallée, près de Staunton, vous connaissez ce coin ? Mon frère y a des terres avec du très beau gibier.

— Et par ici, on chasse parfois ?

— Oh, non ! Ça fait quarante ans que plus un cerf n'a posé le sabot dans le comté de Franklin. Sauf les années de sécheresse. Leur besoin de boire est plus fort que leur peur d'être tué.

— Pourquoi ?

— Aucun moyen de le savoir. Dans la région, on a toujours eu des terres à tabac. Ce n'est pas la chasse qui les a fait fuir… Vous savez, j'ai lu votre bouquin, *Le Rire noir*. Intéressant. Vous travaillez à un nouveau livre ?

C'était la première fois qu'un habitant de Franklin mentionnait une de ses œuvres. Anderson se trouva pris au dépourvu.

— Non… Je suis juste ici pour mon article. J'ai deux journaux à Marion et…

— Je connais bien vos journaux, dit Carter Lee en agitant la main. Ce Buck Fever, ah, quel numéro ! Vous devriez vous en servir dans vos bouquins…

— Possible, oui. Mais je suis venu pour parler d'autre chose.

Carter Lee sembla authentiquement attristé par cette information et ses sourcils s'abaissèrent, chagrinés.

— Ça, des choses à raconter, le comté n'en manque pas…

— En effet, dit Anderson. Par exemple ce « Procès du Complot », pas vrai ?

Carter Lee prit une expression renfrognée et s'enfonça dans son fauteuil. Anderson tira une cigarette du paquet posé sur le bureau. *Du calme. Notre ami veut jouer au bras de fer avec le sourire et des compliments. Ne rien tenter de frontal.* Il alluma sa cigarette et Carter Lee poussa vers Anderson un lourd cendrier en verre.

— Du *supposé* complot, si c'est à ça que vous pensez, rectifia-t-il. Mais vous savez *très bien* que je ne peux pas en parler avec vous.

— Je comprends.

— Et on ne peut rien y changer. Mais, dites-moi, nous ne sommes pas en train de perdre notre temps, j'espère ?

— Vous détenez Willie Carter Sharpe ?

La question amena un sourire bon enfant sur le visage de Carter Lee.

— Ouais. Même si on n'y est pas pour grand-chose. Elle a été arrêtée à Saint Louis. Elle se cachait dans le garage d'une propriété appartenant à un briseur de blocus. On l'a convoyée jusqu'à Rocky Mount il y a quelques jours.

— Je peux lui parler ?

— Non. Vous allez devoir attendre le procès, comme tout le monde.

— Et le meurtre de Jeff Richards ?

— On a des pistes. L'enquête suit son cours.

— C'est tout ? Il a reçu près de vingt balles !

— Ouais.

— Charley Rakes ?

— Bah, ce pauvre Charlie n'a pas eu de chance. Une pneumonie… ce n'est pas une façon de mourir !

— Je vois. Mais alors, peut-être pouvons-nous parler de la mort des frères Bondurant à Maggodee Creek ?

Carter Lee hocha la tête et fouilla dans un tiroir.

— Ça remonte à presque cinq ans.

— Je sais, dit Anderson.

— Les journaux en ont beaucoup parlé. Tout est là, vous n'avez qu'à les lire.

— Mais votre bureau n'a jamais diligenté d'enquête officielle.

— Inutile. La situation était parfaitement claire. Nous avons pu trouver un accord.

— Quel genre d'accord ?

Carter Lee sortit quelques papiers et les feuilleta. *Il ne les regarde pas vraiment*, pensa Anderson.

— Il y a quelque chose que vous devez comprendre, concernant ces gamins. Ce n'étaient pas exactement des enfants de chœur, vous me suivez ? Pas le genre à aller à l'église tous les dimanches. Ils faisaient les quatre cents coups depuis l'âge des culottes courtes.

— En tout cas, ce shérif avait vraiment l'air de vouloir leur mort.

Carter Lee se pencha sur son bureau. Ses yeux n'étaient plus que de minces fentes. Sa peau lisse et impeccable laissait penser qu'il utilisait des crèmes ou des baumes coûteux. Ses ongles brillaient, les croissants de leur lunule étaient d'un blanc éclatant. Deux grosses bagues en or, une alliance. *À l'évidence*, songea Anderson, *faire respecter la loi rapporte plus d'argent que de trafiquer de l'alcool. Peut-être parce que la justice triomphait toujours à la fin ?*

— Ce matin-là, ces gosses se sont réveillés avec des flingues entre les mains. Ils ont menacé *directement* les policiers.

— Dans ce cas, comment se fait-il que Jack Bondurant ait été abattu alors qu'il avait les mains levées ?

— Bah, répondit Carter avec un petit gloussement, les gens font de drôles de choses quand on pointe une arme sur eux.

Il s'enfonça dans son fauteuil et croisa les mains derrière sa tête.

— Certains types semblent toujours courir après ce qui peut les détruire. Des accros à la douleur, si vous voulez. J'ai l'impression qu'ils sont très nombreux, à Franklin. Ces gamins cherchaient le pire qui pouvait leur arriver, un point c'est tout.

Carter Lee se lança alors dans un monologue ronronnant sur l'histoire du comté de Franklin et d'autres considérations encore – Anderson ne tarda pas à sentir son attention se dissiper. Il examina le trophée en fumant une autre cigarette. Il ne tirerait rien de cet homme. Un fileur de demi-vérités. Si on est un menteur-né, un affabulateur, pourquoi ne pas l'assumer pleinement ?

Après avoir échangé une poignée de mains avec le *procureur du comté*, Anderson rentra à pied jusqu'à la pension. Un petit vent frais amenait dans la rue le parfum de la campagne environnante et emplit à nouveau l'esprit d'Anderson de souvenirs. Il aimait marcher entre les pieds de maïs pendant des heures, s'étendait entre les rangées sitôt la nuit tombée et observait les feuilles balayer les étoiles au gré de leurs mouvements. Les insectes bourdonnaient à ses oreilles, les pousses dégageaient une odeur profonde – l'odeur de la vie. Il s'en était rendu compte en écrivant *Tar*, l'histoire de sa jeunesse, dans la chambre exiguë de cette ferme de Troutdale entourée par un océan de maïs. À l'époque, il se considérait comme un mystique du maïs, à la fois son adepte et son grand prêtre. Il avait lu à haute voix la quasi-totalité de *Tar* dans ce champ de maïs, avec pour tout public les insectes et les corbeaux. La même année, il avait déclaré à sa femme que le seul moyen de savoir si un livre était authentique et américain, c'était de le lire à voix haute dans un champ de maïs ! *Bon sang, je n'ai rien pu écrire avant d'avoir entièrement imaginé dans ma tête le personnage de Tar et de m'être autorisé à vivre à travers lui. Même chose avec George Willard.* Un affabulateur qui s'efforce de garder les pieds ancrés dans la réalité, le monde du travail, celui des vrais hommes aux esprits taiseux. Pouvait-on lire

Le Rire noir à haute voix dans un champ de maïs ? Et *Perhaps Women* ? Comment avait-il pu s'éloigner de cette sensation primordiale ?

Dans sa chambre, Anderson essaya d'écrire une lettre à Eleanor. Il avala un petit verre d'eau-de-vie de pêche achetée dans une station-service à Sontag et tenta de se représenter une image d'Eleanor sur laquelle il pourrait projeter son amour. Mais il vit seulement les formes anguleuses de Maggie dans sa robe criarde, fumant une cigarette au comptoir de Blackwater Station. Il y avait dans sa posture quelque chose qui lui rappelait sa première femme, Tennessee. L'eau-de-vie était sucrée mais savoureuse. Anderson lissa une feuille de papier sur son bureau.

« Eleanor,

Par bien des aspects, cet endroit ressemble à beaucoup d'autres. Le vieil amour de l'artisanat a été étranglé par les mains de l'industrie et, par les chaudes soirées, les habitants sortent se promener comme si leur dernière heure avait sonné.

La terre ici semble toujours saillir : tant de complexité dans ces paysages si frustes ! Je me sens vieux, je me sens seul. Bien sûr, c'est de cette texture complexe de la terre que jaillit toute cette beauté. Si ce pays n'avait aucun trait de caractère, si le monde était lisse et avec lui tous les hommes qui le peuplent, alors un seul coup d'œil nous suffirait pour l'embrasser dans sa globalité. Et voir sa vacuité plate et hideuse.

Je sais que les traits de la beauté sont tapis dans les collines de Franklin et dans les rues de la ville. Mais alors, quand je clos mes paupières, pourquoi vois-je seulement la vacuité lisse, cette monotonie terrifiante qui engloutit tout ?

Dans mon lit, la nuit, je jurerais que quelque chose se balance dans le noir, une grande forme penchée au-dessus de moi qui se rapproche toujours davantage. Elle pèse sur moi comme un poids mort.

Je finirai bien par écrire cet article, je pense, mais je sens une autre idée poindre dans mon esprit – peut-être un nouveau livre. Ma dernière œuvre, et la meilleure. Si j'arrive à partir avant que la grande forme se jette sur moi, tout ira bien. Je me demande seulement si j'en suis capable.

Winesburg, Ohio, ce satané petit bouquin, était plein de promesses. Mais se sont-elles jamais matérialisées ? »

23

1930

Bertha Minnix l'attendait au bout de l'allée. Elle portait une salopette d'homme avec un cardigan en laine sombre, et avait remonté ses cheveux sous une large casquette de mécanicien. Jack approcha son coupé Dodge et Bertha n'attendit pas qu'il s'arrête pour monter à bord. C'était une froide journée de novembre, le ciel était d'un gris ardoise, le vent soufflait sans répit et les arbres avaient troqué leurs ramures écarlates et dorées pour de maigres filaments torsadés. Bertha avait les joues en feu d'excitation et Jack ne pouvait pas s'empêcher de sourire tout en pilotant la voiture sur les routes pleines d'ornières menant à Snow Creek et Turkeycock Mountain.

— C'est Papa qui a trait les vaches ce matin, commença Bertha. Maman l'a regardé conduire les vaches le long du sentier qui grimpe la colline, jusqu'à la maison. Il les a installées derrière chez nous, a commencé à les traire, a rempli quatre gros seaux puis les a redescendues en bas de la colline.

Jack prit un cigarillo entre les dents et craqua une allumette sur le tableau de bord. Il avait enfilé son manteau en poils de chameau et des gants en cuir monogrammés à ses initiales.

— Alors Maman lui demande : pourquoi tu vas les chercher en bas pour les amener jusqu'ici ? Pourquoi tu ne descends pas les traire sur place ? Et Papa répond : parce que les vaches sont capables de monter leur lait plus facilement que moi !

— Impayable, ton père ! ironisa Jack.

— Fais gaffe, toi ! riposta Bertha en lui envoyant un coup de coude dans les côtes.

Jack arrêta la Dodge le long d'une vieille route, à quelques kilomètres des contreforts ouest de la montagne. Puis il la poussa dans un bosquet touffu de bouleaux et d'érables et la plaça perpendiculairement à l'angle de la pente. Ils sortirent du bosquet en marchant sur le tapis de feuilles mortes, et Bertha tendit la main pour attraper celle de Jack.

— Quand j'étais petite fille, avec mes amies on s'amusait à donner des coups de pied dans les feuilles mortes et on s'imaginait que le bruit était celui de nos jupons en soie !

Elle se mit à marcher d'un pas traînant et lança un sourire de biais à Jack.

— On traînait des pieds comme ça et on disait qu'on portait de belles robes pour aller au bal... Le pont en rondins sur lequel on franchissait un ruisseau devenait le trottoir d'une grande rue de la ville. Je rêvais de participer à un grand bal élégant... et ce soir, voilà où j'en suis !

Elle tira sur sa salopette trop large.

— Attends un peu.

Au bout d'un moment, ils se séparèrent. Jack lui désigna leur poteau indicateur et dit à Bertha de se faufiler parmi les arbres, de ne pas marcher en ligne droite et de se tenir à plusieurs dizaines de mètres de lui.

— Marche discrètement, arrête de piétiner les tas de feuilles et ne te casse rien si tu peux. Et rappelle-toi le signal : un simple cri, « *Quelqu'un !* ». Ne retourne surtout pas à la voiture.

Elle lui adressa un salut militaire.

— Je suis sérieux.

— Je sais.

Bertha alla se placer loin sur la gauche de Jack, légèrement derrière lui sur le versant côté vallée. Elle le suivit, ils contournèrent une crête, traversèrent un plateau de hautes herbes puis s'engouffrèrent dans une forêt dense semée d'affleurements calcaires qui semblaient surgir de la terre.

Bertha avait entendu parler des exploits de Willie Carter Sharpe et avait assailli Jack de questions.

— Elle a des diamants incrustés dans les dents. Incroyable, non ? Et des voitures qui l'attendent dans des cachettes à travers tout l'État. Et personne n'est jamais parvenu à l'arrêter.

— À ta place, avait répondu Jack, je ne croirais pas tout ce qu'on me dit.

— Ça t'agace, c'est tout. Parce qu'elle est plus riche et plus célèbre que n'importe quel autre briseur de blocus. Et tu n'aimes pas ça.

— Pas du tout.

— J'ai aussi lu que c'était une vraie beauté. Tu l'as déjà rencontrée ?

— Je l'ai vue passer.

— Ah ouais ?

— Et elle n'est pas vraiment comme les journaux l'ont décrite.

Jack n'avait jamais posé les yeux sur Willie Carter Sharpe mais d'autres – parmi lesquels Forrest – l'avaient déjà vue. Les jumeaux Mitchell prétendaient l'avoir reconnue dans une station-service de Shootin' Creek, à la tête d'un convoi de grosses voitures. Ils avaient raconté à Jack qu'elle ressemblait à une vedette de cinéma, enveloppée dans un grand manteau d'homme, fumant des cigares et plaisantant avec les garçons. D'après leur description, elle était aussi grande qu'un homme, avait de longs cheveux sombres, des chaussures à talons hauts et des bracelets en diamants aux poignets. Talmedge Jamison prétendait lui aussi l'avoir vue. Ça s'était passé à Roanoke et Willie Carter Sharpe était aussi petite et trapue qu'une cuve de brassage, avec une bouche tordue et des petits yeux porcins. « Une tête à déraciner des souches d'arbre », avait ajouté Jamison. Elle était passée à Blackwater pour prendre la tête d'un convoi à guider hors du comté, mais le seul commentaire de Forrest avait été qu'il ne fallait pas croire les journalistes. Jack avait lu certains articles et leur obsession du sensationnalisme l'avait fait grimacer. Ces derniers mois, il n'avait que trop connu la morsure de l'ennui, la peur rivée à l'estomac, l'épuisement, l'angoisse du briseur de blocus. Bertha ne l'avait pas cru quand il avait essayé de lui décrire ce qu'il vivait. *Très bien*, avait-il pensé, *je vais lui donner un aperçu de la réalité. Ça n'est pas dangereux et peut-être qu'elle comprendra ce qu'il en est vraiment.* Sharpe n'était qu'un fantasme de journalistes. Jack aurait voulu dire à Bertha la vérité : lui aussi avait cru à la promesse de l'aventure, lui aussi avait cru aux mêmes articles qu'elle, et il avait honte de croire encore, parfois, que cette vision romantique allait se matérialiser et transformer sa vie.

— On a déjà fait affaire avec Floyd Carter.

— Vraiment ? Son ex-mari ?

— Ouaip. À Burning Bag. Il n'y a pas longtemps.

— Les gens disent que là-bas, c'est l'empire du rhum, et que, tous les jours, des hommes s'entretuent à coups de revolver.

— Eh bien, ce n'est pas ça du tout.

Jack cherchait de nouvelles façons d'impressionner la femme qui, à présent, tenait son cœur dans sa main comme un sac rapporté de l'épicerie. Il sentait que, pour s'installer dans les vastes espaces où il avait l'intention de vivre, l'assurance de la jeune fille lui serait indispensable. Tandis qu'ils avançaient parmi les arbres, Jack retira son chapeau et lissa ses fins cheveux, poisseux de brillantine au citron, en se souriant à lui-même.

La dernière étape avant d'atteindre la clairière était une montée abrupte puis une haie épineuse de myrtilles noires et d'ambroisie. À une centaine de mètres de leur but, Jack siffla et, quand Bertha le rejoignit, ils débouchèrent dans la clairière où Cricket Pate, accroupi à côté d'un seau de ciment, surveillait le feu qui alimentait la distillerie. Après seulement une saison d'utilisation, les six alambics en cuivre étaient déjà recouverts d'une couche noire. Les cuves de brassage s'alignaient par rangées de dix et le contenu de plusieurs d'entre elles bouillonnait et emplissait l'air de l'odeur entêtante de la fermentation. Cricket cligna des paupières à plusieurs reprises en fixant cette apparition : Bertha Minnix.

— Cricket, dit Jack, je te présente Mlle Minnix.

Jack montra les cuves à Bertha et lui expliqua le déroulement des opérations. Elle trempa les doigts dans le mélange gargouillant en écartant quelques déchets mais ne voulut pas goûter la bière. Cricket remuait le brassin avec une planche pendant que Bertha faisait le tour de la distillerie, butant dans les piles de débris qui jonchaient le terrain : sacs de sucre, fragments de bois, caisses de bonbonnes et de bidons de vingt litres. Jack lui montra leur source, en haut de la colline : une eau qui jaillissait par une fissure dans une paroi calcaire et canalisée par des pierres jusqu'à de petits bassins de collecte d'où elle était acheminée au camp par des tuyaux.

— Nous pouvons produire jusqu'à quatre mille litres par semaine. Difficile quand le temps est trop froid, puisqu'on n'a pas de main-d'œuvre, mais Cricket s'en tire plutôt bien. Quand il fera meilleur, on pourra chauffer tous les alambics et inonder cette foutue vallée de notre cuvée Snow Creek !

Bertha semblait totalement fascinée par le fonctionnement des alambics et observa attentivement Cricket et Jack qui y transvasèrent le brassin d'une des cuves dès que le soleil descendit derrière la montagne. Une fois la bonne température atteinte, le cohobateur se mit à tressauter avec des petits bruits mats et Bertha se pencha vers le tuyau du condensateur pour voir poindre les gouttes fumantes du premier tirage. Dans sa tenue trop ample, elle ressemblait à un vagabond aux épaules étroites mais, quand elle se retourna, elle éblouit Jack avec son sourire et ses yeux couleur ardoise. *Oh, bon sang*, pensa-t-il, *je suis parti pour ressentir ce genre de choses pendant très, très longtemps…*

— Dis, Bertha, tu as ton appareil photo ?

Elle fouilla dans ses poches de salopette et en tira le Brownie.

— Allez, je te prends. Cricket, pousse-toi de là !

Cricket s'accroupit à côté de la cuve de refroidissement.

— Non ! s'écria Bertha. Ça va énerver tes frères !

— Ne t'inquiète pas pour ça, répondit Jack. Allez, mets-toi là… Ça va bien se passer.

— Il ne fait pas trop sombre ? J'ai l'impression qu'on y voit de moins en moins.

— Hmmm… confirma Cricket. M'étonnerait pas qu'un orage éclate.

Il prit un peu de terre entre ses doigts.

— On devrait peut-être dégager. Jack, t'en penses quoi ?

Bertha se tenait près de l'alambic et, quand elle vit Cricket accroupi avec sa salopette et sa veste durcie par la crasse, les genoux relevés au niveau des oreilles comme une sauterelle dépenaillée, elle secoua la tête, éclata de rire et avança de quelques pas pour sortir du cadre. Mais Jack déclencha à temps.

— C'est bon !

Un sifflet aigu se fit entendre dans les bois, une fois, deux fois, trois fois. Jack se figea en tendant l'appareil photo à Bertha. Cricket se leva d'un bond et alla fouiller frénétiquement dans les sacs de toile. Jack tendit l'oreille et perçut un bruissement distant, discret. Bertha lui serra le bras.

— Quoi ? Qu'est-ce qui se passe ?

Au-dessus, parmi les rochers, une voix cria :

— Quelqu'un !

— Qui est là-haut, dans la colline ? demanda Jack.

Il entendit résonner des craquements de bois en contrebas, dans la direction d'où ils étaient arrivés. Les ronces offraient une excellente couverture mais, en contrepartie, bouchaient la vue sur la partie inférieure de la montagne. Jack avait besoin de prendre de la hauteur pour voir ce qui se passait. Il grimpa sur l'alambic, prit appui sur le chapiteau et, de là, sauta sur les branches d'un orme tout proche. Il était juste assez haut pour apercevoir la vaste étendue herbeuse du plateau. Les hautes herbes ondulaient et il vit quatre hommes en costume-cravate sortir du couvert des arbres, tout au bout. Deux d'entre eux portaient une hache, les deux autres un fusil. Jack descendit de son perchoir et sauta par terre.

— Les shérifs ! Par où on va ?

Cricket lui indiqua la colline.

— Cours jusqu'à ce que tu arrives tout en bas, puis prends vers l'est en suivant le torrent.

— Oh mon Dieu, Jack, qu'est-ce qu'on va faire ?

Bertha bondissait d'un côté et de l'autre comme un petit animal prêt à s'élancer. Jack l'attrapa par la main.

— On fout le camp ! Suis-moi.

Il poussa Cricket vers le bois.

— Allez, bon Dieu !

Cricket ne se fit pas prier. Jack et Bertha foncèrent derrière lui.

Sur une saillie rocheuse, à une quarantaine de mètres au-dessus des alambics, Howard Bondurant était figé dans une posture accroupie, telle une gargouille en ruine, et regardait approcher les shérifs. Il avait relevé son col pour se protéger du vent frais et enfoncé sur ses yeux une casquette en laine. Une bonbonne d'un litre à moitié vide était posée à côté de lui. Il avait vu son frère venir avec la fille, il les avait vus traîner autour de la distillerie – Bertha explorant les alambics avec l'œil affûté d'une femme qui veut posséder une partie d'un monde qui n'est pas le sien. Il se sentait étrangement peu concerné par le danger imminent, les shérifs qui arriveraient au camp dans quelques minutes et détruiraient les alambics sous ses yeux. Howard pensait que son petit frère avait guidé un groupe de collecteurs droit à la distillerie, laissant derrière lui une piste quasiment balisée.

Les shérifs entrèrent dans la clairière au pas de course, armes au poing et s'interpellant les uns les autres. Howard vit Charley Rakes plonger la main dans la bière. Il pensa que les mêmes mains avaient frappé son frère Jack et grimaça. Abshire était penché pensivement sur sa hache, Richards riait en tapotant des doigts l'alambic noirci. L'étendue de la vallée ondulait sous les yeux d'Howard comme de l'eau où flottaient, semblables à des navires, les arêtes des montagnes avoisinantes. Howard se redressa, croisa les doigts et tendit ses bras au-dessus de sa tête. Quand il se pencha en avant, les vertèbres craquèrent le long de sa colonne. Il soupira, ramassa la bonbonne et la porta à ses lèvres pour avaler les dernières gouttes d'un liquide sirupeux. Il soupesa un instant le récipient en verre, puis regarda en direction de la vallée qui resplendissait devant lui, avec le serpentin doré de Snow Creek, les collines de Rocky Mount. Un banc de nuages dense approchait en roulant depuis l'est. Un orage en vue…

Dommage pour le tabac, songea Howard. *Ça aurait pu tout changer. Peut-être même que rien de tout cela ne serait arrivé.*

Après quoi, il lança la bonbonne sur la tête ovale de Charley Rakes.

Ils longeaient le versant de la montagne en avançant en file indienne au bord du torrent. Ils entendaient les shérifs tandis qu'ils se précipitaient à travers les buissons touffus, parmi les morceaux de bois mort et les fruits pourris qui jonchaient le sol. Bertha se déplaçait avec l'aisance d'une fille des montagnes et Jack s'émerveillait de sa grâce athlétique. Ils couraient en levant bien haut les pieds pour enjamber les rondins et les ronces. Ils avaient parcouru une bonne centaine de mètres et s'apprêtaient à passer de l'autre côté de la montagne. Tirés d'affaire, pensait Jack : personne ne les poursuivait et aucun homme n'était capable de les rattraper avec une telle avance.

— Cricket ! siffla-t-il.

Cricket ralentit et s'accroupit dans les feuilles, attendant que Jack et Bertha le rejoignent. Bertha s'appuya des deux bras contre un tronc d'arbre, hors d'haleine. Jack posa les mains sur ses genoux et lâcha plusieurs crachats râpeux.

— C'était Howard ? Ce cri ?

Cricket hocha la tête en clignant de l'œil.

— Attends, dit Bertha. Qu'est-ce qui s'est passé, là-haut ?

— On ferait mieux d'y aller, Jack, dit Cricket. Ils ne vont pas tarder à retrouver notre trace.

Bertha écarta de son visage quelques mèches de cheveux collées par la sueur. Son chemisier blanc était taché de traînées graisseuses d'écorce et de feuilles. Elle frotta ses paumes sur les jambes de sa salopette. Les nuages formaient une masse opaque au-dessus de la montagne et, sous les arbres, l'obscurité se faisait de plus en plus pesante et étouffante. Jack s'apprêtait à répondre lorsque les bruits caractéristiques d'une fusillade résonnèrent sur le versant rocheux. Ils venaient du camp. Deux coups de fusil, puis une détonation de revolver.

— Doux Jésus ! s'exclama Bertha.

Jack et Cricket échangèrent un regard. Le visage de Cricket exprimait une étrange angoisse que Jack n'avait jamais vue chez lui auparavant.

— Oh, Jack, dit-il, je suis désolé… Tellement désolé…

Ils tirent sur Howard, pensa Jack. *Ces salauds tirent sur mon frère*. Ou était-ce Howard qui tirait sur eux ?

— Le fusil, il est où ?

— Avec le tisonnier, près des cuves de brassage, répondit Cricket.

— Vas-y, Cricket, pars avec elle ! Je vous retrouve à la station plus tard.

— Quoi ? protesta Bertha. Ne me laisse pas !

Des cris lointains et indistincts se firent entendre en provenance du camp. Howard était seul, seul contre tous.

— Je dois y retourner !

Il prit la main de Cricket et la posa sur le bras de Bertha.

— Allez-y, bon Dieu !

Jack tourna les talons et partit en courant en direction des coups de feu qui résonnaient à nouveau dans la vallée sombre.

Charley Rakes avait levé sa hache, prêt à l'abattre sur un alambic, quand une bonbonne en verre était passée avec un sifflement à côté de son épaule pour aller exploser contre un chapiteau.

— Qu'est-ce que… ?

Charley Rakes lâcha sa hache et arracha le fusil des mains de Jeff Richards.

— Bordel, qu'est-ce qui se passe, Charley ?

Rakes leva le fusil vers la colline, et les autres hommes aperçurent la silhouette d'Howard sur la saillie rocheuse qui les surplombait. Il se tenait debout, jambes écartées, bras pendants – une ombre se découpant sur le ciel violet.

— Nom de Dieu, qui c'est ?

Howard observa les hommes se regrouper et pointer vers lui leurs armes – leurs canons étaient comme des petits insectes noirs entre leurs mains. Quand Rakes tira, Howard vit la gerbe d'étincelles et de lumière et entendit la balle siffler en arrachant son bas de pantalon puis cliqueter contre les rochers. Rakes tira une seconde fois, encore trop bas, et Richards pressa la détente de son revolver. Les balles sifflèrent à nouveau autour de la tête d'Howard. L'une d'elles passa en vrille près de son oreille avec un bruit d'abeille affolée. Les détonations résonnaient dans la vallée et Howard restait debout, regardant les hommes qui cherchaient à le tuer. Ils ressemblaient à de minuscules bêtes sauvages piaffant dans la poussière.

— Eh, toi ! Descends !

— Si tu ne descends pas, je te jure que je te bute !

Howard se retourna et disparut dans les fourrés. Pour les hommes en contrebas, ce fut comme si quelqu'un venait d'éteindre la lumière. La pénombre des bois retomba brusquement sur eux.

— Où il est passé ?

— La ferme, écoute !

— C'est ce gros fils de pute d'Howard !

— Tu es sûr ?

Alors, ils entendirent les pas d'Howard qui descendait les rejoindre, le crissement des broussailles piétinées. Ils se serrèrent encore plus les uns contre les autres, brandissant leurs armes pour établir un périmètre défensif.

— Personne n'a un briquet ?

Howard s'approchait du groupe, l'esprit parfaitement lucide. Ses yeux étaient presque fermés, de simples fentes, il descendait la pente en prenant appui sur ses talons, vif et détendu. L'obscurité ne semblait pas le gêner : il contournait avec agilité bûches et souches, la vision des quatre hommes éclairés par les flammes tel un point de repère dans les bois rapidement gagnés par la nuit. Il allait leur foncer dedans, faire exploser leur groupe, les anéantir.

Jack mit la main sur le fusil au moment où Abshire allumait une branche de pitchpin. Il se tapit derrière les cuves de brassage, à moins de vingt mètres des quatre hommes qui scrutaient la colline de leurs yeux hagards, armes pointées vers la nuit. Il entendait Howard dévaler le versant rocheux, droit devant eux, franchissant les buissons comme un cerf blessé. Le fracas du tonnerre fit trembler les arbres. Abshire brandit sa torche, illuminant le groupe, et Jack baissa à nouveau la tête derrière les cuves, les mains crispées sur le fusil. Chargé ou non ? Il l'ignorait. Il n'y avait pas de cartouches dans le sac et il avait peur d'ouvrir le fusil pour vérifier. *Il ne me reste plus qu'à espérer.*

— Dès que vous le voyez, balancez-lui un pruneau ! lança Jeff Richards.

Jack avait l'impression qu'Howard allait débouler dans la clairière en plein dans la ligne de mire des shérifs. *Qu'est-ce qu'il fout ?* Il se tassa derrière les cuves et ferma les yeux.

— Eh ! hurla-t-il.

— Putain, y'en a un autre !

— C'est qui ?

— Surveillez bien la colline, il arrive !

— Vous feriez mieux de foutre le camp ! cria Jack. Tout de suite !

Pour toute réponse, quelques balles de revolver furent tirées dans sa direction. L'une d'elles perfora la cuve derrière laquelle il se cachait. Le brassin se mit à couler en gargouillant et en formant une mare à ses pieds. La lueur de la torche tremblait au-dessus de lui. Impossible de dire s'ils venaient dans sa direction ou non. Il sortit le fusil en le tenant d'une main, visa à peu près dans leur direction en levant légèrement le canon. Il pressa la détente. Le double canon partit en arrière et le recul fit sauter le lourd fusil de la main de Jack. Aussitôt, la lueur de la torche vacilla et un homme hurla.

— Bon Dieu ! cria quelqu'un.

— Merde ! Approche la lumière, Henry !

Jack reconnut les cris de Richards.

— Il est ici !

Un coup de feu – un grognement sourd suivi d'un choc mat –, un bruit de feuilles froissées par des chaussures.

Jack jeta un coup d'œil par-dessus la cuve et, dans la lumière rasante de la torche tombée par terre, il vit son frère bondir d'entre les arbres comme un diable monté sur ressort. Les shérifs flanchèrent et reculèrent, saisis d'horreur – l'un d'eux était déjà couché par terre, la tête entre les mains. Se servant de la force de son élan pour se jeter sur eux, Howard abattit les poings sur un homme qui tentait de l'esquiver, fracassant ses épaules au point que Jack vit un de ses bras se replier et les os jaillir de sa chemise selon un angle étrange. Charley Rakes, à quatre pattes, cherchait son revolver tandis que Jefferson Richards courait à toute vitesse hors du cercle lumineux pour redescendre la colline. Abshire se releva en titubant, le visage poisseux de sang. Il saisit l'homme étendu par terre, l'agrippa par l'épaule en gémissant, et tenta de le redresser. Howard restait debout, calmement, à la lueur tremblante de la torche, observant les trois hommes qui se débattaient par terre. Tout en fouillant parmi les feuilles à la recherche de son revolver, Rakes leva les yeux sur lui.

— Je vais te buter fils de pute !

Jack se leva et brandit le fusil à la hauteur de Rakes. Il voulait le voir ramper devant lui. Il collerait le canon contre son visage et l'écouterait le supplier. L'obscurité semblait le séparer des hommes aussi bien que du fusil entre ses mains. Il fonça sur Rakes, arme serrée contre la hanche.

— Eh, Rakes ! hurla-t-il. Tu te souviens de moi ?

Rakes tourna brusquement la tête vers lui, écarquilla les yeux, et son visage changea d'expression. Avant d'avoir fait trois pas, Jack avait déjà armé son fusil et pressé la détente. Il en fut le premier surpris : c'était comme si ses doigts avaient agi indépendamment de lui. Howard l'observait, le visage aussi transparent qu'une nappe d'eau. Les percuteurs frappèrent les chambres vides du canon dans un claquement sec. Alors, Howard sauta sur la torche, plongeant toute la scène dans le noir.

— On fout le camp, Charley ! s'écria Abshire. Richards est parti !

Jack s'immobilisa, clignant des yeux dans la nuit. Il y eut de nouveaux bruits de lutte, les gémissements pathétiques de l'homme à l'épaule cassée. Un faible éclair de mouvements, des bras serrant des corps, des bruits de pas sourds. Un autre coup de feu, une vive lueur illuminant seulement les membres arachnéens des arbres et l'avant-bras tendu qui tenait le revolver. Le sifflement et le claquement d'une balle ricochant près de l'oreille de Jack, éraflant l'écorce des arbres. Jack tomba au sol, accroupi, bras autour de la tête. Il ne voulait plus affronter Rakes ; plus depuis que les percuteurs avaient heurté les chambres vides. Il aurait voulu s'enfuir. Des gouttes d'eau crépitèrent sur les frondaisons et, soudain, ce fut l'averse rugissante. Puis la voix d'Howard, calme et claire, tout près de lui dans le noir :

— Viens, Jack. Maintenant.

Il se releva et descendit la colline en courant vers l'ouest, vers le faible croissant de l'horizon à travers les arbres.

*

Il atteignit la maison de son père à l'aube. Il était crotté de boue, fourbu jusqu'à l'os après avoir couru toute la nuit dans une sorte de brouillard impénétrable, dans la montagne puis le long de Snow Creek. La pluie d'orage avait été brève et le sol était déjà sec. Quand il arriva dans l'allée, son père partait pour le bazar et il passa devant Jack sans un mot ni un regard. Jack se rendit dans sa chambre d'un pas chancelant et s'effondra dans son lit. Il dormit jusqu'à midi, heure à laquelle les rayons mouvants du soleil et des voix au-dehors le réveillèrent. Dans la cuisine, il avala quelques petits pains avec plusieurs verres d'eau glacée. Pendant qu'il buvait, l'énormité des événements de la nuit écoulée s'abattit sur lui : les shérifs reviendraient en plein jour pour détruire les alambics. Ils seraient accompagnés de renforts armés et pourraient dynamiter tout le terrain. Des milliers de dollars de matières premières et de matériel, toute une saison de travail sans compter l'argent qu'elle aurait dû rapporter – tout cela serait perdu. Ils n'avaient pas pu le suivre, il avait pris ses précautions et n'avait laissé aucune piste derrière lui. Il grimaça et posa le verre brusquement sur la table – le fond se fissura et un éclat de verre trancha sa paume. *Bordel bordel bordel !* Il n'aurait jamais dû amener Bertha avec lui. C'était tellement évident ! Howard le savait. Et Forrest l'accablerait de reproches.

Il regarda le filet de sang couler le long de sa main. Les voix résonnaient toujours dehors – une discussion entre deux personnes sous l'auvent. L'une d'elles était sa sœur Emmy, l'autre un homme qu'il ne reconnut pas. Elle avait une drôle de façon de parler, douce et chantante, comme si elle s'adressait à un enfant.

Marshall Wingfield était adossé à une colonne du porche, jambes croisées, vêtu d'un costume clair avec un foulard noué autour du cou. Il tenait à la main un canotier en paille.

— Salut ! lança-t-il à Jack en lui adressant un sourire éclatant.

Les joues de Wingfield étaient rougeaudes. Il se redressa et tendit la main à Jack. Emmy restait là, dans une attitude modeste, yeux baissés sur ses bras croisés. Sa robe était ornée d'un petit bouquet de fleurs des champs attachées par un morceau de ruban. Ses cheveux ternes tombaient de chaque côté de son visage. Elle ne leva pas la tête.

Wingfield attrapa la main de Jack et la tordit vigoureusement sans cesser de sourire.

— Comment ça va, vieille branche ? reprit-il.

Emmy ne levait toujours pas la tête. La voiture de Wingfield, un coupé Dodge rutilant, était garée sur l'herbe. Dans la cour, les feuilles du cornouiller rabougri étaient agitées par le vent. Les nuages s'amassaient dans le ciel. *Il va encore pleuvoir*, se dit Jack. *Ça alors...*

— On dirait bien que tu t'es coupé.

Wingfield souleva la main de Jack : elle était tachée de sang. Jack suivit les ruisselets de sang le long de son bras, vit les gouttes tomber sur son pantalon. Wingfield tenait sa main loin de lui et de ses vêtements en faisant de son mieux pour garder un sourire affable. Son costume semblait luire délicatement.

— Joli costume, dit Jack. Très joli.

Jack le frappa violemment de sa main blessée, un direct du droit qui semblait jaillir du fond de sa poitrine et percuta une des joues rosâtres de Wingfield avec un « pan ! » sonore.

— *Jack !*

Les mains de Jack étaient agiles, il enchaîna sur une série de crochets gauches qui touchèrent Wingfield – plié en deux, mains sur le visage – sur le côté de la tête, l'envoyant valser dans l'herbe de la cour.

— Ça ne va pas bien, non ? beugla Wingfield.

Jack s'approcha de lui et se mit en garde. *La gauche dirige*, pensa-t-il, *utilise ta gauche et enchaîne avec la droite*. Il leva le pied gauche et l'abattit sur Wingfield qui, accroupi, avait levé les mains pour parer les coups. Puis il se baissa et frappa du poing gauche le front de Wingfield, une fois, deux fois, trois fois, propulsant en arrière la tête de Wingfield qui levait les mains de plus en plus haut et finit par enfouir sa tête entre ses épaules. Il y eut une rafale de vent et soudain le vacarme déchirant résonna à nouveau, d'abord très grave puis de plus en plus violent pour finir en cri aigu. Juste au moment où Jack trouvait une ouverture pour sa droite, Wingfield se recroquevilla et s'assit lourdement dans l'herbe, une expression endormie sur le visage. Le bruit venu du ciel se déversait dans les oreilles de Jack, la terre s'ouvrait sous lui. *Cette fois je l'ai*, pensa Jack en se jetant sur Wingfield.

— Lève-toi, sale fils de pute !

Il voulait à tout prix terminer sa combinaison, et Wingfield allait tout gâcher. Le vacarme se fit plus hésitant puis disparut et Jack s'interrompit, désarçonné par ce silence soudain. Wingfield rampait, à bout de souffle, son fond de pantalon souillé de traces d'herbe, cherchant à tâtons son canotier. Jack se retourna et vit le visage distordu de sa sœur. Emmy le fixait, horrifiée, la bouche grande ouverte, dans une expression informe de tristesse. Puis elle aspira une grande goulée d'air et se remit à hurler.

24

1930

Granville ferma le bazar plus tôt et passa chercher Jack à la maison, à Snow Creek. Ils roulèrent en direction de l'ouest, vers Haw Patch Hill et la ferme Jamison, où ils se rendaient pour couper du bois. Depuis que les alambics avaient été dynamités, formant un ravin calciné jonché de débris de cuivre sur le versant de la montagne, Jack était resté vivre chez son père, l'aidait à la ferme et s'efforçait d'éviter ses frères.

— Fous le camp, lui avait dit Forrest quand il s'était présenté à Blackwater quelques jours plus tard.

— Ce n'était pas de ma faute. Personne ne nous a suivis, je te le jure.

— Fous le camp, *putain* !

Jack n'avait plus revu Howard depuis des semaines mais il avait appris que son frère n'était apparemment pas blessé et travaillait de nouveau à la scierie de Forrest. Il n'avait plus revu ni entendu parler de Cricket. Sa cabane dans la montagne était vide, ses rares biens étaient, comme à l'habitude, éparpillés sur le sol en terre battue. Bertha, que Jack avait croisée en passant en ville, lui avait raconté que Cricket l'avait déposée chez elle et que c'était tout. Comme Cricket n'avait pas été arrêté,

Jack en avait conclu que son ami s'était tiré d'affaire. Le tabac récolté avait été vendu, lui rapportant quarante dollars qu'il avait rangés dans une boîte à savon cachée dans son coffre. Forrest se débrouillerait, même si la scierie allait devoir fermer pour l'hiver et que la station de Blackwater avait de moins en moins de clients : Carter Lee avait annoncé que personne ne devait plus faire affaire avec les Bondurant, que ce soit dans un cadre légal ou non. Tout ce que possédait Howard – et ce n'était pas rien – se trouvait dans les alambics.

La ferme Jamison était située au pied de Thornton Mountain, dans la partie ouest du comté de Franklin. Le terrain, assez étroit et sauvage, était en grande partie boisé avec des fossés assez profonds en argile sèche. Granville suivit le sentier qui passait devant la maison en bois et s'enfonçait, à l'arrière, vers des champs où paissait le bétail. Des minces colonnes de fumée montaient des champs contigus à la pente montagneuse. La coupe des arbres était terminée et les hommes étaient passés à l'arrachage des souches, aidés par les mules. Les lourds rondins étaient roulés ou portés jusqu'à des chariots qui les transportaient en bas de la colline. Les broussailles étaient brûlées en tas. Presque tous les hommes suffisamment costauds de la partie sud du comté étaient présents.

Jack rejoignit Howard qui débitait des souches pendant que leur père aidait les hommes plus âgés à conduire les mules, les chevaux de trait, et à couper le petit bois. Howard avait baissé son maillot et ses bretelles, son corps fumait dans l'air frais de l'automne. Jack scruta le visage de son frère, à la recherche d'un signe révélateur de son humeur, mais Howard semblait entièrement concentré sur son travail. La tâche était ardue : avec l'humidité, les racines étaient aussi glissantes que du caoutchouc et la terre instable rendait les appuis précaires. À plusieurs reprises, la hache de Jack rebondit sur une racine tordue et souple, manquant retomber sur ses jambes ou sur ses pieds. Il fallait trouver le bon angle de frappe pour entamer le bois. Au bout d'un certain temps, les deux frères parvinrent à travailler en rythme, Jack fendant les racines et Howard utilisant sa hache à équarrir pour les trancher net.

— Lucy est là ? demanda Jack.

— Ouais.

— Elle prépare le repas ?

— J'imagine.

Les deux frères passèrent l'heure suivante à travailler en silence. Howard devait penser qu'il n'y avait aucune raison de parler, se dit Jack. Mais où était passé Cricket ? Ils avaient déjà connu des mauvaises passes et, chaque fois, Cricket avait réagi par une sorte de défaitisme morose et par une longue période d'hibernation. Bertha avait expliqué à Jack que son ami était en larmes et n'avait pas cessé de s'excuser pendant les cinq kilomètres de leur marche jusqu'à l'endroit où il avait caché la voiture. C'était bizarre, pensait Jack : Cricket avait été à peu près sobre cette nuit-là. À présent, il devait avoir peur et se terrer quelque part. Jack se promit de retourner à sa cabane et, s'il le trouvait, de s'assurer que tout allait bien. Il lui promettrait que lui et ses frères le protégeraient.

Jack et Howard s'attaquèrent à une souche de châtaignier dont les racines-pivots s'enfonçaient presque à la verticale dans le sol, s'enroulant autour de gros blocs de calcaire et d'argile. Semblables à un épais muscle noir, elles avaient la largeur de la taille de Jack. Ils finirent par placer des chaînes sous la souche et l'attelage de chevaux de G. T. Washburne commença à tirer pendant que les deux frères cognaient les racines avec leur hache.

— Tu as raconté quoi à Forrest ? demanda Jack.

Howard lutta pour retirer la lame de la racine.

— Ce qui s'est passé.

De chaque plaie dans la chair fibreuse suintait un filet d'eau. De minuscules filaments recouvraient les racines. Jack songea que chacun de ces filaments contribuait à maintenir l'arbre en vie, aspirant délicatement la moindre goutte d'humidité pour finalement drainer des milliers de litres d'eau vers le tronc, jusqu'aux feuilles.

— Tu as parlé de Bertha ? Tu lui as dit qu'elle était là ?

— Ouais.

Jack cessa de cogner et s'appuya contre le manche de sa hache.

— Bon Dieu, Howard, pourquoi tu lui as parlé de ça ?

— Parce que c'était une belle connerie de l'avoir amenée avec toi.

— Ils ne nous ont pas suivis ! Impossible.

— Une belle connerie, répéta Howard.

— Bah, on fait tous des erreurs, pas vrai ?

Howard arrêta son geste une fraction de seconde puis finit d'abattre sa hache pour une dernière entaille, bien profonde. Il s'écarta de quelques pas et jeta son outil sur le côté. *Oh, merde*, pensa Jack, *c'est fait, c'est fait*. Howard le dévisagea un instant avec le même regard absent puis, se détournant, fit signe à Washburne. Aussitôt, ses chevaux tirèrent à nouveau et, dans un craquement tonitruant, arrachèrent la souche du sol. Mains sur les hanches, Howard contempla le trou sombre dans la terre, les extrémités cagneuses des racines, les pierres, l'argile rouge. Pendant un moment, il parut perdu dans ses réflexions. Puis il retira ses gants, les tapa sur sa cuisse et, après avoir jeté un regard circulaire autour de lui, se tourna vers Jack avec un léger sourire.

— Et si on allait se boire un petit coup ?

Les deux frères rejoignirent les hommes réunis devant un petit tas de morceaux de pin noueux. Aubrie Kendrick alla chercher une bonbonne dans son camion et ils la firent tourner entre eux, lentement, tout en parlant de l'avancée du travail. Jack prit à part les jumeaux Mitchell.

— Vous avez vu Cricket ?

— Nan.

— Envolé.

Quand la bonbonne lui arriva entre les mains, Jack la passa directement à son frère. Howard sourit, avala une gorgée de whisky de maïs et lui donna un coup de poing dans le bras. Puis il tendit l'index vers la vallée : trois voitures approchaient en roulant au pas, les femmes apportaient à manger. Après quelques dernières rasades rapides, les hommes enfilèrent leur manteau et Aubrie Kendrick alla cacher la bonbonne à l'arrière de son camion avant que les femmes aient le temps de la voir.

Quand elles arrivèrent, elles étendirent des couvertures sur une partie de pelouse à peu près plane et installèrent des bols de maïs doux, des plats de légumes et de jarrets de porc, de la couenne grillée, de la sauce au hachis, des assiettes de biscuits recouvertes d'un napperon et du pain de maïs. Dick Jamison s'approcha des hommes qui restaient en groupe, sur le côté.

— Allez, on s'installe !

Jack remplit son assiette et s'assit sur une souche à côté de son père qui attaquait déjà un gros morceau de pain. Des femmes rejoignirent leur mari et les jeunes femmes célibataires, pour la plupart amies de Wilma Jamison et de ses filles, s'assirent en cercle sur les couvertures. Leurs douces voix portaient jusqu'à l'endroit où les hommes s'étaient installés. La lumière faiblit peu à peu et des torches en pin s'allumèrent tandis que les femmes jetaient des châles en laine sur leurs épaules. Howard se tenait légèrement à l'écart et parlait à voix basse avec Lucy. Jack ne l'avait pas revue depuis plusieurs mois et s'étonnait de la voir si blonde, si frêle et couverte de taches de rousseur. Plutôt qu'une femme d'une bonne vingtaine d'années, elle ressemblait à une jeune fille. Jack lui avait rarement adressé la parole – la première fois durant le mariage très simple célébré à l'église baptise de Snow Creek. Sa famille, très pauvre, était originaire de Smith Mountain et s'occupait d'élever des cochons. Une dizaine de gosses erraient sur ce terrain boueux et impraticable à flanc de montagne. Lucy avait paru heureuse d'être débarrassée d'eux et de s'installer dans une petite masure à Penhook. La deuxième grossesse de Lucy semblait avoir eu raison de sa silhouette déjà fragile et, l'observant dans sa robe à motifs calicot, tenant une assiette à la main, Jack remarqua les lourds cernes sous ses yeux. Il était évident que le bébé ne se portait pas non plus au mieux. Ils avaient besoin d'argent et, Jack le savait, ce besoin rongeait Lucy comme une gangrène. Soudain, elle se tourna vers lui et croisa son regard. Il détourna la tête, gêné.

Howard s'approcha, l'assiette remplie de blé, de couenne grillée et de petits pains, le tout recouvert d'une sauce blanche. Il s'assit aux pieds de son père et plongea une grande cuillère dans sa plâtrée. Les trois hommes mangèrent ensemble, échangeant de temps en temps un coup d'œil ou un commentaire sur le temps ou la qualité de la nourriture. À mesure que la sueur séchait sur la peau de Jack, ses mains et ses pieds refroidissaient et il regretta de n'avoir pas pensé à enfiler une deuxième paire de chaussettes.

— Comment va Lucy ? demanda Jack.

— Bien, répondit Howard en sauçant avec un petit pain.

— Et le bébé ? murmura Granville, assis sur sa souche.

— C'est sa mère qui s'en occupe. Ça va aussi, j'imagine.

Tout en mâchant, Howard levait ses yeux aux paupières lourdes vers les champs, la ligne sombre des arbres. Les femmes ramassaient les assiettes et pliaient les couvertures, deux garçons se couraient après à travers les champs desséchés. Jack étira les jambes et croisa ses bottes neuves. Son père plongea la tête dans son assiette, juste un peu trop rapidement. *Rien n'échappe au vieux bougre*, pensa Jack. La voiture, les vêtements, les heures passées dans la montagne… Jack se sentit ridicule d'avoir tenté de lui cacher tout ça, d'avoir comploté pour laisser son père dans les ténèbres. La nuit approchait et le vent se levait, éparpillant des giclées d'étincelles en soufflant sur les torches.

— Tu viens ? demanda Howard à Jack.

Jack regarda son père qui continuait d'examiner son assiette vide.

— Si tu veux.

Howard hocha la tête, déplia son corps puis alla porter son assiette à Lucy qui se trouvait avec un petit groupe de femmes. Quand elle la lui prit des mains, elle effleura son bras et, levant les yeux vers son époux, lui dit quelque chose que Jack ne parvint pas à entendre. Howard acquiesça et Lucy lui tourna le dos pour aller chercher d'autres assiettes et d'autres bols.

Peu après, elle grimpa dans une voiture avec d'autres femmes qui riaient et agitaient la main en direction des hommes. Certains leur criaient de revenir, de passer la soirée avec eux. Jack et son père regardèrent les voitures descendre la colline et traverser la vallée. Jack pensa à la photo de Bertha sous le pommier sauvage, une main posée sur une branche, la bouche figée dans un sourire guindé. *Bordel, il faut que je me ressaisisse et que je fasse les choses bien avec elle.*

Des hommes se rassemblèrent autour d'Howard, échangeant des bourrades et des plaisanteries. Il leur souriait, mains dans les poches.

Toujours assis à côté de Jack, Granville grommela en mâchonnant un quignon de pain.

— Tu sais quoi, fils ? Si ton frère avait une maison, il serait fichu d'y foutre le feu…

Il secoua la tête en fixant Howard.

— Bah… je crois que je ferais mieux de vous laisser.

Il balaya de la paume les miettes sur sa salopette et se mit en route vers sa voiture.

Les hommes qui restaient allumèrent un feu de camp et, très vite, l'alcool empourpra leur visage en sueur. Les bonbonnes passaient de main en main, parmi les éclats de rires sonores. Howard s'était installé sur une large souche et avalait deux fois plus d'alcool que n'importe quel autre de ses compagnons. Son visage s'affaissait, ses yeux se focalisaient sur un vague point situé à quelques dizaines de centimètres de son nez. Dick Jamison pénétra dans le cercle de lumière en brandissant une perche de cornouiller sec d'à peu près deux mètres de haut et dix centimètres de diamètre. Les hommes l'acclamèrent et tous se levèrent en prenant des torches pour le suivre en haut de la colline, là où se trouvaient les troncs d'arbres abattus. Une fois trouvé le bon rondin – en chêne, d'environ un mètre de long –, Dick Jamison posa la perche par terre et le rondin fut roulé sur elle, les deux se croisant en leur centre. L'argent sortit des poches. Deux hommes alors crachèrent dans leurs paumes, remontèrent leur pantalon et plièrent leurs genoux, chacun à une extrémité du rondin, doigts glissés sous la perche. L'argent des parieurs fut déposé dans une bourse en cuir fixée au rondin par un couteau. Belcher Whitehead dégaina un revolver, tira en l'air et les deux hommes se mirent à soulever la perche, oscillant et tanguant sous le poids du rondin, sous les encouragements des parieurs. Il y eut une imperceptible bascule, un cri monta du groupe d'hommes et le rondin se mit à glisser légèrement. L'un des hommes tirait sur la perche de toutes ses forces, le déplacement du poids obligeait son adversaire à baisser les mains, qui finirent par se retrouver enfoncées dans la terre. L'homme lâcha prise avec un glapissement de douleur et tomba sur son derrière. Des rires et de grandes tapes saluèrent le vainqueur, le perdant restait par terre, acceptant avec un sourire penaud la bonbonne qu'on lui tendait. Autour de lui, les billets froissés changeaient de main.

Ce fut ensuite au tour de Dink Adams, qui appela Howard pour le défier. Jappements et sifflets incrédules. Jack regarda Howard : il se balançait à la lueur des torches, les yeux plissés, les sourcils froncés. Dink était un solide gaillard avec une poitrine large comme un tonneau, des jambes comme des souches, des mains courtes aux doigts épatés, un dos immense et un cou épais. Âgé de bientôt quarante ans, il était considéré, jusqu'à l'apparition d'Howard, comme l'homme le plus fort du comté. Dink n'avait pas encore trop bu, il se dépouilla de son manteau et fixa du regard la perche en cornouiller. Jack craignait que son frère, complètement engourdi par l'alcool, soit incapable de relever le défi. *Le vieux Dink a observé Howard pendant qu'il buvait et il pense qu'il a sa chance.* Mais Howard se leva, le corps penché en avant, et en quelques pas titubants s'approcha du rondin. Les hommes acclamèrent bruyamment les deux adversaires. Jack aida Howard à retirer son manteau. Ses bras étaient flasques. Il tira sur ses manches pendant que l'argent s'amassait dans la bourse. Howard passa les bras sur les épaules de son frère, l'attira vers lui et colla ses lèvres tout contre son oreille. Il puait la sueur et le maïs fermenté. Son haleine empestait le whisky.

— Je t'ai déjà parlé de l'océan ? murmura-t-il à Jack.

Il s'écarta et, pendant un instant, ses fentes s'entrouvrirent légèrement. Jack entrevit une lueur dans ses yeux.

— Sacré truc, l'océan… Je voudrais trouver les mots pour le décrire.

Il assena une grande claque sur l'épaule de son frère cadet puis le serra contre lui, manquant broyer son thorax. Jack fouilla dans sa poche : il avait deux dollars et de la petite monnaie. Autour d'eux, les autres hommes observaient la scène.

— Je prends tous les paris contre mon frère ! s'écria Jack.

Dick Jamison finit de fourrer billets et pièces dans la bourse en cuir et la planta dans le rondin avec son couteau. Dink faisait les cent pas de son côté du rondin. Howard étira les bras au-dessus de sa tête, en équilibre instable sur ses pieds. Puis, retirant ses bretelles, il se baissa et passa par-dessus sa tête sa chemise pleine de taches. Jack, qui se tenait derrière lui, se trouva face à l'immense masse dorsale de son frère, face à ses épaules semblables à des coussins de chair. Howard se pencha sur la perche et Dink fit de même.

Dès la détonation du revolver, les deux hommes tirèrent de toutes leurs forces sur la perche, visage levé vers le ciel, muscles du cou crispés par l'effort. Les bras d'Howard étaient raides à la lumière des torches, d'épaisses veines saillaient sur ses avant-bras, des masses de muscles s'enchevêtraient tandis qu'il s'accroupissait et poussait sur ses jambes, les yeux clos. Dink grogna et se mit à secouer la perche, à la soulever en se balançant sur un rythme régulier. Il plissait les paupières et ses lèvres dessinaient un rictus hargneux. La sueur jaillissait sur le visage et le cou d'Howard, dégoulinait sur son torse et le long de son dos. Les balancements de Dink commençaient à porter leurs fruits : le rondin se mit à bouger, roulant d'un côté puis de l'autre à chaque secousse. Les vociférations des partisans de Dink redoublèrent et Jack, derrière son frère malgré la pression de la foule, continua de lui crier ses encouragements à l'oreille.

— *Vas-y Howard ! Bon Dieu, Howard ! Allez !*

Dans la pénombre de la colline, les torches vacillantes envoyaient des nuages d'étincelles parmi les groupes d'hommes qui sautaient et aboyaient.

Soudain, Howard rugit, ses jambes bougèrent, ses genoux se raidirent, son visage vira violemment à l'écarlate et, tel un démon des temps anciens surgissant des profondeurs de la terre, il leva la perche et le rondin roula vers Dink.

Dink poussa un cri et, aussitôt, des hommes se précipitèrent pour bloquer le rondin – mais Howard continuait de se redresser sur ses jambes. D'autres hommes lâchèrent leurs torches et bondirent à leur tour pour empêcher le rondin de rouler davantage – Howard avait levé la perche à hauteur de sa taille. Les cris de Dink s'étranglèrent dans sa gorge et ses yeux roulèrent dans leurs orbites quand le rondin écrasa ses mains et ses bras. Comme sortant d'un rêve, Jack se jeta enfin sur son frère et, l'agrippant par les bras, tenta de le faire reculer.

— *Howard ! Howard ! Laisse tomber !*

Il hurlait au visage de son frère, se cramponnait à ses bras rendus glissants par la sueur.

— *Howard, nom de Dieu ! Arrête !*

Mais Howard maintint son effort, yeux fermés dans la nuit, jusqu'à ce que la perche de cornouiller se brise et vole en éclats, propulsant Jack par terre.

Levant les yeux vers la lumière vacillante des torches, Jack vit son frère debout, la perche brisée dans la main, le visage métamorphosé en un terrible masque d'angoisse. Alors, avec un étrange gémissement éraillé, Howard se pencha en arrière et lança la perche par-dessus les têtes des hommes, au-delà du cercle de lumière, dans l'obscurité lointaine.

25

1930

Dans le comté de Franklin, chacun savait que Tazwell Minnix dirigeait une ferme impeccable et bien ordonnée du côté de Boone's Mill. Au début du mois de décembre, alors que le soleil roulait au-dessus de Smith Mountain, éclaboussant de lumière les collines et les champs pétrifiés par le gel, Jack Bondurant gara sa voiture au bord du terrain des Minnix. Les brins d'herbe gelés crissaient sous ses roues. Il sortit de la Dodge, ferma la portière et souffla dans ses mains.

Tom C. Cundiff avait été arrêté pour voies de fait sur le shérif adjoint John Horsely. Dans la salle d'audiences du tribunal, il s'était jeté sur Carter Lee et il avait fallu l'attacher à une chaîne fixée dans le parquet. Il avait été condamné à deux ans de prison et, tandis que les policiers le traînaient hors de la salle, il avait menacé Horsely d'une terrible vengeance.

Cricket Pate était mort. Quelques semaines après la destruction des alambics, on avait retrouvé son corps sur un banc de sable, dans Maggodee Creek. Sa bouche béante était remplie d'argile rouge. Dans ses poches, quarante *cents* et quelques mégots de cigare. Ce bras du ruisseau pouvait atteindre une profondeur de trente centimètres en cas d'averse. Le bureau du shérif avait conclu à une noyade accidentelle, mais personne n'était dupe de cette mascarade. Il n'y eut pas de cérémonie funéraire mais Forrest paya à Cricket une concession et une pierre tombale. Jack assista à l'enterrement le cœur glacé.

Dès que Jack sortit de la voiture, les chiens de Minnix le régalèrent d'un chœur de glapissements depuis leur enclos derrière la maison. Tazwell Minnix en possédait une dizaine, qu'il avait élevés et dressés lui-même. C'étaient d'excellents chiens de chasse, sans équivalents dans tout le comté. Jack se redressa et, ayant enlevé son chapeau, lissa ses cheveux et en retira l'excès de brillantine avec un mouchoir. Ce matin-là, il avait choisi d'enfiler un costume trois-pièces gris, très simple, avec un pantalon à revers et des richelieus noirs parfaitement lustrés. Cette tenue, pensait-il, était le meilleur gage de son sérieux.

Avant qu'il ait le temps de frapper à la porte d'entrée, elle s'ouvrit en grand. C'était Bertha, le visage crispé par l'angoisse.

— Oh, Jack… gémit-elle.

R. L. Minnix était assis à table et remuait son café. Il tendit le cou en arrière et jeta un coup d'œil.

— C'est qui ?

— Ils n'ont pas voulu le laisser rentrer ! reprit Bertha. Pourquoi faire une chose pareille ?

Et elle se jeta dans les bras étonnés de Jack.

Quand ils passèrent à l'arrière de la maison, tout paraissait normal, les chiens sautaient et aboyaient, Tazwell dans l'enclos inspectait les bêtes surexcitées. Il avait construit un abri en bois pour que les chiens y dorment la nuit et installé par terre des morceaux de couvertures. Tazwell se fraya un chemin jusqu'à un chien isolé au fond de l'enclos. C'était un petit chien au pelage blanc et fauve, une bête malingre que les autres chiens rudoyaient à la première occasion. Il ne bougea pas à l'arrivée de Tazwell et, en s'approchant à son tour, Jack remarqua le léger vernis brillant sur le pelage du chien, la glace sur son museau, les yeux fermés par une pellicule de gel gris. Il était mort de froid pendant la nuit, hors de l'abri. Tazwell s'agenouilla devant lui et le regarda comme s'il se recueillait devant une icône. R. L. arriva derrière eux d'un pas chancelant et plissa les yeux devant la scène.

— Nom de… marmonna le vieillard qui laissa le juron muet flotter dans l'air.

— Je n'ai jamais rien vu de pareil, dit Tazwell.

Bertha serra l'épaule de Jack.

— Pourquoi ont-ils fait ça ? Ils ne l'ont pas laissé rentrer dans l'abri !

Quand ils retournèrent dans la maison, Bertha se détendit, son chagrin se mua en épuisement. R. L. scruta Jack et grommela dans sa barbe.

— Je suis désolé pour ce qui vient de se passer, dit Jack. Si j'avais su je serais…

Tazwell s'assit et posa ses avant-bras sur la table.

— Qu'est-ce qui peut bien t'amener ici, fils ? Hein ?

— Je suis venu vous faire part de mes intentions, répondit Jack. À propos de Bertha.

Jack ouvrit sa veste et la reboutonna aussitôt.

— Les choses ont changé, reprit-il. Je sais que je vous ai causé pas mal de problèmes dans le passé et je tiens à vous dire que j'en suis désolé. Les choses vont être différentes, maintenant.

Tazwell semblait écouter mais son visage paraissait incrédule et soucieux. Il dévisageait Jack comme s'il s'était agi d'une apparition.

— Nous savons très bien d'où vient tout ton argent, répondit R. L.

— Je suis venu vous faire part de mes intentions. Nous… nous sommes un peu fréquentés ces derniers temps et je veux que cela devienne officiel. Je vous donne ma parole. Je renoncerai à tout le reste dès que j'aurai mis de côté suffisamment et que je pourrai nous acheter un bon terrain.

Le visage de R. L. était cramoisi de colère. Jack s'efforçait de respirer calmement, regardait Bertha qui fixait le plancher de ses yeux écarquillés, clignant lentement des paupières, le visage ravagé par les larmes.

— Ce chien n'avait pas de nom, murmura Tazwell. Sans un nom, la pauvre créature n'avait pas d'âme.

Dehors, Bertha se blottit contre Jack.

— Ce n'est pas juste, geignit-elle.

Jack l'entoura de son bras. Leur respiration formait des petits nuages autour d'eux.

— Les chiens n'y sont pour rien. C'est juste de la malchance.

— Non, dit Bertha. Quelque chose d'horrible va se passer, je le sens.

*

— Laisse ça, dit Lucy dans l'embrasure de la porte.

Elle donnait le sein au bébé. La lumière de la cuisine découpait sa silhouette, l'angle de ses hanches, la tête de leur fille nichée dans sa main. Howard était à quatre pattes à côté du lit. Il apercevait la couche de poussière sur la hache glissée sous le sommier – il l'y avait mise peu avant que Lucy ressente les premières contractions.

— On n'en est pas encore débarrassé, hein ?

Elle retourna dans la cuisine. Une casserole contenant du pain de maïs refroidissait sur le plan de travail, à côté d'un petit bol de tomates bouillies. Elle jeta un torchon à vaisselle sur son autre épaule et, pendant que le bébé tétait, posa sur la table une carafe de babeurre, deux bols, deux cuillères, et saupoudra de sel les tomates. Une marmite remplie de poireaux sauvages mijotait sur la cuisinière. Quand ils s'assirent à table, le bébé était endormi mais se réveilla en sursaut lorsque Howard lâcha une rafale de trois éternuements. Le bébé cligna des yeux et gazouilla avant de poser sa joue contre l'épaule de Lucy. Howard avala quelques tomates pendant que sa femme rompait le pain de maïs.

Il pensait au vieil alambic qu'il avait fabriqué avec Jamison et quelques autres plusieurs années auparavant, dans un des nombreux recoins de Turkeycock Mountain. Le brassin était déjà en train de chauffer. C'est Forrest qui lui avait payé toutes les matières premières ainsi qu'une nouvelle voiture.

— Tu sais, je pourrais retourner chez ma mère, dit Lucy. Ils m'accueilleraient avec la petite.

— Non, dit Howard. Tu ne feras rien du tout.

Si le temps se maintenait, d'ici à quelques jours quatre voitures partiraient pour le comté de Roanoke. Là-bas, Floyd Carter et ses hommes paieraient un dollar vingt-cinq le litre. Ce qu'il toucherait leur permettrait de passer l'hiver à l'abri du besoin. Cette pensée épuisait d'avance Howard même si, en se penchant sur son bol, il savait qu'il avait bien l'intention de continuer son trafic. Il finirait son repas, dormirait d'un sommeil de pierre tombale et, le lendemain matin, se lèverait et retournerait à l'alambic. Lucy poussa vers lui sur la table le plat de poireaux. Howard jeta un coup d'œil aux oignons fumants. Leur odeur forte lui brûlait les narines.

— Il faut que tu en manges, insista Lucy. Ça purifie le sang.

Howard grogna et se pencha à nouveau sur ses tomates.

— Dieu sait que tu en aurais besoin, d'être purifié. Avec le genre de saleté que tu avales, c'est un miracle que tu sois encore en vie.

Howard enfourna les poireaux tout en contemplant le fin duvet sur les avant-bras de Lucy, la façon dont elle les caressait avec sa main. Il repensa à la coupe du bois, aux racines profondes qu'ils avaient arrachées, ces racines qui plongeaient leurs vrilles à l'intérieur des choses. Il revit les larves de sauterelles, blanches et grasses, qui suçaient la chair du bois gorgée d'humidité. Elles restaient là pendant des dizaines d'années, davantage encore, attendant leur moment. Accrochées à leur racine dans la nuit moite, sans autre son que le battement de leur propre cœur, guettant le signal muet d'éclore. *Elle a raison. Je devrais déjà être mort.*

— C'est peut-être ça, le problème, reprit-elle.

Elle triturait la petite pierre accrochée à son cou par un cordon, une pierre plate et douce qu'Howard avait trouvée dans l'estomac d'un cerf. Elle était censée la protéger des poisons et des morsures de chien et Howard aimait ses reflets opalescents de perle, la façon dont elle reposait sur sa clavicule. Le bébé gazouillait de contentement.

— Si notre bébé est né comme il est né, c'est peut-être à cause de toutes ces choses que tu avales…

Ça y est, songea Howard, *elle a fini par le dire*. Il sentit la colère échauffer son esprit, et ses doigts agrippèrent le rebord de la table. Il aurait pu la briser de ses propres mains et jeter ses morceaux à travers la pièce. Il se mit à imaginer la scène. Lucy remarqua l'expression sur son visage et se leva rapidement, tenant le bébé serré contre elle. Howard baissa les yeux sur ses mains aux phalanges éraflées et croûteuses à cause du travail du bois et du jeu du rondin. *Putain, à quoi bon de toute façon ?*

— Je n'arrive pas à me casser. J'ai beau tout essayer, je n'y arrive pas.

*

Forrest posa la valise sur le comptoir.

— C'est quoi ? demanda Maggie.

— L'argent. Je veux que tu le prennes.

Maggie alluma une cigarette.

— Qu'est-ce que je dois en faire ?

— Aucune idée. Ce que tu veux.

Elle sembla réfléchir un moment puis tendit la main vers la valise et l'ouvrit. Forrest aurait voulu approcher et lui saisir les poignets mais il n'en fit rien. Maggie regarda les liasses de billets entassées dans la valise puis la referma.

— D'abord, dit Forrest, je voudrais te poser une question. D'accord ? Et j'ai besoin d'une réponse.

Maggie le dévisagea en plissant les yeux. Un sourire crispé se dessina sur ses lèvres.

— Je ne suis pas à vendre. Pour m'avoir, tu n'aurais rien à payer.

— Ce n'est pas ça. C'est autre chose.

Le visage de Maggie se ferma puis elle tourna le dos à Forrest pour retourner dans la cuisine. Il tendit le bras vers son épaule, l'effleura du bout des doigts. Dès qu'il la toucha, elle s'immobilisa.

— S'il te plaît, reprit-il. J'ai besoin de savoir ce qui s'est passé cette nuit-là.

— Rien.

Maggie lui tournait toujours le dos. Elle se tenait dans l'embrasure de la porte, bras croisés.

— Quoi ? Regarde-moi !

Brusquement, Forrest eut envie que cette femme lui pardonne tout ce qu'il avait fait dans sa vie.

— Je suis désolé, dit-il. C'est moi qui ai causé tous ces problèmes.

— Non. Ça n'a eu aucune importance. Ce n'était pas toi.

— Peu importe. Regarde-moi.

Elle lui fit face.

— Je dois savoir.

— Il ne s'est rien passé du tout, répondit-elle d'une voix grave et posée. Maintenant tu sais. Aucun de ces salopards ne m'a *jamais* rien fait.

Il entendit ses pas résonner dans l'escalier, sur le plancher de l'étage, et les grincements des ressorts du sommier. Il entra dans le salon, alluma la radio. Des grésillements se firent entendre et il tourna le bouton machinalement en regardant par la fenêtre la route qui franchissait Maggodee Creek.

Le lendemain matin, après avoir vu la neige par la fenêtre de sa chambre, Forrest enfila d'épaisses chaussettes, une chemise en laine et une salopette. Les bois de l'autre côté de la route étaient immobiles, la neige floconneuse tombait à la verticale et s'entassait sur les doigts crochus des bouleaux et des chênes. De petites congères s'étaient formées sur les rebords des fenêtres. *Le temps va compliquer les choses*, se dit Forrest. *Surtout pour les voitures. Il nous faudra des chaînes et des pelles.*

Au rez-de-chaussée, la cuisine était encore sombre et froide. Il y flottait une odeur de graisse, de bacon et de fumée. Il alluma le gril et prépara le café avant d'enfiler son lourd manteau de conducteur et de sortir pour dégager les pompes à essence et vérifier les jauges. Il pensa à la remise derrière la station, désormais déserte à l'exception de bidons vides et de caisses remplies de bonbonnes. Il donna l'argent à Everett Dillon, dont le visage était aussi transparent qu'un ciel dégagé. Le jeune homme l'accepta sans discuter. *Il doit croire que je lui offre ma protection.*

Pendant l'hiver, presque tous ceux qui fabriquaient de l'alcool au sud de la Virginie et au nord-ouest de la Caroline passaient par le comté de Franklin pour livrer leur production. C'était des montagnards au corps décharné, au visage bleui, prêts à tout ; une bande de casse-cou puants et incontrôlables. La plupart s'arrêtaient à Blackwater car ils savaient qu'ils obtiendraient sans difficulté un bon prix de la part de Forrest. Avec sa réputation d'homme fiable, Forrest les rassurait. Pourtant, cela faisait des semaines que plus aucun client ne s'arrêtait à la station, soit pour livrer soit pour charger. Tout ça à cause de Carter Lee. Lui et ses acolytes avaient détruit ses alambics, et voilà qu'ils l'empêchaient de travailler, attendant qu'il sorte de son trou.

Les caresses glacées et irrégulières de la neige sur son visage lui rappelèrent cette nuit au County Line Restaurant, souvenir qui éveillait toujours en lui, sans qu'il sache pourquoi, un sentiment de réconfort. Étendu dans la cour, il avait été terrifié – terrifié à l'idée de mourir. Cette pensée lui donna envie de retourner dans sa chambre, de s'allonger sur le lit étroit et de tirer les couvertures sous son menton. Il faudrait aller jusqu'au bout, maintenant. Une fois que le désordre s'était emparé du monde, on ne pouvait plus l'en déloger.

En retournant dans la station, il chercha quel changement avait bien pu s'opérer en lui. Une épreuve pareille devait forcément changer un homme. Il se coupa des tranches de pain et prépara des œufs frits sur le gril en passant sa spatule le long des bords frémissants. Il avait les mêmes envies et les mêmes besoins, et le monde dans son ensemble ne lui paraissait guère différent. Ses pieds étaient toujours glacés à l'intérieur de ses bottes, ses yeux le piquaient quand il faisait ses comptes sous une lumière trop faible, il passait toujours de longues heures immobile dans des pièces obscures pendant que d'autres dormaient, l'esprit jamais en repos.

Il y eut un froissement de tissu et un frôlement de pieds nus sur le sol et Maggie apparut à ses côtés. Elle sortit une tasse du placard et se servit un café. Elle lui adressa un mince sourire. Son regard sombre était brouillé par l'insomnie. Forrest étala un œuf frit sur une tartine beurrée et la posa sur une assiette ébréchée qu'il tendit à la jeune femme. Elle mordit dans le pain puis alla se poster devant la fenêtre qui donnait sur la route. Forrest observa son visage tandis qu'elle découvrait la neige, et il sentit son cœur se gripper dans sa poitrine.

— Qu'est-ce que tu fais ? lui demanda-t-il.

— Je mange de la glace, pourquoi ?

Elle mordit à nouveau dans sa tartine et sourit à Forrest.

Tout à coup, il fut pris d'une envie de la serrer dans ses bras et d'enfouir son visage dans sa chevelure. Il n'avait jamais rien éprouvé de semblable. Il finit son café, l'observa encore un peu et se demanda pourquoi il était aussi borné. Il se demanda s'il allait enfin voir le bout de cette histoire ou s'il devait encore s'attendre à autre chose, après quelles autres épreuves il tirerait enfin les leçons de ce qui lui arrivait.

TROISIÈME PARTIE

« Le lecteur ne doit pas oublier que Kit Brandon était, est, une personne réelle, une Américaine bien vivante. Quelle proportion de son histoire peut être racontée ? Vous qui êtes assis en ce moment et qui lisez ce livre, vous avez également une histoire, un passé. Dans quelle proportion pourrait-on la raconter ? Et nous autres, écrivains, quelle proportion de nous-mêmes osons-nous décrire à travers nos portraits ? Jusqu'à quelle distance sommes-nous capables d'approcher de la vérité ? Dans quelle mesure osons-nous être des historiens de la vérité ? »

Sherwood Anderson, *Kit Brandon*

« Ni Hemingway ni moi-même n'aurions pu érafler ou ridiculiser son œuvre. Mais nous avons réussi à rendre son style ridicule. À ce moment-là, après *Le Rire noir*, alors qu'il avait atteint ce point où il aurait dû cesser d'écrire, il s'est senti obligé de défendre à tout prix ce style. Lui aussi devait avoir senti dans son cœur qu'il ne restait plus rien d'autre à défendre. »

William Faulkner,
« Sherwood Anderson : An Appreciation »

«Échange entre Forrest Bondurant et l'avocat de la défense Timberlake devant le grand jury :

Timberlake : Vous et votre frère Jack étiez armés ?

Bondurant : Oui, monsieur.

Timberlake : Et vous teniez en joue les policiers avec vos revolvers pendant qu'Everett Dillon s'enfuyait en voiture avec une cargaison d'alcool, n'est-ce pas ?

Bondurant : Non, monsieur. Nous n'avons jamais touché à nos revolvers.

Timberlake : Pourtant vous avez bien déclaré aux shérifs adjoints Rakes et Abshire, je cite : "Si vous ne nous laissez pas traverser le pont, l'un de vous va rester sur le carreau ?" »

T. Keister Greer, *The Great Moonshine Conspiracy*, procès de 1935.

«Une grande cloche noire dépourvue de battant se balance lentement dans l'obscurité. Elle se balance, se balance, décrivant une grande arche, et j'attends en silence, apeuré. Voici qu'elle s'arrête et redescend lentement. Je suis terrifié. Rien ne peut-il donc stopper la longue descente de la cloche en fonte ?»

Sherwood Anderson, *A Story Teller's Story*

26

1935

Juin passait avec lenteur et Sherwood Anderson remarquait la lassitude sur le visage des fermiers déblayant l'argile rouge qui s'accumulait le long des bâtiments, comme des tas de neige. En marchant dans Main Street en direction du centre-ville de Rocky Mount, il voyait les tabourets vides dans les drugstores, les comptoirs déserts, les épiceries sans clients.

— On sera obligé de bouffer nos semelles de chaussures avant que la sécheresse disparaisse, lui avait annoncé un ancien qui mâchonnait sa pipe à l'ombre d'une statue de soldat confédéré, devant la mairie. On l'a déjà fait en 1930, la pire sécheresse de la décennie, que je sois foudroyé sur place si je mens.

Devant lui, deux hommes mûrs, mains dans les poches, chaussures poussiéreuses, se tenaient sous le soleil.

— Et ce ne sera pas la dernière fois...

Dans le ciel bleu pur, le soleil frappait, implacable. En voiture, sur la route, Anderson vit des hommes debout dans leurs champs flétris, mains sur les hanches.

À la pension, les voyageurs de commerce attablés parlaient de temps en temps de la sécheresse mais ils ne semblaient pas trop s'en préoccuper. Leur optimisme avait quelque chose d'agaçant, Anderson le considérait comme une expression flagrante de faux espoirs. Ces hommes au large cou continuaient de tirer sur leurs cigares et de rire bruyamment, le visage cramoisi. «Passez-moi encore un peu de cette tarte, si ça ne vous dérange pas !» Les affaires les attendaient dans tout le pays. Leur manie d'évoquer la sécheresse avec un optimisme fondé sur de pures spéculations avait le don d'irriter Anderson. Un soir, après le dîner, un rondouillard avait lancé à la cantonade :

— En tout cas, cette chaleur, c'est une aubaine pour un certain type d'affaires... Les *moonshiners*, en ce moment, ils amassent un beau paquet, croyez-moi !

Ça se tient, avait pensé Anderson. Deux dollars suffisaient pour perdre la vue pendant toute une semaine. Avec quelques dollars de plus, on pouvait même espérer prolonger les effets jusqu'à la fin de la sécheresse.

Les coupures de presse de l'année 1930 indiquaient que la sécheresse avait été tout aussi accablante, obligeant les cultivateurs de tabac à trouver d'autres moyens de subsistance. Le *Roanoke Times* avait consacré plusieurs comptes rendus à l'incident de Maggodee Creek et à la fusillade avec les frères Bondurant, sans pour autant expliquer les raisons du comportement des trois hommes ni du conflit qui les opposait aux représentants de la loi dans la région. Si les rumeurs d'un racket étaient fondées, les Bondurant avaient probablement tenté de s'y soustraire. Mais, dans ce cas, pourquoi avoir organisé une livraison importante en plein hiver, dans la neige, avec quatre voitures remplies d'alcool ? Et pourquoi les shérifs locaux semblaient-ils si décidés à les éliminer ?

La nuit, dans son lit, Anderson écoutait les convois de véhicules foncer dans Main Street en direction d'East Church et de la Route 33 qui menait vers Grassy Hill, au nord. Les moteurs rugissaient. Derrière la voiture de tête les berlines roulaient à quatre-vingt-dix, cent dix kilomètres à l'heure et passaient en trombe devant le tribunal. Parfois, une voiture du shérif s'élançait à leur poursuite, mais c'était assez rare. Anderson avait fini par s'habituer à ce vacarme qui, de toute façon, ne semblait incommoder personne. Quand il fermait les yeux, il voyait distinctement le glissement s'opérer dans la pénombre. Une chose immense, ondulante, descendait lentement. Rien ne pouvait l'arrêter. Quand cette terreur sans nom approchait, Anderson cherchait à tâtons le verre de whisky sur sa table de chevet.

Dans sa cellule de la prison de Rocky Mount, Tom C. Cundiff était accroupi sur sa paillasse, le regard noir, et se curait les oreilles. Anderson était venu lui apporter du tabac à chiquer et lui poser quelques questions. Dans la cellule voisine, un Noir efflanqué était assis par terre, adossé à la grille, sa chevelure laineuse semée de terre et de morceaux de feuilles. Il ne paraissait pas avoir remarqué Anderson ou s'en préoccuper. Cundiff accueillit ses questions par quelques grognements et craquements de mâchoire. Lorsque Anderson prononça le nom de Carter Lee, il obtint pour toute réponse un crachat et un regard assassin. Dans ses petits yeux serrés, une lueur incandescente.

— Un escroc et un foutu menteur. Vous pouvez mettre ça dans votre article.

— Vous dites qu'il est coupable ?

— Putain ouais, il est coupable !

— De quoi ?

— De plus de choses que je pourrais compter ! D'abord, de m'avoir foutu ici. Et de se faire graisser la patte.

— Il perçoit des pots-de-vin ?

— Ouais. C'est lui qui a tout mis en place depuis le début. Tout le comté le paye.

— Mais vous, vous avez refusé ?

— Ouais. Pas question de lui verser le moindre *cent.* Mais comme ici c'est Carter Lee qui mène la danse, si on n'est pas content on finit ici – ou pire.

— Pire ? Comment ça ?

Cundiff eut un petit ricanement et secoua la tête.

— À votre avis ?

— Vous prétendez que Carter Lee serait aussi coupable de meurtre ?

— Pas directement : d'autres font le sale boulot pour lui. Mais c'est lui qui tire les ficelles.

— Et les frères Bondurant, vous travaillez avec eux ?

Le visage de Cundiff se fit de bois, son regard perdu au loin.

— Eux aussi refusaient de payer ?

Il cracha sa chique contre le mur et s'étendit sur sa paillasse.

— Un problème ? demanda Anderson.

Cundiff ferma les yeux.

— Les Bondurant… Vous avez peur d'eux ?

Cundiff bondit de sa paillasse comme un fauve de la jungle et se cramponna à la grille. Anderson se tenait mains dans les poches, oscillant légèrement sur les talons, et le mouvement de Cundiff le prit par surprise : son esprit tressaillit, son corps prit une fraction de seconde de retard et, avant qu'il le réalise, Cundiff plongea le bras entre les barreaux. Ses doigts boudinés se refermèrent brusquement, frôlant le visage d'Anderson et faisant sauter sa cigarette de ses lèvres.

— Vous avez peur, monsieur ? À votre avis ?

Cundiff affichait un large sourire édenté. Anderson recula en chancelant, jeta un coup d'œil au bout du couloir, vers l'antichambre où attendait le shérif. Par la porte entrouverte, il aperçut ses pieds posés sur le bureau. Le prisonnier noir dans la cellule d'à côté lui lança un regard bienveillant. Avec une lenteur calculée, et en s'efforçant de fixer Cundiff droit dans les yeux, Anderson sortit de son paquet une autre cigarette. Il l'alluma, inspira une longue bouffée.

— Vous voulez me dire quelque chose ? demanda-t-il à Cundiff.

— Y a rien qui me vient, là.

— Pourquoi est-ce que tout le monde semble avoir si peur de parler des Bondurant ? Dites-moi juste pourquoi.

— Je vais vous dire… Le type s'est fait à moitié arracher la tête à coup de rasoir. Laissé pour mort, vidé de son sang – plus une putain de goutte dans le corps, vous voyez ? Et ce type s'est relevé et a marché pendant vingt kilomètres sous une tempête de neige. Qu'est-ce que vous pensez de ça ?

— Que c'est une sacrée histoire.

— Mais vous y croyez ?

— Non. Pour moi c'est une légende. Un mensonge.

— Eh ben alors, dit Cundiff, c'est que vous n'avez peur de rien, pas vrai ?

Dans l'antichambre, le shérif adjoint annonça à Anderson qu'ils transféraient Cundiff à l'asile du comté dans l'après-midi. Il y serait interné contre sa volonté sur ordre du procureur du comté. Anderson s'assit sur un banc. Ses genoux étaient faibles et sa bouche sèche. Il se serait damné pour un verre d'eau ou quelque chose de plus fort.

— Alors, vous en pensez quoi de ce cinglé de Cundiff ?

Le shérif adjoint souriait et Anderson comprit que lui et ses hommes considéraient leur prisonnier comme un fou, un guignol.

— Est-ce qu'il vous a déjà parlé d'un des frères Bondurant qui se serait fait égorger ?

Le shérif fronça les sourcils, retira ses pieds du bureau et se mit à inspecter ses ongles. Cette histoire n'était pas claire, dit-il à Anderson. Le seul témoin direct était l'homme victime de l'agression, qui avait été attaqué par derrière et refusait de donner la moindre information, si tant est qu'il en ait. Il n'avait fait aucune déclaration à la police.

— La police a arrêté le coupable ?

— Non. Impossible d'arrêter les hommes capables de ce genre de choses. Ou plutôt : impossible *pour les représentants de la loi.*

Anderson quitta la prison accompagné par l'écho des rires hystériques de Cundiff.

— Un vrai fou furieux ! avait commenté le shérif adjoint.

Anderson passa la journée suivante dans la salle des archives du *Roanoke Times*, parcourant des quantités de dossiers à la recherche des noms qui l'intéressaient : Willie Carter Sharpe, Tom C. Cundiff, les frères Bondurant. Le plus grand nombre d'articles sur Sharpe avait paru en 1930 et 1931, après quoi ils se faisaient plus rares avant de revenir au premier plan durant les derniers mois de 1935. Elle avait déjà été arrêtée le 12 mai 1931 à Rocky Mount et avait passé trois ans dans le pénitencier d'Alderson, en Virginie. Une semaine après sa libération, des témoins prétendirent l'avoir reconnue à la tête d'un nouveau convoi de trafiquants. À présent qu'elle était à nouveau recherchée, le public attendait avec impatience le récit de nouveaux exploits et les journalistes remaniaient leurs anciens articles en s'interrogeant sur son rôle dans le complot du comté de Franklin.

Puis Anderson découvrit un article de décembre 1928 concernant l'attaque du County Line Restaurant. « L'établissement a été attaqué à la fermeture par des individus non identifiés... », « ... grave blessure à la gorge... », « ... Forrest Bondurant, qui selon les médecins devrait guérir de ses blessures, a trouvé la force de se rendre par ses propres moyens au Rocky Mount Hospital... », « ... aucune piste pour l'instant. » Peut-être pouvait-il poursuivre son enquête de ce côté-là...

Il se fit indiquer le trajet jusqu'au County Line Restaurant et s'y rendit après le dîner. En roulant à travers les collines ondoyantes du comté, il sentit une indignation familière monter en lui comme une sève devant le spectacle de ces granges croulantes, de ces enfants abandonnés dans ces cours boueuses, de ces clôtures défoncées, de ces maisons en ruine. Quand il passait devant des stations-service, il voyait des hommes aux yeux vitreux assis sous un auvent bancal et il savait qu'à l'intérieur, des fermiers vieillissants tendaient leurs mains crevassées vers le poêle vide et froid et que la femme au comptoir serrait la mâchoire en un rictus figé.

La cour était presque déserte, le bâtiment plongé dans la pénombre, au point qu'Anderson eut peur que le restaurant soit déjà fermé. *Emplacement pratique*, pensa-t-il, *à cheval sur la frontière, idéal pour échapper aux voitures des shérifs en sortant de leur zone de juridiction. Comme la station de Blackwater.* Il resta dans sa voiture pendant quelques minutes. *Je peux mettre de côté l'histoire de Sharpe et m'intéresser à une autre affaire, bien plus riche...*

Le type s'est fait à moitié arracher la tête à coup de rasoir.

Un picotement parcourut ses mains sur le volant et il sentit un frisson remonter le long de sa colonne vertébrale. *Qu'est-ce que tu fous, bon sang ! Allez, au boulot !*

À cet instant, un Noir franchit la porte du restaurant, portant deux sacs remplis de déchets. Il avait un tablier et une cigarette pendait à ses lèvres. Il jeta les déchets dans un brasero à l'autre bout de la cour et les arrosa d'essence. Jefferson Deshazo resta un moment à regarder le brasero, mains sur les hanches, puis y lança une allumette. Quand les flammes s'élevèrent, il se retourna et fixa délibérément Anderson. Anderson sortit de sa voiture et Deshazo se tourna à nouveau pour regarder les flammes lécher les bords du brasero.

Anderson entra dans le restaurant et se présenta à l'homme au comptoir. Hal Childress peignait toujours ses fins cheveux sur son crâne rond mais il avait pris de l'âge et s'apprêtait désormais à basculer sur la pente descendante de sa vie. Quand Anderson amena sur le tapis cette fameuse nuit, Hal se lança dans le récit qu'il avait répété tant de fois à tant d'auditoires différents. Il semblait ne jamais se lasser de raconter cette histoire, aussi s'exécuta-t-il à nouveau avec plaisir pour Anderson. Pendant toute la durée du récit, Anderson hocha la tête pour paraître poli, tout en essayant de visualiser et de mettre en ordre les différents épisodes. C'était une sacrée histoire, mais il n'était pas encore sûr d'y croire vraiment.

— Bref, la plupart des gens d'ici pensent qu'il a fait tout le chemin à pied jusqu'à Rocky Mount ?

— Ouais.

— Et Maggie, quand est-ce qu'elle a quitté le restaurant ?

— Je ne sais pas. Y a un bout de temps.

Après s'être fait prier, Hal finit par expliquer à Anderson qu'il connaissait Maggie depuis qu'elle était toute gamine, dans le comté de Henry. Adolescente, on l'avait envoyée en Caroline pour travailler dans une usine de textile. Quelques années plus tard, après une soirée de beuverie, son père était sorti avec ses mules par une nuit pluvieuse pour aller labourer son champ. Lorsque tout l'équipage avait glissé au bord d'un ravin, une lanière du harnais s'était enroulée autour des jambes du père de Maggie, l'entraînant au fond. On avait retrouvé son corps au matin, pris dans les lanières, broyé par les animaux agonisants. Maggie avait dû travailler dur pour payer la maison de son père et Hal lui avait trouvé une place au County Line Restaurant. Forrest était arrivé plus tard : il avait acheté le restaurant et gardé Hal et Maggie.

— Une vie difficile, commenta Anderson.

— Rien n'est trop difficile par ici.

Hal fronça les sourcils et passa un torchon sur une tache oubliée sur le comptoir.

— C'est une fille spéciale, Maggie.

Il redoublait de vigueur avec son torchon, le passant en cercles concentriques. Anderson attendait qu'il poursuive sa phrase mais Hal se contentait de continuer à frotter.

— Spéciale comment ?

Hal soupira et jeta le torchon sur son épaule avant de se retourner.

— Bah… disons juste que c'était une fille bien et que c'était agréable de travailler avec elle.

— Vous la revoyez, parfois ?

— Ça fait des années que je ne l'ai pas revue.

Hal tournait toujours le dos à Anderson. Il s'essuya le visage avec sa manche de chemise. *Ça lui a fichu un coup. Après tout, moi aussi ça m'embêterait…*

— Si vous ne prenez rien, monsieur, je vais retourner à mon travail.

Le lendemain, à la station de Blackwater, Anderson commanda à Maggie un sandwich au fromage et s'assit au comptoir pendant qu'elle faisait frire du pain. Elle était vêtue d'une robe violette aux reflets moirés, ajustée à la taille avec des boutons de nacre tout le long du dos. Il n'y avait personne d'autre dans la station, sauf Everett Dillon qui s'occupait des pompes à essence. Il passait son temps derrière le bâtiment et apparaissait seulement quand une voiture s'arrêtait.

Anderson sirota une gorgée de soda à l'orange et regarda vers la fenêtre. La lumière blanche de midi était à peine tamisée par les fins rideaux, et la chaleur régnait dans la salle. Des bruits de pas firent grincer le plancher à l'étage. *Il y a quelqu'un d'autre ici.* Anderson retroussa ses manches de chemise et tira sur sa cigarette pendant que Maggie finissait de préparer son sandwich en triturant machinalement le pain avec une spatule.

— Comment vont les affaires ?

Maggie posa le sandwich sur une assiette bleue, plongea une louche dans un bocal de légumes bouillis et en servit une plâtrée sur un coin de l'assiette. Elle fit glisser l'assiette jusqu'à Anderson. Il mordit dans son sandwich : le pain était chaud, le fromage croustillant avait un goût de beurre.

Maggie s'écarta du comptoir et alla s'appuyer contre le gril. Anderson remarqua le tablier noué autour de sa robe pour éviter les taches. Elle alluma une cigarette à son tour et jeta un coup d'œil vers la fenêtre.

— Forrest est dans le coin ?

— Non.

— Il doit revenir bientôt ?

— Je ne saurais pas vous dire.

Anderson engloutit son sandwich en quatre bouchées.

— Vous revoyez parfois Hal, au County Line Restaurant ?

Elle posa sur lui un regard froid. La vapeur de sa respiration sortait par ses narines. *Voilà qui devrait retenir son attention*, pensa Anderson.

— J'y suis passé hier, reprit-il, et Hal m'a dit que vous y aviez déjà travaillé.

Elle redressa la tête dans sa direction, le front légèrement plissé. Anderson se surprit à aller droit au but :

— Je veux savoir ce qui s'est passé cette nuit-là. Quand Forrest a été égorgé.

— Pourquoi ?

— Parce que je suis écrivain.

— Pour les journaux ?

— Oui et non. J'écris des livres. Écoutez, je m'intéresse à cette histoire, c'est tout.

Maggie écrasa sa cigarette. Les pas à l'étage semblaient suivre une trajectoire régulière, aller-retour, comme si quelqu'un marchait de long en large dans une pièce, toujours au même rythme.

— Quel genre de voiture vous conduisez ? lui demanda Maggie.

— Quoi ?

Elle indiqua la fenêtre d'un signe de tête.

— Quel genre de *voiture*. Vous *conduisez*.

— Une Dodge 1933.

Elle haussa les épaules et croisa les bras.

— Quoi ? Qu'est-ce que ça a à voir avec cette histoire ?

— J'aime conduire. J'aime conduire des belles voitures. Je pensais que vous aviez peut-être une voiture que j'aurais aimé conduire.

— Si j'en avais une, vous me raconteriez ce qui s'est passé cette fameuse nuit ?

— Possible.

— Vous êtes sérieuse ?

Elle lui lança un regard chargé d'une telle condescendance qu'Anderson se sentit humilié. Il se leva. Les pieds de son tabouret raclèrent le sol et le tabouret tomba.

— Bon Dieu, ça rime à quoi cette histoire ? demanda-t-il.

Les bruits de pas au-dessus de lui cessèrent. Maggie et Anderson restèrent silencieux un instant, puis Anderson prit son chapeau. Quand il lança un dollar sur le comptoir, Maggie eut un petit sourire satisfait et se retourna dans un tourbillon de violet et de dentelles.

Anderson se retrouva dehors, près des pompes à essence, tenant dans une main sa bouteille de soda vide et dans l'autre la poignée de sa portière. Sous le soleil intense, la carrosserie était brûlante.

Qu'est-ce que je fous ? Il est ici *!*

Soudain, il perçut un bruit sourd, l'écho de quelque chose qui se passait dans le fossé à côté de la station, parmi l'imbroglio de vigne vierge et de chênes tordus, comme des réverbérations étouffées montant des profondeurs. Il posa la bouteille vide sur son capot et s'approcha, puis descendit dans le fossé. Il dut attendre que ses yeux s'habituent à l'ombre pour constater qu'il était à moitié rempli de bidons de vingt litres, jetés là par centaines, par milliers peut-être, qui craquaient et se tordaient sous l'effet de la chaleur.

Le lendemain soir, à l'heure du dîner, Sherwood se trouvait dans la cour de la pension, tendu, pendant que les autres pensionnaires se réunissaient sous l'auvent pour partager une cigarette d'avant repas. Par les fenêtres, il apercevait la maîtresse de maison qui entassait sur la commode des plats chargés de morceaux d'épaule de porc et de maïs chaud. Elle se déplaçait avec vivacité, passant et repassant devant la fenêtre éclairée, les bras chargés d'assiettes fumantes, sans jamais lever les yeux. La servante noire plaça sur la table un pichet en céramique rempli de lait, frotta ses mains sur son tablier amidonné puis s'arrêta dans l'embrasure de la porte pour admirer la table dressée. Les hommes sous l'auvent fumaient et se dégourdissaient les jambes. C'étaient des voyageurs de commerce au col jauni, portant des mallettes d'échantillons en carton rigide, toujours prêts à débiter leur baratin. Anderson serra les poings en pensant à ces idiots insipides qui lustraient leurs pointes de chaussures du revers de leur veste, plaisantaient avec la maîtresse de maison mais maudissaient en silence les péquenots de la région qui osaient dédaigner leur marchandise. Les ambassadeurs de la nouvelle Amérique, les capitaines du capitalisme. Colportant leurs produits mal bricolés pendant que le véritable artisan reste seul dans sa mansarde, des copeaux de bois jusqu'aux genoux, sans personne pour lui succéder depuis que les jeunes fuient les villages pour se précipiter dans le hachoir à viande des grandes villes. L'amour du commerce, la valeur de l'artisanat : tout cela disparaissait, avait déjà disparu…

C'était une belle soirée d'été, presque fraîche, les nuages bleu-noir accouraient de l'ouest. Il pensa à *La Mort dans les bois*, l'histoire de cette vieille femme dont le cadavre était dévoré par des chiens. L'avidité des hommes valait bien celle des animaux : voilà un thème cher à D. H. Lawrence et qu'il décrivait avec talent, sans concession. Un thème que Dreiser traitait lui aussi en maître. À quel prix nos appétits bestiaux, aussi familiers qu'immémoriaux, sont-ils rassasiés ?

Assis au bord de son lit, dans sa chambre, Anderson regardait les piles de notes sur son bureau. Il vida son verre et s'allongea sur le dos, soudain éreinté.

Quelque chose se profilait au-dessus de lui, une sensation de poids écrasant, et il ouvrit brusquement les yeux. Il plaqua les mains sur son visage et sentit ses joues ridées, la peau flasque de son cou. *À une époque, j'avais fière allure, pourtant.* Quand il referma les yeux, la forme pesante réapparut au-dessus de lui. Une masse obscure comme la fin de la lumière.

27

1930

Forrest regarda son frère cadet quitter la ferme aux murs blancs. En avançant vers la voiture, Jack sortit une casquette en laine qu'il enfonça en inclinant sa visière. Ses bottes en cuir souple étaient lacées jusqu'en haut, les œillets en cuivre soigneusement lustrés. Forrest détourna le regard vers les champs grêlés de trèfles luisants et de plants de tabac coupés. Les vallées détrempées offraient un triste spectacle. Les plants flétris par la sécheresse flottaient désormais dans des flaques de glace boueuse.

Les jambes de Forrest étaient pliées sous le volant, qu'il tenait calé entre ses genoux. Dans la lumière de l'après-midi, sa cicatrice blanche en travers de la gorge paraissait rougeoyer. Jack entra dans la voiture, posa à côté de lui un lourd revolver enveloppé dans un tissu taché de graisse et un sachet en papier contenant des haricots en conserve, du porc salé dans du papier paraffiné, un morceau de saucisse, quelques gros oignons, des pommes de terre et deux tranches de pain. Forrest mit le contact et la voiture s'ébranla pour attaquer la descente.

D'une entaille profonde sur la crête ouest de Turkeycock Mountain s'élevaient de minces volutes de fumée qui traversaient la dense couverture des arbres. Le long de la crête, un torrent coulait à vive allure le long d'une série de saillies de granit pour se déverser dans un petit bassin. L'eau pure était ensuite acheminée par des tuyaux en cuivre le long d'une petite butte, à travers un épais bosquet, jusqu'à une clairière bordée de ronces et de buissons chargés de mûres et de raisin d'Amérique. Là, elle s'écoulait goutte après goutte dans la partie supérieure de tonneaux en chêne posés sur des socles en briques.

Howard observait l'eau qui remplissait peu à peu le tonneau du condensateur. Il trempa deux doigts dans l'eau et tapota légèrement la section de tuyau de cuivre qui s'enfonçait en spirale dans les profondeurs obscures du tonneau. Le vent frais qui descendait de la montagne faisait frémir les arbres et Howard ondulait avec le vent, les pointes des semelles boueuses de ses bottes se décollaient légèrement du sol. Un petit chapiteau en forme de silo enduit d'une couche de terre cuite fermait un alambic à whisky trapu et noirci, de facture ancienne. Tout autour, le sol était souillé de suie et de cendres, comme un fragment émergé du cœur brûlant de la Terre. L'alambic portait les marques en V caractéristiques des coups de hache des collecteurs et était rafistolé en plusieurs endroits. Derrière étaient alignées une dizaine de cuves de brassage dont la moitié contenait un mélange bouillonnant de trempe de maïs, de seigle et de malt. Entre les mares boueuses et les quelques monticules de neige s'entassaient des morceaux de bois, des planches abandonnées, des pelles, des sacs de céréales, des sacs de sucre et des bidons vides.

Une voix d'homme appela au loin et Howard cessa aussitôt de tapoter le serpentin. Il marcha à pas feutrés jusqu'à une brouette recouverte d'une toile à sac, en sortit un fusil de chasse à double canon et l'ouvrit pour vérifier qu'il était bien chargé. Une brume légère montée de la chute d'eau nappait le campement de sa fraîcheur. Howard vit deux hommes arriver de l'est, le long d'un sentier presque effacé qui serpentait sur le versant de la montagne. Les traits massifs d'Howard se fendirent dans un sourire et, se levant, il alla accueillir ses frères sur la colline.

*

Plus tôt dans l'après-midi, Forrest se trouvait dans une grange à tabac de Snow Creek et tendait à Henry Abshire une petite liasse de billets. Abshire paraissait à bout de forces ; son visage était las, ses paupières lourdes.

— Je vais essayer de faire mon possible, dit-il.

— Je ne vous paye pas pour que vous *essayiez*.

— Bon sang, Forrest… Vous nous devez de l'argent… Vous vous rendez compte, si les autres apprennent que nous nous sommes vus ? Non, ce n'est pas si facile. Vous savez qu'ils veulent votre peau, maintenant ?

— Rien à foutre. Je continue à travailler comme avant.

— Dans ce cas, pourquoi vous vouliez me voir ?

— C'est autre chose. Ce n'est pas pour moi.

Forrest donna une petite tape sur la poche de chemise où Abshire avait glissé les billets.

— Occupez-vous de votre partie et on se charge du reste.

— Je ne peux rien vous promettre, dit Abshire.

— Et moi je peux vous promettre que si quelqu'un essaye de nous arrêter, il va au-devant de graves problèmes.

*

Jack suivit les faisceaux des phares balayant les routes en lacets de Chestnut Mountain. Howard tisonnait le feu avec une branche. Forrest était debout, bras croisés sur la poitrine, menton baissé.

— Tu crois vraiment que Cricket s'est noyé, comme ils disent ? lui demanda Jack.

— Oh, non.

— Alors c'est un coup de Rakes et de sa bande ?

Forrest secoua la tête.

— À mon avis, il s'est donné la mort.

— Mais pourquoi ?

— Peut-être qu'il avait la frousse.

Jack pensa à son ami, à son sourire nerveux, à sa loyauté brutale. Le type toujours accroupi dans un coin…

— Je n'arrive pas à me faire à l'idée, reprit Jack. Pourquoi il serait allé là-bas, pour faire un truc pareil…

— J'imagine qu'il avait ses raisons.

Une rafale de vent passa en rasant le sol, agitant les ronces et les cerisiers de Virginie. L'air frais tourbillonnait autour des chevilles de Jack.

— On n'a aucun moyen de comprendre ce monde, dit Forrest. Ou alors autant que peut le comprendre cet oiseau, là.

Il tendit l'index vers un quiscale bronzé perché dans les frondaisons. Forrest regarda l'oiseau et, à la lumière déclinante, sa cicatrice prit une teinte rosée.

— Il y a beaucoup de choses dans le monde que cet oiseau ne connaît pas, mais ça ne l'empêche pas de vivre quand même des choses du monde.

Jack frissonna. Ses pieds étaient glacés. *Foutues bottes neuves*, songea-t-il.

— Bon Dieu, intervint Howard, la seule différence entre Cricket et nous tous, c'est que lui, il a eu les couilles de passer à l'acte. Nous, on prend le chemin le plus long.

Après un moment, Forrest marcha sur quelques mètres le long du torrent dévié en scrutant attentivement le fond de l'eau. Il en tira une corde qu'il suivit en remontant le courant et finit par faire émerger un bidon rempli de deux litres d'un liquide transparent. Forrest en versa une dose pour chacun dans des gobelets en fer-blanc. La main de Jack tremblait en tenant le sien. Il jura dans sa barbe puis cracha en direction des racines noueuses d'un érable qui faisait sa révérence au versant de la colline.

— Le temps se couvre, fit remarquer Forrest. On doit terminer le tirage cette nuit.

Le silence se fit dans la nuit. Les trois frères se tenaient chacun près d'un arbre, une main sur l'écorce, et portèrent à leurs lèvres le gobelet rempli de foudre blanche. La tradition voulait qu'on ne puisse pas avaler d'un trait un whisky de maïs doublement raffiné sans prendre appui sur quelque chose de solide, sauf si on se trouvait au milieu d'un champ plat et désert – dans ce cas-là, mieux valait s'asseoir.

Durant une fraction de seconde, ils crurent que la montagne rétrécissait sous leurs pieds. Jack eut l'impression que la montagne prenait une profonde inspiration, remplissait d'air ses poumons caverneux enterrés sous des kilomètres de calcaire et de roche basaltique, parmi les grottes ruisselantes et les interminables puits de glace et de feu qu'il avait vus en rêve.

Cricket Pate avait dit un jour à Jack que boire du whisky de maïs, c'était comme recevoir un coup de couteau. D'abord la pointe, puis une sensation de morsure et de chaleur jusqu'à la garde. Ce n'était pas du tord-boyaux, une mixture gorgée de sucre fabriquée par les montagnards et vendue par les *bootleggers* aux acheteurs les plus naïfs. Pour sa consommation privée, le *moonshiner* utilisait les ingrédients les plus purs, seuls capables de produire un alcool de qualité supérieure, aux goûts et aux effets secondaires incomparables. Quelques centilitres suffisaient pour que des colosses comme Howard ou les buveurs les plus endurcis, ceux qui avalaient chaque jour depuis quatre ans une ou plusieurs pintes, le sentent couler jusque dans leurs os, comme si leur moelle était remplacée par un brasier immaculé. Quand ils rouvraient les yeux, le contour des choses semblait plus acéré, les arbres et le soleil se confondaient, les cumulonimbus au nord s'amassaient avec une fureur impuissante ; ils refermaient la main et ils sentaient leurs doigts galvanisés comme de l'acier, leurs jambes étaient gagnées d'une impulsion irrésistible, ils voyaient les collines rapetisser devant eux et se sentaient remplis de ce qu'on appellera, faute de mieux, la possibilité infinie.

Les trois hommes attendaient que la montagne expire doucement, propulsant le vent au cœur de la vallée et de la nuit. Jack leva son gobelet et ouvrit la bouche pour parler, mais aucun son n'en sortit.

28

19 décembre 1930

La neige cessa peu après l'aube et les trois frères quittèrent Turkeycock Mountain dans un convoi de quatre voitures : Jack était au volant de son roadster Dodge, sa Ford 1928 était conduite par Howard, Forrest avait pris son Business Coupe et la Chevrolet qu'il avait achetée quelques jours plus tôt était pilotée par Everett Dillon. Chaque véhicule était chargé à bloc de deux cents à trois cents litres de foudre blanche. Ils avaient prévu de prendre la Route 33, de foncer à travers Rocky Mount et Grassy Hill puis de franchir Maggodee Creek. La plupart des carrefours et des routes habituelles étaient surveillés et ils comptaient davantage sur la vitesse que sur la discrétion pour s'en sortir. Floyd Carter et les hommes de sa Midnight Coal Company devaient réceptionner leur cargaison dans une grange à la sortie de Roanoke.

Le chargement se déroula sans incident, après quoi ils s'engagèrent sur les routes annexes au pied de la montagne. L'air était vif et immobile, le soleil se devinait à peine derrière des nuages brumeux, la neige était vierge de toute trace de pneus. Ils durent fixer des chaînes à leurs roues en attendant d'arriver sur la Route 33. Leur cliquetis crissant était un supplice pour

Jack. Ils contournèrent Fork Mountain au ralenti avant de s'engager sur la route en dur près de Sydnorsville. Elle était déjà striée de quelques ornières laissant apparaître le macadam. Les quatre hommes descendirent rapidement de leur voiture pour retirer les chaînes, opération délicate avec des doigts engourdis et humides : il leur fallait démonter chaque chaîne, reprendre le volant et faire avancer leur voiture, puis redescendre et ramasser les chaînes. Quelques minutes plus tard, ils repartirent, Jack en tête du convoi. Il poussa le moteur jusqu'à soixante-cinq kilomètres à l'heure – les roues de la Dodge patinaient légèrement sur la neige fondue.

Après dix minutes de route, ils arrivèrent sur la portion en pente douce menant à Rocky Mount, surplombée par Grassy Hill. Derrière Jack, le Business Coupe de Forrest, suivi par Everett Dillon puis par Howard. Juste avant de se mettre en route, Jack avait remarqué qu'Howard avait posé une bonbonne sur ses genoux, mais son frère paraissait en forme. Les voitures formaient un convoi compact et, quand ils arrivèrent dans les rues dégagées du centre-ville, Jack accéléra à quatre-vingts kilomètres à l'heure. Ils entrèrent en trombe dans Main Street, passèrent devant l'entrepôt de tabac avec ses portes ouvertes sur l'obscurité, sa cheminée fumante. Deux hommes se tenaient devant l'entrée, non loin de deux voitures au moteur ronronnant. Jack eut juste le temps de les voir jeter rapidement leur cigarette. *C'est parti !* se dit-il en écrasant la pédale d'accélérateur.

Ils roulaient à quatre-vingt-dix kilomètres à l'heure à présent et le convoi se distendait légèrement, Everett et Howard s'efforçant de suivre la cadence. Ils passèrent à toute allure devant le tribunal – des hommes sur les marches du perron et des passants prudents sur les trottoirs enneigés se tournèrent pour regarder le convoi – et Jack eut l'envie subite d'agiter son chapeau par la vitre en un geste de défi, ou de crier quelque chose. À la périphérie nord de la ville, les voies de circulation n'étaient plus aussi bien dégagées et la voiture de Jack ne tarda pas à s'embourber jusqu'aux moyeux dans la neige, l'obligeant à ralentir pour ne pas perdre le contrôle. Il arrêta la Dodge, descendit et scruta la Route 33 derrière le convoi, en direction de la ville. Le soleil embrumé du matin tranchait sur l'éclat éblouissant de la neige, découpant deux masses gris-blanc indistinctes ; Jack mit sa main en visière et plissa les yeux. Il n'aperçut aucun mouvement au loin.

— Les chaînes ! cria Forrest. On se dépêche !

Les quatre hommes entreprirent d'installer les chaînes. À genoux dans la neige, Jack les plaça difficilement sous les pneus, puis remonta au volant pour faire avancer la voiture dessus. Howard fut le dernier à terminer l'opération et, pendant que Jack observait son frère dans le rétroviseur, il aperçut une traînée vibrante provenant de la ville, se détachant sur les bâtiments gris et les congères.

— Vite, Howard, vite !

Howard reprit enfin le volant et Jack démarra, les chaînes mordant la neige. Le convoi pénétra en tanguant dans la forêt de pins qui entourait Grassy Hill. Avant le premier lacet, Jack sortit la tête par la portière et regarda derrière lui. Deux voitures s'étaient arrêtées au même endroit qu'eux et leurs conducteurs, accroupis devant les roues, installaient à leur tour des chaînes. Jack accéléra jusqu'à cinquante kilomètres à l'heure et, dix minutes plus tard, le convoi franchissait la crête sans incident. La route qui descendait le versant nord-est était rectiligne et à peu près dégagée grâce au soleil matinal qui faisait fondre la neige. Jack s'arrêta à nouveau et bondit de sa voiture.

— C'est bien dégagé ! cria-t-il à Forrest. On retire les chaînes, on arrivera plus vite en bas !

Forrest hocha la tête et transmit le message à Everett et à Howard.

— Qui c'est, derrière nous ? demanda Jack.

— Hodges, avec d'autres, répondit Forrest.

Jack eut du mal à retirer les chaînes. Le sang battait dans ses oreilles. Ils avaient dû s'attendre à les voir passer. Son manteau le gênait – il s'en extirpa et le jeta sur les bidons entassés à l'arrière de la Dodge. Le gémissement et le rugissement des moteurs s'amplifiaient au loin, au fil des virages en lacets et après avoir frotté les pneus Jack se releva, perdit l'équilibre quand ses richelieus glissèrent sur la route, puis sauta dans la voiture pour avancer. Quand il redescendit, il s'aperçut qu'il n'avait pas assez avancé et qu'une chaîne était toujours coincée sous une roue, ses crochets pris autour de l'essieu. Il s'assit dans la neige fondue et tira sur la chaîne à deux mains en espérant l'arracher de force. Il y eut un vrombissement de moteur et la voiture de Forrest s'arrêta à sa hauteur.

— Jack ! On y va !

L'instant d'après, Howard était à côté de lui, se penchait sur la roue et, agrippant le moyeu à pleines mains, se cambra en grognant puis souleva le moyeu au-dessus des ressorts, et la roue à quelques centimètres du sol.

— Vire la chaîne ! souffla-t-il.

Jack s'accroupit aux pieds de son frère et glissa la main sous la roue, tâtonnant pour trouver la chaîne. L'odeur d'essence et de graisse lui montait à la tête, le moteur chauffait, fumait. Il finit par trouver les crochets et réussit à les retirer avant d'écarter la chaîne de quelques centimètres. Une fois la roue dégagée, Jack donna une tape sur la jambe d'Howard qui reposa la voiture sur le macadam.

La voiture de Hodges se profilait sur la crête de la colline. Suivie d'une autre, creusant un sillage dans la neige. Jack distinguait la forme sombre des conducteurs penchés sur leur volant. Les voitures étaient à une centaine de mètres et approchaient à vive allure.

— Foutez le camp, foutez le camp ! hurla Jack à Forrest. On vous rejoindra plus tard !

Forrest acquiesça et repartit dans la descente, suivi d'Everett. Howard frottait dans la neige ses paumes écorchées et ensanglantées. Il se tourna vers les deux voitures fonçant vers eux, puis vers son frère cadet et lui fit signe.

— Je te suis !

Jack remit le contact et la Dodge commença à descendre la colline tandis que Forrest et Everett disparaissaient au bout de la route. Il vit Howard monter dans sa voiture et Hodges ralentir juste derrière lui. Un homme ouvrit la portière côté passager et sortit sur le marchepied, en équilibre, brandissant un revolver. Il y eut un nuage de fumée et, avec un bruit terrifiant, la balle s'enfonça dans l'arrière de la voiture. Quand Jack se tourna à nouveau vers Howard, il vit son frère lui adresser un large sourire à travers le pare-brise – un sourire de demeuré.

— Non, Howard, *ne fais pas ça !*

Howard enclencha la marche arrière, lança le moteur, actionna l'embrayage et recula à toute vitesse. Hodges braqua pour l'éviter mais Howard tourna pour lui bloquer le passage. La voiture de Hodges fit une embardée, obligeant l'homme sur le marchepied à se raccrocher à la portière tout en ajustant sa visée. Le Business Coupe percuta de plein fouet son aile avant droite, enfonçant la roue et propulsant le tireur contre la portière, telle une poupée de chiffon, avant de basculer en arrière dans la neige. La seconde voiture freina brutalement et glissa pour venir frapper l'arrière de la voiture de Hodges et l'envoyer dans le fossé.

Bordel ! pensa Jack qui ralentit aussitôt. Hodges se débattait avec sa portière et l'autre conducteur – Jack reconnut le fils de Hodges, un autre shérif adjoint – sortit sur la route en titubant, mains plaquées sur son visage, du sang coulant entre ses doigts. Howard essaya de repartir en marche avant mais ses roues patinaient dans la neige. L'homme qui avait été projeté hors du marchepied était agenouillé dans la congère bordant le fossé, creusant la neige à mains nues. Jefferson Richards.

La masse métallique de la voiture d'Howard finit par se mettre en mouvement, avança lentement, dérapa sur le côté puis se rattrapa pour revenir sur la route. Richards retrouva son revolver et, se frayant un chemin dans la couche neigeuse qui lui arrivait aux genoux, brandit son arme en direction de la voiture d'Howard. Son visage était un masque de haine. Jack se baissa sur son siège et écrasa la pédale d'accélérateur. *Bam. Bam.* Jack prenait de la vitesse sur la route en pente, soixante-cinq, quatre-vingts kilomètres à l'heure, des freins montaient une odeur de brûlé. Un dernier coup d'œil en arrière : la voiture d'Howard patinait dans un tourbillon blanc, de travers à nouveau, bloquée sur place. *Il va s'en tirer*, pensa Jack. *Il va s'en tirer.*

Maggie était assise sur son lit, à l'étage, quand elle entendit les voitures geindre en bas de la colline. Elle avança pieds nus jusqu'à la fenêtre qui donnait sur la route. Le bruit s'amplifia à mesure que les vitesses changeaient et Maggie vit bientôt deux voitures dévaler la route, conduites par Forrest et Everett. En passant devant la station, Forrest ralentit imperceptiblement, tourna la tête dans sa direction puis disparut. Une troisième voiture, la Dodge de Jack, les suivit peu après, le moteur vrombissant et Jack penché sur le volant, vitres ouvertes. Puis ce fut le silence. Maggie regarda en haut de la route, à l'endroit où elle franchissait Grassy Hill. Elle alluma une cigarette et tira une chaise devant la fenêtre après avoir presque fermé les rideaux pour bloquer les courants d'air. Plus un bruit, dans une direction ou dans l'autre. La lourde étoffe laissait juste passer un rai diffus de lumière hivernale que Maggie redessinait de la main.

Soudain un nouveau rugissement de moteur, provenant du nord. Le véhicule s'arrêta sur l'aire de stationnement. Everett gara la Chevrolet, sortit, courut jusqu'à sa propre voiture et quitta en trombe la station en direction de Rocky Mount, au sud. Un autre moteur se fit alors entendre, descendant la colline, et Maggie ne put s'empêcher d'écarter les rideaux pour regarder. C'était une Ford 1928 vert sapin conduite par Howard. L'arrière de la voiture était enfoncé, le pare-brise en morceaux, et la forme immense d'Howard emplissait l'habitacle – Maggie remarqua l'intensité de l'expression de son visage, comme si la voiture avançait à travers la neige par la seule force de sa volonté. Il prit la direction de Maggodee Creek.

Une fois la voiture disparue derrière le virage, Maggie retourna dans sa chambre et s'assit devant sa glace. Elle prit un peigne et le passa dans ses cheveux, encore et encore. Quand les coups de feu retentirent au-dessus des arbres, Maggie courut se mettre à l'abri dans son lit, remonta les couvertures sous son menton et ferma les yeux.

Jack rattrapa Forrest et Everett dès qu'ils ralentirent, peu avant le pont de Maggodee Creek. Un champ planté de pins s'ouvrait sur une clairière en forme d'ellipse qui donnait sur le pont. De part et d'autre de la clairière, les collines se dressaient telles des épaules. Forrest s'arrêta à une trentaine de mètres du pont, Everett et Jack se rangèrent derrière sa voiture. Le pont en bois à voie unique était bloqué par une voiture, devant laquelle se trouvaient Henry Abshire et Charley Rakes. Deux autres hommes se trouvaient à l'intérieur d'une seconde voiture à l'arrêt juste derrière, moteur en marche. Les eaux noires du ruisseau se ridaient autour d'un rocher, et se transformaient en une croûte de glace sur ses berges.

Forrest sortit du Business Coupe et alla voir Jack, qui avait baissé sa vitre.

— Howard ?

— Il a dit qu'il arrivait. Il a complètement défoncé les voitures de Hodges et de son fils. Il les a envoyées dans le fossé.

— Tu l'as vu s'enfuir ?

— J'ai eu l'impression qu'il s'enfuyait la dernière fois que je l'ai vu. Richards était là aussi, il lui a tiré dessus mais, à mon avis, il ne l'a pas touché.

Forrest se redressa et regarda en direction d'Abshire et de Rakes. Ce dernier, penché sur le capot de la voiture, lui sourit avec un petit salut de la main. Abshire prit un air renfrogné et détourna la tête.

— Tu peux négocier avec eux ? demanda Jack. Les convaincre de nous laisser passer ?

— Peut-être.

— Mais Howard ?

— Il nous rattrapera. Tu as une arme ?

Jack prit son manteau sur le siège et sortit le revolver de sa poche. C'était une arme que Forrest lui avait prêtée, un calibre .38 avec mécanisme de sécurité intégré dans la crosse.

— Sors et mets ton manteau, lui ordonna Forrest avant de saisir un revolver à son tour et de le plaquer contre sa cuisse.

— Ne fais rien jusqu'à mon signal.

Forrest approcha du pont et les deux occupants du second véhicule sortirent. L'un serrait contre sa poitrine une mitraillette Thompson, l'autre brandissait un fusil. Jack ne les avait jamais vus auparavant. Rakes dit quelque chose aux deux hommes puis, écartant les pans de son manteau noir pour montrer son holster, posa les mains sur ses hanches. Abshire jeta sa cigarette et avança à la rencontre de Forrest. Jack se posta près de la vitre baissée d'Everett.

— Écoute, dit-il, en cas de grabuge, fais demi-tour et retourne à la station. Laisse la Chevrolet là-bas et fous le camp. Compris ?

Everett acquiesça. Ses mains étaient cramponnées au volant.

Abshire et Forrest échangèrent quelques mots puis Abshire revint vers Rakes en secouant la tête. Forrest se tourna vers Jack et lui fit signe de rengainer. Jack fourra le revolver dans sa poche de manteau, gardant tout de même la main sur la crosse. Rakes hocha la tête à l'adresse des deux hommes derrière lui puis avança à grands pas jusqu'à la clairière, passant devant Jack et s'arrêtant près des trois voitures. Le revolver était glissant dans la paume de Jack et il pressa plusieurs fois la sécurité sur la crosse pour affermir sa prise. Il remarqua les taches de terre et de graisse d'essieu sur son manteau en poils de chameau. *Bon sang, qu'est-ce qu'il fout, Howard ?* Rakes arriva devant la voiture de Forrest et regarda à l'arrière. Il passa ensuite à la voiture d'Everett.

— Qu'est-ce qu'il y a là-dedans, mon gars ?

— Rien, intervint Jack. Des provisions pour la station.

Rakes se releva.

— Ce n'est pas à toi que je parle !

— Eh ben, je réponds quand même : il n'y a rien d'intéressant.

— Ah oui ?

Les yeux de Rakes s'attardèrent sur la couverture recouvrant les bidons sur la banquette arrière.

— Bah, après tout, je crois bien qu'il n'a rien, dit-il.

Il passa à la voiture de Jack, nettoya la couche de givre sur le pare-brise arrière et regarda à l'intérieur. Oppressé par le vaste espace de la petite clairière, Jack resserra sa prise sur la crosse du revolver en s'efforçant de respirer à un rythme régulier. *Forrest a dû arranger le coup : ils vont nous laisser passer. Du calme. Rakes ne va rien tenter. Pas dans ce genre de situation...*

— Mais *toi*, par contre, tu as quelque chose, pas vrai ?

Rakes retourna sur le pont et alla s'asseoir au volant de sa voiture. Abshire revint discuter avec Forrest et les deux acolytes du shérif se postèrent de part et d'autre de leur véhicule, crosse de leur arme solidement calée contre leur hanche. Jack avança vers son frère, en pleine discussion avec Abshire.

— Si vous acceptez d'en laisser passer un, vous pouvez très bien laisser passer les autres, disait Forrest.

— Non. On doit garder les deux autres.

— Impossible, intervint Jack.

Abshire lui jeta un coup d'œil et remonta son col sur ses oreilles.

— Écoute, fiston, je vais être clair : la voiture qui n'a rien peut passer. Et rangez-moi ces foutus revolvers !

— On ne peut pas vous laisser les autres voitures.

L'expression anxieuse sur le visage de son frère rendait Jack encore plus nerveux. Il triturait toujours l'arme dans sa poche. La clairière était silencieuse, de plus en plus chaude sous le soleil de midi.

— Retourne aux voitures, lui dit Forrest. Dis à Everett de faire demi-tour et rentre à la maison.

— On a besoin de toutes les voitures. Ils n'ont pas le droit de nous les prendre.

— Quoi ? dit Abshire. On n'a pas peur de vous, les gars. Autant vous rendre tout de suite.

Forrest s'interposa.

— Écoutez, Henry, dit-il d'une voix calme, si vous ne nous laissez pas traverser le pont, l'un de vous va rester sur le carreau.

— Ne fais pas l'idiot, dit Abshire.

Forrest se pencha vers Jack.

— Retourne à la voiture et dis à Everett de partir.

Jack alla voir Everett et lui transmit l'ordre de Forrest. *Et voilà, quatre cents dollars qu'on ne touchera pas*, songea-t-il en voyant la Chevrolet faire demi-tour et quitter la clairière. Où était Howard ? S'ils négociaient quelque chose et qu'Howard apparaissait tout à coup, la situation risquait de dégénérer. Mais si le ton montait avec Abshire et Rakes, Jack aurait préféré sentir Howard à ses côtés.

Une fois Everett parti, Rakes approcha et alla inspecter la voiture de Jack pendant qu'Abshire et Forrest discutaient toujours à l'entrée du pont.

— On va devoir saisir ces voitures, annonça Rakes. D'ici, vous pouvez très bien rentrer à la station à pied.

Il fit le tour du véhicule pour aller du côté conducteur mais Jack fut plus rapide et, par la vitre baissée, retira d'un coup sec les clés de contact. Rakes dégaina brusquement son revolver et le pointa sur Jack quand le jeune homme ressortit de l'autre côté du capot.

— Tu joues au plus malin, dit-il.

— J'estime que j'ai le droit de prendre les clés d'une voiture qui m'appartient.

— Sauf que, comme je te l'ai dit, on va devoir confisquer cette voiture.

Jack se demanda quelle attitude adopter. Les clés étaient dans sa main droite, du même côté que le revolver dans sa poche. Il n'aurait jamais le temps de dégainer assez rapidement.

À cet instant, Howard entra avec fracas dans la clairière. La Ford vert sapin chassait à gauche et, en corrigeant difficilement la trajectoire, Howard parvint à s'arrêter à quelques centimètres derrière la voiture de Jack. Jamais Jack ne s'était senti aussi soulagé de voir arriver son frère. Le coffre de la Ford était défoncé et, d'après l'odeur puissante, on devinait que certains bidons étaient crevés et laissaient couler de l'alcool. Un tourbillon de vapeur monta de l'arrière de la voiture. Howard respirait fort, ses yeux n'étaient plus que de minces fentes.

— Allez, donne-moi ces putains de clés, grogna Rakes.

Je vais lui proposer de l'argent. Jack pensait aux soixante-dix dollars dans sa poche avant.

— Écoutez, dit Jack, j'ai un petit quelque chose pour vous dans ma poche…

Il mit la main dans sa poche mais Rakes arma son revolver.

— Tu cherches quoi, là, gamin ?

— J'ai soixante-dix dollars dans cette poche.

— Je crois plutôt que tu as une arme.

Jack le vit fermer un œil et le mettre en joue. Alors, il leva les deux mains en l'air, tressaillant au dernier moment quand Rakes fit feu.

— *Non !*

La balle frappa Jack sur le côté, juste sous le bras. Ce fut comme un coup de marteau, qui fit basculer son torse et pivoter ses pieds dans la neige. Il n'avait pas entendu la détonation initiale mais plutôt son écho répété qui semblait venir de très loin. Il cria :

— *Forrest !*

Jack s'écroula sur le ventre et sur les coudes, la tête toujours dressée, sans véritable douleur mais avec une sensation de chaleur sous l'aisselle qui gagnait peu à peu sa poitrine. Il vit Forrest s'élancer vers lui, suivi d'Abshire qui avait sorti son revolver. Son frère courait à toute vitesse, dents serrées, visage grimaçant, main cherchant son revolver dans sa poche. Rakes se retourna, s'accroupit et tira sur Forrest qui se trouvait à une vingtaine de mètres de lui. Mais Forrest continuait d'avancer et Jack pensa : *Nom de Dieu, c'est peut-être vrai, alors…*

Mais Rakes prit appui sur un genou, tendit le bras et tira de nouveau, et soudain Forrest se plia en deux au niveau de la taille, avança encore de quelques pas puis s'effondra, tête baissée, une main plaquée sur le ventre.

Howard bondit de sa voiture, veste au vent. Rakes se tenait debout devant Forrest qui restait immobile, genoux écartés dans la neige, en appui sur les talons, mains croisées sur ses tripes.

— Ah ouais ! s'exclama Rakes. Et qui c'est, maintenant, l'enfoiré de fils de pute de dur à cuire ?

Puis il se tourna et braqua son arme sur Howard qui se figea sur place, une main sur la portière ouverte. Rakes arma le revolver.

Jack aurait voulu s'interposer mais il savait qu'il n'en ferait rien, même s'il avait eu la force nécessaire, même s'il avait eu toute la force du monde.

Abshire arriva juste à temps pour rabattre le bras de Rakes au moment où il tirait sur Howard. La balle se perdit dans la neige, soulevant une gerbe blanche.

Jack sentit un spasme chaud le long de ses côtes, dans sa poitrine, et il roula sur le flanc. Une tache sombre s'élargissait en travers de sa veste et son bras gauche tomba par terre, engourdi. Jack fixa du regard ses doigts puis sa manche sale, comme des choses étrangères qui ne lui appartenaient pas. Puis un frisson le parcourut, il inclina la tête en arrière et il regarda le ciel rapetisser jusqu'à n'être plus qu'une tête d'épingle noire.

29

Les yeux de Jack pesaient comme de l'acier et sa bouche était si sèche qu'un éclair de terreur le traversa : quelqu'un l'avait étouffé avec de la terre. On essayait de le noyer, comme Cricket Pate. Il tenta de bouger son corps mais son torse était pris dans quelque chose, quelque chose qui s'enroulait autour de sa poitrine. Ses hanches et ses fesses semblaient posées sur des draps, dont il sentait aussi le contact sur ses mains. Il était dans un lit. Il en éprouva un soulagement qui couvrit brusquement son visage de sueur. Il lutta pour ouvrir de nouveau les yeux. Des formes sombres l'entouraient. La lumière assourdie d'une lampe, les plis du linge de lit blanc étendu sur son corps, la bosse formée par ses pieds… Une forme sombre se déplia sur sa droite et se pencha sur lui.

— Salut, fiston.

Il ne connaissait pas cette voix. L'homme portait un costume trois-pièces foncé. Une chaîne de montre-gousset pendait à sa poche de gilet. Une silhouette haute et voûtée. Jack remua les lèvres mais il ne pouvait pas parler, sa gorge paraissait tapissée de sciure. Ses tripes se nouèrent tandis que se réveillait la sensation accablante de la terreur. *Où est mon père ?* L'homme se plia en deux pour s'approcher du visage de Jack. Un long visage équin et charnu, avec un menton écrasé par un col crasseux.

— Ça a l'air d'aller, reprit Floyd Carter.

D'autres hommes se matérialisèrent autour du lit de Jack. Ils portaient des chapeaux et de longs manteaux et croisaient les bras. L'un d'eux bougea et Jack entrevit une fenêtre. Il faisait sombre, la vitre était striée de pluie. *Quel jour sommes-nous ?*

Floyd Carter se colla contre l'oreille de Jack.

— Je me suis dit qu'une petite visite de la Midnight Coal Company pourrait te faire plaisir. Après tout l'argent que nous avons gagné ensemble, pas vrai ?

Il sourit, découvrant une rangée de dents chevalines aux teintes jaunâtres, puis se colla de nouveau à l'oreille de Jack.

— Je t'ai apporté quelque chose, murmura-t-il.

Carter prit un morceau de papier plié qu'il agita devant le visage de Jack. Puis il saisit un livre sur la table de chevet, l'ouvrit, observa le contenu pendant un moment. Avec un gloussement, il montra la couverture du livre aux autres hommes, puis glissa le morceau de papier entre deux pages.

— C'est ton amie qui te l'a apporté tout à l'heure. Elle l'a laissé ici.

Il referma le livre et montra la couverture à Jack : *La Sainte Bible.*

— *Bertha est venue ?*

Carter tapota le livre d'un air pensif puis caressa son dos avant de le reposer sur la table.

— Une gentille fille, Jack. Tu devrais l'épouser une fois que tu seras sorti d'ici.

— Forrest, croassa Jack.

— Il va s'en tirer, répondit Carter. Ton papa est venu aussi. Avec M. Lee. Apparemment, ils ont trouvé un accord : le bureau du procureur du comté va payer la facture de l'hôpital et abandonner les poursuites. Vous réglerez vos comptes avec Rakes plus tard, pas vrai ?

De nouveau, Carter se pencha sur l'oreille de Jack.

— Écoute, chuchota-t-il, sur ce papier j'ai écrit les noms des deux hommes… des deux hommes qui ont attaqué ton frère. Donne-le-lui toi-même, si tu veux.

Carter se releva et les hommes firent de même en réajustant leur tenue.

— Il faut plus qu'une balle pour tuer Forrest, tu dois le savoir maintenant. Prends soin de toi, Jack. Et passe nous voir à l'occasion.

Les hommes quittèrent la chambre et Jack, les épaules enveloppées de bandages, tendit le cou pour regarder la table de chevet et voir la Bible posée là, un morceau de papier dépassant de sa tranche comme un marque-page.

*

Dans la cuisine, Lucy remuait des prunes de Damas caramélisant dans une casserole. Sa robe en coton pendait sur ses épaules et soulignait ses hanches osseuses. Elle paraissait si petite, si fragile qu'Howard craignait parfois qu'elle soit malade. Mais quand il franchit le seuil de la cuisine, elle se tourna vers lui avec un grand sourire de soulagement, le front et le cou resplendissants de santé, et se jeta dans ses bras.

— Oh, seigneur ! Je suis tellement heureuse de te voir !

Howard se redressa, basculant légèrement en arrière, et les pieds de Lucy décollèrent du sol. Elle resta là, suspendue à sa gigantesque carcasse, bras passés autour de son cou, tête posée sur son torse.

— Où est le bébé ? chuchota Howard à travers ses cheveux.

— Elle dort. Elle dort profondément. Oh, Howard, depuis quelques jours elle dort et elle mange très bien. Tu devrais voir ça ! Tout le monde va bien ?

— Jack sera sur pied dans quelques semaines. Forrest a été salement amoché mais il va s'en remettre.

Howard sentait contre lui les vertèbres et les côtes de Lucy mais elle avait un bon poids, une densité confortable et ses os étaient solides. Il la berça doucement d'un côté puis de l'autre, les pieds de Lucy se balançaient en cadence.

— J'ai failli les perdre, dit-il. J'ai failli les perdre tous les deux.

— Oh, Howard, tout va s'arranger.

— Je suis tombé dans le fossé en descendant la colline, il a fallu que je pousse la voiture… Si j'étais arrivé plus tôt…

— Mon Dieu, Howard, ne dis pas ça. Je t'en supplie, ne dis pas ça.

Il sentit sa gorge se nouer et se mit à haleter pour reprendre sa respiration.

— Tu es un homme bon, reprit Lucy. Tu m'entends, Howard ? Un homme bon.

Il savait que sa force lui permettrait de rester toute la nuit debout à serrer sa femme contre lui. Mais cela suffirait-il ?

Lucy enfouit son visage contre son cou.

— Ne me laisse pas partir, dit-il.

— Impossible. Je t'ai dans la peau.

Il la pressa tendrement, en contrôlant sa force, et entendit un souffle s'exhaler de ses petits poumons. Elle frotta son nez contre son cou.

— Tiens bon, murmura Howard.

Cette nuit-là, Howard était allongé dans son lit, Lucy lovée contre son corps. Le bébé dormait à côté d'eux, dans son berceau, et la chambre plongée dans l'obscurité était comme calfeutrée par leurs respirations. Howard, qui n'avait pas fermé l'œil depuis plus de deux jours, s'endormit presque aussitôt. Il vit en rêve une longue route blanche qui s'étendait jusqu'à l'horizon. À y regarder de plus près, il s'aperçut que ce n'était pas une route mais plutôt une rivière qui serpentait légèrement dans un halo de soleil atone. Tout autour, un froid et une blancheur aveuglants. Ses mains lui faisaient mal et, quand il les leva devant ses yeux, il constata qu'elles étaient abîmées, striées de coupures profondes, et que des croûtes couvraient ses phalanges. Au loin, une silhouette se détacha du fond blanc : quelqu'un se tenait sur la rivière gelée. Howard avança d'un pas hésitant, dérapant sur la glace. La silhouette était comme secouée de convulsions, se pliait en deux sur un rythme rapide. C'était Forrest, et il jetait son corps sur la glace : il attaquait la surface gelée à la hache, frappant à coups répétés dans des gerbes de gouttelettes et de glace. Howard essaya d'appeler son frère mais sa voix se perdait dans une sorte de bruit blanc, une vague où les sons se solidifiaient. Forrest brandissait à deux mains la hache au-dessus de sa tête, pieds bien écartés, tailladant méthodiquement le même endroit, avec des gestes presque trop rapides, comme s'il était mû par une force étrange. *Forrest !* cria de nouveau Howard, et il entendit le nom résonner dans son esprit mais il savait la scène plongée dans le silence. Il apercevait les fins cheveux sur la tête de son frère, son nez comme un bec de faucon, sa chemise et son pantalon en laine, les mains nues qui débitaient la glace, inlassablement. Aucune cicatrice, aucune balafre sinueuse sous son menton. Soudain, Howard remarqua un mouvement et, en baissant les yeux, il vit une onde noire sous la glace, une ombre qui se déplaçait sous eux, une forme gigantesque de plus de quinze mètres. *Forrest ! Arrête !* hurla-t-il. Mais les coups de hache de son frère redoublaient.

*

Maggie ferma les volets sur toutes les fenêtres et la station de Blackwater resta fermée pendant quatre semaines, la durée du séjour de Forrest à l'hôpital. Au bout de quelques jours, Everett Dillon se présenta à la station et trouva porte close. C'était un matin, la neige tombée la semaine précédente n'était plus qu'une croûte marbrée, une bordure tachetée de brun le long de la route. La neige sur l'aire de stationnement était encore étincelante et, même, intacte. Everett frappa plusieurs fois à la porte. À l'étage, un rideau bougea et il vit Maggie qui le regardait. Il lui indiqua la porte, secoua la poignée, mais Maggie laissa retomber le rideau et s'écarta de la fenêtre. Everett resta un moment devant la station, et entendit le lointain murmure d'une musique.

*

Un jour, Jack se réveilla pour trouver Bertha assise à côté de son lit, tenant dans la main le papier avec les deux noms. Elle lui demanda ce que c'était, et il lui expliqua.

— Jack, tu ne peux pas lui donner ce papier. Tu ne peux pas.

— Pourquoi ?

Bertha glissa le papier dans la Bible posée sur ses genoux, et croisa les deux mains sur la couverture. Elle affichait une moue désapprobatrice et respirait rapidement par le nez.

— Tu sais ce qu'il va faire.

Les côtes de Jack lui faisaient si mal qu'il ne put retenir une grimace. C'était le crépuscule, ou peut-être le matin. La lumière était indéfinissable.

— Jack ? Promets-moi que tu ne lui donneras pas ce papier.

Il tourna la tête vers elle sur l'oreiller. Bertha était livide et le fixait d'un regard dur. La fenêtre donnait sur l'obscurité mais il entendait le vent frapper la façade du bâtiment. *Quelle heure est-il ?* se demanda-t-il.

— Il faut me promettre, répéta Bertha, ou je te jure que tu ne me reverras jamais.

Pendant les quelques semaines qu'il passa à l'hôpital, Jack dormit par intermittence mais rêva longuement et précisément de son grand-père. Le vieillard l'exhortait à tenir bon. Longue barbe au vent, yeux lançant des éclairs, il le conduisait dans une forêt profonde, l'attendait dans l'embrasure d'une porte de grange, lui faisait signe à l'autre bout d'un champ enneigé.

Son grand-père était un homme vif, toujours en train de travailler et d'essayer de grappiller quelques dollars, sans jamais réussir à amasser grand-chose. Chez les Bondurant, la plupart des hommes, à commencer par Jack et ses frères, partageaient avec les plus pauvres la même obsession curieuse : ils rêvaient d'énormes liasses de billets, de poches remplies de pièces de monnaie, de petits tas d'argent synonymes de petites ambitions. Ils misaient leur salut sur quelques dollars. Un pari absurde, au bout du compte, car il aurait fallu beaucoup plus d'argent pour les faire sortir de ce tunnel où ils avaient chuté dès la naissance.

Dans le testament qu'il avait rédigé d'une écriture grossière, le grand-père de Jack laissait à son fils Granville trois acres de terrain, deux mules à bout de souffle et un garçon noir nommé Julius qui avait grandi avec eux mais était parti depuis plusieurs années.

Jack se souvenait du vieillard assis sur son lit, sculptant ses petits personnages. Le regard féroce de Forrest quand il jouait avec eux près du ruisseau puis les cachait dans les bois, dans un rondin creux. Au bout de quelques mois, les conditions météorologiques avaient fini par altérer les figurines, les déformant, les faisant gonfler. Le bois s'était décoloré, couvert de moisissures et de champignons qui le faisaient éclater, donnant l'impression que les soldats éclataient de l'intérieur. Ayant eu le temps de mémoriser chaque personnage et le rôle qu'il jouait, Forrest put continuer à jouer avec eux lorsqu'ils devinrent méconnaissables, simples morceaux de bois pourri. Lorsqu'ils s'effritaient sous ses doigts, il enterrait les fragments moisis. Avec le temps, les rangs de ses armées se clairsemèrent.

Par un après-midi d'hiver, Jack observait son frère qui, à l'aide d'un bâton, creusait un trou dans le sol glacé de Snow Creek. Il s'était caché dans un petit bosquet de catalpas, le long du ruisseau, et le givre qui couvrait la terre trempait ses genoux. Les corvées de l'après-midi étaient terminées, l'heure du dîner approchait. Quand Forrest eut fini et rejoignit la maison en traversant le champ à grandes enjambées, Jack se faufila jusqu'au trou et déterra soigneusement la figurine. Les restes du personnage révélaient son importance : un soldat à cheval. Déformé par le gel, il brandissait un chapeau à larges bords comme pour faire signe à ses hommes et, dans son autre main, un sabre fièrement dressé menaçait l'ennemi. Prêt à encourager ou à frapper. Son torse était cabré en arrière et sa tête inclinée selon un angle inhabituel, légèrement de côté, comme si le cavalier implorait le ciel pour obtenir une faveur.

Jack resta agenouillé dans la vase glacée pendant quelques minutes, étudiant attentivement la figurine, la tournant entre ses doigts gourds. Quand le froid fit tressaillir son corps, Jack replaça le soldat dans le trou qu'il remplit soigneusement de terre. Il se releva et vit alors Forrest sur la crête de la colline, à plusieurs centaines de mètres, silhouette inclinée sur le ciel indigo, en train de l'observer. Forrest resta encore quelques minutes immobile. Puis il se retourna et disparut dans la pénombre.

Jack attendit une heure entière près du ruisseau, claquant des dents, avant d'oser rentrer à la maison. À table, pendant le dîner, Forrest resta impassible, tel un spectre. Au moment d'aller se coucher, Jack, en pleurs, supplia sa mère de le laisser dormir dans la chambre parentale, par terre, pour ne pas avoir à partager son lit avec Forrest.

— Ça ne va pas bien, toi ? répliqua Granville.

Mais sa mère finit par accepter et l'installa, enveloppé dans des couvertures, sur le plancher près de leur lit.

Le lendemain matin, Jack se réveilla fiévreux et il passa toute la semaine en sueur, les yeux larmoyants, avalant les bouillons chauds que lui préparait sa mère, quand elle ne lui prodiguait pas de vigoureuses frictions à l'alcool. Lorsqu'il fut rétabli, il retourna dormir avec Forrest.

Forrest ne parla plus jamais des figurines, ni à Jack ni à quiconque, et plus personne dans la famille n'y fit à nouveau allusion.

30

1933

Quelques années plus tard, Forrest supervisait le chargement d'une longue remorque dans son campement, situé sur un terrain fortement boisé près de Smith Mountain, au cœur d'une cuvette entourée de crêtes desservie par une route en lacets très abrupte. Forrest avait embauché un contremaître pour superviser le campement mais il passait encore régulièrement, surtout les jours de chargement et de livraison. Toujours en retrait des manœuvres, sa présence avait quelque chose de fantomatique. De temps en temps, un ouvrier maniant une scie de travers ou rabotant des planches se retournait et voyait sa silhouette anguleuse dans le bosquet inondé de soleil, avec les pointillés de sa cicatrice en travers du cou.

Des troncs de chênes adultes de six mètres de haut avaient été élagués, empilés et sanglés pour être transportés hors de la cuvette par un tracteur chenillé à moteur auxiliaire. Au niveau du premier lacet, Forrest marchait à côté de la remorque avec d'autres hommes pour surveiller les mouvements de la cargaison pendant que le tracteur gravissait péniblement la colline. La remorque brinquebalait dans la montée et, dès le deuxième lacet, un bruit déchira l'air, comme des cris poussés par des nuées d'oiseaux. Il y eut un moment suspendu, les rondins se mirent à vibrer puis ils tombèrent de l'arrière de la remorque en un terrible mouvement ralenti.

*

Les témoins de la scène dirent qu'il ne chercha même pas à s'écarter : au contraire, il jeta son chapeau d'un geste rapide et fit face aux tonnes de bois qui roulaient vers lui.

Mais Forrest en réchappa. Whit Boitnott, cet homme que Forrest avait renvoyé du campement quelques années plus tôt, fut arrêté. Il avait été embauché la veille par le contremaître, qui n'était pas au courant de cette histoire. Whit avait coupé les sangles de la remorque devant d'autres ouvriers et, après son arrestation, s'était refusé à dire autre chose que : « C'était un accident. » Pendant les trois mois que Forrest passa, intégralement plâtré, au Rocky Mount Hospital, les charges retenues contre Whit Boitnott furent requalifiées en « mise en danger involontaire de la vie d'autrui » et sa peine de prison ramenée à trois semaines pour bonne conduite. Sur ordre du procureur du comté, Carter Lee.

Forrest était étendu sur son lit d'hôpital comme un totem, enveloppé dans le plâtre de la tête aux orteils, avec deux trous au niveau des yeux et deux pailles dans les narines pour lui permettre de respirer. Des tiges métalliques fixées à ses membres étaient attachées au lit par des sangles pour l'empêcher de bouger ou de se débattre. Les premières semaines, Forrest ne prononça pas la moindre parole, ne répondit à personne. Maggie passait en général tous les soirs, fumant et regardant par la fenêtre, soufflant de longs filets de fumée contre la vitre. Le jour, elle travaillait à la station avec Everett Dillon, toujours préposé aux pompes. Forrest était inconscient la plupart du temps et, quand il ouvrait les yeux, il restait silencieux, ses prunelles grises fixées au plafond, clignant parfois des paupières.

Un après-midi, Jack et Bertha étaient assis dans la chambre, sans un mot, regardant par la fenêtre la colline boisée de Grassy Hill. Derrière eux, Forrest dormait profondément. Jack avait posé une main sur celles de Bertha et pressait de temps en temps ses doigts.

— Ça n'est pas arrivé pour rien, finit par dire la jeune fille. Ce sera dans les cantiques de l'au-delà.

Elle se retourna pour regarder Forrest, allongé comme un cadavre, puis fixa Jack au fond des yeux.

— Au paradis, dans l'au-delà, les anges chantent des cantiques sur notre monde. C'est ce que disait mon grand-père. Toutes nos histoires, toutes nos vies deviennent des cantiques. C'est de cette façon qu'on peut s'en souvenir. C'est cela qui donne un sens aux choses. Le problème, c'est qu'on doit d'abord vivre dans ce monde-ci, supporter notre vie dans ce monde.

Elle prit la main de Jack en se souriant doucement à elle-même. En cet instant, Jack eut l'impression qu'une partie jusqu'alors incompréhensible du monde venait de s'ouvrir à lui et l'amour qu'il éprouvait pour Bertha, amplifié et intensifié par les événements, emplit la chambre de son éclat.

Un soir, pendant le deuxième mois d'hospitalisation de Forrest, Jack arriva à l'hôpital au moment où Maggie s'apprêtait à partir. Depuis l'embrasure de la porte, il la vit passer les mains sur la tête plâtrée de son frère, suivre la bosse de son nez, de son menton et longer son cou. Elle semblait dessiner du bout des doigts la ligne de sa cicatrice, d'avant en arrière, en plongeant les yeux dans ceux de Forrest. Jack remarqua le regard intense de son frère, ses clignements de paupières répétés. Sur la table de chevet, Maggie avait posé une photo d'eux : ils étaient devant la station de Blackwater, Forrest mains sur les hanches, Maggie impassible, la bouche formant un pli maussade. À côté de la photo, un petit morceau de bois vermoulu, une spirale noueuse évoquant une silhouette humaine.

*

— Viens par ici, dit un jour Forrest à Jack. Il y a un truc que tu dois savoir.

Après deux mois d'hôpital, Forrest était toujours dans le plâtre des pieds à la tête. Les fractures de son crâne s'étaient réduites et, bientôt, la gangue autour de sa tête pourrait lui être retirée mais, pour le moment, il regardait toujours à travers les trous usés de son plâtre, bordés d'une croûte de saleté et de sueur, et sa bouche était un trou irrégulier souillé de nourriture, de boisson et de salive.

Jack était assis à son chevet, lisant à haute voix un passage de la Bible, un rituel initié par Bertha et qui semblait plaire à Forrest. Les deux frères avaient passé de longues heures ensemble de la sorte, Jack lisant toute la journée d'une voix monocorde jusqu'à l'arrivée du soir, Forrest fixant le plafond et remuant les membres sous le plâtre dans un frottement de peau discret. Maggie lui consacrait la plupart de ses soirées et travaillait à la station-service le jour en compagnie d'Everett. Parfois, Jack venait lui prêter main-forte.

Jack posa la Bible sur ses genoux, ses paupières fatiguées se baissèrent. La lampe de la table de chevet dispensait une lumière chiche et le ciel s'obscurcissait rapidement derrière la fenêtre.

— Avant que Maggie arrive… dit Forrest.

Sa voix avait épaissi et il remuait péniblement ses lèvres craquelées. Jack se pencha vers lui car, bien souvent, Forrest avait des difficultés à articuler distinctement. Il remarqua une intensité inquiétante dans les yeux de son frère.

— Tu veux que j'appelle quelqu'un ? demanda Jack. Tu as mal ?

Les commissures des lèvres gercées de Forrest s'abaissèrent imperceptiblement. Il y eut un chuintement de pas dans le couloir et les yeux de Forrest se tournèrent vers la porte entrouverte où filtrait une lumière terne.

— Cette fameuse nuit, au County Line, c'est Maggie qui m'a tiré d'affaire.

— Elle était là ?

Forrest ferma les yeux et les plissa avec effort. Jack eut l'impression que tout son corps vibrait dans la carcasse de plâtre, comme un insecte au moment de sa mue générant sa nouvelle peau.

— Quand ils m'ont taillé, elle était encore là, à l'intérieur du restaurant. Je l'ai entendue hurler. Pendant que j'étais allongé dans la cour. Je n'ai pas compris ce que c'était. Ça ne rimait à rien.

Forrest ouvrit les paupières et regarda Jack. Ses yeux étaient écarquillés et vibrants. Un caillot brûlant se mit à grossir dans la poitrine de Jack. Il avait du mal à imaginer ce cri. Maggie n'était pas de ces femmes qui *hurlaient*.

— Elle n'a jamais voulu me dire ce qui s'est passé pendant que j'étais dans la cour, à me vider de mon sang.

Jack hocha la tête. Ses doigts se refermèrent sur la Bible.

— Quand on est arrivés à l'hôpital, je suis sorti de la voiture et je suis entré.

— Pourquoi tu ne leur as pas tout raconté ?

Forrest laissa échapper un petit rire sec qui se transforma en une toux rauque. Quand elle cessa, il sourit au plafond, content de lui.

— C'est que… je croyais que j'étais *mort* !

— Eh bien, répondit Jack, je suppose que c'est à moi de te dire quelque chose…

31

Septembre 1934

Il était presque minuit quand on frappa lourdement à la porte de Jack. Bertha dormait, le bébé assoupi à côté d'elle. Des petites bulles de salive iridescentes se formaient à chacune de ses respirations calmes. Étendu dans l'obscurité, Jack écoutait le bruit de leurs poumons se remplissant d'air. Les coups frappés à la porte étaient impérieux et, l'espace d'un instant, Jack se souvint de la visite nocturne de George Brodie. Combien il avait regretté, depuis, que son père ait ouvert cette nuit-là !

Il bondit hors du lit, Bertha le retint par un bras.

— Seigneur, Jack !

Le bébé toussa et se mit à pleurnicher.

Jack enfila son pantalon. Le calibre .22 était sur son étagère au-dessus de la cheminée. Le plancher du porche grinça sous les pieds du visiteur. Qui actionna le verrou de la porte. Jack alla se poster contre la fenêtre et jeta un coup d'œil au-dehors. Devant la porte close, une haute silhouette dissimulée sous un manteau et un chapeau. Forrest. Jack alluma la lampe à huile et ouvrit. Derrière son frère, Jack reconnut la forme imposante d'Howard, debout dans la cour sombre.

— Tu avais raison, dit Forrest. On sait où ils sont.

Quand la machine est lancée, on ne peut plus rien faire pour l'arrêter, pensa Jack en enfilant son manteau.

*

La Ford V8 1932 de Forrest roulait en direction du nord. Howard soupira et prit une bonbonne posée entre ses jambes, dévissa le couvercle et le jeta dans la nuit qui filait par la vitre baissée. Il avala plusieurs rasades d'alcool, amples et désespérées, qui embuèrent ses yeux. Un fusil était posé en travers de ses genoux. À côté de lui, sur la banquette, une boîte de cartouches. Tout en conduisant, Forrest sortit de sous son siège un revolver et, sans regarder, le tendit à Jack. C'était le .38 avec la sécurité dans la crosse.

— Ne dégaine pas sauf si tu as l'intention de t'en servir, dit Forrest en regardant le pare-brise. Si tu veux le lancer sur quelqu'un, tu as intérêt à vider d'abord le barillet.

Jack glissa l'arme dans sa poche de manteau et une montée de bile serra son torse comme un étau. Howard lui repassa la bonbonne et Jack avala d'autres gorgées qui apaisèrent sa poitrine et ses boyaux. Il s'essuya le front avec sa manche et la traînée de sueur le surprit. Bientôt, l'intérieur de la voiture s'emplit de l'odeur aigre de la transpiration. En regardant l'arrière du crâne de Forrest, Jack s'aperçut qu'il était incapable de refuser quoi que ce soit à son frère. En même temps, il ne pouvait s'empêcher de penser qu'un signal aurait dû lui faire comprendre que son heure était venue. Il ne se sentait pas prêt. La voiture tressautait sur la route pleine d'ornières, les faisceaux des phares frappaient les arbres au détour des virages. Howard gardait un visage placide, yeux mi-clos et, en le voyant, Jack se sentit rassuré.

Ils traversèrent le comté vers l'ouest pendant presque une heure et s'arrêtèrent à une station-service à l'est de Rocky Mount. Jack ne connaissait pas cet endroit. Il était minuit passé mais huit voitures étaient encore garées sur le terre-plein et, à l'étage, de la lumière filtrait par les minces rideaux. Forrest éteignit les phares et contourna avec dextérité le bâtiment pour se garer à l'arrière.

Des rires et de la musique leur parvenaient depuis la fenêtre à l'étage. Jack tenta d'identifier la chanson – sans y parvenir. Assis côté passager, Howard tenait le fusil, une main sur le canon froid et graisseux, l'autre posée nonchalamment sur le pontet. Ses doigts tapotaient l'arme au rythme de la musique. Jack lui rendit la bonbonne et il but encore avant de la tendre à Forrest.

Le rayon de lumière poussiéreux de la fenêtre à l'étage oscillait chaque fois que des hommes passaient devant lui, jetant des ombres chinoises sur le pare-brise et sur les arbres. Jack sentit le ciel s'élever au-dessus de sa tête et il sut qu'il allait s'ouvrir, telle une route bien nette et bien droite fendant les montagnes. Howard semblait avoir trouvé une position confortable sur son siège. Forrest surveillait la porte de la station-service.

Jack pensa à la lumière des bougies, au poêle chaud, à ses sœurs qui lui ficelaient les doigts et parlaient entre elles un langage calme et secret. Il pensa à sa mère qui le serrait contre elle tandis que, dehors, un grand feu de bois crépitait. Il pensa à ses sœurs étendues l'une à côté de l'autre sur le parquet, au visage de sa mère recouvert d'une courtepointe.

Ce type a marché pendant vingt kilomètres sous une tempête de neige avec la gorge tranchée…

Howard pensait à ce que lui avait dit Jack une nuit, au camp de la scierie, devant un feu de camp : *Forrest ne se laissera jamais tuer par un autre homme.* Ils avaient trop bu, la nuit était bien avancée, la forêt obscure s'ouvrait devant eux comme un champ et, de temps en temps, face à la petite sphère du feu, Jack se fendait d'une déclaration qui traduisait sa vision grandiose du monde.

— Forrest croit que le monde est une chose unique, mais il se trompe. Tu sais, j'ai vu ce qui se cache sous la terre… C'est une chose terrible et magnifique.

Howard aimait l'entendre lutter avec les mots. Les yeux de son frère étaient empreints d'une telle sincérité qu'il était difficile de ne pas le regarder.

Howard sentit une douleur sourde étreindre ses côtes et il changea de position sur son siège. Il songea à Lucy et à leur fille qui grandissait et devenait un petit animal des bois agile. Il allait arrêter les cartes, mettre de l'argent de côté et, peut-être, l'an prochain, se trouver un travail régulier à Martinsville, dans l'usine de textile. Il allait y avoir du changement dans sa vie. Le monde se brouilla de l'autre côté des vitres. La voiture se transforma en un promontoire devant lequel les collines, les arbres et les nuages filaient à une vitesse vertigineuse.

Il avala une nouvelle gorgée d'alcool, regarda à travers le pare-brise boueux et vit un pays au loin, un pays au-delà de ce pays. Il serra le fusil posé sur ses genoux et se sentit comme les chênes immémoriaux au plus profond des forêts : le regard perdu vers le soleil, au-dessus de leur cime, mais les pieds enracinés dans le cœur même de la terre. Il tiendrait bon.

Une heure plus tard, des hommes commencèrent à sortir en file indienne de la station et à rejoindre leur voiture, certains parlant et riant, d'autres silencieux, chapeau enfoncé sur les yeux, marchant du pas traînant de ceux qui viennent de perdre de l'argent. Le bruit à l'étage s'apaisa peu à peu pour laisser la place aux grésillements de la radio et au raclement occasionnel des meubles sur le parquet. Quand il ne resta plus que deux voitures garées sur le terre-plein, Forrest fit signe à Howard et les trois frères s'extirpèrent de la Ford. Howard glissa le fusil sous son long manteau et palpa dans ses poches les cartouches supplémentaires. Forrest vérifia que son revolver était bien chargé en jetant un coup d'œil à la fenêtre à l'étage.

— Tu es prêt, Jack ? demanda Forrest entre ses dents.

Il fit tourner le barillet de son arme.

— Ça va être rapide alors reste près de moi.

Jack acquiesça. Son cœur se mit à marteler sa poitrine quand ils contournèrent la maison pour arriver devant l'entrée.

— Howard entre le premier, murmura Forrest. Il s'occupe du premier type, toi tu passes après et tu assommes le deuxième type avec ton revolver. Pas d'erreur, hein, un grand coup juste au-dessus de l'œil. S'il essaye de s'enfuir, alors tu lui balances un pruneau, et encore un.

Jack referma la main sur la crosse en bois de son arme, dans sa poche. Elle était glissante. Trop glissante ? Saurait-il dégainer et pointer correctement son revolver sur l'homme ? Tout était calme. Jack regarda le rectangle blanc de la porte ouverte, les planches de l'escalier menant à l'étage. Son caleçon était trempé de sueur et la moiteur chaude de son entrejambe le démangeait.

La musique venant de la radio flottait dans l'air, soudain plus distincte. Jack la reconnut tout de suite : Bertha jouait souvent cet air à la maison, sur son banjo, en chantant doucement pour son fils, d'une voix aussi émouvante que celle de Sarah Carter.

The storms are on the ocean
The heavens may cease to be.
This world may lose its motion, love
If I prove false to thee.

Ses frères gravirent en silence les marches du perron. Ils arrivèrent devant l'embrasure de la porte. Howard pointa son fusil vers l'escalier et tendit le cou pour essayer de voir ce qui se passait à l'étage ; Forrest se tourna vers Jack et lui lança un regard perplexe. Trois marches le séparaient de ses frères mais ses pieds refusaient de les monter. Il était enraciné dans le sol, comme si la terre s'était refermée autour de ses jambes. Jack savait que Forrest le regardait et l'attendait. Il triturait le revolver glissant dans sa poche, comme s'il cherchait quelque chose – une illumination soudaine, une chanson oubliée – et il s'agitait, impuissant.

Forrest finit par indiquer la voiture d'un hochement de tête. Howard jeta un coup d'œil par-dessus son épaule, une seconde, puis Jack regarda ses frères monter l'escalier.

Il se retrouva derrière le volant et sortit le revolver de sa poche. La moiteur de ses mains avait rendu l'arme suintante et il la jeta sur le siège, dégoûté. Soudain, un crissement aigu de gravier – Jack vit un homme jaillir de la station et courir vers une des deux voitures. Jack récupéra à tâtons son revolver et visa maladroitement à travers le pare-brise. Le fuyard n'avait ni manteau ni chapeau et il ne se retourna pas tandis qu'il se débattait pour ouvrir la portière, entrer dans la voiture et mettre le contact. Le démarreur grinça à plusieurs reprises, puis le moteur vrombit et la voiture quitta en trombe le terre-plein. Jack regarda la fenêtre à l'étage. Il reconnut la voix de Forrest, dominatrice et grave, le bruit d'une chaise ou d'une table lancée par terre et ceux d'une lutte rapide et sauvage. Le silence retomba pendant un moment avant que n'éclate ce que Jack prit d'abord pour une détonation, un bruit cinglant et puissant qui résonna dans la nuit, se transformant peu à peu en un hurlement aigu et étranglé. Jack sentit ses yeux sortir de leurs orbites et il lâcha un juron en frappant le volant à pleines mains.

Seigneur, pensa-t-il, *Seigneur… C'était quoi ?*

Le hurlement reprit pendant une longue minute, d'abord aigu puis plus grave, plus inarticulé. Le bruit emplissait l'esprit de Jack et il fixa un point au-delà du pare-brise, se concentrant sur le fragment de terre rouge et de graviers éclairé par les phares, sur la haute silhouette des pins de l'autre côté de la route. Howard réapparut et descendit le porche, son fusil dans une main et un petit sachet en papier dans l'autre. Il marcha jusqu'à la voiture et s'installa sur la banquette arrière en posant le sachet à côté de lui. Jack remarqua que le fond du sachet était humide et taché. Howard ouvrit son fusil, vérifia les cartouches, puis s'enveloppa dans son manteau et s'étendit en arrière. Ses yeux étaient brillants et comme embués de larmes mais son corps semblait détendu. Il ne dit pas un mot à Jack.

Forrest apparut à son tour dans le faisceau des phares. Il marchait lentement et ouvrit la portière côté passager. Des sanglots entrechoqués résonnaient sur le terre-plein, ce bruit terrible d'un homme qui pleure. Avant de monter dans la Ford, Forrest se baissa, ramassa une poignée de terre et se frotta les mains rapidement, comme par un froid matin d'hiver dans un champ. Il s'assit enfin et adressa un signe de tête à Jack, qui s'engagea sur la route et mit le cap à l'est. Il roula d'abord lentement car la nuit était d'un noir opaque, percé seulement par le mince brin de paille coloré des phares. À l'arrière, le cliquetis du couvercle d'une bonbonne ouverte par Howard et jeté par la fenêtre, dans la forêt. L'haleine des deux frères flotta bientôt dans l'habitacle, mélangée au whisky de maïs et à une autre odeur – celle, douce et entêtante, du veau qui vient de naître, ou bien celle du porc vidé de ses tripes. Jack accéléra et la voiture s'enfonça à vive allure à travers les montagnes noires.

32

12 octobre 1934

Derrière le comptoir de son bazar, Granville Bondurant faisait les comptes de la journée. Une demi-douzaine de vieux habitués de Snow Creek se tenaient autour du poêle, chiquant ou râlant à cause du temps. Granville avait balayé le sol et couvert d'une bâche les barils de farine et de graines. Les flammes dans le poêle s'amenuisaient pour jeter une lueur ténue. Avec la tombée du jour, le froid s'installait, le sol était détrempé par des pluies sporadiques et les hommes prédisaient déjà du gel pour la nuit. Mais le sujet de discussion principal était le meurtre sordide du shérif adjoint Jefferson Richards, la veille au soir, criblé de balles sur la route près de l'église de la Congrégation d'Antioche, une semaine avant son témoignage devant le grand jury.

— Carter Lee fait le ménage, commenta un vieillard barbu en se grattant le cou.

— Et avec la manière, renchérit un autre. Ça fait beaucoup de plomb pour un seul homme…

L'arrivée d'une voiture fit crisser le gravier. Granville leva la tête en balayant du revers de la main ses factures pour retirer la poudre de crayon. Un instant plus tard, un homme de forte corpulence traversa la cour d'une démarche chaloupée. La porte s'ouvrit d'un coup, propulsant un courant d'air humide au ras du sol. Les vieillards murmurèrent en voyant Charley Rakes franchir le seuil du magasin. Son manteau était déboutonné, sa cravate de travers, son feutre incliné sur le front. Rakes s'immobilisa et jeta un regard autour de lui avant de s'approcher du poêle, manteau rejeté en arrière, mains écartées. Il puait le whisky et la sueur. Les hommes avachis autour du poêle changèrent de position en grommelant.

— Il faudrait ajouter quelques brindilles, ce truc est froid ! lança Rakes.

— Nous allons fermer, répondit Granville. Qu'est-ce que je te sers, fils ?

Rakes lui jeta un regard noir. Sous la bordure de son chapeau, ses yeux étaient hagards.

— De l'essence.

— Les pompes sont fermées.

— Alors rouvre-les !

Granville rangea ses factures en un petit tas et, mains posées de chaque côté sur le comptoir, fixa Rakes qui se balançait légèrement sur les talons.

— Qu'est-ce que tu veux, Charley ?

Rakes jeta un regard fou autour de lui puis revint vers Granville. Il passa la main dans son dos, sous son manteau, et tira de sa ceinture un revolver. Il le braqua sur la poitrine de Granville.

— Je veux te dire un truc…

Il se retourna et agita son arme.

— Je veux vous dire un truc, à tous !

— Allons, Charley, dit un des vieillards, calme-toi. On sait bien que les choses sont un peu…

— Vous ne savez rien du tout ! rugit Rakes. Tout le monde croit savoir, mais c'est des conneries !

Rakes pivota vers Granville, bras levé à mi-hauteur, serrant de toutes ses forces le revolver. Soudain, il parut épuisé, son visage rond et rubicond s'affaissa. Il recula d'un pas et s'essuya le front. Une petite bruine crépitait sur le toit et la fenêtre. Les hommes devant le poêle se mirent à traîner des pieds. Rakes garda la tête baissée quelques secondes.

— Tu devrais rentrer chez toi, Charley, finit par dire Granville.

Rakes s'essuya le visage et, serrant de nouveau son revolver, le pointa sur la gorge de Granville.

— Pourquoi ? Tu crois que j'aurais besoin de me cacher quelque part ?

Il regarda les autres hommes.

— Et vous ? Vous en pensez quoi ?

Ils enfoncèrent leur menton dans leur col et fixèrent le poêle comme s'il chauffait encore.

Rakes fit tomber un tabouret d'un coup de pied. Mais cela ne le satisfaisait pas : il attrapa un baril de graines et le renversa. Un nuage de farine monta dans la salle, soulevant un flot de fumée. Autour du poêle, les marmonnements redoublèrent. Rakes baissa les yeux sur son pantalon et, voyant une jambe couverte de farine, grommela un juron vengeur. Sans lâcher son revolver, il passa derrière le comptoir, prit les factures et le livre de comptes et les jeta par terre. Granville recula, le visage impassible, sans se départir de son calme. Rakes balaya des bras tout ce qui restait sur le comptoir, boîtes de conserve, chewing-gums, tabac, qui tombèrent par terre avec fracas.

— Je n'ai pas peur ! tonna Rakes. Je n'ai pas peur de ce salopard de Carter Lee !

Il braqua de nouveau son revolver sur Granville.

— Et je n'ai pas peur non plus de tes vauriens de fils !

Sa respiration était saccadée. Il s'essuya encore une fois le visage.

— Allez vous faire foutre, tous !

Il enfonça son chapeau et, agitant la main pour dissiper le nuage de farine, sortit en trombe. Les hommes se mirent à tousser en tapant leur manteau et leur pantalon.

Howard apparut alors sur le seuil de la réserve et traversa en silence le nuage blanc. Derrière le comptoir, Granville baissa les yeux vers le sol quand son fils passa devant lui. Si les autres hommes présents dans le bazar virent Howard s'élancer à la poursuite de Rakes, ils n'en laissèrent rien paraître.

La pluie cessa et le ciel devint noir. Peu après, Charley Rakes se gara dans l'allée de terre menant à sa cabane. Une bougie brûlait devant la fenêtre et les chiens dans l'arrière-cour se mirent à aboyer. Rakes claqua sa portière. Il sortit une mince bouteille de sa poche et avala une rasade avant de s'essuyer la bouche et le visage du revers de la manche. D'un côté de la maison, la colline descendait en pente raide vers les bois traversés par un bras étroit de Blackwater Creek. Une lumière tremblait à la lisière des arbres. Rakes la fixa du regard. Un vacillement jaune. Une bougie brûlant à l'orée du bois.

Rakes tourna précipitamment la tête et, pivotant sur place, regarda la maison, la voiture, les bois. Sa respiration l'entourait d'un nuage de vapeur. Il remit la bouteille dans sa poche, sortit son revolver et contourna la cabane pour descendre la colline jusqu'à la clôture. Il scruta les arbres mais l'obscurité était immense et totale, à l'exception du halo lumineux autour de la bougie. Elle était fixée sur un poteau de la clôture et une concrétion de cire s'était formée à sa base. Rakes resta aux aguets un long moment, revolver brandi en direction du bois, écoutant attentivement. Les chiens flairèrent son odeur et cessèrent d'aboyer. Le ruisseau gargouillait un peu plus bas et le bois résonnait du crépitement des gouttes d'eau. Rakes reprit sa bouteille et dévissa le bouchon avec ses dents. Il vida le fond de whisky, un frisson parcourut son corps, puis inspecta à nouveau le paysage alentour : la lumière dans la maison, le ciel noir, le versant pentu de la colline. Il eut un petit ricanement, faillit s'étrangler, se plia en deux en portant la main à ses lèvres. Il eut un haut-le-cœur, toussa et cracha dans l'herbe humide. Puis il jeta la bouteille vide dans le bois obscur.

Un instant plus tard, il se pencha vers la bougie et souffla sur la flamme vacillante. Dans l'ultime fraction de seconde de lumière, avant que la nuit engloutisse tout, il eut le temps de voir Howard surgir du couvert des arbres. Il tenta de pousser un cri mais Howard l'avait déjà saisi à la gorge.

Il le hissa par-dessus la clôture et le plaqua au sol, coinçant sous son genou la main qui tenait le revolver. Sans cesser de faire pression sur sa trachée, Howard desserra un à un les doigts crispés sur la crosse puis jeta le revolver entre les arbres. Rakes émit un gargouillis et son visage vira du rouge au violet. Il se cramponnait au bras d'Howard et donnait des coups de pied dans les feuilles humides. Howard le regarda un instant, observa son visage, avant de le tirer par le cou jusqu'au pied de la colline.

Au creux de la vallée coulait un ruisseau large d'un bon mètre et profond d'une trentaine de centimètres. L'eau était limpide et glacée. Howard y jeta Rakes qui atterrit sur le dos. Le lit du ruisseau était un mélange de pierres polies et d'argile, et Rakes trembla violemment quand son corps entra en contact avec l'eau. Son visage plongea sous l'eau, en ressortit, crachant et haletant. Les hurlements des chiens reprirent et les yeux fous de Rakes ne quittaient pas cette forme sombre penchée sur lui. Howard secoua la tête comme pour réveiller un souvenir. Sa respiration dégageait une colonne de fumée, comme un moteur en feu.

— Oh mon Dieu ! crachota Rakes. Mon Dieu, pitié !

Howard s'assit à califourchon sur le buste de Rakes et, refermant les deux mains autour de son cou, lui enfonça la tête sous l'eau. Les mains de Rakes tentèrent de happer le visage de Howard mais ce dernier se contenta de détourner la tête. Lèvres serrées, il regardait les yeux fous et l'expression déformée de Rakes sous l'eau claire. L'obscurité semblait se faire plus dense, il sentit un grand vide s'abattre soudain sur lui et il leva la tête pour regarder la nuit s'insinuer parmi les arbres.

Après quoi, saisissant Rakes par sa chemise, il le tira hors du ruisseau. Rakes crachait, toussait, se frottait le cou, se démenait dans les feuilles et la vase. Howard se releva et se demanda s'il n'allait pas lui cogner dessus encore un peu, pour s'amuser, mais il décida qu'il valait mieux ne pas trop l'abîmer pour ne pas laisser de traces. Il se baissa et le força à tourner le visage vers lui. Rakes tremblait, sanglotait, une pellicule luisante d'eau, de salive et de morve couvrant son visage. Il était un peu bleu, remarqua Howard, mais il s'en remettrait.

— Rappelle-toi ce qui vient de se passer, dit-il. Tu m'entends ?

Puis Howard remonta la colline, laissant Rakes affalé au bord du ruisseau. Quand il se retourna, il le vit recroquevillé sur lui-même, tremblant de froid.

— Et rentre-toi bien une chose dans le crâne : on n'a rien à voir avec la mort de Jeff Richards. Il avait des tas d'ennemis. Ce qui lui est arrivé, il l'a bien cherché !

Les aboiements des chiens résonnèrent à nouveau et Howard s'éloigna dans la nuit.

33

1er juillet 1935

Il y avait des hommes partout : des hommes adossés à de longues voitures noires, des hommes sur les trottoirs, chapeau à la main, s'épongeant le front sous la chaleur, des hommes sur des tabourets le long de la vitrine de Jess' Lunch, des hommes à l'ombre du bâtiment en granit de la banque, des hommes en costume et chapeau sur les marches menant au tribunal, certains munis d'appareils photo et accompagnés d'assistants portant de grosses mallettes remplies d'ampoules de flash de rechange. Le tribunal était comme un cadran solaire sur la place principale de Harrisonburg : l'ombre tombait d'abord sur la banque puis sur le restaurant pour gagner l'église baptiste en fin d'après-midi. Autour du bâtiment, une butte herbeuse traversée par un perron en grès bleu menait à la rue. C'était une chaude journée de juillet, le ciel était strié de nuages, et le grand Procès du Complot des *bootleggers* du comté de Franklin venait enfin de s'achever, après cinquante jours de débats – établissant un nouveau record de durée dans l'État de Virginie après le procès d'Aaron Burr en 1807. Sur un banc face à l'église méthodiste, une femme était assise à côté d'un blondinet efflanqué portant une chemise blanche et une salopette. Ils étaient blottis l'un contre l'autre et bavardaient à voix basse. Devant les portes du tribunal, un policier en faction avait rabattu la visière de sa casquette sur ses yeux pour se protéger du soleil, le revolver calé contre la hanche.

Il y eut un glissement palpable dans l'air, un murmure, ou peut-être était-ce pure illusion car aucun bruit ne troublait le silence de la place. Pourtant, les hommes présents sur l'esplanade eurent l'impression d'avoir entendu quelque chose à l'intérieur du tribunal. Le policier leva la tête, des cigarettes furent jetées sur la pelouse, une portière de voiture s'ouvrit. La femme et le petit garçon restèrent penchés l'un vers l'autre, parlant toujours à voix basse. Puis les portes du tribunal s'ouvrirent et un homme avança d'un pas chancelant dans la lumière. Sherwood Anderson passa la main dans sa chevelure de plus en plus clairsemée, cligna des yeux puis enfonça un chapeau sur son crâne. Il vit les gens sur la place lever les yeux vers lui, essayer de voir derrière lui puis se détourner, déçus.

Une vraie tragédie américaine, pensa-t-il. Le procès avait cristallisé ses réflexions sur le sujet, et la forme brumeuse d'une épopée romanesque, d'une histoire qu'on pourrait lire à haute voix dans un champ de maïs, avait commencé à se profiler dans son esprit. Anderson descendit les dernières marches du perron et, glissant sous son bras un exemplaire du *Roanoke Times*, consulta sa montre-gousset.

L'individu disparaîtrait bientôt dans le royaume brumeux de l'histoire. Anderson le savait, le jour était proche où l'homme ne serait plus qu'un soldat dans l'armée de l'entreprise. Quand il était enfant, les voitures, les avions, les radios, les chaînes de magasins ou les grands conglomérats industriels développant leurs intérêts à travers le monde n'existaient pas encore. À l'époque, les hommes vivaient libres. Anderson avait tenté de décrire ce monde dans *Des machines et des femmes*, que même ses amis avaient considéré avec dédain. Tout ce qu'il voulait dire, c'était que l'industrialisation du monde avait amputé l'homme d'une part essentielle de lui-même. À l'inverse, le monde féminin entrait dans une phase ascendante, car la femme se sentait dans son élément dans l'univers des possessions matérielles. Les hommes souffraient à cause de leurs instincts atrophiés, ils avaient faim d'un monde tactile. D'où leur obsession pathologique pour les signes extérieurs du pouvoir. Un homme vrai n'a pas besoin de ces choses-là, et les hommes vrais se faisaient de plus en plus rares. C'est pour cette raison qu'Hemingway était tellement obsédé par la tauromachie – et, au-delà, par l'acte de tuer. C'est pour cette raison qu'il avait cru nécessaire d'écraser publiquement son ancien mentor.

La littérature est une chose qui nous dépasse.

« Un homme qui pelote le langage, un scribouilleur de mots. » Voilà ce qu'Hemingway avait dit de lui.

Ils s'étaient finalement retrouvés à Paris pour un dernier verre. Hemingway était là depuis un mois et répétait sans cesse qu'il allait rendre visite à Anderson. Le jour de son départ, alors qu'Anderson avait préparé tous ses bagages, on avait frappé à la porte de sa chambre et Hemingway était apparu dans l'embrasure. « Ça te dirait de boire un coup ? » lui avait-il proposé. Ils étaient descendus dans un petit bar de l'autre côté de la rue et avaient commandé deux bières. Hemingway avait levé son verre.

— Non, ça ne me dit pas.

Et Anderson avait quitté le bar.

Revendiquer constamment sa virilité est le meilleur aveu d'un défaut de virilité. On ne passe pas son temps à revendiquer quelque chose que l'on porte en soi.

Je me fous pas mal qu'il m'accuse de peloter le langage ou me traite de scribouilleur. On fait tous face à un mur. Seulement moi, les mots, c'est de mes tripes que je les sors.

En 1931, pendant la soirée de lancement de *Des machines et des femmes* dans ce restaurant de Greenwich, Faulkner avait fait une apparition inattendue. Penaud, il avait tendu la main à Anderson et Anderson la lui avait serrée. Il l'avait félicité avec un grand sourire, en le tirant par la manche.

— Sherwood, qu'est-ce qui ne va pas ? Tu penses que je suis comme Hemy ? Tu sais bien que ce n'est pas vrai, toutes ces rumeurs.

Ils avaient échangé quelques paroles aimables avant que Faulkner ne s'éclipse à l'autre bout de la salle. Mais, à l'époque, sa réputation était déjà immense et, peu à peu, la foule s'était regroupée autour de lui, laissant Anderson seul dans son box, tripotant son chapeau. Il savait que certains reconnaîtraient dans son regard l'expression de l'écrivain qui comprend parfaitement ce qui est en train de se passer, quelque chose comme une transmission de témoin. Il affichait le sourire satisfait d'un grand sage de la littérature en caressant son chapeau, un chapeau mou à larges bords qu'il avait acheté récemment. On aurait dit qu'il caressait un petit animal posé sur ses genoux.

Il avait quarante-trois ans à la publication de *Winesburg, Ohio*. Quand il songeait au temps qu'il avait perdu, broyé par les engrenages du commerce, participant au vaste mensonge qui brisait chaque jour des hommes entre ses doigts, en cette ère nouvelle de l'industrialisme américain, il avait envie de vomir. Des années durant, il avait marché le long des rues en méprisant les vies tapies derrière ces fenêtres opaques, ces formes recroquevillées dans l'ombre, ces pauvres ambitions rassasiées à peu de frais. Oh ! Si seulement il avait poussé plus tôt ces portes !

Et voilà qu'à présent, il s'était si longtemps préoccupé de trouver le mot juste, la formulation libérée de toute entrave, qu'à force de manipulations ingénieuses il n'avait accouché que d'un style. Certes, c'était *son* style, mais le style s'était confondu avec la substance. Il n'y avait plus rien à faire. C'était fini, mais il ne pouvait pas s'empêcher de continuer.

Le 24 mai 1935, le *Roanoke Times* annonçait à la une : « La conductrice des convois de contrebande appelée à la barre. » Willie Carter Sharpe avait témoigné la veille pendant une demi-heure.

« Son apparition était attendue avec une telle impatience qu'elle a éclipsé tous les autres témoignages de la journée... »

L'expérience s'était révélée désastreuse, y compris pour Anderson : son excitation à l'idée de découvrir la grande héroïne des montagnes s'était envolée dès que Sharpe était arrivée à la barre.

« Mme Carter, dont le nom est devenu une légende dans la région depuis l'époque glorieuse [*sic*] des *bootleggers* et de la Prohibition, n'avait plus le diamant qui, jadis, brillait sur sa dent. Elle portait une robe blanche avec souliers et chapeau assortis. Ses poignets étaient ornés d'un volant beige et son col était fermé par un grand camée. »

Anderson lui avait trouvé des bajoues de bouledogue et des manières aussi vulgaires que son langage. Elle ressemblait à un gorille qui aurait enfilé une robe.

Le verdict avait été proclamé et le procès était enfin terminé. Anderson arriva en bas des marches du tribunal et glissa un stylo dans la poche de sa veste. Les semelles de ses richelieus crissaient sur la pierre calcaire. Le policier jeta un coup d'œil dans l'embrasure sombre puis se redressa vivement tandis qu'une foule sortait du tribunal, se répandait sur le perron puis sur la pelouse, les hommes se dispersant rapidement sur la place comme s'ils éprouvaient une aversion personnelle envers toute espèce d'attroupement et cherchaient à s'isoler. Les hommes qui attendaient au-dehors s'approchèrent de certains d'entre eux, d'autres brandissaient leurs lourds appareils photo en scrutant les visages dans la foule.

Sherwood Anderson se réfugia à l'ombre d'un grand chêne planté au bord d'un trottoir. Il défit sa cravate noire et observa les hommes et femmes qui sortaient du tribunal. Leurs voix résonnaient doucement sur la place tandis qu'ils échangeaient leurs premières impressions. Entre deux poignées de mains et tapes dans le dos, des messieurs vêtus d'onéreux costumes d'été et portant des serviettes en cuir s'engouffraient dans de longues berlines garées le long du trottoir. Des agents de police formaient un cordon de sécurité. Des hommes traversaient la rue pour aller chez Jess's.

L'arrivée d'un roadster bleu nuit attira l'attention d'Anderson. Une femme était au volant : elle coupa le moteur, ouvrit la portière et ses jambes apparurent. Maggie portait une longue robe couleur de jade taillée dans un brocart de soie scintillant. Ses cheveux étaient simplement noués en arrière. Anderson se trouvait juste en face d'elle mais semblait transparent à ses yeux : elle fixait le tribunal derrière lui de son regard impénétrable.

Carter Lee fut lavé de toute accusation. Vingt hommes furent condamnés, parmi lesquels le shérif adjoint Henry Abshire ainsi que d'autres *bootleggers* et *moonshiners* impliqués dans le complot. Carter Lee bénéficia assurément de la disparition de Jefferson Richards, le lieutenant principal dans l'organisation du complot, et de la mort étrange de Charley Rakes, des suites d'une pneumonie. Enfin, il se trouva un juré – un certain Marshall – pour refuser d'ajouter le nom de Lee à la liste des coupables, allant jusqu'à menacer de faire suspendre le jury. Les frères Bondurant n'écopèrent d'aucune inculpation formelle. Le ministère public les considérait davantage comme des témoins matériels.

Un homme assez grand sortit du tribunal et avança sous le soleil. Il portait une veste en coton léger par-dessus une salopette. Une épaisse cicatrice visible à plus de dix mètres balafrait son cou. Il s'arrêta, bientôt rejoint par deux autres hommes tout aussi grands – l'un d'eux était même immense, et sa veste avait du mal à couvrir son large torse. Son cou cuivré débordait de son col amidonné. L'autre homme était nettement plus jeune, avec un visage rubicond et un nez crochu comme un bec de faucon.

Sherwood Anderson sortit de l'ombre du chêne et avança vers eux.

Le plus jeune des trois hommes enfonça les mains dans ses poches et sourit à ses frères pendant quelques instants avant de leur tourner le dos pour aller rejoindre la femme et l'enfant sur le banc. Le garçon blond, dont les bras et les jambes saillaient de la salopette trop grande, courut vers lui.

Épilogue

L'année suivante, en 1936, Sherwood Anderson publia son dernier roman, *Kit Brandon*, l'histoire d'une femme séduisante et mystérieuse, originaire des Appalaches et amatrice de beaux vêtements. Elle travaillait dans toutes sortes d'usines et parcourait le pays en auto-stop avant de rencontrer un *bootlegger* et de devenir conductrice de voitures pour des trafiquants d'alcool. Les ventes du livre furent modestes, la critique assassine.

Le 28 février 1941, Sherwood Anderson et son épouse Eleanor embarquèrent pour une tournée en Amérique du Sud. Un soir, dans le paquebot qui assurait la traversée vers le Panama, Anderson avala par erreur un cure-dent en dégustant des hors-d'œuvre. La congestion abdominale qui s'ensuivit dégénéra en péritonite et huit jours plus tard, hospitalisé à Colón, Sherwood Anderson mourut.

*

Hubbard et Paul Duling, deux frères à la tête d'un des plus importants groupes de trafiquants de Virginie-Occidentale, furent finalement inculpés du meurtre de Jefferson Richards. Le matin du 23 décembre 1933, Jeff Richards s'était lancé à la poursuite de leur frère Frank, parti livrer une cargaison d'alcool produit à Franklin chez leurs clients de Virginie-Occidentale. La poursuite s'était achevée par la mort de Frank Duling et, bientôt, le désir de vengeance des deux frères avait fait le tour du comté. Cette inculpation devait toutefois rester sujette à caution, notamment lorsque, des années plus tard, plusieurs hommes revendiquèrent le meurtre de Richards. Parmi eux, un certain Hallie Bowles avoua à plusieurs personnes – et l'écrivit dans la lettre laissée après son suicide – qu'il avait été payé pour abattre le shérif adjoint, apparemment sur ordre de Carter Lee.

*

Forrest reprit son travail à la station de Blackwater, aidé par Everett Dillon aux pompes et par Maggie en salle. Personne ne surprit jamais d'échange affectueux entre eux. Il continua d'aider son père et ses frères pendant la récolte du tabac et la station resta une plaque tournante du trafic d'alcool, même si les quantités étaient désormais plus modestes.

Howard déménagea à Martinsville où il trouva du travail dans des usines de textile. Il garda son alambic sur Turkeycock Mountain et, tous les étés, il y retrouvait ses frères pour produire quelques barils d'alcool. Lucy donna naissance à quatre enfants en pleine santé.

Emmy Bondurant termina des études brillantes au lycée et s'installa dans le New Jersey. Elle devint dactylo et vécut dans un appartement de Newark avec deux autres femmes. Elle finit par se marier et divorça quelque temps plus tard.

Jack Bondurant prit la relève de son père au bazar et devint éleveur de bétail et cultivateur de tabac à Snow Creek. Il recevait parfois Forrest à dîner et son plus jeune fils s'émerveillait de voir, à la fin du repas, la boule formée par la nourriture sur le ventre de son oncle. Le médecin incapable qui l'avait recousu après l'incident de Maggodee Creek avait oublié de recoudre la paroi interne de l'estomac de sorte que, quelques minutes après avoir ingéré de la nourriture, une boule de la taille d'un pamplemousse apparaissait sous sa chemise, au niveau du nombril. Le garçon s'amusait à la presser avec un doigt et Forrest lui souriait malgré la douleur.

*

Un soir de 1941, après avoir accompagné son père pour une vente de bétail, Forrest traversait le terrain séparant la propriété de Granville de celle de son frère Jack lorsqu'il passa à travers la couche de glace de Snow Creek et se retrouva immergé jusqu'aux aisselles dans l'eau glacée. C'est en pleine nuit qu'il gravit la colline et arriva chez Jack. Dans la maison, tout le monde dormait déjà. Il refusa les vêtements secs ainsi que la nourriture et la boisson chaude que lui proposait son frère, préférant se mettre au lit dans la chambre du fond. Forrest promit à Jack qu'il partirait dès le lendemain matin, avant que la famille soit réveillée. Il paraissait terriblement gêné par cette mésaventure.

Au matin, le fils aîné de Jack, âgé de dix ans, se réveilla en sursaut. Ses sœurs Lee et Betty Louise dormaient à poings fermés, tout comme son frère Bobby Joe. Son autre frère, Granville Thomas Jr, naîtrait l'année suivante.

La chambre était froide et plongée dans l'obscurité mais l'enfant sentit que quelque chose ou quelqu'un se trouvait dans le couloir. Comme si une pulsation traversait les murs, la vibration d'une onde glacée. Il se leva sans réveiller ses sœurs et son frère puis enfila en silence ses vêtements. La porte de la chambre du fond était légèrement entrouverte. L'air y était nettement plus frais car c'était la pièce la plus éloignée du poêle.

À l'intérieur, le garçon aperçut une forme étendue dans un coin, sur un lit de camp étroit, à côté du garde-manger fabriqué par son grand-père et des caisses contenant quelques paysages à l'huile peints par sa mère. Une fois son œil accoutumé à la pénombre, il entra. Il toucha la pointe d'une botte qui pendait au bord du lit. Elle était froide et vaguement humide. Le garçon approcha encore, essayant de ne pas faire grincer le plancher pour ne pas réveiller la maisonnée, et le visage de Forrest émergea alors de l'obscurité. C'était un masque pétrifié et bleu. Ses yeux étaient ouverts, sa bouche figée dans un rictus sévère, comme une grimace gênée. Ses doigts dépassaient de la couverture et serraient son cou. Leurs ongles étaient violets. Une mince couche de glace recouvrait ses mains.

Des années plus tard, lorsque Maggie mourut, des documents révélèrent qu'elle et Forrest étaient secrètement mariés depuis plus de dix ans.

*

Le garçon resta dans la chambre sombre. Seuls sa respiration et les battements sourds de son cœur emplissaient le silence. Il avait peur, il se sentait seul. Il regarda par-dessus son épaule – ses cheveux étaient d'un blond presque blanc, ses yeux très espacés, il avait le nez de son père et de ses oncles. À la forme étirée de ses jambes, on devinait qu'il serait grand, aussi grand que son oncle Howard.

Le garçon regarde par-dessus son épaule – il me regarde, il nous regarde.

Il a peur de bouger, il ne sait pas quoi faire.

Il est le seul à savoir que nous sommes ici, que nous sommes témoins de la scène.

Ce garçon est mon père, Andrew Jack Bondurant Jr.

Note de l'auteur

Quand j'étais jeune, ma famille retournait plusieurs fois par an à Snow Creek – à quatre heures de route d'Alexandria – pour rendre visite à mes grands-parents. Les frères et sœurs de mon père vivant tous dans cette région, ces visites se transformaient le plus souvent en gigantesques réunions de la famille Bondurant : tous les oncles, tantes, cousins et autres parents se retrouvaient dans la vieille ferme de mon grand-père pour des petits déjeuners géants et de longues discussions autour du poêle, où rien d'essentiel n'était jamais vraiment évoqué. Pour ma part, je passais le plus clair de ces visites à me battre avec mes colosses de cousins dans des granges remplies de foin, à prendre à pleines mains des clôtures électriques pour les épater et à conduire des tracteurs au petit matin le long de cours d'eau aux berges boueuses. À sa mort, mon grand-père allait sur ses quatre-vingt-dix ans : la veille, il avait acheté un camion et était en train de construire une nouvelle maison.

Je garde beaucoup de souvenirs forts de ces réunions et de mon grand-père : son visage calme, son profil de faucon, son incroyable stoïcisme, ses départs à l'aube, au volant de son pick-up, pour aller nourrir le bétail. Je me souviens aussi de la buanderie où se trouvait le ratelier contenant les fusils. Ça n'avait rien d'inhabituel :

à cette époque, dans le comté de Franklin, presque toutes les maisons regorgaient de fusils et de carabines – et c'est encore le cas aujourd'hui. Ce qui m'étonnait le plus, c'était la paire de poings américains rouillés accrochée juste en dessous des armes. Pour un jeune garçon, l'idée qu'un homme puisse enfiler ces lourds accessoires en acier purement conçus pour défoncer le visage d'un autre homme avait quelque chose d'excitant et je passais de longs moments à les contempler. Il émanait d'eux quelque chose de remarquablement primaire. Accrochés sous les fusils, ils semblaient dire : *Si tu es encore en vie quand je serai à court de cartouches, je décrocherai du mur ces morceaux d'acier et je te martèlerai de coups jusqu'à ce que tu perdes connaissance.* Quand je retournais à table, le visage pesant et placide de mon grand-père m'apparaissait sous un tout autre jour. Il me terrifiait et la vie qu'il avait menée me fascinait.

C'est seulement bien plus tard que j'ai découvert son passé et le rôle qu'il avait joué dans les événements du début des années 1930. Mon père ignorait même qu'on lui avait tiré dessus jusqu'à ce qu'il l'apprenne, quelques années avant la mort de mon grand-père, en faisant des recherches généalogiques et en tombant sur des articles de journaux consacrés à l'incident de Maggodee Creek en décembre 1930. Quand il interrogea mon grand-père à ce sujet, ce dernier répondit simplement : « Ah, oui, la balle est entrée là », et il souleva sa chemise pour montrer la cicatrice sous son bras. Après cela, il ne dit plus grand-chose, selon le mode de communication habituel dans ma famille paternelle.

Je m'empresse d'ajouter qu'après quelques démêlés supplémentaires avec la justice, mon grand-père a fini par devenir un honnête citoyen, respectueux des lois et membre estimé de la communauté de Snow Creek pendant de nombreuses années. Ses enfants et leurs enfants, y compris moi, se sont tous peu à peu dissous dans une douce obscurité pour devenir des citoyens au-dessus de tout soupçon. Il semblerait que cette part de notre héritage génétique à l'origine de comportements aussi dangereux et spectaculaires que ceux de mon grand-père et de ses frères se soit elle aussi dissoute.

Les éléments principaux de cette histoire proviennent de diverses histoires et anecdotes familiales, de unes de journaux, d'articles et de minutes de procès. J'ai également eu recours à une compilation réalisée par T. Keister Greer et publiée sous le titre de *The Great Moonshine Conspiracy of 1935*. Le livre de Greer offre les témoignages de tous les grands acteurs du fameux complot, leur notice biographique ainsi qu'une remise en contexte historique de ce procès. Cependant, ces informations historiques ne nous permettent pas d'appréhender en profondeur les personnages principaux de cette affaire : qui étaient-ils, dans quelle situation se trouvaient-ils, quelles étaient leurs pensées ? Toutes les personnes impliquées dans le complot sont aujourd'hui décédées et peu de traces écrites subsistent. On n'a retrouvé aucune lettre, et ni mon grand-père ni ses frères ne tenaient de journal. En écrivant ce livre, j'ai comblé les lacunes des rares documents existants. J'ai dû faire appel aux souvenirs des membres de ma famille – notamment de mon père qui était un tout petit garçon à l'époque du procès –, d'habitants de la région et d'amis qui avaient connu mon père et les autres personnages de cette histoire. Ces souvenirs et ces récits sont vagues, au mieux assez spécieux, passés au filtre de décennies de rumeurs, racontars et légendes. Ces gens avaient vécu et étaient morts d'une façon vraiment dramatique mais, à cause du passage du temps, il m'était difficile de décrire leur vie avec exactitude et fidélité.

Pour parvenir à un semblant de vérité, j'ai inventé des personnages inspirés de ces gens, parfois composés à partir de plusieurs des modèles originaux, parfois très proches de ce que les archives nous en disent. D'autres enfin sont fabriqués de toutes pièces. S'il existe des descendants des acteurs de cette affaire, je ne voudrais pas qu'ils croient que j'ai tenté de les décrire précisément à travers mes personnages de fiction. Je n'ai jamais eu l'intention de flatter ou de calomnier l'un ou l'autre des personnages de cette histoire tragique, surtout pas l'un des membres de ma propre famille. Le lecteur peut considérer ce livre comme une sorte d'histoire parallèle. J'ai inventé toutes sortes d'épisodes qui ne sont évoqués dans aucune archive et j'ai brodé autour des personnages réels avec cette liberté d'invention qui constitue le privilège du romancier. Mon intention a été d'atteindre à cette vérité située au-delà d'une réalité mal documentée ou mal comprise.

Les faits sont les suivants : la sécheresse de 1930 a porté un coup terrible à un comté déjà pauvre, et le trafic d'alcool de contrebande a explosé. La « station Bondurant » était une célèbre plaque tournante de ce trafic, également réputée pour ses bagarres, ses beuveries et autres exactions en tous genres. Pour les habitants du comté comme pour les journalistes, mon grand-père et ses frères étaient les « fils Bondurant ». Mon grand-oncle Forrest a bien eu la gorge tranchée et a trouvé le moyen d'en réchapper. Plus tard, il s'est fait tirer dessus à Maggodee Creek puis a été écrasé par un chargement de rondins à la suite d'un acte de malveillance. Il a survécu à tous ces drames et c'est finalement une chute dans l'eau glacée d'un ruisseau qui a eu raison de lui. Maggie a bel et bien existé et la nature de sa relation avec mon grand-oncle, avec qui elle a vécu dans des circonstances mystérieuses, reste l'une des grandes énigmes de ma famille. Jack a été lui aussi blessé à Maggodee Creek puis a épousé Bertha Minnix quelques années plus tard. Ma grand-mère était une joueuse de mandoline talentueuse qu'on entendit souvent à la radio et dont les parents appartenaient à l'Église des Dunkards – ou des Frères baptistes allemands, comme on les appelait aussi à l'époque.

On sait que l'écrivain Sherwood Anderson séjourna assez longtemps dans la région, à la recherche de la fameuse Willie Carter Sharpe, et qu'il assista au procès où mon grand-père et mes grands-oncles furent appelés à témoigner. Il y resta plusieurs années, travaillant à la construction de sa maison de Marion et parcourant la campagne. En 1935, il signa pour la revue *Liberty* un article consacré au « Grand Complot des *bootleggers* du comté de Franklin ». On considère que son dernier roman, *Kit Brandon*, a été en grande partie influencé par son expérience dans la Virginie rurale, par la légende de Willie Carter Sharpe et par le fameux procès.

L'agression des « fils Bondurant », à Maggodee Creek, par Rakes et Abshire, a été évoquée en détail dans les minutes du procès et dans certains articles de journaux, tout comme l'horrible meurtre de Jefferson Richards et l'étrange mort de Charley Rakes.

Tout le reste, comme l'aurait dit Sherwood Anderson, est le fruit de la « transmutation par l'imagination ».

Remerciements

Je suis largement redevable au compte rendu détaillé du procès de 1935 établi par T. Keister Greer dans son livre *The Great Moonshine Conspiracy of 1935*. J'y ai trouvé non seulement une vue d'ensemble d'une affaire souvent complexe et déroutante mais aussi la retranscription des témoignages de mon grand-père et de ses frères. Les œuvres de Sherwood Anderson ont également joué un rôle crucial dans mes recherches, en particulier *Kit Brandon, Le Rire noir, Winesburg en Ohio* ainsi que sa correspondance et ses mémoires. Le meilleur livre jamais écrit sur le trafic d'alcool de contrebande est sans doute *The Second Oldest Profession : An Informal History of Moonshining in America* de Jess Carr. Les archives de la Franklin County Historical Society m'ont aussi fourni des informations d'une valeur inestimable et je remercie ici ses bénévoles pour leur aide et leur générosité. J'encourage vivement toute personne intéressée par ce sujet à visiter son musée, situé dans le centre-ville de Rocky Mount, le centre névralgique de l'activité des *moonshiners.*

Je voudrais aussi remercier les lecteurs des premières versions de ce livre, notamment Seth Tucker, K. S. et Mike Mannon. Merci aussi aux écrivains qui m'ont prodigué leurs conseils pendant l'écriture de ce livre, au premier rang desquels Tony Early et Margot Livesey. Que mon agent Alex Glass de Trident Media Group, mon éditeur Alexis Gargagliano et toute l'équipe formidable de Scribner soient également remerciés pour avoir fait de ce travail un plaisir. Merci à ma famille pour son soutien inaltérable et son amour. Merci à ma femme Stacy, ma compagne et ma meilleure amie.

Cet ouvrage a été composé
par Atlant'Communication
au Bernard (Vendée)

Impression réalisée par

CPI
BRODARD & TAUPIN

La Flèche
en août 2012
pour le compte des Éditions Archipoche

Imprimé en France
N° d'édition : 232
N° d'impression : 68973
Dépôt légal : août 2012